HEYNE <

Das Buch

Ihr sechzehnter Geburtstag stellt Rosalies Leben auf den Kopf: Sie erblickt den Hausmeister ihrer Schule, der genau vor sechzehn Jahren spurlos verschwunden ist und sie voll abgrundtiefer, aber stummer Verzweiflung ansieht. Zudem hört sie in ihrer Wohnung, in der sie allein mit ihrem Vater lebt, Stimmen aus den Katakomben. Um diesen rätselhaften und beängstigenden Vorgängen nachzugehen, entschließt sich Rosalie, die geheimen Höhlen unterhalb von Paris zu erforschen. Im Keller ihres Hauses in der Rue Lalande findet sie einen versteckten Zugang, den sie für ihre heimlichen Ausflüge in den Untergrund nützt.

Im Antiquariat, in dem ihr Freund Ambrose arbeitet, trifft sie eines Tages den geheimnisvollen Quentin Pylart, zu dem Rosalie eine starke Verbindung spürt. Er lädt sie zu seinem Weihnachtsempfang ein; dort gelingt es ihr, aus seiner Bibliothek eines der Libri Mortis, der Bücher des Todes, zu entwenden.

Ein Phantom in den Katakomben von Paris, ein doppeltes Ebenbild in einem Spiegel, ein geheimnisvolles Medaillon, seltsam reale Träume, ein rätselhafter Retter mit grünen Augen – der phantastische Auftakt zu Peter Schwindts Libri-Mortis-Trilogie.

»Man folgt der Heldin gebannt unter die Straßen von Paris und fiebert mit ihr, die Geheimnisse um die mysteriösen Erscheinungen zu lösen – und damit auch das dunkle Geheimnis, das Rosalies Familie umgibt.« *WAZ*

Der Autor

Peter Schwindt wurde 1964 in Bonn geboren. Nachdem er als Volontär und Redakteur für verschiedene Verlage gearbeitet hatte, betreute er zahlreiche Erwachsenen-Comics und PC-Spiele. Seit 1997 ist Peter Schwindt freiberuflicher Autor und schreibt neben seinen Romanen auch Hörspiele und Drehbücher für Radio und Fernsehen. Er lebt mit Frau und Tochter im Siegerland.

PETER SCHWINDT

FLÜSTERNDE SCHATTEN

LIBRI MORTIS

Mystery-Thriller

WILHELM HEYNE VERLAG
MÜNCHEN

Die Originalausgabe Flüsternde Schatten – Libri Mortis
erschien bei Loewe, Bindlach

FSC
Mix
Produktgruppe aus vorbildlich bewirtschafteten Wäldern und anderen kontrollierten Herkünften
Zert.-Nr. SGS-COC-1940
www.fsc.org
© 1996 Forest Stewardship Council

Verlagsgruppe Random House FSC-DEU-0100
Das für dieses Buch verwendete FSC-zertifizierte Papier
Holmen Book Cream
liefert Holmen Paper, Hallstavik, Schweden.

Vollständige deutsche Taschenbuchausgabe 11/2009

Printed in Germany 2009
Umschlaggestaltung: Nele Schütz Design, München unter
Verwendung eines Fotos von © shutterstock / Kudryshka
Druck und Bindung: GGP Media GmbH, Pößneck
ISBN: 978-3-453-53337-0

www.heyne.de

Art. 1:

Allen Personen, die nicht im Besitz einer von der für die Steinbrüche zuständigen Aufsichtsbehörde ausgestellten Genehmigung sind, ist es untersagt, die Zugangstüren zu den Treppen und Gruben oder anderen alten Steinbrüchen zu öffnen, in diese hinabzusteigen und die Hohlräume der alten Steinbrüche, die sich unter dem Gelände der öffentlichen Wege der Stadt Paris erstrecken, zu betreten.

Art. 2:

Zuwiderhandlungen werden von Beamten der Polizei und anderen Justizbehörden sowie Bevollmächtigten der Aufsichtsbehörde zu Protokoll genommen. Sie werden den zuständigen Gerichten übertragen.

Art. 3:

Der Polizeipräsident der Stadt sowie die Generaldirektoren, zuständig für die Minen und Steinbrüche des Departement Seine, werden mit der Ausführung des vorliegenden Erlasses beauftragt. Dieser Erlass wird in das Verwaltungsregister eingetragen und in Paris öffentlich bekannt gemacht.

Paris, den 2. November 1955, der Polizeipräsident Dubois

Die Geschichte, die hier erzählt wird, ist (natürlich) frei erfunden, ebenso wie die in ihr handelnden Personen – ganz im Gegensatz jedoch zu den Orten, an denen sie spielt: Das Montaigne ist eine traditionsreiche Bildungsanstalt in Paris, die ganz bestimmt über einen hervorragenden Lehrkörper verfügt und deren Hausmeister jeden Tag einen harten Job machen. Man möge mir verzeihen, wenn Libri Mortis *einen anderen Eindruck erwecken sollte. Außerdem möchte ich darauf hinweisen, dass der Zutritt zu den unterirdischen Steinbrüchen der Stadt aus guten Gründen verboten ist. Wer sie dennoch besichtigen möchte, kann dies im öffentlich zugänglichen Teil am Place Denfert Rochereau tun.*

PS

1

Der Wecker machte Klick, und bevor das nervtötende Bi-bi-bi-biep wie vier akustische Nadelstiche ertönte, war Rosalie bereits wach. Nun, zumindest ihr Geist wurde durch dieses leise mechanische Geräusch in die Realität dieses ganz und gar unerfreulichen Morgens gerissen. Der Körper hingegen brauchte stets noch eine halbe Stunde, bis er widerwillig die Tatsache akzeptierte, dass er wieder einmal aus dem Paradies vertrieben worden war.

Rosalie schlug blind auf die Schlummertaste. Mit einem Stöhnen drehte sie sich um und zog die Decke über den Kopf. Sie hatte einen Traum gehabt, von dem sie nur noch wusste, dass er sehr intensiv war und im Gegensatz zu den anderen verrückten Filmen, die jede Nacht in ihrem Kopf abliefen, sogar eine richtige Handlung hatte. Glaubte sie zumindest. Denn je wacher sie wurde, desto mehr verflüchtigte sich die Erinnerung an ihn. Zum Schluss bliebe wie immer nur noch ein dünnes Gefühl übrig, das den Rest des Vormittags wie ein feiner Nebel überlagerte, bis auch dieses letzte Echo der Nacht verklungen sein würde.

Manchmal ärgerte sich Rosalie, wenn ihr die Erinnerung an solche Träume wie trockener Sand zwischen den Fingern zerrann. Sie wusste, dass damit etwas unwiderruflich verschwand und sich wie flüchtig aufgewirbeltes

Sediment wieder auf den Grund ihres Bewusstseins senkte, von wo es niemals mehr aufsteigen würde.

Bi-bi-bi-biep.

Rosalie schlug wieder zu und wickelte ihre kalten Füße ein. Dieser Sechs-Uhr-dreißig-Reflex kotzte sie an. Auch wenn sie am Wochenende ausschlafen konnte, schreckte sie immer exakt um diese Zeit auf – egal, ob der Wecker gestellt war oder nicht. Ihre bescheuerte innere Uhr versagte nur dann, wenn sie auf sie angewiesen war, denn sobald sie unter der Woche vergaß, den Wecker zu stellen, verschlief sie garantiert.

Das Montaigne sah es nicht gerne, wenn man zu spät zum Unterricht erschien, da war die Verwaltung ziemlich spießig. Die Schule an der Rue Auguste Comte im sechsten Pariser Arrondissement hatte definitiv kein Herz für notorische Schwänzer. Wer es in dieser Hinsicht auf eine Kraftprobe ankommen ließ, zog rasch den Kürzeren. Als ihr Vater sie dort vor zehn Jahren angemeldet hatte, war sie enttäuscht gewesen. All ihre Freundinnen besuchten in Montparnasse die weiterführende Schule, nur Rosalie musste auf ein Collège im nördlichen Nachbarbezirk gehen. Angeblich, weil es so einen guten Ruf hatte. Und weil es in der Nähe des Krankenhauses lag, in dem ihr Vater als klinischer Psychiater arbeitete. Wenn sein Dienst sich mit ihren Schulstunden überschnitt, musste Rosalie jedoch eine halbe Stunde mit der Linie 38 Richtung Gare du Nord fahren. Eine halbe Stunde, die ihr morgens immer fehlte.

Bi-bi-bi-biep.

Rosalie öffnete die Augen. Durch den Spalt der zugezogenen Vorhänge fiel das Licht der Straßenlaternen vor ihrem Haus. Das Radio hatte für heute regnerisches Novemberwetter angekündigt. Ein weiterer Grund, diesen Tag am besten im Bett zu verbringen. Rosalie schlug die Decke beiseite und setzte sich auf. Müde verbarg sie ihr Gesicht in den Händen, verharrte so einen Augenblick und gab sich schließlich einen Ruck. Ohne das Licht einzuschalten, stand sie auf.

Rosalies Zimmer war nicht allzu groß, wirkte aber durch die hohen Decken und die großen, auf die Straße weisenden Fenster großzügiger, als es in Wirklichkeit war. Der fast schon herrschaftliche Charme dieses Raumes, der von einem wuchtigen Kamin in der Ecke neben der Tür herrührte, wurde von einem nicht nachvollziehbaren Stilmix aus Siebziger-Jahre-Retrodesign und Sperrmüllchic erfolgreich neutralisiert.

An den Wänden, die nicht von schwarz bemalten Schränken und Regalen zugestellt waren, hing neben Konzertplakaten von Chumbawamba, Radiohead und den Strokes auch ein Poster ihrer Lieblings-Comicserie *Hellboy*, handsigniert von Mike Mignola – ein Schatz, um den sie von ihren Freunden stets beneidet wurde.

Bis vor wenigen Jahren war sie noch auf dem Pferdetrip gewesen, bis ihr der ganze Heile-Welt-Mist zum Hals herausgehangen hatte. Von einem Tag auf den anderen war nicht mehr Rosa, sondern Schwarz ihre Lieblingsfarbe. Die Sneakers wurden gegen Armeestiefel eingetauscht, und die langen Zöpfe verschwanden ebenso wie die braven, rüschenbesetzten Blusen. Ohne Mut keine Mode – Rosalie hatte dieser Weisheit eine ganz neue Bedeutung verliehen, sehr zur Irritation ihres Vaters, der den Wechsel seiner Tochter vom süßen Mädchen zu einer Vertreterin der Trash-Guerilla fassungslos zur Kenntnis hatte nehmen müssen.

Seit Tagen hatte Rosalie sich vorgenommen, das Zimmer aufzuräumen, wie sie es ihrem Vater versprochen hatte. Doch je näher ihr schrecklicher Geburtstag gerückt war, desto stärker hatte sie diese bleierne Antriebslosigkeit erfasst, die jede Bewegung und jeden Gedanken zu einer quälenden Anstrengung machte. Schmutzige Wäsche häufte sich auf dem Schreibtischstuhl und lag achtlos verstreut auf dem Boden. Sie überlegte kurz, ob sie nicht wenigstens das Fenster zum Lüften öffnen sollte, doch sie fror sowieso schon. Ohne auf das Durcheinander zu achten, stolperte sie zur Tür. Aus der Küche drang klassische Musik. Rosalie tastete sich ins Bad, warf die Tür mit einem lauten Knall zu und schaltete am Spiegelschrank das Licht an.

Mit zusammengekniffenen Augen betrachtete sie ihr Spiegelbild. Eigentlich mochte sie sich ja ganz gerne und fand meist, dass sie auch ganz passabel aussah. Ihr Haar, das von Natur aus kastanienbraun war, hatte sie so schwarz gefärbt, dass es blau schimmerte. Die blasse Haut war fast durchscheinend, die Nase gerade, die Lippen voll. Sie für ihren Teil fand ihre Gesichtszüge jedenfalls in Ordnung, wenn es nicht eine Kleinigkeit gegeben hätte, die die meisten irritierte: Rosalie hatte zwei verschiedenfarbige Augen. Manche Jungs hielten sie deswegen für ein wenig durchgeknallt, weil sie dachten, sie hätte sich eine bunte Kontaktlinse eingesetzt, um sich interessanter zu machen. Doch da gab es keinen Trick. Von Geburt an war das linke Auge tiefbraun, fast schwarz, während das andere moosgrün strahlte.

Doch heute Morgen hätte Rosalie am liebsten gar nicht erst ihr Ebenbild betrachten wollen, denn sie sah genau so aus, wie sie sich fühlte. Am Abend zuvor war sie sogar zu müde zum Abschminken gewesen, und über Nacht hatte die Wimperntusche unter ihren Augen große dunkle Ringe hinterlassen. Sie zog sich im Spiegel eine Grimasse, murmelte „Happy birthday" und schaltete das Radio ein, das auf der Waschmaschine stand. Dann drehte sie das Senderrädchen so lange, bis sie bei ihrem Lieblingssender *Le Mouv* hängen blieb und ihr *Demain il pleut* von den Guerilla Poubelle entgegenschepperte. Genau die Dosis Skatepunk, die sie heute Morgen brauchte, damit ihr Kreislauf in Schwung kam. Rosalie band ihr halblanges Haar mit einem Haargummi zusammen, putzte sich die Zähne, zog ihr T-Shirt über den Kopf und stellte sich unter die Dusche. Mit einem leisen Stöhnen lehnte sie den Kopf an die weiß gekachelte Wand, während ihr das warme Wasser den Rücken hinablief. Gott, war sie müde. Egal, wie heiß sie den Duschstrahl auch stellte, die Kälte in ihren Knochen ließ sich nicht vertreiben. Nach zehn Minuten gab Rosalie es auf und stieg aus der Kabine. Sie rubbelte ihre Haare trocken, entschied sich, dass der heutige Tag es nicht verdiente, dass man ihm geschminkt entgegentrat, wickelte sich das Handtuch um den Kopf und verließ das Bad.

Es war relativ schwierig, in der Unordnung ihres Zimmers frische Kleidung zu finden. Schließlich kramte sie unter dem Bett einen Satz Unterwäsche, ein Paar zusammengerollte Socken und ein sauberes T-Shirt hervor. Ihre ausgebeulte Armeehose stank zwar nach Zigarettenrauch, konnte aber noch einmal getragen werden. Rosalie nahm einen grauen Kapuzenpulli vom Haken ihrer Tür.

Es war Zeit, sich dem Unvermeidlichen zu stellen.

Als sie die Küchentür öffnete, hatte sie vorgehabt, sich durch nichts aus der Fassung bringen zu lassen. Doch ihr Vater machte ihr einen Strich durch die Rechnung.

Die ganze sündhaft teure Einbauküche aus weißem Schleiflack hing voller blauer Ballons und Girlanden. Wohin Rosalie auch schaute, sie sah Schlümpfe in allen möglichen Posen. Da hopste Schlumpfinchen als Modepüppchen über den Laufsteg, Papa Schlumpf, ausstaffiert mit Lederjacke und Sonnenbrille, saß auf einer Harley, und der Modeschlumpf wusste noch immer nicht, ob er Männlein oder Weiblein war.

Ein dazu passendes Platzdeckchen war auf der Küchentheke drapiert worden. Die blaue Serviette stand kunstvoll gefaltet neben einem Service, das ihr Vater nur für diese peinliche Inszenierung gekauft haben musste.

„Herzlichen Glückwunsch zum sechzehnten Geburtstag“, sagte er und zündete die letzte Kerze auf einem bunten Kuchen an, über den sich vielleicht eine Achtjährige gefreut hätte, die die Pferdephase noch vor sich hatte.

Rosalie starrte ihren Vater an, als habe er vollständig den Verstand verloren.

„Tut mir Leid. Ich hatte keine Zeit, selber einen Kuchen zu backen“, sagte ihr Vater, als er das rosa-weiße Monstrum zur Küchentheke balancierte. „Aber Leduc in der Rue Daguerre macht eigentlich immer ganz gute Sachen. Ich bin sicher, er wird dir schmecken."

Rosalie kniff den Mund zusammen. Ohne ein Wort zu sagen, holte sie aus dem Schrank ihre Espressokanne. Sie schaute sich um, konnte aber nirgendwo die silberne Dose mit dem Bügelverschluss finden, die sonst immer neben dem Herd stand.

„Wo ist der Kaffee?"

„Da, wo er hingehört: oben bei den Frühstücksbrettchen."

Rosalie stellte sich auf die Zehenspitzen und öffnete den Oberschrank neben der Abzugshaube. Versteckt hinter den Marmeladengläsern fand sie die Büchse endlich. Sie schraubte die Kanne auf, füllte das Unterteil mit Wasser und gab vier gehäufte Teelöffel *Arabica* in das Sieb. Dann drehte sie alles wieder zu und stellte die Espressomaschine auf den Herd.

„Möchtest du ein Stück von deiner Torte zum Frühstück?", fragte ihr Vater.

„Nein."

Mit einem leisen Ticken fauchte die Flamme des Gasherds hoch. Rosalie packte die Kanne beim Griff und knallte sie auf den Rost.

„Willst du nicht wenigstens die Kerzen auspusten?"

Rosalie schaute ihren Vater mit leerem Blick an. Schließlich gab sie sich einen Ruck. Sie beugte sich mit verschränkten Armen über den Kuchen und blies.

„Sehr gut. Du darfst dir etwas wünschen."

Rosalie öffnete den Mund, um etwas zu sagen, doch ihr

Vater hob rasch die Hand. „Aber du darfst es nicht verraten, sonst geht der Wunsch nicht in Erfüllung." Er nahm ein Messer aus dem Holzblock und begann, den Kuchen anzuschneiden.

„Ich habe doch gesagt, dass ich nichts möchte."

„Bist du sicher? Er ist wirklich gut. Marzipan mit weißer Schokolade. Früher hast du so etwas gemocht."

Der Kaffee in der Espressokanne gurgelte. Rosalie stellte die Flamme ab und füllte ihren Becher. Als sie sich drei gehäufte Teelöffel Zucker hineinschaufelte, spürte sie den vorwurfsvollen Blick ihres Vaters. Normalerweise machte er sie immer darauf aufmerksam, wie ungesund das war, doch heute hatte er sich anscheinend im Griff und behielt seine Ernährungsratschläge für sich.

Rosalie fragte sich, ob sie ihn nicht doch noch aus der Reserve locken konnte. Sie setzte sich auf einen Hocker an die Küchentheke und kramte aus den Tiefen ihrer verbeulten Hose eine zerknautschte Packung *St. Michel* hervor.

„Muss das sein?", fragte Maurice stirnrunzelnd, als sich seine Tochter eine Zigarette ansteckte.

Rosalie blies den Rauch in die Luft und warf das abgebrannte Streichholz achtlos auf den Tisch. Eigentlich mochte sie keine Zigaretten, schon gar nicht am frühen Morgen. Aber es juckte ihr in den Fingern, den streng gescheitelten, glatt rasierten Vater aus der Haut fahren zu sehen.

Vorsichtig nippte sie an der heißen Tasse und schaltete das Radio ein. In den Nachrichten berichteten sie gerade, dass es in den Vorstädten mal wieder brannte, während das Leben in den reichen Innenstadtbezirken von dem Ausbruch blinder Wut gänzlich unberührt blieb. Ihr Vater schien noch nicht einmal zu ahnen, dass um ihn herum die Welt zusammenbrach. Leute wie er wandten die ganze Lebensenergie darauf, ihr eigenes rechtwinkliges Leben von der Realität abzuschotten. Metro, Boulot, Dodo – U-Bahn, Arbeit, Schlafen: Das war der Rhythmus, nach dem ihr Vater durchs Leben marschierte. Na ja, vielleicht keine Metro. Papa Maurice der Prächtige würde sich nie unter das gemeine Volk mischen. Stattdessen reihte er sich mit seinem viel zu großen Espace lieber in den Stau ein, der den Place Denfert Rochereau jeden Tag verstopfte. Rosalie schnippte die Asche ihrer Zigarette in die hohle Hand und trank noch einen Schluck Kaffee.

„Oh, ehe ich es vergesse: Hier sind noch ein paar Geschenke für dich." Wie ein Magier, der aus seinem Hut ein Kaninchen hervorzauberte, legte ihr Vater einige Päckchen auf den Tisch.

Rosalie überlegte kurz, wohin sie die Asche tun sollte, und ging dann hinüber zur Spüle, wo sie die Hand ausschüttelte. Unter dem dünnen Strahl des Wasserhahns ließ sie die Glut der Zigarette zischend verlöschen, bevor sie die Kippe in den Mülleimer warf.

Mit Ausnahme eines Geschenks verriet schon jetzt die Form der Päckchen, dass es mal wieder Bücher und CDs gab. Rosalie riss das erste auf.

Es war der zweite Teil eines Romans von Victor Hugo. Schullektüre. Ohne einen Blick hineinzuwerfen, schob sie ihn beiseite.

Die CD war noch schlimmer. „Phil Collins?", sagte sie

in einem Tonfall, als hätte ihr Vater endgültig den Verstand verloren.

„Ich dachte mir, dass es mal eine angenehme Abwechslung zu dem Krach ist, den du sonst immer hörst."

Die Diskussion über Musikgeschmack ersparte sie sich und ihrem Vater lieber. Es blieb nur noch ein kleines Päckchen, das in einem altmodisch geblümten Geschenkpapier verpackt war. „Das ist von Fleur", erklärte ihr Vater, und aus seiner Stimme verabschiedete sich der letzte Rest von guter Laune.

Rosalie riss das Papier auf und öffnete eine kleine Schatulle. Ihr Herz blieb für einen Moment stehen, als sie den Kristallanhänger sah. Vorsichtig hob sie ihn an der Kette hoch. Der Stein, in dessen Facetten sich das Licht der Küchenlampe tausendfach brach, hatte die Form einer Träne. Die jugendstilartige Einfassung war wie die feingliedrige Kette aus leicht angelaufenem Silber und sah wertvoll aus. Sehr wertvoll.

„Das muss Großmutter ein Vermögen gekostet haben", hauchte Rosalie.

„Nein, Fleur hat dafür keinen Cent ausgegeben", sagte ihr Vater tonlos. „Der Anhänger hat deiner Mutter gehört."

Rosalie versuchte, mit den Fingernägeln den filigranen Verschluss zu öffnen.

„Du willst ihn doch nicht etwa mit in die Schule nehmen?"

„Was dagegen?"

„Ich hätte Angst, das Stück zu verlieren."

Rosalie dachte einen Augenblick nach. Sie musste zugeben, dass ihr Vater ausnahmsweise Recht hatte. Also legte sie die Kette wieder zurück in das kleine, mit Watte ausgepolsterte Kästchen.

„Immer noch kein Stück Kuchen?"

„Nein!", war die entnervte Antwort.

„Dann packe ich ihn wieder ein, damit du ihn mit in die Schule nehmen kannst."

Rosalie rollte mit den Augen. „Ich habe keine Lust, den Karton den ganzen Tag mit mir herumzuschleppen."

„Dann werfe ich den Kuchen weg?"

„Lass gut sein", lenkte Rosalie seufzend ein. „Tu ihn wieder in die Kiste." Sie ärgerte sich augenblicklich darüber, dass es ihrem Vater wieder einmal gelungen war, ihr ein schlechtes Gewissen zu machen. Mit schöner Regelmäßigkeit tappte sie in die immer gleiche Falle. Vielleicht kannten sie einander zu gut. Und vielleicht waren sie sich trotz aller äußerlichen Unterschiede ähnlicher, als sie dachten, sonst würden die sich ständig wiederholenden Rituale wahrscheinlich nicht so gut funktionieren.

Maurice Claireveaux war ein sehr geradliniger Mensch, höflich ausgedrückt. Rosalie hingegen fand für das zwanghafte Wesen ihres Vaters weniger feine Ausdrücke„ die sie aber in der Regel für sich behielt. Nur manchmal, wenn beide einen schlechten Tag erwischten, trafen mit der explosiven Wucht einer Naturkatastrophe zwei Welten aufeinander, die sich normalerweise wie die gleichen Pole eines Magneten abstießen.

Als Rosalie klein war, hatte sie den Lebensplan ihres Vaters natürlich nicht hinterfragt. Sie kannte ja nichts anderes. Doch je älter sie wurde und je mehr sie sich der alles regelnden Kontrollwut entziehen wollte, desto angespannter wurde das Verhältnis zwischen den beiden. Nur selten erlaubte sich Maurice Claireveaux den Luxus eines Gefühlsausbruchs, weder im positiven noch im negativen Sinne. Meist versuchte er, im Umgang mit Rosalie den Gesetzen des Verstandes zu folgen, und traf dabei aber stets ihr Herz, denn sie empfand seine, wie er es nannte, „Logik im Handeln“ stets als Gefühlskälte. Tatsächlich hatte ihr Vater sie als Kind nie getröstet oder gar in den Arm genommen. Kam sie einmal weinend zu ihm gelaufen, weil sie gestürzt oder von einem Nachbarjungen verhauen worden war, tat er dies als normales und unvermeidliches Ereignis in der Entwicklung eines Kindes ab. So wie auch der Körper lernen musste, sich gegen Krankheitskeime zu wehren, um danach gesünder und kräftiger den weiteren Gefahren des Lebens zu trotzen. Als Arzt liebte ihr Vater derlei griffige Vergleiche.

Wenn es aber einmal um echte Seuchenträger ging, war Maurice Claireveaux nicht so duldsam. Zweimal in der Woche kam für jeweils vier Stunden eine vietnamesische Haushaltshilfe, die kaum ein Wort Französisch sprach, dafür aber die ganze Wohnung so lange putzte, bis man auf der sterilen Küchentheke eine Operation am offenen Herzen hätte durchführen können. Nach langen Kämpfen war es Rosalie gelungen, ihr eigenes Zimmer zum Schutzgebiet zu erklären, das niemand betreten durfte. Der Preis für diesen Sieg war auf den ersten flüchtigen Blick nicht sehr hoch gewesen. Rosalie musste von diesem Zeitpunkt an versprechen, sich selbst um Sauberkeit und Ordnung in ihrem kleinen Reich zu kümmern. Das hieß, sie musste ihre Kleidung selber waschen, einmal in der Woche saugen, die Regale abwischen, den Mülleimer leeren und die Betten beziehen. Zweimal im Jahr sollten zudem die Fenster geputzt werden.

Ihr Vater hatte dazu einen detaillierten Plan erstellt, der ihr die Arbeit erleichtern sollte. Ohne einen Blick auf den Zettel zu werfen, hatte sie die Liste jedoch umgehend in den Müll geworfen und den Tag herbeigesehnt, an dem sie endlich ausziehen konnte. Aber da würde sie mindestens noch zwei Jahre warten müssen.

Mittlerweile war es kurz vor acht. Ihr Vater räumte die Küche auf, während Rosalie die Jacke anzog und den Sitz ihres dicken hellgrünen Wollschals vor dem großen Spiegel im Flur kontrollierte.

Das war auch so eine seltsame Sache, dachte sich Rosalie. Während die ganze Wohnung so ordentlich und makellos war, dass sie unbewohnt wirkte, hing gegenüber der Wohnungstür dieses fast mannshohe Monstrum, das einen von oben nach unten durchgehenden Sprung aufwies. Die beiden Hälften waren nicht plan, sodass jede Reflexion verdoppelt wurde. Einmal hatte ihr Vater einen Glaser kommen lassen, der beim Anblick des schlicht eingefassten Spiegels aber nur lachte, sich die Fahrtkosten erstatten ließ und wieder ging – nicht ohne Maurice Claireveaux vorher zu raten, er solle sich doch lieber einen neuen kaufen. Dennoch weigerte sich Rosalies Vater, ihn abzuhängen. Und so war der Spiegel ein seltsamer Fremdkörper in der perfekten Welt des Maurice Claireveaux.

Die Fahrt nach Norden war eine zähe Angelegenheit. Wie erwartet gab es auf dem Place Denfert Rochereau kein Durchkommen. Es würde mindestens eine Dreiviertelstunde dauern, bis sie die Schule erreichten.

Rosalie lehnte ihren Kopf an die Fensterscheibe des Espace, gegen die der böige Wind kalte Tropfen klatschen ließ. Langsam dämmerte ein trüber Tag heran, der bis zum frühen Sonnenuntergang nicht viel heller als das momentane Zwielicht sein würde.

Das neblige Paris konnte im späten Herbst eine harte Stadt sein, die selbst robuste Naturen an den Rand einer Depression brachte. Ein schweres Grau war die beherrschende Farbe. Nur die bunten Reklametafeln und flackernden Neonschriftzüge, die an den von Abgasen geschwärzten Hausfassaden angebracht waren, setzten einen schäbigen Kontrapunkt, der die Trostlosigkeit jedoch nur verstärkte. Die Touristen kannten zwar die Gegend um den Eiffelturm, die Rue de Rivoli mit dem Louvre oder Notre-Dame, doch das war nicht das wahre Paris. Das wahre Paris gab sich in den äußeren Arrondissements wie eine verlebte Frau, die sich einmal zu viel hatte liften lassen und nun kein Geld mehr hatte, den angerichteten Schaden mit billigem Make-up zu kaschieren.

Die Bäume, die die Straßen zu beiden Seiten säumten, schienen schon lange ihre Blätter verloren zu haben. Männer und Frauen in Winterkleidung, den Schirm wie Schilde vor sich hertragend, liefen geduckt durch den Regen.

Ein mürrisch dreinblickender Dicker mit Schiebermütze und einer längst ausgegangenen *Gitane Papier Maïs* im Mundwinkel stand in einem Hauseingang und wartete auf irgendetwas. Er hustete mit hochrotem Kopf, zog die Nase hoch und schluckte den Rotz runter. Angewidert wandte Rosalie den Blick ab.

Eine dicke Algerierin mit rosa Kopftuch und Wasser in den Beinen watschelte atemlos an ihr vorbei, zwei Plastiktüten voller Lebensmittel in den Händen.

Ein Junge im weißen Trainingsanzug, die D12-Cap schief auf dem Kopf, stand wie Gottes Geschenk an die Frauen lässig an die Bushaltestelle gelehnt, zu cool, um nur einen Blick auf die alte Frau zu werfen, die sich neben ihm mit steifen Knochen nach ihren heruntergefallenen Handschuhen bückte.

Der Espace rollte weiter. Immer wieder musste Rosalie mit dem Jackenärmel das beschlagene Fenster sauber wischen, um etwas sehen zu können. Sie hatte ihren CD-Player nicht eingeschaltet. Ihr war heute keine passende Musik für diese morgendliche Freak-Show eingefallen. Und so war das schrubbende Ruckeln des Scheibenwischers das einzige Geräusch, das die unwirkliche Situation ein wenig entschärfte.

Irgendwann hatte Rosalie gemerkt, dass sie die Fähigkeit hatte, hinter die Fassade der Menschen zu schauen. Ein Blick in ihre Gesichter genügte, und schon lief ein Film vor ihrem geistigen Auge ab, der an Tagen wie diesem verdammt beängstigend sein konnte. Und dieser Trick funktionierte auch bei ihrem Vater, den sie – keine Frage – die meiste Zeit einfach zum Kotzen fand. Doch immer wieder gab es Momente, da konnte sie seine Angst vor dem Leben und die stille Verzweiflung spüren, die ihn so blind für die Probleme seiner Tochter machte.

Natürlich war der 16. November auch für Maurice Claireveaux ein schrecklicher Tag. Aber dennoch gab er sich Jahr für Jahr Mühe, den Geburtstag seiner Tochter gebührend zu feiern, obwohl ihm wohl genauso wenig wie ihr danach zu Mute war.

Rosalies Zorn verrauchte langsam. Auf einmal tat es ihr Leid, dass sie ihren Vater so schlecht behandelt hatte. Sie blickte zu ihm hinüber, doch er hatte die Augen starr geradeaus auf die Straße gerichtet.

Der Nieselregen hatte aufgehört, als sie in die Rue Auguste Comte bogen. Vor dem Hauptportal des Montaigne fuhr Maurice Claireveaux den Wagen rechts ran und drückte das Warnblinklicht.

„Ich werde dich heute Mittag nicht abholen können. Kommst du alleine zum Krankenhaus?"

Rosalie verzog das Gesicht. „Ja, natürlich."

„Deine Großmutter wird auch da sein", sagte er überflüssigerweise.

Sie packte den Rucksack, der im Fußraum lag, und öffnete die Tür. Kalte, feuchte Luft schlug ihr entgegen und blies ihr die Haare aus dem Gesicht.

„Dein Kuchen!" Ihr Vater griff nach der Papiertüte auf der Rückbank und reichte sie ihr.

Plötzlich war die Wut wieder da. Rosalie kniff die Lippen zusammen. Sie warf die Tür zu und hastete die Treppen hinauf zum Portal der Schule. Es war kurz vor neun, und der Gong kündete vom Beginn des Unterrichts. Sie hatte es gerade noch rechtzeitig geschafft.

Als wäre der Tag nicht schrecklich genug, zog Madame Duisenberg im Biologieunterricht aus ihrer alten ledernen Aktentasche einen unangekündigten Test, der so ziemlich jeden im Kurs auf dem falschen Fuß erwischte. Nach dieser katastrophalen Doppelstunde war Rosalies Stimmung vollkommen im Keller. In der Pause verkroch sie sich in eine Ecke und war auf einmal froh, dass sie sich mit dem klebrig-süßen Kuchen trösten konnte. Ihr Notenschnitt, der sowieso nicht berauschend war, bewegte sich mit dieser wenig ruhmvollen Leistung wohl endgültig im roten Bereich. Mit Ach und Krach hatte sie das letzte Jahr mit zehn Punkten abgeschlossen. Wenn sie so weitermachte, konnte sie sich ihr Baccalauréat sonst wo hinschieben. Rosalie klappte den Deckel des mittlerweile eingedrückten Kartons hoch und brach mit klammen Fingern ein Stück von der Marzipantorte ab.

Es war Mittwoch, und somit hatte sie am Nachmittag unterrichtsfrei. Normalerweise zog Rosalie dann mit ihren Freundinnen um die Häuser, aber bei dem Gedanken, irgendwelche Gratulationen entgegennehmen zu müssen, hatte sie sich in diese Ecke des Schulhofs verdrückt, der in der Regel von keinem der älteren Schüler aufgesucht wurde.

Als sie die hungrigen Blicke einiger jüngerer Kinder aus der 6ième bemerkte, leckte sie sich die Finger ab und klappte den Deckel wieder zu.

„Lust auf ein Stück Kuchen?“, fragte sie und hielt ihnen den Karton hin.

Genauso gut hätte sie auch ein Rudel Hyänen mit einem Stück Fleisch ködern können, denn plötzlich war sie von einer Schar Zehnjähriger umringt, die froh waren, den langweiligen Schulfraß gegen eine von Leducs Torten einzutauschen.

Rosalie setzte sich auf eine Bank, um das Unvermeidliche noch ein wenig hinauszuzögern. Sie knöpfte die Jacke zu und wickelte den Schal enger um ihren Hals. Der Wind hatte zwar nachgelassen, doch die Kälte, die ihr jetzt langsam die Beine hochkroch, stach wie tausend Nadeln. Die Kinder aus dem Collège schienen die eisigen Temperaturen nicht zu stören. Sie hatten noch nicht die aufgesetzte Coolness der älteren Jahrgänge und spielten, nachdem sie den Kuchen in sich hineingestopft hatten, auf dem Schulhof Fangen. Alle waren in Bewegung, als ob sie einer heimlich abgesprochenen Choreografie folgten, die sie bald in die eine, bald in die andere Ecke des Schulhofs lenkte. Die, die sich nicht wie Fische in einem Schwarm bewegten, stießen laut lachend mit anderen Kindern zusammen und wurden so zum Opfer des Fängers.

Rosalie verschloss ihren Rucksack und packte ihn am Griff. Es wurde Zeit, dass sie ging.

Der Mann stand stumm und reglos inmitten der lautstark spielenden Kinder, als ob er sich in einem anderen Zeitkontinuum befand. Niemand außer Rosalie schien ihn zu bemerken oder sich an ihm zu stören. Keiner der Schüler stieß mit ihm zusammen. Immer wieder wichen sie ihm im letzten Moment aus, umtanzten ihn, so als ob sie seine Anwesenheit spürten, ohne ihn zu sehen. Der Mann starrte Rosalie durchdringend an. Er trug einen grauen Kittel, in dessen Brusttasche eine Reihe von Kulis und Schraubenziehern steckte. Nanu? Hatte Monsieur

Leotard einen neuen Gehilfen? Jedenfalls war sie dem Mann, der sie noch immer mit seltsam leerem Blick anstarrte, noch nie begegnet. Ein kalter Schauer, der nichts mit den Novembertemperaturen zu tun hatte, lief ihr den Rücken hinab.

Für einen kurzen Moment hatte sie die Idee, zu dem Mann hinüberzugehen, um ihn zu fragen, warum er sie so dumm anglotzte. Rosalie wurde öfter von älteren Männern mit eindeutigen Absichten taxiert. Wahrscheinlich geschah das schon länger, doch jetzt war sie in einem Alter, in dem sie diese Blicke einzuordnen wusste. Dabei waren es noch nicht einmal perverse Greise, sondern ganz brave Familienväter.

Doch dieser Mann in dem zerschlissenen grauen Kittel war anders, obwohl das Äußere alles andere als vertrauenerweckend war. Seine Korpulenz hatte etwas Teigiges. Das weiche Gesicht wies so gut wie gar kein Kinn auf, die Augen schauten erschrocken wie die eines Frosches, der gerade überfahren worden war, und das Haar klebte strähnig auf dem runden Schädel.

Rosalie schulterte den Rucksack und ging langsam hinüber zum Tor, das in das Hauptgebäude führte. Erst als sie den Griff in der Hand hielt, drehte sie sich noch einmal um. Der Mann stand noch immer da und durchbohrte sie mit seinem Blick.

Sie spürte, wie sich die feinen Härchen in ihrem Nacken aufstellten, und ein unangenehmer Schauer lief ihr den Rücken hinab. Monsieur Leotard steckte in ernsthaften Personalschwierigkeiten, wenn er schon solche Vogelscheuchen anstellte.

2

Rosalie musste nicht lange an der Haltestelle warten, bis der Bus Richtung Porte d'Orléans hielt und sich die Tür zischend öffnete. Sie hielt dem Fahrer ihren Ausweis vor die Nase und sah sich nach einem freien Platz um. Als ihr Blick auf einen schwarzafrikanischen Jungen fiel, der in ein Buch vertieft alleine in der letzten Reihe saß, stahl sich ein Lächeln auf ihr Gesicht. Rosalie hangelte sich an den Haltestangen entlang und ließ sich neben ihn auf den freien Sitz fallen.

„Salut Ambrose."

Der Junge schreckte hoch. Er war hoch gewachsen, fast schlaksig und trug zu seinen braunen Cordhosen einen Norwegerpullover mit Rentiermuster. Gegen die Kälte hatte er sich einen olivgrünen Parka angezogen, dessen Kapuze mit einem dicken grauen Fell abgesetzt war. Ein selbst gestrickter schwarzer Schal hing offen um seinen Hals. Bei Rosalies Anblick breitete sich ein Grinsen über sein tiefdunkles Gesicht aus.

Er zog sich kleine Hörer aus seinen Ohren.

„Rosalie, Dame meines Herzens!"

Sie hob das Buch an und warf einen Blick auf den Titel. „*Mohicans de Paris* von Alexandre Dumas, sieh an."

„Der Beitrag meiner schwarzen Brüder zur französischen Kultur wird noch immer unterschätzt." Er klappte den Band zu und stellte seine Musikmaschine aus. „Wie geht's dir?"

„Gut", log Rosalie. „Lange nicht gesehen."

„Ich habe jetzt einen Job", sagte Ambrose stolz.

„Nein!"

„Doch!"

„Wo?"

„Ach, nichts Besonderes. Ich helfe einem alten Mann in seinem Antiquariat in Saint-Germain-des-Prés. Katalogisieren, inventarisieren und dreimal die Woche hinter der Theke stehen."

Rosalie schob anerkennend die Unterlippe vor. „Nicht schlecht für einen verwahrlosten Jugendlichen aus Clichy-sous-Bois."

„Da wohne ich schon seit einigen Wochen nicht mehr. Ich habe jetzt ein Appartement in Montrouge."

„He, Gratulation."

Ambrose machte eine wegwerfende Handbewegung. „Die Gegend ist zwar besser als diese Vorstadt, aber meine Bude ist eigentlich unter aller Kanone. Ein Zimmer mit Kochnische. Toilette und Dusche im Flur. Mit meinem schäbigen Salär war nichts anderes drin. Aber dafür habe ich jetzt endlich ein Telefon."

Er holte ein schwarzes Nokia aus seiner Brusttasche, an dem noch immer das Kabel der Ohrhörer hing. „Das habe ich mir von meinem ersten Geld gekauft. Monsieur Molosse hat in seinem Antiquariat nämlich weder einen Festnetzanschluss, geschweige denn einen Internetzugang. Ich bin sozusagen sein Draht zur Welt da draußen.

Wenn gerade nicht viel los ist, sitzen wir bei einer Tasse Tee zusammen, und er quetscht mich über alles Mögliche aus. Ein liebenswerter Kerl, aber er merkt, dass er langsam alt wird. Und da er keine Familie hat, die sich um ihn kümmert, hat er mich quasi adoptiert."

„Und? Bist du ihm auch ein würdiger Sohn?"

„Klar!" Ambrose grinste breit. „Er kann es nicht haben, wenn man faul herumsitzt. Aber wenn er mich mit einem Buch in der Hand erwischt, drückt er beide Augen zu." Er hielt den kleinen Band hoch. „Auf die *Mohicans de Paris* hat er mich gebracht. Wusstest du, dass Dumas der Ältere ein Schwarzer war?"

„Ja, aber nicht so schwarz wie du."

Ambrose lachte, und auf seinen Wangen zeichneten sich zwei kleine Grübchen ab. „Das stimmt, in der Tat. Und auch sonst trennen uns Welten – leider. Ich wünschte, ich könnte so gut schreiben wie er."

„Du hast schriftstellerische Ambitionen?", fragte Rosalie überrascht.

„Nein", wiegelte Ambrose ab. „Nicht wirklich."

„Na, was jetzt?"

„Mir schwirren ein paar Ideen im Kopf herum. Vollkommen unausgegoren. Erzähl ich dir später mal von."

„Ich bin beeindruckt", sagte Rosalie und meinte es tatsächlich auch so. Ambrose war ein Junge von siebzehn Jahren, dessen Eltern aus Mali stammten und wie viele andere Migranten in einer der schäbigen Vorstädte von Paris gelandet waren. Clichy-sous-Bois galt nicht nur in diesen Kreisen als Endstation. Wer in seinem Ausweis dieses Ghetto als Adresse stehen hatte, war als Verlierer abgestempelt. Jungs wie Ambrose konnten sich dann anstrengen, wie sie wollten, niemand gab ihnen eine Stelle. Seit über zwanzig Jahren war das Problem bekannt, doch niemand hatte sich für die afrikanischen Einwanderer in den Trabantenstädten zuständig gefühlt. Eine Schraube von Arbeitslosigkeit, Resignation und Kriminalität drehte sich immer weiter nach unten. Bereits mit zehn Jahren war man Mitglied einer Bande. Drogenhandel und Hehlerei waren zwei der Einnahmequellen, mit denen man sich über Wasser hielt, andere Verdienstmöglichkeiten gab es neben schlecht bezahlter Schwarzarbeit nicht. Manche Familien lebten in der zweiten oder gar dritten Generation von Sozialhilfe und hatten nicht wie Ambrose die Kraft, das Schicksal in die eigenen Hände zu nehmen. Den meisten mangelte es aber auch an Einsicht, denn sie kannten nichts anderes als die staatliche Fürsorge, die jede Eigeninitiative erstickte.

Solch ein Leben ohne jede Perspektive konnte Menschen mit schwächerem Charakter leicht zerbrechen. Ambrose hingegen war über sich hinausgewachsen und hatte alles getan, um aus diesem Teufelskreis auszubrechen. Er nutzte alle kostenlosen Bildungsangebote, konnte sich fehlerfrei und gewählt ausdrücken. Seine Umgangsformen waren höflich, beinahe altmodisch, was Rosalie zunächst verwirrt hatte.

Als sie ihn das erste Mal auf einem Chumbawamba-Konzert getroffen hatte, glaubte sie zunächst, es mit einem dieser unsäglichen Hip-Hopper zu tun zu haben, die nichts in der Birne hatten, aber einen auf dicke Hose machten. Auf der anderen Seite hatte sie sich gefragt, was er dann auf einem Konzert wie diesem verloren hatte, und angefangen, sich mit ihm zu unterhalten, soweit das bei der ohrenbetäubenden Musik überhaupt ging.

Obwohl Rosalie versprochen hatte, direkt nach dem Konzert wieder nach Hause zu kommen, waren sie noch etwas trinken gegangen. Ihr Vater hatte an diesem Abend ohnehin Bereitschaftsdienst gehabt.

Weder Rosalie noch Ambrose hatten sich in diesem Viertel sonderlich gut ausgekannt. Die drei Boneheads, die ziemlich angetrunken vor einer Bar herumhingen, bemerkten sie erst, als es bereits zu spät war. Ambrose, der bereits Erfahrungen mit Glatzen gemacht hatte, wollte davonlaufen, doch die Skins waren schneller. Bereits an der nächsten Straßenecke hatten sie sie eingeholt und umzingelt. Dann ging alles sehr schnell. Ehe Ambrose sich wehren konnte, hatte er eine Faust im Gesicht gehabt und war zu Boden gegangen. Wie tollwütige Tiere traten die Kerle, die sich für Paradeexemplare der weißen Rasse hielten, auf ihr Opfer ein, das verzweifelt versuchte, mit den Armen seinen Kopf zu schützen.

Die drei Kerle hatten wohl gedacht, dass von einem Mädchen keine Gefahr ausgehen könnte, und Rosalie einfach ignoriert. Sie hatte nicht geschrien. Der Schock war so groß gewesen, dass sie wie eine unbeteiligte Zuschauerin daneben gestanden hatte. Dieser Abstand hatte sie die Situation klar und nüchtern erfassen lassen. Sie hatte in ihre Jackentasche gegriffen und eine kleine Dose mit CS-Gas hervorgeholt. Mit dem Daumen hatte sie den Sicherungsdeckel weggeschnickt und den Strahl der ätzenden Flüssigkeit direkt auf die Augen der drei Skins gerichtet.

Die Reaktion war unerwartet heftig gewesen. Mit einem lauten Aufschrei hatten sie sich abgewandt und ihre Gesichter bedeckt. Der Kräftigste von ihnen, dessen Hals eine tätowierte SS-Rune zierte, hatte die größte Ladung abbekommen. Er hatte röchelnd gewürgt und sich auf das Straßenpflaster übergeben. Die anderen waren wie Zombies blind umhergetaumelt und hatten vergeblich versucht, das Mädchen zu fassen. Rosalie hatte die Spraydose fortgeworfen und Ambrose auf die Beine geholfen. So schnell sie konnten, waren sie zur nächsten Metrostation gelaufen. Erst als sich die Türen hinter ihnen schlossen und der Zug sich in Bewegung gesetzt hatte, war ihr Pulsschlag ruhiger geworden. Die ganze Zeit sprachen sie kaum ein Wort miteinander, zu sehr hatten sie noch unter dem Schock dieses Überfalls gestanden.

Am Gare du Nord hatten sich ihre Wege getrennt. Ambrose musste die Bahn und anschließend den Bus nehmen, um nach Clichy-sous-Bois zu kommen. Er hatte schon auf der Rolltreppe gestanden, als er noch einmal umgekehrt war, um sich bei ihr mit wirren Worten zu bedanken. Ambrose hatte ihr seine E-Mail-Adresse auf einen Zettel gekritzelt. Dann war er losgelaufen, um seine Bahn noch zu bekommen.

Seit diesen Tagen bestand ein loser Kontakt zwischen den beiden. Ab und zu trafen sie sich auch abends und gingen ins Kino. Rosalie imponierte seine ruhige, humorvolle Art und wie er die Chancen, die sich ihm boten, ohne Zaudern ergriff. In dieser Hinsicht war er ihr weit voraus, obwohl er nur ein Jahr älter als sie war. Rosalie fühlte sich zu Ambrose hingezogen, und sie spürte, dass dieses Gefühl, wenn auch nicht offen, von ihm erwidert wurde. Trotzdem war aus dieser Freundschaft keine feste Beziehung entstanden.

„Alles in Ordnung mit dir?“, fragte Ambrose besorgt.

Rosalie schreckte aus ihren Gedanken hoch. „Hm?“

„Du bist nicht besonders gut drauf“, stellte er fest.

„Nein, bin ich auch nicht. Heute ist mein Geburtstag.“

Ambrose schaute Rosalie einen Moment verwirrt an, dann fiel bei ihm der Groschen. „Scheiße“, sagte er nur. „Du bist auf dem Weg zu deiner Mutter.“

Rosalie nickte, drückte den Halteknopf und stand auf.

„Sehen wir uns, wenn der ganze Rummel vorbei ist?“, fragte er vorsichtig. „Dann kannst du mir erzählen ... na ja, wie es war.“

„Mail mir deine neue Telefonnummer. Ich ruf dich an.“

„Werd ich tun“, sagte Ambrose. Er zögerte. „Trotzdem: herzlichen Glückwunsch.“

Rosalie verdrehte die Augen und zwang sich zu einem Lächeln. „Salut, Ambrose.“

Der Bus hielt, die Türen öffneten sich, und Rosalie sprang hinaus. Dann fuhr der Bus mit dröhnendem Motor davon. Sie sah, dass sich Ambrose umgedreht und die Hand gehoben hatte. Rosalie winkte zurück und wartete, bis der Bus um die Ecke gebogen war. Dann machte sie sich auf den Weg zur Neurologie.

Fast ein ganzes Viertel war fest in der Hand des Hôpital Ste. Anne, dessen Gelände zwischen der Rue d’Alésia, der Rue Broussais und der Rue Cabanis lag. Das Gelände selbst war in Bereiche unterteilt, denen man Namen von berühmten Künstlern verliehen hatte – alle mit leichtem Hang zum Wahnsinn: Franz Kafka, Vincent van Gogh und Guy de Maupassant. Nun ja, irgendwie passten sie zu einer Klinik, die sich in erster Linie mit neurologischen und psychischen Störungen beschäftigte.

Rosalie war wie ihr Vater in Ste. Anne ziemlich bekannt, denn jeder nahm Anteil am Schicksal der Familie Claireveaux, die auf den Tag seit sechzehn Jahren genau genommen keine mehr war. Mindestens einmal die Woche besuchte Rosalie ihre Mutter. Dann saß sie bei ihr und erzählte ihr, was sich die Woche über zugetragen hatte, ließ sie an ihrem Leben teilhaben und brach spätestens nach einer halben Stunde in Tränen aus, weil ihr Marguerite Claireveaux nicht antwortete. Auch wenn sie wie durch ein Wunder aus dem Koma erwacht wäre, so hätte sie wegen des Beatmungsschlauchs kein Wort hervorbringen können.

Als Rosalie vor der Tür mit der Nummer 322 stand, überlegte sie kurz, ob sie anklopfen sollte, trat dann aber ohne Ankündigung ein.

Es war, als betrete sie eine mit wertvollen Möbeln luxuriös ausgestattete Hotelsuite. In der Ecke stand eine Sitzgruppe aus weißem Leder um einen massiven Marmortisch. Ein schweres Regal aus Kirschholz beherbergte eine stattliche Ansammlung von Büchern und absurderweise einen Fernseher mitsamt DVD-Player. Samtvorhänge hingen an den Wänden, um die technischen Apparaturen zu verbergen, die Rosalies Mutter am Leben hielten. Auf kleinen Teetischen standen Blumen, deren Duft zusammen mit dem Marzipangeruch des Desinfektionsmittels eine irritierend süßliche Mischung einging.

Ihr Vater stand gemeinsam mit Rosalies Großmutter am Fußende des Bettes, in dem zusammengekrümmt ein kleines knochiges Bündel lag. Sechzehn Jahre des bewegungslosen Verharrens hatten die Muskeln und Sehnen so sehr verkürzt, dass der Körper eine Embryonalhaltung eingenommen hatte. Die Augen waren wie der Mund halb geöffnet, wobei sich die Haut wächsern über die spitzen Wangenknochen spannte. Rosalie war mit diesem Anblick aufgewachsen, und dennoch war sie stets verwirrt, wenn sie ihre Empfindungen einer genaueren Prüfung unterzog. Sie wusste, dass dieses zusammengekauerte Wesen biologisch gesehen tatsächlich ihre Mutter war. Doch da war kein Gefühl der Bindung. Im Angesicht dieses namenlosen Elends spürte sie nur herzzerreißendes Mitleid, und das hätte sie auch bei jedem anderen Menschen empfunden, der so schrecklich litt. Früher hatte sich Rosalie dafür geschämt, dass sie ihrer Mutter gegenüber kaum etwas empfand, was über dieses Mitleid hinausging. Sie hatte sich gefragt, ob sie sich mit einer Mauer umgeben hatte, um sich vor den überwältigenden Gefühlen zu schützen, die sie eigentlich hätte spüren müssen. Irgendwann war sie aber zu dem Schluss gekommen, dass eine echte Bindung nur hätte wachsen können, wenn es auch gemeinsame Erlebnisse gegeben hätte. Verdammt, Rosalie wusste ja noch nicht einmal, was für eine Stimme ihre Mutter hatte! Ihr Vater hatte zwar immer wieder von ihr erzählt, ein eigenes Erleben konnten diese Geschichten aber nicht ersetzen. Schließlich hatte Rosalie beschlossen, sich über solche Dinge nicht den Kopf zu zerbrechen. Das änderte aber nichts an der Tatsache, dass sie sich unterschwellig die Schuld am Zustand ihrer Mutter gab, denn es war Rosalies Geburt gewesen, die dieses Koma ausgelöst hatte.

Als die Großmutter ihre Enkelin im Türrahmen sah, eilte sie auf sie zu und nahm sie in den Arm.

„Hallo Rosalie“, sagte Rosalies Vater und zwang sich zu einem Lächeln. Sie löste sich aus dem Griff ihrer Großmutter und trat ans Bett. Im Hintergrund klackte und zischte das Beatmungsgerät, das über einen langen, durchsichtigen Schlauch durch eine Öffnung unterhalb der Kehle mit der Luftröhre verbunden war. Ein zweiter Schlauch, der an einer halb vollen Sondenkostflasche hing, führte durch die Bauchdecke direkt in den Magen.

Es war Essenszeit im Hôpital Ste. Anne.

Sobald der Brei verdaut worden war, würden die festen Ausscheidungsreste in einem Kolotomiebeutel aufgefangen werden. Der Urin lief über einen Blasenkatheter in einen zweiten Beutel, der am Fußende des Bettgestells hing.

Vorsichtig, fast liebevoll strich Rosalie ihrer Mutter mit dem Handrücken über die hohle Wange.

„Welch ein Wahnsinn“, sagte ihre Großmutter an Maurice gewandt. „Siehst du denn nicht, wie sie leidet? Woher nimmst du das Recht, ihr so etwas anzutun!“

Rosalie biss die Zähne zusammen. Bemerkungen wie diese gehörten zu dem gut einstudierten Ritual, das immer an diesem Tag abgehalten wurde. Und auch die Antwort ihres Vaters war stets dieselbe.

„Hier geht es nicht um irgendein Recht, sondern um

meine *Pflicht*, alles in meiner Macht Stehende zu tun, um das Leben meiner Frau zu retten."

„Aber schau sie dir doch an! Du kannst sie nicht mehr retten!"

„Ich glaube nicht, dass du in der Lage bist, das zu beurteilen", entgegnete er.

Fleur warf ihrem Schwiegersohn einen Blick zu, als wäre er ein besonders widerwärtiges Exemplar der Gattung Mensch. „Denkst du denn dabei nicht auch an Rosalie? Findest du nicht, dass du deinem Kind damit Schaden zufügst?"

Maurice blinzelte ein paarmal. Rosalie konnte nicht einschätzen, ob ihr Vater irritiert oder einfach nur genervt war. Eine Sekunde später hatte er sich wieder im Griff.

„Ich habe keine andere Wahl", sagte er nur.

„Was glaubst du, wer du bist? Der Prinz, der Dornröschen wachküsst? Marguerite ist schon lange nicht mehr unter uns. Du kannst nicht loslassen. Stattdessen betreibst du hier einen widerlichen Totenkult. Maurice, du bist krank", sagte Fleur, wobei sie das letzte Wort besonders betonte.

„Marguerite ist nicht tot", antwortete Maurice im Tonfall eines Arztes, der es mit einem besonders uneinsichtigen Patienten zu tun hat.

„Doch, das ist sie! Sie ist bei der Geburt ihrer Tochter gestorben, sieh das doch endlich ein."

Rosalie sah von einem zum anderen. Sie wollte etwas sagen, ihre Wut herausschreien, aber irgendjemand hatte ihr die Worte gestohlen und die Kehle zugeschnürt. Hilflos stürzte sie aus dem Zimmer.

„Rosalie!“, rief ihr ihre Großmutter hinterher, doch da hatte sie die Tür schon zugeworfen. Erst als sie bei den Aufzügen stand und verzweifelt auf den Abwärtsknopf einhämmerte, hatte Fleur sie eingeholt.

„Rosalie, es tut mir leid.“

„Mir auch“, blaffte sie zurück und funkelte ihre Großmutter wütend an. „Ihr braucht keine fünf Minuten in einem Raum zu sein, schon geht ihr euch an die Gurgel. Es ist immer dasselbe. Es kotzt mich an!“ Ihre Stimme brach bei den letzten Worten. Fleur nahm ihre schluchzende Enkelin in die Arme und strich ihr über den Kopf.

„Du hast Recht, Schatz. Es tut mir Leid. Aber sobald ich mit deinem Vater über meine Tochter spreche, brennen bei mir die Sicherungen durch.“ Verlegen schaute sie Rosalie in die Augen. „Es macht mich hilflos und wütend, wenn ich mitansehen muss, wie er ohne Rücksicht auf mich oder gar auf dich über ihr Leben bestimmt, das keines mehr ist.“

„Und ich sitze bei euren Streitereien zwischen allen Stühlen“, sagte Rosalie und putzte sich mit einem Papiertaschentuch die Nase. „Wäre ich nicht geboren worden, würde meine Mutter heute nicht hier liegen! Das ist eine Tatsache, die du nicht wegdiskutieren kannst!“

„Es war höhere Gewalt! Niemand ist dafür verantwortlich, auch wenn du anders darüber denkst.“

Rosalie holte zitternd Luft und nickte schließlich. „Ich hasse meinen Geburtstag“, sagte sie.

„Das würde ich an deiner Stelle auch.“

Mittlerweile war der Fahrstuhl gekommen, und sie fuhren beide hinunter ins Erdgeschoss.

„Vielen Dank übrigens“, sagte Rosalie.

„Wofür?“

„Den Anhänger. Papa hat gesagt, dass er meiner Mutter gehörte.“

„Gefällt er dir?“

Rosalie nickte. „Er ist ziemlich wertvoll, nicht wahr?“

„Ich habe keine Ahnung. Aber er ist sehr schön und offensichtlich auch ziemlich alt. Und ich denke, sie hätte gewollt, dass du ihn bekommst.“

„Du redest von ihr, als sei sie schon tot.“

Fleur schwieg. Dann sagte sie: „Ich will einen Gerichtsbeschluss erwirken. Ich möchte, dass die Geräte abgestellt werden.“

„Wie bitte?“, fragte Rosalie entgeistert.

„Vor einem halben Jahr bin ich zu meinem Anwalt gegangen. In der nächsten Woche erwarte ich die Entscheidung.“

„Warum hast du nicht mit mir darüber gesprochen?“ Rosalie war fassungslos.

Fleur wandte den Blick von ihrer Enkelin. „Weil ich dich damit nicht belasten wollte.“

„Aber es betrifft mich genauso wie dich oder Papa!“ In Rosalies Stimme schwangen Wut und auch eine Spur Entrüstung mit.

„Marguerite hat eine Patientenverfügung unterschrieben, in der sie genau festgelegt hat, was mit ihr geschehen soll, wenn sie nicht mehr selbst über ihr Leben entscheiden kann.“

Rosalie sah ihre Großmutter nur stumm an.

„Dein Vater hat das Dokument damals gelesen, aber in

allen Punkten ignoriert. Deswegen habe ich einen Anwalt eingeschaltet." Fleur ergriff Rosalies Hände. „Deine Mutter war … ungewöhnlich. In einem Moment himmelhoch jauchzend, im nächsten zu Tode betrübt. Wenn sie guter Dinge war, konnte sie tage- und nächtelang durch Paris ziehen. Aber wehe, ihre Stimmung verdüsterte sich. Dann verließ sie tagelang nicht das Haus. Auch wenn du es nicht glaubst, aber dein Vater hat ihr gut getan. Sie ergänzten sich auf eine wundersame Art und Weise, denn seine Geduld mit ihr war grenzenlos. Bei ihm kam sie endlich zur Ruhe." Tränen stiegen ihr in die Augen. „Und ich glaube, dass er sie noch immer verzweifelt liebt."

Rosalie warf den Schlüssel auf den kleinen Tisch bei der Garderobe, hängte ihre Jacke auf und kickte ihre Schuhe in die Ecke. Die Wohnung war eiskalt. Ihr sparsamer Vater hatte beim Verlassen wie immer die Heizung heruntergedreht. Rosalie ging ins Wohnzimmer, schaltete das Licht ein und drehte den Thermostat bis zum Anschlag auf. Es würde mindestens eine halbe Stunde dauern, bis wieder erträgliche Temperaturen herrschten. Rosalie stand ratlos im Raum und wusste nicht, was sie als Nächstes tun sollte. Ihre Gefühlswelt war nach diesem Tag eine einzige Trümmerlandschaft, und es fiel ihr schwer, einen klaren Gedanken zu fassen. Sie versuchte, das Bild von diesem hilflosen Bündel zu verdrängen, das sich so hartnäckig auf der Netzhaut ihres inneren Auges festgebrannt hatte.

Traf ihr Vater wirklich die richtige Entscheidung, wenn

er diesen zerbrechlichen Körper um jeden Preis am Leben erhielt? War solch ein Leben wirklich noch lebenswert? Sicherlich nicht. Aber durfte man deswegen das Beatmungsgerät abstellen und Marguerite hilflos ersticken lassen? Was wäre, wenn sie ihr Sterben bei vollem Bewusstsein miterlebte, wie jemand, der bei lebendigem Leibe begraben wird? Bekam sie die Diskussionen an ihrem Krankenlager mit? Wusste sie, dass ihre Tage wahrscheinlich gezählt waren? Fürchtete sie sich vor dem Ende? Sehnte sie es gar herbei? Oder war ihr Geist tatsächlich schon seit sechzehn Jahren tot, und es machte alles keinen Unterschied mehr?

Rosalie musste sich ablenken, sonst würde sie noch wahnsinnig werden. Sie lief in ihr Zimmer, legte eine CD von *Maximo Park* auf und schraubte die Lautstärke so hoch, dass der Bass ihren Magen kitzelte. Dann begann sie, die schmutzige Wäsche zu sortieren. Weiß auf Weiß, Blau auf Blau, Schwarz auf Schwarz, den bunten Rest würde sie in einer vierten Tour durch die Trommel jagen. Sie nahm den Berg Unterwäsche in den Arm, ging ins Bad, stopfte ihn in die Maschine und stellte den Regler auf neunzig Grad, Kochwäsche. Rosalie zog die kleine Schublade an der Frontseite auf und füllte einen viel zu vollen Becher Waschmittel ein. Dann drückte sie den Startknopf. Wasser zischte, und die Trommel begann, sich surrend zu drehen. Die Anzeige zeigte 2:07. Zeit genug, um den Rest ihres Zimmers auf Vordermann zu bringen. Rosalie zog das Bett ab und stopfte die verbliebene schmutzige Wäsche in die beiden Bezüge, um sie kurzerhand in die Badewanne zu werfen.

Einige Male hatte das Telefon geklingelt. Rosalie hatte am Display erkannt, dass es ihre Freundin Julie war, und nicht abgehoben. Wenn es etwas Wichtiges war, konnte sie ja eine Nachricht auf dem Anrufbeantworter hinterlassen, doch das tat sie natürlich nicht.

Julie, Annette, Valerie und die anderen Mädchen aus der Schule waren wunderbare Freundinnen. Vielleicht ein wenig langweilig, aber stets von einer solch unerschütterlich guten Laune, dass Rosalie sich irgendwann einmal allen Ernstes gefragt hatte, ob sie alle durch die Bank Drogen nähmen – was natürlich nicht der Fall war, dazu waren sie zu brav und auch zu klug. Nein, sie waren eben so: unbeschwert, sorgenfrei, geradlinig. Einfach perfekte Mädchen von fünfzehn, sechzehn Jahren und fast alle mit einem Freund. Das hatte das Verhältnis in den letzten Monaten ein wenig belastet, denn Rosalie war sich immer mehr wie ein fünftes Rad am Wagen vorgekommen, wenn man abends ausgegangen war. Julie, die Herzensgute, hatte sich sogar einmal als Kupplerin versucht und eines Abends einen Typen für sie angeschleppt. Rosalie war zunächst wütend darüber gewesen, denn sie konnte es gar nicht leiden, wenn andere Menschen versuchten, sich in ihr Leben zu mischen. Und was Jungs anging, war sie besonders empfindlich.

Robert hatte sich sogar als halbwegs erträglicher Zeitgenosse entpuppt. Nicht gerade sprühend vor Charme, aber auch nicht die Sorte Langeweiler, die sich von Mutti noch die Pausenbrote schmieren ließ.

Als sich Rosalie langsam mit dem Gedanken angefreundet hatte, vielleicht doch etwas mit ihm anzufangen, musste sie feststellen, dass er noch zwei andere Freundinnen hatte, die nichts voneinander wussten. Erstaunlicherweise war sie ihm deswegen noch nicht einmal böse gewesen, immerhin war die Initiative ja von ihr ausgegangen. Außerdem gehörte Robert nicht zu der Sorte Jungs, die das aus Boshaftigkeit taten. Er konnte halt nur nicht Nein sagen. Damit war das Kapitel für Rosalie einstweilen abgeschlossen.

Julie war daraufhin zu Tode betrübt gewesen und glaubte seit dieser Zeit, eine Schuld bei ihr abtragen zu müssen. Sie kannte natürlich die Familienverhältnisse der Claireveaux' und wusste somit auch, dass für Rosalie der Geburtstag der schwärzeste Tag des ganzen Jahres war. Ihre Bemühungen waren rührend, aber auch ein wenig nervend, weswegen Rosalie in diesen Tagen ihrer Freundin aus dem Weg ging.

Rosalie suchte und fand in der Küche eine Rolle mit grauen 25-Liter-Müllbeuteln. Sie riss drei davon ab und machte sich daran, den Unrat in ihrem Zimmer zu entsorgen. Am Ende stellte sich heraus, dass sie noch zwei weitere Tüten brauchte. Was für ein Saustall. Wie konnte man nur so leben?

Sie hatte die Antwort noch im selben Moment parat: Wenn sie einigermaßen mit sich im Reinen war, ließ sie alles bis auf die Körperhygiene schleifen. Dann war nichts wichtiger als ihr Leben, das sie so wenig wie möglich in dieser Wohnung verbringen wollte.

Doch manchmal, wenn wie heute alles schief lief, dann hätte sie sich am liebsten in ihr Bett verkrochen, die Vorhänge zugezogen und das Telefon ausgehängt, damit sie alleine mit sich und ihrem Leid war. Am besten für die ganze Woche. Oder den Rest des Novembers.

Sie wusste, dass das ein hoffnungsloser Wunsch war.

Ihre Laufbahn am Montaigne stand auf der Kippe. Nach dem heutigen Tag noch mehr denn je. Es gab nur wenige Kurse, in denen sie mehr als die erforderlichen zehn Punkte erreicht hatte, bei einigen lag sie sogar knapp darunter. Sie musste sich am Riemen reißen, wollte sie das Bac absolvieren. Niemand sprach davon, dass sie den Abschluss mit Auszeichnung machen musste, um sich an einer Elite-Universität einzuschreiben, aber wenigstens wollte sie nicht sang- und klanglos wie diese Schnepfen untergehen, die schon jetzt davon träumten, mit achtzehn die erste Nasen-OP von Papi bezahlt zu bekommen, und ansonsten Baudelaire für eine neue Pflegeserie von Givenchy hielten.

Himmelhoch jauchzend, zu Tode betrübt. Als ihre Großmutter Rosalies Mutter so beschrieben hatte, war sie wie elektrisiert zusammengezuckt. Genauso fühlte sich Rosalie auch. Es war, als gäbe es keine Mitte in ihrem Leben, alles drängte von ihr fort. Entweder war sie so gut drauf, dass sie am liebsten die ganze Welt umarmt hätte, oder ihre Gedanken waren schwarz wie die Nacht.

Aber sie hatte sich im Griff, oder? Sie legte sich eben nicht in ihr Bett und vergrub sich, sondern griff zu allerlei Ablenkungsmanövern – und wenn es Putzattacken waren.

Am Ende, wenn der Zug wieder Fahrt aufnahm, hatte sie immer ihr Zimmer aufgeräumt, die Wäsche gewaschen, den Müll hinausgebracht und vielleicht sogar die

Fenster geputzt. All die Dinge, die ihr Vater auf diesen Zettel geschrieben hatte, der schon lange nicht mehr existierte. Rosalie war dankbar, dass dieser Selbsterhaltungstrieb noch immer funktionierte. Ohne ihn wäre sie mit Sicherheit schon längst ein verwahrloster Fall fürs Jugendamt geworden.

Sie warf einen Blick auf die Uhr. Es war kurz vor neun, und mittlerweile war *The Music* der Soundtrack des heutigen Abends. Die Waschmaschine hatte ihren dritten Durchlauf geschafft, und ihr Vater würde nicht vor Mitternacht nach Hause kommen. Ein hohles Gefühl in der Magengegend machte sie darauf aufmerksam, dass es an der Zeit war, etwas zu essen.

Warmes Licht fiel auf ihr Gesicht, als sie die Kühlschranktür öffnete und den Inhalt inspizierte. Käse, Pastete, Oliven, es war alles da. In Windeseile kramte sie alles heraus, was einigermaßen schmackhaft aussah. Dabei machte sie sich nicht die Mühe, ihr Abendbrot auf einer Platte zu drapieren, sondern trug alles, wie es war, ins Wohnzimmer.

Rosalie legte die Füße auf den Couchtisch, schaltete den kleinen Fernseher ein, damit ihr die Sopranos bei diesem kleinen Geburtstagsgelage Gesellschaft leisteten, und machte sich über das Essen her. Dass dabei noch immer die Musik im Hintergrund dröhnte, störte sie nicht. Sie stellte ihre Lieblingsserie einfach lauter.

Es war köstlich. Die getrüffelte Leberpastete war wie gemacht für das leicht knatschige Landbrot vom Vortag. Zwischen jedem Bissen stopfte sie sich ein Cornichon in den Mund, und als die kleinen Gürkchen vertilgt waren, mussten die Silberzwiebeln dran glauben. Dazu schnitt sie sich immer wieder unanständig dicke Stücke Käse ab, die sie mit Senf bestrich, bevor auch sie in den Tiefen ihres Schlundes verschwanden. Hinuntergespült wurde alles mit einer Anderthalbliterflasche Cola.

Der Tisch war leer, und die Sopranos hatten sich schon längst verabschiedet, als Rosalie erneut zum Kühlschrank wankte und aus dem Tiefkühlfach einen großen, jungfräulichen Becher Chocolat-Chip-Eiscreme holte.

Das Eis war knüppelhart, und der Löffel, den Rosalie benutzte, um sich eine Portion herauszuhebeln, verbog, als wäre er aus Zinn. Sie fluchte, weil sie keine Lust darauf hatte, eine halbe Stunde zu warten, bis ihr Nachtisch weich genug war.

Mit einem triumphierenden Lächeln öffnete sie die Tür der Mikrowelle und stellte den Becher hinein. Fünf Minuten später machte es *ding*, und das Häagen Dazs hatte genau die richtige Konsistenz. Gierig löffelte sie den süßen Brei in den Mund, als drohte ihre eine Ohnmacht wegen Unterzuckerung.

Benommen stand sie auf und machte sich daran, die Spuren ihrer Fressattacke zu beseitigen, als ihr Blick auf die offene Schatulle fiel, in der auf einem Stück Watte der Kristallanhänger ihrer Mutter lag.

Hastig entsorgte Rosalie den Müll und wischte den Tisch ab. Erst dann unterzog sie das Schmuckstück mit zusammengekniffenen Augen einer eingehenden Betrachtung. Das, was sie zuvor für Jugendstilornamente gehalten hatte, entpuppte sich bei näherer Betrachtung als ineinander verschlungene Körper graziler kleiner Elfen oder

Engel. Der tropfenförmig geschliffene Kristall war von einer strahlenden Klarheit. Sie hielt ihn hoch ins Licht, um ihn genauer zu betrachten, und erst jetzt stellte sie fest, dass er nicht ganz und gar fehlerlos war. Es schien, als sei etwas in ihm eingeschlossen, das wie die Ahnung einer Wolke war. Rosalie drehte den Kristall vorsichtig hin und her, woraufhin die Wolke ihre Form zu verändern schien.

Als sie den Anhänger um den Hals legte, spürte sie überrascht sein Gewicht. Es war nicht etwa unangenehm, die Schwere vermittelte Rosalie vielmehr ein Gefühl der Sicherheit. So, als habe sie plötzlich ihre Mitte gefunden. Als wäre ihr Schwerpunkt ein gutes Stück nach unten Richtung Bauchnabel gewandert. Rosalie ging hinaus in den Flur, um sich in dem alten, zerbrochenen Spiegel zu betrachten.

Sobald sie den Lichtschalter betätigte, blitzte die Birne in der Lampe auf und explodierte mit einem satten, leisen *Puff*. Augenblicklich war die Luft mit Ozon erfüllt.

Rosalie überlegte kurz, eine Taschenlampe zu holen, doch der Lichtschein, der aus der Küche auf den Spiegel fiel, reichte eigentlich aus. Als sie vorsichtig einen Schritt nach vorne machte, sah sie, wie ihr doppeltes, durch den Sprung im Glas geteiltes Spiegelbild aus dem Dunkel trat.

Ihr Herzschlag setzte für einen endlos langen Moment aus. Das war nicht sie! Das konnte sie nicht sein! Sie griff nach dem Kristall, und mit einer kaum wahrnehmbaren Verzögerung machten es ihr die beiden anderen Rosalies nach.

Die Augen! Was war mit den Augen geschehen?

Obwohl die Angst ihr Herz mit kalter Hand packte,

machte sie noch einen weiteren kleinen Schritt auf den Spiegel zu.

Das linke Ebenbild hatte zwei braune Augen! Rosalie holte zitternd Luft. Das musste Einbildung sein! Ihr Blick wanderte zur anderen Reflexion. Der Schreck war noch größer, als sie in zwei grüne Augen blickte.

Rosalie ließ den Anhänger los und sah an sich hinab. Als sie wieder aufschaute, wäre sie beinahe zurückgestolpert. Der Kristall, den die rechte Gestalt mit den grünen Augen trug, leuchtete plötzlich mit einem hellen blauen Licht auf, während der Kristall ihres Spiegelpendants dunkel wurde und eine Schwärze wie zarte Rauchschwaden verströmte.

Plötzlich stieg eine Welle der Übelkeit in Rosalie hoch. Der Rausch der Fressorgie war endgültig vorüber, und der Kater der Ernüchterung hob sein hässliches Haupt. Speichel sammelte sich in ihrem Mund, und ihre Zunge machte unkontrollierte Schluckbewegungen.

Sie schaffte es gerade rechtzeitig zur Toilette und übergab sich mit einer Gewalt wie nie zuvor. Immer wieder würgte sie einen neuen Schwall hervor, bis sie nur noch gelbe Galle ausspuckte. Erschöpft stützte sie den Kopf in beide Hände und wartete, bis ihre Atmung sich beruhigt hatte.

Schließlich zog sie sich am Waschbecken hoch und drehte mit zitternden Händen den Wasserhahn auf, um den Mund auszuspülen und das Gesicht zu waschen.

Erst wagte sie es nicht, in den Spiegel des Badezimmerschranks zu blicken, doch dann öffnete sie die Augen, die wieder ihre unterschiedliche Färbung hatten. Das Haar hing ihr nass und strähnig ins Gesicht, vom Mund troff ein Speichelfaden, der kein Ende zu nehmen schien. Sie spuckte noch einmal und hielt sich am Rand des Waschbeckens fest.

Noch nie in ihrem Leben hatten ihre Geschmacksnerven so laut und nachdrücklich nach einer Zahnbürste verlangt. Zweimal putzte sie sich die Zähne, und dennoch verschwand der Geschmack nach Erbrochenem nicht vollständig, sondern wurde nur von dem intensiven Pfefferminzgeschmack überlagert.

Verdammt noch mal, was hatte sie eben gesehen? Natürlich war es einfach, das alles auf ihren maßlosen Fressanfall zu schieben, aber konnte man von getrüffelter Leberpastete solch eine erschreckende Halluzination bekommen? Nun ja, vielleicht waren die Pilze in der Pastete ja schlecht gewesen, aber Rosalie machte sich nichts vor: Die Übelkeit war eindeutig auf die ungesunde Menge an Nahrungsmitteln zurückzuführen, die sie in sich hineingestopft hatte, als würde es morgen für ein Jahr in die Sahelzone gehen.

Aber was hatte die Bilder hervorgerufen, die sie in dem zerbrochenen Spiegel gesehen hatte?

Rosalie hatte noch nie Drogen genommen, wenn man mal von der einen oder anderen Zigarette absah, die sie rauchte, um ihren Vater auf die Palme zu bringen. Mit Alkohol hatte sie auch keine Probleme, sie vertrug ihn nur nicht. Ein Bier reichte aus, um ihr für den nächsten Tag Kopfschmerzen zu bescheren, die sich gewaschen hatten.

Also musste es doch am Essen gelegen haben. Irgendetwas hatte sie zum Abendbrot gehabt, das schlecht gewesen war. Rosalie hatte sich einmal den Magen mit Fisch verdorben, doch der hatte erst zwei Stunden später wieder Hallo gesagt. Hier war der Abstand einfach zu gering.

Rosalie spürte, wie ihre Knie weich wurden. Ihr Schwerpunkt ruhte nun nicht mehr in der Höhe ihres Bauchnabels, sondern befand sich jetzt in ihrem Kopf, der ihr kiloschwer auf den Schultern lastete und den sie nur mit Mühe aufrecht halten konnte.

Glücklicherweise hatte sie ihr Bett neu bezogen, und so konnte sie sich, nachdem sie aus der Hose gestolpert war, einfach auf die Matratze fallen lassen. Die Baumwolle der Kissen war kühl und glatt. Das Rumoren in ihrem Magen war verschwunden, die Erschöpfung ließ Arme und Beine so schwer werden, dass sie es nicht mehr schaffte, sich ordentlich zuzudecken. Alle Sinneswahrnehmungen verblassten, bis nur noch das reine Körpergefühl als letzte Schale um den Kern ihrer Seele lag. Erst als dieses letzte Aufflackern des Bewusstseins erloschen war, entspannte sie sich und fiel in einen tiefen Schlaf.

3

Sie hatte den Wecker nicht gestellt. Als Rosalie die Augen öffnete und ihr Blick auf das grünlich leuchtende Zifferblatt fiel, schreckte sie hoch. Es war bereits kurz vor halb neun! In einer halben Stunde würde die Schule beginnen! Ihr Vater lag noch im Bett. Wie nach jedem Dienst, der bis kurz vor Mitternacht andauerte, hatte er den Vormittag über frei und würde erst gegen zehn Uhr aufstehen. Wenn er sie dann noch hier antraf, wäre der Teufel los! Sie eilte mit nackten Füßen ins Bad, duschte schnell und zog sich an. Auf das Frühstück konnte sie dank des gestrigen Gelages verzichten. Unterwegs gab es genügend Bäckereien, in denen sie sich zur Not ein belegtes Brötchen kaufen konnte.

Als sie leise die Tür hinter sich zuzog, war es Viertel vor neun. Die Linie 38, die nicht weit von der Rue Lalande hielt, fuhr zu dieser Zeit im Zwei-Minuten-Takt.

Die meisten Kinder waren schon in der Schule, sodass der Bus voll war mit Arbeitslosen und Hausfrauen auf dem Weg in den Supermarkt. Rosalie nahm neben einem alten Mann Platz, der wie ein nasser Hund roch und mit nikotingelben Fingern den Sportteil einer Zeitung hochhielt. Trübe Augen blickten durch zerkratzte Gläser, die dick wie Glasbausteine waren. Der Atem des Mannes ging schwer und rasselnd. Immer wieder musste er husten, doch die drei Schachteln Zigaretten, die er wohl am Tag rauchte, klebten zäh in seinen Bronchien und wollten die Lunge ums Verrecken nicht mehr verlassen.

Als der Bus anfuhr, versuchte Rosalie, sich die Ereignisse des gestrigen Abends erneut ins Bewusstsein zu rufen. Was um Himmels willen hatte sie geritten, als sie den Kühlschrank so gründlich geplündert hatte? Bei der Erinnerung an das Durcheinander, das sie so maßlos in sich hineingestopft hatte, stieg wieder die Übelkeit in ihr hoch. Sie versuchte, ihre Gedanken auf etwas anderes zu lenken. Plötzlich kam ihr wieder dieser seltsame Typ in den Sinn, der sie auf dem Schulhof so unheimlich angestarrt hatte, ohne dass seine Anwesenheit von den Schülern des Collèges bemerkt worden war. Ein widerlicher Kerl, dachte sie schaudernd. Nicht gerade die Sorte Mensch, deren Bekanntschaft sie suchen würde. Und dennoch hatte er mit seinem froschäugigen Blick versucht, Kontakt mit ihr aufzunehmen, dessen war sie sich mittlerweile sicher. Doch was hatte er von ihr gewollt? Warum hatte er nicht gerufen, sondern sie nur in stummer Verzweiflung angestarrt? Ein Blick in seine Augen hatte gereicht, um ihr einen kalten Schauer den Rücken hinabzujagen. Noch nie hatte sie solch eine abgrundtiefe Verzweiflung gesehen!

Rosalie schreckte aus ihren Gedanken hoch, als der alte Mann aufstand und sich an ihr vorbeizuzwängen versuchte. Hastig stand sie auf und trat einen Schritt zurück. Ohne sich zu bedanken, drückte er den Halteknopf und wankte im Seemannsschritt ungelenk zur Tür. Rosalie setzte sich wieder hin und rutschte zum Fensterplatz durch, um auf die Straße hinauszuschauen. Sie merkte, wie jemand neben ihr Platz nahm, blickte aber nicht auf und ließ sich von den Regentropfen, die das Fenster hinabliefen, hypnotisieren.

Manchmal fragte sie sich, ob ihr einfach die Mutter fehlte, die der weiblichen Seite in ihrem Leben mehr Beachtung geschenkt hätte. Die Pubertät war nichts anderes als ein gewaltiger Selbstfindungstrip, den sie aber so gut wie alleine bewältigen musste. Ihr Vater hatte irgendwann irritiert zur Kenntnis nehmen müssen, dass sein Kind kein Neutrum, sondern ein Mädchen mit eigenen, fremdartigen Vorstellungen und Bedürfnissen war.

Neben ihr drang Musik aus einem Kopfhörer. Rosalie erkannte *Quand viendra l'heure* von *ACWL*. Sie drehte sich um und war überrascht, einen Geschäftsmann mittleren Alters zu sehen, der mit geschlossenen Augen den brachialen Gitarren dieser seltsamen Band lauschte, die so vordergründig auf düster machte und dabei hart an der Grenze zur eigenen Parodie entlangschrammte.

Rosalie wandte sich ab und schaute wieder aus dem Fenster. Maurice Claireveaux war nicht wirklich ein schlechter Vater, wie sie auch nicht immer die ideale Tochter war. Er hatte immer mehr oder minder alleine mit ihr zurechtkommen müssen, nur Großmutter Fleur hatte in den ersten Jahren ihre kleine Enkelin des Öfteren nach Bondy geholt. Als sich das Verhältnis zwischen den beiden abgekühlt hatte, musste eine andere Möglichkeit gefunden werden, um das Betreuungsproblem zu lösen. Befreundete Familien sprangen ein, und wenn es nicht anders ging, wurde für teures Geld ein Babysitter engagiert.

Hätte ihr Vater einen ganz normalen Job wie jeder andere gehabt, so wäre dies alles auch kein Problem gewesen. Aber die Geduld des Verwaltungsleiters, der die finanziellen und personellen Belange der Klinik im Auge behielt, reichte nur bis zur nächsten Jahresbilanz. Vermutlich hatte er auch keine eigenen Kinder, die ihm die Augen für die Probleme eines Vaters öffneten, der alleine eine schwierige Tochter großzog. Jedenfalls teilte er Maurice Claireveaux bereits nach einem Jahr wieder dem normalen Schichtdienst zu, in der Gewissheit, dass sein bester Psychiater nicht die Klinik wechseln würde. Man hatte nämlich eine Übereinkunft getroffen, die der im Koma liegenden Ehefrau eine Behandlung zusicherte, wie sie noch nicht einmal dem Sultan von Brunei zustand. Solange Marguerite Claireveaux diese unbezahlbare Luxusbehandlung widerfuhr, würde der unentbehrliche Professeur Claireveaux auch unter ungünstigeren Bedingungen dieser Klinik treu bleiben.

Rosalie entschuldigte sich, als sie über den Kopf ihres Sitznachbarn hinweg den Halteknopf drückte. Ihr Blick fiel auf die Armbanduhr. Es war zehn nach neun. Der Englischunterricht hatte bereits begonnen, und Monsieur Barnaby würde ihren Kopf dem Direktor auf einem Silbertablett servieren. Ihre unentschuldigten Fehlstunden waren in den letzten Monaten enorm angewachsen, und man hatte sie gewarnt, dass dies nicht länger toleriert würde. Rosalie versuchte ja, pünktlich zu sein. Aber es gab Tage, da fand sie in der morgendlichen Dunkelheit und Kälte kaum die Kraft um aufzustehen.

Ihr Vater ahnte nichts von all diesen Schwierigkeiten.

Rosalie wusste, dass man ihn in der Klinik nur schwer ans Telefon bekam, und jeder verdächtige Brief, der das Lycée als Absender hatte, wurde umgehend von ihr aus der Post gefischt. Sie hasste sich dafür, doch sie redete sich stets ein, dass sie keine andere Wahl hatte. Man sprach nicht viel im Haus Claireveaux. Jeder beschäftigte sich so gut es ging mit seinen eigenen Problemen.

Rosalie stieg an der Haltestelle in der Rue Auguste Comte aus und rannte, so schnell sie konnte, zum Eingang des Montaigne, das zu einer Zeit gebaut worden war, als Paris noch nicht auf die Bedürfnisse des Autoverkehrs zugeschnitten war. Im Gegensatz zu den modernen Schulen hatte dieses weitläufige Gebäude, das wie ein Stadtschloss aus dem 19. Jahrhundert aussah, keine Parkplätze vor dem Haupteingang, sondern grenzte direkt an die umgebenden Straßen. Eigentlich bestand das Montaigne mit seinem rechteckigen Grundriss aus zwei Flügeln: dem Collège für die Unterstufe und dem Lycée für die weiterführenden Jahrgänge. Beide hatten in ihrem Inneren eigene, fast quadratische Schulhöfe, die im Sommer für den Sportunterricht genutzt wurden.

Hastig stieß sie die wuchtige Eingangstür auf.

Ihre Schritte hallten in den leeren Korridoren wider, als sie zu ihrem Kursraum lief. Kurz bevor sie die Tür erreichte, blieb sie stehen und atmete tief durch. Dann klopfte sie an und öffnete langsam die Tür.

Alle Blicke richteten sich auf sie, als sie eintrat. Monsieur Barnaby hielt in seinem Vortrag inne, klappte das Buch zu, aus dem er gerade vorgelesen hatte, und ging zu seinem Tisch, um etwas in das Kursbuch einzutragen. Mit schnellen Schritten lief Rosalie zu einem leeren Platz in der letzten Reihe und versuchte, sich so klein wie möglich zu machen. Monsieur Barnaby schlug sein Buch wieder auf und fuhr mit seiner Arbeit fort.

Leise zog Rosalie Schal und Jacke aus. Dann holte sie aus ihrer Tasche ein Exemplar des Briefwechsels von Lewis Caroll, um so wenigstens den Anschein zu erwecken, sie könne ohne Verzögerung dem Unterricht folgen.

Lehrer wie Monsieur Barnaby (der eigentlich ein *Mister* Barnaby war) gab es an jeder Schule. Man konnte den jungen Studenten in ihm noch erahnen, doch der ehrgeizige Elan, alles besser als die alten Kollegen machen zu wollen, musste sich schon nach wenigen Jahren aufgelöst haben. Übrig geblieben war der abgeblätterte Lack einer liberalen Einstellung, die zusehends zwischen einem starrköpfigen Lehrerkollegium und einer ignoranten Schülerschaft zerrieben wurde, bis am Ende irgendwann eine staubgraue Gestalt vor den Schülern stand, die nur noch das Nötigste tat, um unbeschadet die Pensionsgrenze zu erreichen.

Madame Duisenberg, die ältliche Biologielehrerin, bei der sie am Tag zuvor den Test geschrieben hatte, war von einem anderen Kaliber. Im Gegensatz zu den meisten ihrer Kollegen trat sie immer betont kämpferisch vor die Klasse und begegnete jedem Ausfall eines Schülers mit rigoroser Härte. Sie war eine Veganerin. Rosalie hatte erst nicht gewusst, was das war. Als man ihr sagte, dass Veganer kein tierisches Eiweiß zu sich nähmen, also neben Fleisch auch Milch, Käse und Eier von der Speisekarte strichen, änderte sich Rosalies Bild von ihr gewaltig.

Denn offensichtlich war das Leben für die Biologin eine einzige Prüfung, der sich niemand entziehen konnte. Und deswegen waren wohl auch ihre Tests so berüchtigt.

Als Rosalie nach der Englischstunde einen Blick auf das Schwarze Brett warf, an dem die Aushänge mit den Ergebnissen hingen (Madame Duisenberg korrigierte immer sofort und unerbittlich), verging Rosalie der Appetit auf das Ragout fin, das heute auf der Mittagskarte stand.

Der Test war nicht sonderlich schwer gewesen. Genau genommen war es noch nicht einmal erforderlich gewesen, die richtige Lösung zu formulieren, denn die Antworten mussten im Multiple-Choice-Verfahren angekreuzt werden. Die Chancen hatten also eins zu zwei gestanden, vielleicht doch einen Treffer zu landen. Aber Rosalie hatte versagt, mit Pauken und Trompeten. Vier Punkte in einer Prüfung wie dieser waren der absolute Tiefpunkt ihrer schulischen Karriere.

Sie brauchte eine Zigarette. Auf der Stelle.

Sie sah Julie und die anderen am anderen Ende des Korridors und drehte sich hastig um. Doch es war zu spät, man hatte sie bereits gesehen. Mit eiligen Schritten hastete Rosalie die Treppe hinab, ohne auf Julies Rufe zu achten, und verschwand durch eine Nebentür auf den verlassenen Schulhof, wo sie sich in der Hoffnung, von Mutter Theresa nicht entdeckt zu werden, in eine Ecke drückte.

Tatsächlich traten wenige Sekunden später die Mädchen hinaus. Rosalie machte sich so klein wie möglich. Julie schaute sich unsicher um und zuckte ungeduldig mit den Schultern, bevor sie wieder im Gebäude verschwand.

Das schlechte Gewissen begann, in Rosalie zu nagen. Eigentlich war es nicht besonders nett, so offensichtlich vor Julie zu fliehen, aber in den letzten Tagen hatte sie die salbungsvollen Mitleidsattacken weniger denn je ertragen können. Irgendwann würde sie mit ihr reden müssen. Aber nicht heute. Nicht jetzt. Rosalie fummelte eine bröselige St. Michel aus der Packung und zündete sie sich an. Der erste Zug schnürte ihr die Lungen zusammen, beim zweiten wich das Blut aus ihrem Gesicht. Beim dritten Zug sah sie wieder den Mann. Er stand wie eine Salzsäule am anderen Ende des Hofes und fixierte sie mit einem Blick, in dem sich sowohl Verzweiflung als auch Wahnsinn widerspiegelten.

„Rosalie Claireveaux!"

Rosalie wirbelte herum. Hastig wollte sie die Zigarette hinter ihrem Rücken verstecken, sah dann aber ein, dass es dafür wohl ein wenig zu spät war.

„Ja, Madame Duisenberg?"

Die Biologielehrerin nahm ihr die Kippe aus der Hand und roch daran. „Du weißt, dass auf dem gesamten Schulgelände Rauchverbot herrscht", sagte sie schneidend.

Rosalie nickte. Am liebsten hätte sie ihr gesagt, dass das Ergebnis ihrer Biologieprüfung sie dazu getrieben hatte.

Madame Duisenberg drückte die Zigarette aus und warf sie in einen Mülleimer, dann streckte sie fordernd die Hand aus. Rosalie wusste zunächst nicht, was die Lehrerin noch von ihr wollte, dann dämmerte es ihr. Mit verkniffenem Gesicht holte sie das Zigarettenpäckchen aus ihrer Hosentasche und gab es ihr.

„Wenn der Unterricht beendet ist, wirst du dich bei Monsieur Leotard melden." Monsieur Leotard war der

Hausmeister der Schule und somit der heimliche Herrscher über das Reich an der Rue Auguste Comte. „Er wird dir eine Sonderaufgabe zuweisen, mit der du die nächsten Freistunden beschäftigt sein wirst." Madame Duisenberg schaute Rosalie über ihre Brille hinweg an. „Ich verstehe dich nicht. Du bist ein intelligentes, hübsches Mädchen. Warum musst du dich mit diesem Zeug vergiften?"

Rosalie rollte mit den Augen und starrte dann an Madame Duisenberg vorbei, als ginge sie diese Gardinenpredigt nichts an.

„Wenn ich dich hier einmal mit Drogen erwischen sollte, wirst du sofort und ohne viel Federlesens von der Schule geworfen, ist das klar?"

„Ich nehme keine Drogen", sagte Rosalie kühl. „Obwohl ich manchmal das Gefühl habe, dass man diese Schule nur bekifft ertragen kann."

Madame Duisenberg lief rot an, erwiderte aber nichts. „Ich habe die Ergebnisse deiner Prüfung mit Sorge zur Kenntnis genommen. Wenn sich bis zum Frühjahr nichts an deinen Noten verändert hat, werde ich deinem Vater nicht nur vorschlagen, dass er dich das Jahr wiederholen lässt, sondern lege ihm auch nahe, dich von der Schule zu nehmen." Mit diesen Worten ließ sie Rosalie stehen.

Wütend ballte Rosalie die Fäuste und vergrub sie tief in ihrer Jackentasche. Diese Drohung war genau das, was ihr heute noch gefehlt hatte. Sie blieb einen Moment unentschlossen stehen. Dann ging auch sie hinein. Der Mann war wieder verschwunden, als hätte er nie existiert.

Nachdem Rosalie am Nachmittag die beiden Doppelstunden in Geografie und Mathematik hinter sich gebracht hatte, machte sie sich übel gelaunt auf den Weg zu Monsieur Leotards Büro. Wenn man den Techniker des Montaigne einfach als Hausmeister bezeichnete, wurde man dem Mann und seiner Aufgabe nicht gerecht. Der gewaltige Gebäudekomplex, der sich gegenüber dem südlichen Ende des Parks Jardin de Luxembourg befand, war Teil einer Lernfabrik, in dessen direkter Nachbarschaft sich zudem noch das Centre Michelet der Sorbonne, Université IV, befand. Ein einziger Mann wäre mit der Instandhaltung dieser Schule komplett überfordert gewesen. Also stand Monsieur Leotard einer ganzen Gruppe von Angestellten vor, die sich vom Computernetzwerk bis hin zur Klimatechnik um alles kümmerte, was im Montaigne mit großem Aufwand gewartet werden musste. Deswegen war sein Büro mindestens genauso groß wie das der Schulleitung.

Rosalie klopfte vorsichtig an die Vorzimmertür und trat nach kurzem Zögern ein, als sie keine Antwort erhielt. Monsieur Leotards Assistentin, eine schlecht frisierte ältere Dame mit noch schlechterer Haut, telefonierte gerade und wies Rosalie mit ungeduldiger Geste an, auf einem Stuhl Platz zu nehmen.

Rosalie schaute sich gelangweilt um. Außer einigen Gummibäumen und Birkenfeigen, die auf Rollcontainern und Aktenschränken standen, gab es in diesem von Neonröhren erleuchteten Büro nichts Lebendiges. Die meisten der PC-Arbeitsplätze waren ausgeschaltet. Es war nach fünf Uhr, Feierabendzeit. Das erklärte auch die schlechte Laune der Sekretärin, die sich am Telefon mit einem Mann stritt. Offensichtlich hatte man an diesem Tag ein wichtiges Teil für die Heizungsanlage liefern sollen, was aber nicht geschehen war. Als sie dem vergesslichen Handwerker das Versprechen abgerungen hatte, noch vor sechs Uhr hier aufzutauchen, knallte sie den Hörer auf die Gabel und schaute Rosalie gereizt an.

„Und was ist mit dir?"

„Madame Duisenberg hat gesagt, ich soll mich nach Schulende bei Monsieur Leotard melden."

Die Frau runzelte die Stirn und sah auf ein Blatt Papier, das vor ihr auf dem Tisch lag. „Rosalie Claireveaux?"

Rosalie nickte.

„Beim Rauchen erwischt worden?"

Sie nickte erneut, diesmal ärgerlicher.

„Monsieur Leotard ist nicht da. Er ist gerade unten im Keller."

Rosalie stand auf. „Dann komme ich einfach morgen wieder."

„Nichts da. Er wartet schon auf dich."

Rosalie, die keine Lust hatte, sich nun auch noch auf die Suche nach dem Mann zu begeben, der sie bestrafen sollte, verschränkte die Arme vor der Brust. „Aber das hat doch Zeit!"

Die Frau lachte schnaubend. „Ich würde auch gerne Feierabend machen, glaub mir." Sie kritzelte die Wegbeschreibung auf einen Zettel. „Du weißt, wo der Eingang zum Untergeschoss ist?"

„Ja", brummte Rosalie und steckte das Stück Papier in die Hosentasche.

„Und ich rate dir, dich schleunigst auf den Weg zu ihm zu machen. Um Monsieur Leotards Laune ist es ohnehin nicht zum Besten bestellt."

Das Kellergeschoss des Montaigne war ein Labyrinth enger Gänge und verwinkelter Räume. Gewaltige Versorgungsleitungen und Rohre waren an den Decken befestigt. Sie führten aus dem Nichts ins Nirgendwo und schienen keinen anderen Zweck zu erfüllen, als die oberirdischen Stockwerke mit Wärme, Wasser und Elektrizität zu versorgen. Das Verteilungsmuster, nach dem diese Adern den Keller durchzogen, erschloss sich dem flüchtigen Besucher auch nicht auf den zweiten Blick. Man steckte zu tief im Bauch dieses Walfischs, um seine wahre Gestalt zu erkennen. Die Luft vibrierte von einem allgegenwärtigen Brummen, aus undichten Rohren tropften unbekannte Flüssigkeiten, und das Licht der flackernden Neonröhren schimmerte in einem kalten Grün, das alle Farben verschluckte.

Die Gänge waren schier endlos. In regelmäßigen Abständen gingen links und rechts graue Feuerschutztüren ab. Ein Strom warmer, feuchter Luft drückte durch die düsteren Korridore und machte das Atmen schwer.

Rosalie holte den Zettel hervor und trat unter das Licht einer Lampe. Die Handschrift, mit der der Weg beschrieben worden war, erinnerte an eine exotische Form der Kurzschrift. Außer einigen Zahlen ließ sich kaum ein Buchstabe entziffern. Sie fluchte. Mit diesem Plan würde sie noch nicht einmal den Weg zur nächsten Toilette finden. Rosalie knüllte den Zettel zusammen und steckte ihn in die Hosentasche.

„Monsieur Leotard?"

Keine Antwort.

„Monsieur Leotard, wo sind Sie?"

Das alles war vollkommen witzlos, sie vergeudete hier unten nur ihre Zeit. Rosalie drehte sich um und entschied, sich auf den Rückweg zu machen. Aber irgendwie hatte sie bei ihrer Wanderung durch die Gänge eine Abzweigung verpasst, denn als sie die Ecke erreichte, an der sie die Treppe zur Eingangshalle vermutete, war dort nichts außer einer weiteren verschlossenen Tür.

„Hallo? Ist jemand hier unten?", rief sie, ohne eine Antwort zu erhalten.

„So ein Mist", murmelte Rosalie und schlug an der nächsten Kreuzung einen anderen Weg ein. Sie rüttelte im Vorübergehen an jeder Klinke, aber vergebens. Keine der Türen ließ sich öffnen.

„Monsieur Leotard?" Rosalies Stimme brach sich an den Wänden des Korridors.

Der Mann mit dem grauen Kittel stand wie eine Salzsäule am anderen Ende des Gangs unter einer defekten Neonröhre und starrte zu ihr herüber. Rosalie erkannte die weichen Gesichtszüge sofort wieder: Es war der Kerl, den sie nun schon zweimal auf dem Schulhof gesehen hatte.

„Entschuldigen Sie", rief sie ängstlich. „Können Sie mir helfen? Ich suche Monsieur Leotard."

Keine Antwort. Die Gestalt rührte sich nicht, sondern starrte Rosalie nur mit leeren Froschaugen an.

„Dann sagen Sie mir wenigstens, wie ich hier wieder herauskomme.“ Rosalie wurde immer nervöser.

Der Mann legte in Zeitlupe den Kopf auf die Seite und öffnete den Mund zu einem stummen Schrei. Ein schneidender Schmerz fuhr durch ihren Kopf, als bliese jemand in nächster Nähe auf einer Hundepfeife. Rosalie wankte zur Seite. Die Hände auf die Ohren gepresst und mit zusammengekniffenen Augen lehnte sie sich mit dem Rücken an die schmutzige Wand. Sie krümmte sich zusammen und begann langsam an der Wand entlang zu Boden zu rutschen. Der Schmerz steigerte sich ins Unerträgliche, dann flaute er allmählich ab. Rosalie zwang sich, die Augen zu öffnen, und sah gerade noch, wie sich der Mann im Kittel umdrehte und langsam davonging.

Im ersten Moment wusste Rosalie nicht, was sie tun sollte. Jede Faser ihres Körpers schrie sie an, dem Fremden nicht zu folgen. Doch irgendetwas zwang sie, nicht auf ihre innere Stimme zu hören.

Mühsam rappelte sie sich hoch. Mit langsamen Schritten, als würde sie sich unter Wasser bewegen, ging sie den Gang entlang und schaute um die Ecke. Der Mann war stehen geblieben, steif wie ein Zinnsoldat, mit verzweifeltem Blick und weit geöffnetem Mund, als würde er nach Luft ringen. Rosalie lief ein kalter Schauer den Rücken hinab. Als ob jemand an unsichtbaren Schnüren zog, stolperte sie wie eine Blinde, die von einem Blinden geführt wurde, weiter.

Dann war der Mann verschwunden.

Plötzlich stand Rosalie in einem Gang, der vor einer massiven Tür endete, die wie das Schott eines U-Bootes aussah. Vorsichtig streckte sie die Hand aus und fuhr mit den Fingerspitzen über einen verblichenen Schriftzug.

Quer über die rostige Tür hatte jemand auf Deutsch die Worte *Zutritt verboten* geschrieben. Sie hielt inne. War da nicht ein Geräusch auf der anderen Seite? Rosalie legte ein Ohr an das kalte Metall und lauschte.

Kein Zweifel, sie hörte Stimmen. Nicht sehr laut, eher ein entferntes Wispern, kaum wahrnehmbar. Aber es war da! Rosalie hielt die Luft an und schloss die Augen, um das allgegenwärtige Brummen der Rohre auszublenden. Sie konzentrierte sich auf die Geräusche jenseits der Tür. Das Flüstern klang ziemlich atemlos, so als ob jemand eine schwere Last trug. Worte oder gar Sätze konnte sie nicht verstehen, dazu waren die Stimmen zu weit weg.

„Kannst du mir einmal sagen, was du hier unten verloren hast?“, fuhr eine Stimme sie an.

Rosalie wirbelte herum und blickte in die Augen eines Mannes von vielleicht fünfzig Jahren. Der Kopf war so gut wie kahl, der verbliebene Haarkranz auf wenige Millimeter zurechtgestutzt. Ein viel zu enger orangefarbener Overall spannte sich über eine gewaltige Brust.

„Ich habe dich etwas gefragt!“, schnauzte der Mann, der nun in den Schein der Deckenbeleuchtung trat. Es war Monsieur Leotard. Rosalie atmete erleichtert auf.

„Ich habe Sie schon überall gesucht. Meine Name ist Rosalie Claireveaux.“

„Du bist das also“, kam die ärgerliche Antwort. „Ich habe dich schon vor einer halben Stunde erwartet.“

„Der Plan Ihrer Sekretärin war leider nicht sehr leserlich.“ Sie hielt ihm den voll gekritzelten Zettel hin. Monsieur Leotard warf einen Blick darauf und brummte etwas. „Deine Biologielehrerin hat mich schon vorgewarnt, dass du vielleicht etwas schwierig sein könntest“, sagte er eine Spur versöhnlicher.

„Ich glaube, für sie ist jeder Mensch schwierig“, antwortete Rosalie.

„Ja, da magst du Recht haben“, brummte er. „Hör zu, ich habe hier unten kleines Problem mit der Heizungsanlage und muss gleich wieder zurück, weil ich noch auf ein Ersatzteil warte. Ich habe von Madame Duisenberg deinen Stundenplan erhalten. Du wirst in der nächsten Woche deine Freistunden damit verbringen, den Schulhof sauber zu halten. Melde dich bei Madame Gaillot. Du hast sie ja bereits kennengelernt. Sie wird dir Eimer und Besen geben.“

Rosalie holte tief Luft, ließ aber ihrer Empörung keinen freien Lauf. „Wann fange ich an?“

„Morgen.“ Er schaute auf die Uhr und fluchte leise. „Komm mit, ich bringe dich nach oben.“

Rosalie folgte Monsieur Leotard durch die engen Kellergänge. Der Haustechniker holte aus der Brusttasche seines Overalls ein Handy und drückte eine Taste.

„Ich bin's. Ist der Kerl noch immer nicht da?“ Er lauschte kurz und rollte dann mit den Augen. „Machen Sie Feierabend. Ich glaube, es hat keinen Zweck, weiter auf ihn zu warten. Wenn er doch noch kommt, hat er Pech gehabt ... Ja, die ist bei mir.“ Er warf im Gehen einen kurzen Blick auf Rosalie. „Die junge Dame wird sich morgen bei Ihnen melden ... Nein, ich mache jetzt auch Feierabend. Ich mache mich hier nicht länger zum Narren. Alle anderen sitzen schon bei ihren Familien, nur ich halte noch die Stellung." Er hob entschuldigend die Hand. „Wir *beide* halten noch die Stellung. Wie konnte ich Sie nur vergessen, Madame Gaillot. Ja ... Salut. Bis morgen."

Er schaltete das Handy aus und steckte es wieder in seine Tasche. Rosalie war auf einmal sehr kalt geworden. „Sie sind alleine hier unten?", fragte sie leise.

„Ja", kam die knappe Antwort.

„Kein Mann im grauen Kittel? Etwas dicklich? Froschaugen und beginnende Glatze?"

Monsieur Leotard blieb stehen. „Nein. Für mich arbeitet auch niemand, auf den diese Beschreibung zutrifft." Er schaute sie erschrocken an. „Himmel, was ist denn los mit dir? Geht es dir nicht gut? Du bist auf einmal ganz blass!"

Rosalie schluckte. „Nein, es ist alles in Ordnung."

„Sicher? Du siehst aus, als hättest du den Leibhaftigen gesehen."

Rosalie versuchte, sich zu einem Lächeln zu zwingen, doch es gelang ihr nicht. Wenn sie alleine im Keller des Montaigne waren, wen hatte sie dann gesehen?

4

Als sie nach Hause kam, fand sie die Wohnung leer vor. Im Bad lagen über der Wanne einige Wischlappen zum Trocknen. Rosalie fiel ein, dass heute Donnerstag war und Hòa Bình, ihre vietnamesische Perle, zum Putzen gekommen war. Auf dem Anrufbeantworter waren drei Nachrichten gespeichert. Die erste war von Julie, die enttäuscht und wütend wissen wollte, warum Rosalie ihr aus dem Weg ging. Die zweite war von ihrem Vater, der ihr mitteilte, dass er für einen Kollegen einspringen müsse und nicht vor morgen früh nach Hause käme. Die dritte Nachricht hatte ihre Großmutter hinterlassen. Fleur fragte, ob Rosalie sie nicht am Samstag in Bondy besuchen wolle, um mit ihr Kaffee zu trinken. Rosalie wusste, dass diese Einladung nicht ganz uneigennützig war. Zum einen freute sich Fleur immer über Besuch, da sich nur selten jemand in die Allée des Hêtres verirrte. Zum anderen war Samstag auch der Tag, an dem Großmutter ihren Wocheneinkauf im *Rosny 2* tätigte. Da die alte Frau aber wegen ihrer Gicht nicht mehr schwer tragen konnte und ihr dieses riesige Einkaufszentrum zutiefst unsympathisch war, bat sie manchmal ihre Enkelin, sie zu begleiten. Rosalie tat das immer gerne, zumal meist eine neue Hose oder irgendetwas anderes zum Anziehen dabei heraussprang. Ihr Vater würde am Wochenende sowieso arbeiten müssen.

Rosalie ging in die Küche und öffnete den Kühlschrank, der aber nach ihrer Privatorgie bis auf eine Flasche Milch, ein halbes Pfund Butter und einen Karton Eistee so gut wie leer war. Glücklicherweise hatten sich Rosalies Essbedürfnisse wieder normalisiert. Ein Früchtemüsli würde für heute reichen.

Sie stellte die Schüssel auf ihrem Schreibtisch ab und fuhr den Rechner hoch, um ihre E-Mails zu überprüfen. Neben den üblichen Spams lag auch eine Nachricht von Ambrose im Posteingang. Er teilte ihr seine neue Telefonnummer mit und fragte, ob sie nicht Lust hätte, sich am Samstagabend mit ihm im Café *Florida Gaité* zu treffen. Rosalie lächelte. Ja, sie hatte Lust. Wie es schien, war das Wochenende gerettet.

Sie wollte den Rechner gerade wieder ausschalten, als sie einer plötzlichen Eingebung folgte, im Internet eine Suchmaschine aufrief und *Lycée Montaigne Paris* eingab. Die Suche ergab 92.100 Treffer. Ganz an der Spitze stand die wenig informative Website ihrer Schule, dicht gefolgt von einem Portal für Klassentreffen und einem Bericht über die Schülerstreiks des Frühjahrs, als die Regierung versuchte, 7.000 Lehrerstellen landesweit zu streichen und das Zentralabitur abzuschaffen. Rosalie erinnerte sich noch sehr gut an die unruhigen Tage im Januar, die schließlich zu einer Besetzung der Schule geführt hatten und in deren Verlauf es zu regelrechten Schlachten mit der Polizei gekommen war.

Doch es gab kaum Informationen zur Geschichte der

Schule. Als Rosalie es fast aufgeben wollte, fand sie eine Site, die sich mit den Jahren der deutschen Besatzung von 1940 bis 1944 befasste. Die Wehrmacht hatte in diesen Jahren alle wichtigen Gebäude der Stadt in Beschlag genommen, unter ihnen auch das Montaigne.

Rosalie kam wieder die Tür mit der deutschen Aufschrift *Zutritt verboten* in den Sinn, die sie im Keller der Schule gesehen hatte. Sie klickte sich durch weitere Sites.

Die Deutschen hatten ausgehend vom Sitz der Kommandantur im Hotel Majestic an der Avenue Kléber den Pariser Untergrund erforscht und begonnen, dieses weit verzweigte System von Stollen und Gängen für ihre Zwecke auszubauen. Hauptadern waren die betonierten Bunkergänge zwischen der unterirdischen Telefonzentrale in der Rue La Pérouse, dem Hotel Astoria an den Champs-Élysées und den anderen Einrichtungen am Place de l'Étoile. Auch die Pariser Metro spielte in der Planung der Wehrmacht eine große Rolle. Viele Stationen wurden als Schutzräume für deutsche Soldaten reserviert oder zu Ersatzteilfabriken für die deutsche Luftwaffe umgebaut. Im Frühjahr beschlagnahmten die Deutschen die ganze Linie Châtelet – Porte des Lilas und schlossen sie für die Öffentlichkeit, um dort Fabriken, Werkstätten und Lazarette einzurichten.

Die Bunkeranlage unter dem Montaigne spielte für die Deutschen eine besondere Rolle, denn der unterirdische Komplex, den die Wehrmacht in die vorhandenen Kalksteinbrüche aus dem späten Mittelalter getrieben hatte, war mit einer doppelten Stromversorgung und modernen chemischen Toiletten ausgestattet.

Doch die Deutschen waren in dem Gewirr der unterirdischen Gänge, die auf einer Gesamtlänge von dreihundert Kilometern Paris wie einen Käse durchlöcherten, nicht allein. Auch die französische Widerstandsbewegung erkannte den Wert dieser unterirdischen Welt für ihren Befreiungskampf gegen die verhassten Besatzer. Hier gab es Orte, an denen man Waffen ebenso wie flüchtige Partisanen vor dem Zugriff der Deutschen verstecken konnte. Dabei hatten die Widerständler einen echten Heimvorteil, denn unter ihnen befanden sich neben Metroangestellten auch zahlreiche Kanalarbeiter, die die Katakomben wie ihre Westentasche kannten.

Die Bunker.

Die Katakomben.

Die Steinbrüche.

Rosalie stellten sich die Nackenhaare auf. Sie hatte davon gehört, dass der größte Teil von Paris untertunnelt war. Am Place Denfert Rochereau gab es sogar einen Zugang für Touristen, die aber nur einen kleinen Ausschnitt des Labyrinths besichtigen durften.

Dreihundert Kilometer! Sie blies die Backen auf. Eine Stadt unter der Stadt. Und das Montaigne beherbergte einen der Haupteinstiege. Es war unglaublich! Wie groß mochte dieses Reich sein, wohin erstreckte es sich? Die Tür mit der deutschen Aufschrift *Zutritt verboten* musste einer der Zugänge sein. Dessen war sie sich nun sicher. Die Vorstellung, dass dort unten in der Dunkelheit ein Ort war, an dem die Regeln der Oberwelt nicht galten, elektrisierte sie. Doch noch hatte sie keine Ahnung, welche Verbindung es zwischen den unterirdischen Steinbrüchen und diesem Phantom gab, das wie ein Hausmeister gekleidet war und sie seit ihrem Geburtstag heimsuchte.

Licht und Dunkel, schoss es ihr durch den Kopf. Sie hatte schon einmal etwas gesehen, das dem gesunden Menschenverstand widersprach. Ihr doppeltes Ebenbild im zerbrochenen Spiegel! Auch da hatte sie gedacht, dass ihr die Wahrnehmung einen Streich gespielt hätte. Doch was war, wenn sie sich weder den Mann noch die unheimliche Reflexion eingebildet hatte? Stöhnend rieb sie sich die Augen. Ein Blick auf die Uhr genügte, um ihr zu sagen, dass sie in dieser Nacht die Antwort auf diese Fragen nicht finden würde. In fünf Stunden würde sie wieder aufstehen müssen. Und es wartete eine unangenehme Aufgabe auf sie.

Freitag war der Tag, an dem sie zwei Doppelstunden freihatte. Zeit genug also, sich sowohl dem Schulhof des Collèges als auch des Lycées zu widmen. Madame Gaillot hatte schon alles bereitgestellt und ihr versichert, dass Monsieur Leotard das Resultat ihrer Arbeit überprüfen würde. Es sollte sich herausstellen, dass auch Madame Duisenberg an einer sauberen Schule interessiert war und immer wieder vorbeischaute, um den Erfolg ihrer erzieherischen Maßnahmen sicherzustellen.

Für Rosalie war die ganze Geschichte ein unangenehmer Spießrutenlauf. Ihre Freundinnen hielten sich glücklicherweise mit spitzen Bemerkungen zurück und warfen ihr eher mitleidige Blicke zu, doch die Unterstufenschüler des Collèges machten sich einen Spaß daraus, sie auf die

Palme zu bringen, indem sie immer wieder neuen Müll fallen ließen. Madame Duisenberg schien jedenfalls wenig Mitleid mit Rosalie zu haben, denn sie schritt zu keinem Zeitpunkt ein.

Um fünf brachte Rosalie die Eimer wieder zurück und ging, ohne sich von Madame Gaillot zu verabschieden, was diese mit einem zornerfüllten Blick quittierte. Doch das konnte Rosalies Laune nicht trüben.

TGIF, dachte sie. Thank God it's Friday. Am Montag würde sie sich dieser unerfreulichen Arbeit wieder stellen müssen, doch nun war erst einmal das Wochenende angebrochen, und das würde sie sich nicht verderben lassen.

Rosalie hatte ihrer Großmutter versprochen, am Samstag um zehn Uhr bei ihr zu sein. Bondy war ein typischer Pariser Vorort im Osten der Stadt, der zwar einmal einen gewissen dörflichen Charme besessen haben musste, aber im Laufe der Jahre komplett verbaut worden war und zudem von Nord nach Süd von der Route Nationale 3 durchschnitten wurde. Man hatte wie überall bei der Stadterschließung keine Trennung zwischen Gewerbe- und Wohngebieten gemacht. Zudem gehörte Bondy zu den berüchtigten Vorstädten, in denen immer wieder mal Autos von frustrierten Jugendlichen angezündet wurden. Ein Pflaster, auf dem man sich nach Einbruch der Nacht nur ungern alleine herumtrieb.

Fleur Crespin hatte ein kleines Haus in der Allée des Hêtres, ein wenig verwohnt und renovierungsbedürftig. Die Fassade, die einst weiß gestrahlt haben musste, hatte nun die Farbe von verwittertem Sandstein angenommen. Manche der Fenster schlossen nicht mehr richtig; ein ärgerlicher Umstand, der die Heizkosten im Winter unnötig in die Höhe trieb. An den Fensterläden blätterte die braune Farbe ab. Seit Jahren waren sie nicht mehr geschlossen worden. Aber das Dach war dicht, und das war die Hauptsache.

Die Vorbesitzer hatten im Garten einen geräumigen Schuppen errichtet, in dem nun eine riesige Kühltruhe stand, die Fleur dazu benutzte, um alles einzufrieren, was sie zum Leben benötigte. Im Sommer, wenn alles grünte und blühte, fiel es nicht weiter auf, dass der Garten ziemlich verwildert war. Doch im Winter war das Grundstück inmitten der gepflegten Nachbarschaft ein regelrechter Schandfleck.

Dennoch liebte Rosalie dieses Haus und die Erinnerungen, die sie damit verband. Schon in der Vorschulzeit hatte sie jeden Sommer hier verbracht, da ihr Vater während der Ferien selten freibekam. Es war ihr als kleines Kind nicht schwer gefallen, neue Freundschaften zu schließen. Der schon damals recht verwilderte Garten war für eine Horde kleiner Mädchen ein vorzüglicher Abenteuerspielplatz, auf dem sie auch manchmal Jungs duldeten, wenn auch nur in Ausnahmefällen. Meist blieben die ohnehin fern, da es unter ihrer männlichen Würde war, mit den Mädchen deren seltsame Spiele zu spielen: Man hielt auf der Wiese nachmittägliche Teestunden ab, legte kunstvolle Beete an oder kicherte einfach nur herum. War das Wetter einmal schlecht, hatte es ihrer Großmutter nie etwas ausgemacht, mit ihrem verbeulten kleinen Wagen Chauf-

feurdienste zu leisten, um die ganze Meute ins Hallenbad zu kutschieren oder Ausflüge in die nähere Umgebung zu machen, die regelmäßig in einer Eisdiele endeten.
Die Veränderung kam schleichend. Nach und nach zogen die Familien, die es sich leisten konnten, entweder weiter hinaus aufs Land oder in Vororte, in denen der Anteil maghrebinischer Einwanderer geringer war und die Schulen einen höheren Standard hatten. Zurück blieben nur noch die, die nicht mehr fortwollten oder -konnten, weil ihnen das Geld dazu fehlte. Wie Fleur Crespin.

Ihr Haus befand sich in einem der wenigen intakten Wohnviertel in der Nähe des Bahnhofs. Rosalie erinnerte sich gerne an die Zeit zurück, in der sie manchmal Wochen bei ihrer Großmutter verbracht hatte. Sie hatte sich immer gefragt, warum Fleur alleine in diesem Haus lebte, das groß genug für eine fünfköpfige Familie war. Sie war eine alte Frau, die sich im Gegensatz zu ihrem Schwiegersohn keine Putzfrau leisten konnte. Die Zimmer waren voll gestellt mit Andenken aus einem bewegten Leben, das nicht immer geradlinig verlaufen war.

Nach dem Krieg hatte Fleur eine Ausbildung als Schneiderin gemacht und war von Lille nach Paris gezogen, denn sie hatte Großes vorgehabt. Sie hatte bei den großen Couturiers der Stadt Karriere machen, ja vielleicht sogar eines Tages eine eigene Kollektion auf den Markt bringen wollen.

Endstation war für sie eine Änderungsschneiderei in Clichy, und schuld daran war die Liebe. Eine nette Umschreibung für die größte Katastrophe ihres Lebens, wie sie Rosalie gegenüber zugeben musste. Fleur hatte einen älteren, schwermütigen Mann kennengelernt – ein Schöngeist mit traurigen Augen und ein Säufer vor dem Herrn. Seine letzten, stillen Tage hatte er 1961 in einem Heim beendet, nachdem er versucht hatte, sich mit einer Flasche hochprozentigem Rum das Leben zu nehmen. Der Versuch war gescheitert, doch der Alkohol hatte sein Gehirn so sehr zerstört, dass er seine Frau seit diesem Tag nicht mehr wiedererkannt hatte.

Fleur hatte von da an gewusst, dass ihre Vorliebe für traurige, hilfsbedürftige Männer keine besonders gute Grundlage für eine stabile Beziehung war. Also hatte sie ihre Sachen gepackt, vom Verkauf der Schneiderei die Arztrechnungen bezahlt und war mit einem Tourneetheater durch die Lande gezogen. Natürlich war sie keine Schauspielerin, dazu fehlten ihr sowohl das Talent als auch der Drang, im Vordergrund zu stehen. Doch sie konnte Kostüme nähen und war mit den Grundzügen der Buchhaltung vertraut. Man spielte auf Dorfbühnen und bei Festen Sartre, Ionesco, Beckett und all die anderen brotlosen Künstler jener Zeit, für die man sich in der Provinz auch heute noch nicht interessierte.

Aber dann schlug die Liebe ein zweites Mal zu, und Fleur warf alle guten Vorsätze über Bord. Bei einer Vorstellung in einem kleinen Dorf bei Avignon lernte sie einen Mann kennen, der im Gegensatz zu den anderen Zuschauern, die sich in das Theaterzelt verirrt hatten, etwas von den Stücken verstand. Er war ein Student der Literatur an der Sorbonne, ein paar Jahre jünger als sie und sah in seinem schwarzen Rollkragenpullover unverschämt gut aus. Ihr Verstand nahm daraufhin wieder eine Auszeit, sonst hätte sie erkannt, dass er ein ziemlicher Windbeutel war, wenn auch ein recht amüsanter. Gemeinsam zogen sie durch die Cafés in Saint-Germain-des-Prés, wo man bis spät in die Nacht weltbewegende Dinge diskutierte. Doch leider waren es zwei verschiedene Dinge, die Weltrevolution zu planen und dabei Verantwortung für einen anderen Menschen zu übernehmen. Denn als Fleur von diesem Mann schwanger wurde, kam er zu dem Schluss, dass es wichtiger sei, für den Vietcong einzustehen, als sich um einen langweiligen Universitätsposten zu bewerben, damit eine Mutter Windeln für ihr Kind kaufen konnte. Bürgerlichkeit stand in jenen Tagen nicht sonderlich hoch im Kurs. Und so kam es, dass Fleurs zweite und folgenreichste Liebschaft auch die letzte blieb. Von diesem Zeitpunkt an hatte sie von Männern den Kanal gestrichen voll.

Rosalie ging vom Bahnhof ein Stück die Avenue de Nancy hoch und blieb vor einem Gartentor stehen. Großmutter Fleur stand auf einer Leiter, die sie gegen den Reineclaudenbaum gelehnt hatte, und beschnitt in eisiger Kälte die Äste.

„Du wirst dir noch den Hals brechen“, sagte Rosalie, als sie das Tor hinter sich schloss und die drei Stufen zum Garten hinabstieg.

„Langsam kann ich mein Alter nicht mehr ignorieren“, stöhnte Fleur und mühte sich mit der Schere ab. Schließlich gab sie es auf und kletterte die Leiter hinunter. Sie zog die Handschuhe aus und umarmte ihre Enkelin herzlich, die diese Begrüßung mit festem Druck erwiderte.

„Du bist pünktlich“, stellte sie erstaunt fest.

Rosalie zuckte lächelnd mit den Schultern.

„Komm mit rein, ich habe schon einen Tee aufgesetzt."

Sie folgte ihrer Großmutter ins Haus und hängte ihre Jacke auf einen Haken, während Fleur ihren Hut und die dicke graue Strickjacke achtlos über einen Stuhl warf. Es herrschte ein unglaubliches Durcheinander. Neben der Tür, die hinaus zum Garten führte, stapelten sich das Altpapier und der Müll. Schmutzige Schuhe lagen auf dem Boden herum. Rosalie riskierte einen kurzen Blick in das Wohnzimmer.

„Sieht aus wie bei mir", sagte sie nur.

„Na, dann fühlst du dich ja hier wie zu Hause." Sie drückte ihrer Enkelin eine Tasse Tee in die Hand.

Rosalie hob die Augenbrauen. „Hm", murmelte sie und trank vorsichtig einen Schluck. Das heiße Gebräu begann sofort, sie von innen zu wärmen.

„Ich würde ja aufräumen, aber im Moment fehlt mir einfach die Kraft dazu. Der Garten muss auch noch winterfest gemacht werden."

Rosalie schaute sie über den Tassenrand hinweg an. Ihre Großmutter sah in der Tat ein wenig blass aus. „Ist alles in Ordnung bei dir?"

Fleur nickte. „Das Wetter macht mir nur ein wenig zu schaffen. Du weißt doch, mein Asthma meldet sich immer, wenn es so kalt ist."

„Und dann kletterst du wie ein junges Mädchen in Bäumen herum?", fragte Rosalie überrascht.

„Trink deinen Tee aus, er wird kalt." Fleur ging zum Küchentisch. „Hier ist der Einkaufszettel. Am besten machen wir uns gleich auf den Weg."

Rosalie suchte einen freien Platz, auf dem sie ihre Tasse abstellen konnte. „Na, dann los."

Fleur hatte ihren alten Peugeot in der Avenue de Nancy abgestellt. Die eigentliche Haustür in der Allée des Hêtres benutzte sie schon lange nicht mehr.

Der Weg zum Einkaufszentrum war nicht weit. Zehn Minuten später waren sie da und suchten einen freien Parkplatz, was an einem Samstagvormittag recht schwer war, da jeder an diesem Tag auf den Beinen zu sein schien.

„Ich verliere jetzt schon die Lust", brummte Fleur, als sie den Wagen in eine Lücke setzte. Von hier aus mussten sie noch ein ganzes Stück gehen.

Irgendetwas stimmt nicht, dachte Rosalie besorgt. Großmutter konnte manchmal schon eine grantige alte Frau sein, aber so schwach und erschöpft hatte sie sie noch nie erlebt.

Das Einkaufszentrum war brechend voll. Die Menschenmassen wälzten sich durch die beiden Etagen, als stünde Weihnachten vor der Tür. Doch dank Fleurs detaillierter Einkaufsliste hatten sich die beiden schon nach einer halben Stunde durch das unübersichtliche große Warenangebot des Carrefour Hypermarchés gekämpft und konnten sich an einer der Schlangen vor den Kassen anstellen, an denen gelangweilte Mädchen die Waren provozierend langsam über den Scanner zogen. Fleur bezahlte wie immer mit ihrer Karte.

„Was für eine Wegelagerei", murmelte sie, als sie den Bon studierte. „Knapp hundertzwanzig Euro für was?

Das bisschen Obst und Gemüse? Es ist ein Schande." Sie warf den Papierstreifen in den Wagen.

„Lass uns im Bistro Romain noch einen Kaffee trinken", schlug Rosalie vor.

Ihre Großmutter schüttelte den Kopf. „Nein. Sei mir nicht böse, aber ich würde lieber nach Hause gehen."

Rosalie kniff die Augen zusammen. „Bist du wirklich sicher, dass es dir gut geht?"

„Ich hatte eine schlechte Nacht, das ist alles."

„Was soll das heißen: eine schlechte Nacht?", fragte Rosalie misstrauisch.

„Ich habe nur wenig geschlafen."

Rosalie schwieg. Sie ahnte, was ihrer Großmutter durch den Kopf ging. Es musste die Hölle sein, mitanzusehen, wie die eigene Tochter dahinvegetierte. Um wie viel leichter war da der Entschluss, alle lebensverlängernden Maßnahmen per Gerichtsbeschluss beenden zu lassen.

Rosalie hatte den bitteren Gedanken an dieses Ende bis dahin erfolgreich von sich weggeschoben, doch nun drängte er sich wieder in den Vordergrund.

Auf dem Parkplatz luden sie die Einkäufe in mitgebrachte Taschen und Klappkörbe, die Rosalie in den Kofferraum hievte, während Fleur auf dem Fahrersitz Platz nahm. Dann brachte sie den Wagen zurück und stieg bei der Ausfahrt zu ihrer Großmutter ins Auto.

Kalter Schweiß stand Fleur auf der Stirn, als sie mit weißen Knöcheln das Lenkrad umklammerte und auf eine Lücke im fließenden Verkehr wartete. Dann gab sie Gas.

Rosalie sah den kleinen Lieferwagen erst, als er laut hupend auswich.

„Pass auf!“, schrie sie. Fleur trat auf die Bremse und würgte dabei den Motor ab. Der Mann drehte wütend das Fenster herunter, zeigte Fleur den Vogel und machte mit dem Mittelfinger eine eindeutige Geste. Fleur starrte mit glasigem Blick aus dem Fenster. Als der Fahrer sah, dass sie nicht auf seine Beleidigungen reagierte, schüttelte er den Kopf und fuhr weiter.

„Verdammt, sag mir endlich, was mit dir los ist!“, fuhr Rosalie ihre Großmutter an. Doch Fleur antwortete nicht, sondern drehte mit zitternden Fingern den Zündschlüssel um. Mit einem stotternden Husten sprang der Motor wieder an. Als hätte der Schock sie geweckt, holte sie tief Luft und konzentrierte sich wieder auf die Straße.

Rosalie sagte nichts, als ihre Großmutter den Wagen durch den dichten Verkehr steuerte. Es hatte keinen Sinn, jetzt einen Streit vom Zaun zu brechen. Erst als sie in die Avenue de Nancy bogen und der Peugeot am Straßenrand zum Stehen kam, drehte sich Rosalie zu ihr.

„Wollest du uns eben umbringen?“, fragte sie wütend und in einem Tonfall, den sie ihrer Großmutter gegenüber noch nie angeschlagen hatte. „Du legst dich jetzt sofort hin. Ich lade den Wagen aus.“

Für einen kurzen Moment funkelten Fleurs Augen wütend, doch das Feuer erlosch augenblicklich, und sie nickte müde. „Du weißt ja, wo die Sachen hinkommen“, sagte sie.

Fleur öffnete die Tür und schlurfte hinüber zum Gartentor. Vorsichtig, als befände sich Glatteis auf den Stufen, stieg sie die kleine Treppe hinab und ging zum Haus. Rosalie stieg aus, hob die Einkäufe aus dem Kofferraum und schloss den Wagen ab. Sie musste dreimal gehen, bis sie alles in die Küche getragen hatte. Als sie den schweren Beutel mit den Kohlköpfen in die Ecke stellte, hörte sie ein dumpfes Poltern, gefolgt von einem Klirren, als ob Porzellan in tausend Stücke zersprang.

Sie rannte erschrocken ins Wohnzimmer und sah ihre Großmutter stöhnend auf dem Boden liegen. Im Fallen hatte sie sich an die Tischdecke geklammert und dabei eine Obstschale zu Boden gerissen. Äpfel und Birnen rollten auf dem Boden herum.

Rosalie stieß einen spitzen Schrei aus. „Großmutter!" Mit einem Satz war sie bei ihr. Fleur Crespins Gesicht war kalkweiß, die Augen so weit nach oben verdreht, dass nur noch das Weiße zu sehen war. Panische Angst überkam Rosalie. Sie packte die alte Frau unter den Armen und versuchte, sie auf das Sofa zu legen. Doch sie war schwer, und Rosalie wusste nicht, wie sie zugreifen sollte, ohne ihr wehzutun. Schließlich ließ sie sie da liegen, wo sie war, und drehte sie auf den Rücken. Hastig stopfte sie ein Sofakissen unter den Kopf und deckte den Körper mit einer Decke zu.

Fleur schluckte ein-, zweimal und kam dann langsam wieder zu sich.

„Wo ist dein Telefon?", wollte Rosalie wissen, als ihr Blick auf die leere Basisstation fiel.

„Was willst du denn damit?", fragte ihre Großmutter matt.

Rosalie schaute sie an, als hätte sie vollends den Verstand verloren. „Dumme Frage: einen Notarzt rufen." Schließlich fand sie das Telefon neben der Fernbedienung unter einer Zeitung. Sie wollte gerade wählen, als Fleur sich aufrichtete.

„Leg es weg."

„Bist du verrückt? Du hattest gerade einen Schwächeanfall, vielleicht sogar einen Schlag. Du brauchst einen Arzt."

„Der kann mir auch nicht mehr helfen", sagte Fleur leise und sank wieder in das Kissen zurück.

Rosalie ließ das Telefon sinken. „Was sagst du da?"

„Du hast schon richtig gehört."

Verwirrt setzte sich Rosalie in einen Sessel. „Was soll das heißen?"

„Ich habe AML."

Rosalie blinzelte irritiert. „Ich verstehe nicht ..."

„AML ist Akute myeloische Leukämie. Blutkrebs. Ich sterbe, und das wahrscheinlich schon bald."

„Aber ..."

„Wie lange ich das schon weiß? Seit fünf Monaten. Und um deine nächste Frage vorweg zu beantworten: Nein, ich bin in einem Stadium, in dem es nicht mehr heilbar ist. Und ich bin froh darum. Keine Bestrahlungen, keine Chemo, all das bleibt mir erspart." Sie lachte rau. „Eigentlich müsste ich schon längst unter der Erde liegen. Ich habe meine Prognose schon um zwei Monate überlebt."

Rosalie stiegen Tränen in die Augen. Sie sprang auf und ging neben ihrer Großmutter in die Knie, die ihr lächelnd durchs schwarz gefärbte Haar strich. „Ich werde 76 Jahre alt, da muss man mit so etwas rechnen."

Rosalie zwang sich zu einem Lächeln. „Aber das ist doch kein Alter!"

„Nicht wahr? Das sage ich mir auch immer wieder, wenn ich mir darüber klar werde, wie schnell diese Jahre vergangen sind. So, und jetzt hilf mir auf. Mir wird langsam kalt auf dem Parkett."

Rosalie führte ihre Großmutter zum Sofa. „Ich werde dir etwas zu trinken holen."

„Eine vorzügliche Idee. Da vorne im Schrank findest du noch eine Flasche Calvados und zwei Gläser. Du trinkst doch einen mit?"

Ihre Enkelin riss die Augen auf. „Du willst in deinem Zustand Alkohol trinken?"

„Warum nicht? Oder hast du Angst, so ein Gläschen könnte mich umbringen?"

Rosalie konnte über diesen dünnen Witz nicht lachen. Sie ging zum Schrank, holte die bauchige Flasche hervor und schenkte zwei Gläser ein. Das vollere reichte sie ihrer Großmutter.

„Danke, Liebes." Sie nippte daran und stellte es auf den Tisch. Dann schaute sie Rosalie lächelnd an und tätschelte den Platz neben sich. „Setz dich."

Rosalie folgte der Aufforderung. Tapfer zwang sie sich, nicht laut loszuheulen.

„Wo wir gerade beim Thema sind: Du siehst auch nicht wie das blühende Leben aus."

„Mir geht es gut, Großmutter."

„Hör zu, ich mag zwar alt sein, aber ich bin nicht dumm. Und blind schon mal gar nicht. Irgendetwas macht dir schwer zu schaffen."

Rosalie zögerte einen Augenblick. „Es ist die Schule", sagte sie schließlich und erzählte ihr vom vergangenen

Jahr, ihren schlechten Noten und den Schwierigkeiten, die sie hatte, sich überhaupt noch für einen weiteren Besuch zu motivieren. „Es ist eine einzige Quälerei. Wenn ich daran denke, dass ich noch zwei Jahre vor mir habe, wird mir schlecht."

„Was sagt denn dein Vater dazu?"

„Der weiß nichts davon. Außerdem habe ich alle Briefe der Schule verschwinden lassen."

Fleur verzog missbilligend das Gesicht.

„Ich weiß, ich hätte das nicht tun sollen", beeilte sich Rosalie zu sagen. „Aber ich kann mir jetzt schon vorstellen, wie er auf meine Noten reagiert."

„Ja", murmelte Fleur. „Ich mir auch. Das bedeutet aber nicht, dass ich dein Verhalten gutheiße. Das tue ich ganz und gar nicht." Sie nippte wieder an ihrem Calvados.

Rosalie brummte etwas und sah schweigend aus dem Fenster. „Da ist noch etwas", sagte sie leise und sah ihre Großmutter entschuldigend, fast peinlich berührt an. „Ich habe bei uns in der Schule einen Mann gesehen. Einen Mann, der dort nicht hätte sein dürfen."

Fleur schaute ihre Enkelin alarmiert an. „Hast du das gemeldet?"

Rosalie schaute sie überrascht an. Als sie verstand, was ihre Großmutter meinte, schüttelte sie den Kopf. „Kein Perverser. Obwohl ich es zunächst dachte. Nein, es ist ein Mann, den … den nur ich sehe." Die letzten Worte hatte sie geflüstert. Fleur wollte etwas sagen, doch Rosalie hob wie zum Einspruch die Hand. „Und ich nehme keine Drogen!"

„Das wollte ich dich auch überhaupt nicht fragen." Der

Klang von Großmutters Stimme hatte den letzten Rest von Müdigkeit verloren. „Sind noch andere Dinge geschehen?“

Rosalie berichtete von der seltsamen Begebenheit mit dem Spiegel. „Und dann habe ich noch Stimmen gehört“, sagte sie kleinlaut.

Fleur hob die Hand zum Mund. „Zu Hause?“, fragte sie flüsternd.

„Nein, in der Schule. Genau genommen im Keller des Montaigne. Sie waren hinter einer Tür zu hören, die bestimmt seit fünfzig Jahren nicht geöffnet worden ist.“

Fleur schloss die Augen. Als sie sie wieder öffnete, sah sie Rosalie fest an. „Du bist tatsächlich das Kind meiner Tochter, aber in einer Hinsicht, die mir Sorgen bereitet.“ Fleur ergriff Rosalies Hände. „Hör mir jetzt genau zu. Es ist wichtig, dass du tust, was ich dir sage: Sprich mit deinem Vater darüber! Erzähl ihm alles, was du auch mir erzählt hast. Er wird dir helfen können.“

„Du glaubst, dass ich verrückt bin?“

„Nein, das tue ich nicht.“ Fleur suchte nach den richtigen Worten. „Aber ich glaube, dass du ... sensibler bist als die meisten Mädchen in deinem Alter.“

Rosalie schaute ihre Großmutter verwirrt an. „Was willst du damit sagen?“

„Dass du Dinge wahrnimmst, für die andere Menschen keine Antenne haben. Deine Mutter hatte dieselbe Gabe. Und sie wäre beinahe daran zerbrochen, wenn dein Vater nicht gewesen wäre. Er hat ihr die Ruhe gegeben, die sie brauchte. Wo sie den Kopf in den Wolken hatte, stand er mit beiden Beinen auf dem Boden. Er hat sie festgehalten, wenn sie davonzufliegen drohte. Und er hat sie aufgefangen, wenn sie abstürzte."

„Himmelhoch jauchzend, zu Tode betrübt", wiederholte Rosalie die Worte ihrer Großmutter.

„Ja. Es war tragisch. Und es hat bei ihr genauso angefangen wie bei dir."

5

Rosalie half ihrer Großmutter noch, die Einkäufe zu verstauen, dann machte sie sich wieder auf den Weg. Sie hatte zunächst ein schlechtes Gewissen gehabt, doch Fleur hatte sie mit den Worten fortgeschickt, dass sie froh wäre, wenn sie endlich wieder ihre Ruhe hätte.

Erst im Zug zum Gare du Nord erfasste Rosalie die brutale Wahrheit: Sie würde ihre Großmutter verlieren, und zwar sehr bald. Bei dem Gedanken, von ihr Abschied nehmen zu müssen, brach sie in ein so lautes Schluchzen aus, dass sich die anderen Fahrgäste besorgt zu ihr umdrehten.

Rosalie hatte nach diesem Tag überhaupt keine Lust mehr, sich mit Ambrose im *Florida Gaité* zu treffen. Am liebsten wäre sie nach Hause gefahren und hätte einfach die Decke über den Kopf gezogen. Sie hatte ihr Telefon schon in der Hand, als sie sich anders entschied. Das war keine Lösung. Sie musste unter Leute, und Ambrose war die angenehmste Gesellschaft, die sie sich im Moment vorstellen konnte.

Als Rosalie die Kneipe betrat, saß Ambrose schon an einem Tisch in der Ecke, vor sich ein halb volles Glas Bier. Sein Lächeln erstarb, als er in Rosalies verheultes Gesicht sah.

„Um Gottes willen, was ist passiert?“

Rosalies Lächeln entglitt, und sie brach wieder laut schluchzend in Tränen aus. Ambrose strich ihr über den Rücken und schickte die Bedienung weg, die gekommen war, um die Bestellung aufzunehmen.

„Es ist ja gut“, murmelte er tröstend und legte vorsichtig den Arm um ihre Schultern.

Rosalie stieß ihn weg. „Verdammte Scheiße, nichts ist gut“, schrie sie so laut, dass sich einige der Gäste zu ihnen umdrehten. Einige sahen ziemlich feindselig zu Ambrose herüber.

„Es tut mir Leid“, schniefte Rosalie. „Aber die ganze Woche war eine einzige Katastrophe.“

„Was ist geschehen?“ Ambrose winkte die Bedienung heran, die er kurz zuvor weggeschickt hatte.

Rosalie bestellte eine Cola und erzählte zum zweiten Mal von ihren Schwierigkeiten in der Schule, dem Strafdienst, der unheimlichen Episode mit dem Spiegel und ihren Begegnungen mit dem geheimnisvollen Mann. Das Sterben ihrer Großmutter verschwieg sie.

„Wow“, sagte Ambrose nur, als Rosalie geendet hatte. Er zog ein Taschentuch hervor und reichte es ihr. Rosalie wischte sich die Tränen weg – und so gut es ging auch die verlaufene Wimperntusche. Dann schnäuzte sie sich geräuschvoll.

„Ich weiß, das klingt alles ziemlich überdreht. Aber das mit dem Spiegel ist wirklich geschehen. Und den Mann habe ich auch gesehen.“

„Die Stimmen?“, fragte er vorsichtig. „Was haben sie gesagt?“

„Ich habe es nicht verstanden."

„Hattest du das Gefühl, sie sprachen zu dir?"

Rosalie suchte in ihren Taschen nach den Zigaretten, bis ihr einfiel, dass Madame Duisenberg sie beschlagnahmt hatte. „Nein, haben sie nicht", erwiderte sie genervt.

Ambrose kaute auf der Unterlippe.

„Hör zu, es war ein Fehler, dir davon zu erzählen. Vergiss es einfach, ja?" Plötzlich hatte sie das Gefühl, dass es doch besser gewesen wäre, das Treffen abzusagen.

„Hast du sonst noch mit jemandem darüber gesprochen?"

„Mit meiner Großmutter", entgegnete sie leise. Rosalie spürte, wie bei dem Gedanken an Fleur ihre Stimme brach.

„Was hat sie dazu gesagt?"

Rosalie lachte bitter. „Sie glaubt, dass ich wie meine Mutter sehr sensibel sei."

„Deine Mutter hat auch Stimmen gehört?"

Rosalie stand auf. „Ich glaube, ich sollte lieber gehen."

Ambrose hielt sie am Arm fest und zog sie zurück auf den Stuhl. Wieder diese Blicke der Gäste. „Nein", sagte er bestimmt. „Das glaube ich nicht. In diesem Zustand lasse ich dich nicht alleine."

„Ich bin nicht verrückt!", zischte sie.

„Das behauptet auch niemand", sagte Ambrose eindringlich. „Aber wenn der Druck zu groß wird, können die Nerven einem schon mal einen üblen Streich spielen."

Rosalie biss die Zähne zusammen.

„Du musst zugeben: Nach allem, was du mir erzählt hast, wäre es kein Wunder."

„Wenigstens fragst du mich nicht, ob ich Drogen genommen habe."

Ambrose lächelte. „Du und Drogen? Dazu bist du viel zu brav."

„Täusch dich mal nicht. Ich bin nicht das nette, liebe Mädchen von nebenan."

Er grinste. „Hoffentlich."

Rosalie schaute Ambrose prüfend an. Ein absurder Gedanke nahm langsam Gestalt an. Sie warf einen Geldschein auf den Tisch und ergriff seine Hand. „Komm mit", sagte sie.

„Was hast du vor?"

„Dir beweisen, dass ich nicht spinne."

Das Montaigne lag wie eine uneinnehmbare Festung an der Rue Auguste Comte. Düster und abweisend ragte die Fassadenfront der Nordseite aus der Nacht, die nur durch das Licht einiger Straßenlaternen durchbrochen wurde. Der Jardin de Luxembourg lag wie ein verwunschenes Land auf der anderen Straßenseite, dunkel und geheimnisvoll.

Ambrose schlug den Kragen seines Mantels hoch und schaute sich nervös um. Um diese Zeit trieb sich allerhand Volk auf den Straßen herum, das sich mit dem Begriff *lichtscheu* noch am harmlosesten beschreiben ließ.

„Mein lieber Mann, die Schule sieht ja ganz schön herrschaftlich aus."

„Von dieser Seite wird es uns nicht gelingen einzusteigen."

„Einzusteigen?“ Er riss die Augen auf. „Du meinst, du willst hier einbrechen?“

„Nicht, um etwas zu stehlen“, versicherte Rosalie.

„Dann ist es immer noch Hausfriedensbruch.“

„Vertrau mir“, beschwichtigte sie ihn. Sie liefen die Rue Auguste Comte in westliche Richtung, bis sie die Rue d'Assas erreichten, die im spitzen Winkel nach Süden führte. Hier war das Schulgelände nur durch einen gusseisernen Zaun von der Außenwelt getrennt, der seine Spitzen wie Dolche in die Nacht reckte.

Ohne lange zu zögern, packte Rosalie eine Mülltonne, und zerrte sie vor eine Hauswand neben dem Tor, die in zweieinhalb Meter Höhe ein Sims aufwies, an dem man sich festhalten konnte. Bevor Ambrose etwas sagen konnte, war sie hinaufgeklettert und reichte ihm die Hand. „Worauf wartest du noch?“

„Ich muss komplett verrückt sein, mich auf so etwas einzulassen.“ Er zog sich neben sie auf die Mülltonne, und gemeinsam sprangen sie auf die andere Seite des Gitterzauns. Geduckt hasteten sie zu einem Baum, der auf der rechten Seite des kleinen Hofs seine dürren Äste in den Nachthimmel streckte.

Rosalie und Ambrose versteckten sich hinter dem Stamm und warteten ab. Niemand schien ihr Eindringen bemerkt zu haben. „Wir müssen ein offenes Fenster finden oder eine Tür, die nicht abgeschlossen ist“, flüsterte Rosalie.

Der Eingang war natürlich verschlossen, doch etwas abseits stand ein Fenster in Brusthöhe offen. Sie hebelte ein Schutzgitter auf einer Seite aus dem maroden Mauerwerk. Gemeinsam zwängten sie sich durch den engen Spalt.

Ihre Schritte klangen hohl, als sie auf dem Steinfußboden landeten. Es war so finster, dass sie kaum die Hand vor Augen sahen.

„Wo willst du eigentlich mit mir hin?“, fragte Ambrose.

„Zwei Flügel weiter gibt es eine Treppe, die hinab in das Tiefgeschoss führt.“

„Und wie willst du den Weg dorthin finden? Es ist stockfinster.“

Rosalie musste zugeben, dass sie daran nicht gedacht hatte. „Ich habe mein Feuerzeug dabei.“

Ambrose schnaubte. „Na prächtig.“

„Wenn wir erst einmal im Keller sind, können wir das Licht einschalten.“ Rosalie zog ein Feuerzeug aus ihrer Jackentasche und ließ eine kleine Flamme aufflackern.

Auf Zehenspitzen huschten sie durch die dunklen, verlassenen Korridore. Tagsüber tobten hier Hunderte von Schülern, deren Geister die Flure noch immer zu bevölkern schienen. Rosalie jedenfalls hatte die, wie sie sich versicherte, unbegründete Angst, hinter irgendeiner Ecke auf eine wütende Madame Duisenberg zu stoßen. Sie suchte jemand ganz anderen.

Im unsteten Schein der Flamme tanzten zuckende Schatten über die langen Wände, ihre Schritte hallten durch die leeren Gänge. Nach zehn Minuten erreichten sie endlich die Treppe, die hinab in den finsteren Bauch der Schule führte.

„Halte dich dicht bei mir“, sagte Rosalie zu Ambrose. „Das ganze Tiefgeschoss ist ein einziges Labyrinth. Ich will nicht, dass du dich hier unten verläufst und am nächsten Morgen von Monsieur Leotard aufgegriffen wirst."

Vorsichtig schritten sie die Stufen hinab. Natürlich gab es in den engen Gängen keine Lichtschalter, mit denen die Deckenbeleuchtung eingeschaltet werden konnte. Wahrscheinlich wurde sie zentral über einen Schaltkasten gesteuert. Wo der sich befand, wusste Rosalie aber nicht.

„Sag mir wenigstens, wo du hinwillst."

„Unter dem Montaigne befindet sich eine alte Bunkeranlage aus dem Zweiten Weltkrieg. Ganz in der Nähe muss eine Schleuse sein, die hinabführt. Dort habe ich den Mann zum letzten Mal gesehen."

„Und dort hast du auch die Stimmen gehört?", fragte Ambrose.

Rosalie nickte. Sie ergriff jetzt seine Hand. „Mir ist es egal, was die anderen über mich denken. Aber ich will nicht, dass du glaubst, ich hätte nicht mehr alle Tassen im Schrank."

Ambrose erwiderte den Druck. „Das tue ich nicht."

„Dann stell keine weiteren Fragen, und folge mir."

Schon bei eingeschalteter Beleuchtung war es Rosalie schwer gefallen, einigermaßen die Orientierung zu behalten. In der Dunkelheit, die nur durch die kleine Flamme ihres Feuerzeugs erhellt wurde, war es fast unmöglich.

Als sie nach einer halben Stunde immer noch umherirrten, beschlichen Rosalie zum ersten Mal Zweifel. Sie hatte versucht, sich jede Abzweigung, jede Kreuzung zu merken, aber so gut war ihr Gedächtnis nicht, dass sie sich einen Grundriss einprägen konnte, den sie nicht gesehen, sondern nur erlaufen hatte.

„He, Rosalie. Ist es das?“

Rosalie drehte sich um und hielt das Zippo in die Höhe. Am Ende eines kurzen Gangs befand sich die rote Bunkertür mit der Aufschrift *Zutritt verboten*. Sie hatten sie endlich gefunden. Rosalie trat auf sie zu. Im Gegensatz zu normalen Türen wies sie keine Klinke und kein Schloss auf. Verriegelt wurde sie durch vier Hebel, die so umgelegt werden konnten, dass sie das Schott fest in den Rahmen drückten. Rosalie konnte nirgendwo ein Schloss oder eine Kette entdecken.

Sie hielt die Luft an und lauschte.

Nichts. Nur das Rauschen des Blutes und das Summen ihrer Nerven füllten ihren Kopf.

„Halt mal.“ Sie drückte Ambrose das Feuerzeug in die Hand und ergriff den obersten Hebel, um daran zu ziehen, doch er rührte sich nicht.

Ambrose stellte das Feuerzeug auf den Boden und half ihr, indem er mit seinem ganzen Gewicht an dem Griff zog.

Es gab einen Ruck, und die Verriegelung schrie kreischend auf. Das Echo hing noch einige Sekunden in der Luft, dann war es wieder still.

„Lange nicht geölt worden“, stellte Ambrose trocken fest.

Die beiden Hebel an der Seite erwiesen sich als schwierigerer Fall, denn sie zeigten in einem Winkel nach unten, der es den beiden nicht erlaubte, ihre ganze Kraft einzusetzen. Doch irgendwann gaben auch sie mit demselben enervierenden Geräusch nach. Schweiß perlte auf Rosalies Stirn, als sie sich mit beiden Füßen auf den letzten Hebel stellte. Ambrose wollte etwas sagen, doch da sprang sie schon – mit einem lauten Krachen brach der Griff ab. Rosalie stürzte und schnitt sich an der scharfen Kante das Bein auf.

Sie zog laut die Luft ein, als der Schmerz nach einer Schrecksekunde ihr Gehirn erreichte. „So ein verdammter Mist", fluchte sie.

Sofort war Ambrose bei ihr und untersuchte die Verletzung. „Du hast Glück. Soviel ich sehen kann, ist die Wunde nicht tief."

„Aber sie tut weh, als ob man mir ein glühendes Schüreisen ins Bein gebohrt hätte."

Ambrose bückte sich nach dem abgebrochenen Hebel, der ziemlich rostig war, und drehte ihn im schwachen Schein der Flamme hin und her. „Hoffentlich bist du gegen Tetanus geimpft."

Rosalie versuchte mühsam aufzustehen, hielt aber plötzlich inne und starrte mit weit aufgerissenen Augen an Ambrose vorbei. Eine eisige Kälte hatte von ihr Besitz ergriffen.

„Er ist da", flüsterte sie.

Ambrose richtete sich auf. „Wer?"

„Der Mann."

Er drehte sich erschrocken um.

Direkt hinter Ambrose war die Gestalt erschienen, der Rosalie schon dreimal begegnet war, die Augen wie den Mund weit aufgerissen.

„Da ist niemand", sagte Ambrose verwirrt.

„Siehst du ihn denn nicht?", wisperte sie. „Er steht keine Armlänge von dir entfernt!"

„Rosalie, das bildest du dir ein! Wir sind alleine hier unten.“ Um sie von ihrem Irrtum zu überzeugen, trat er einen Schritt zurück. „Siehst du?“ Er breitete die Arme aus. „Hier ist nie...“

Plötzlich verstummte er. Kalter Rauch stand vor seinem Mund. Auf Ambroses Gesicht spiegelte sich kindliches Erstaunen, das Sekundenbruchteile später eisigem Entsetzen wich. Er keuchte, als presste etwas mit aller Macht die Luft aus seinen Lungen. Rosalie sah, wie zwei Hände seine Brust durchstießen, direkt auf der Höhe seines Herzens. Als würden sie ihn wegschieben wollen, doch ins Leere greifen.

Ambrose warf den Kopf in den Nacken. Seine Augen hatten auf einmal eine milchige Trübung angenommen, und er zitterte am ganzen Leib, als stünde er unter Strom. Dann fiel er bewusstlos zu Boden.

Die Gestalt war immer noch da und starrte auf ihre Hände, als habe sie soeben etwas ganz und gar Unerklärliches vollbracht.

„Hau ab!“ Die Angst um Ambrose verzerrte Rosalies Gesicht. Sie packte den abgebrochenen Hebel und schwang ihn wie eine Waffe über dem Kopf. „Verschwinde!“ Panik ließ ihre Stimme schrill werden.

Die Gestalt verharrte einen Augenblick reglos, dann trat sie zurück in die Dunkelheit und verschwand. Rosalie kniete sich schnell neben Ambrose, der langsam wieder zu sich kam.

„Um Himmels willen“, keuchte er. „Was war das? Ich hatte auf einmal das Gefühl, von innen heraus zu erfrieren!“

„Glaubst du mir jetzt?“, rief Rosalie verzweifelt.

Ambrose schloss stöhnend die Augen und ließ sich zurückfallen. „Ja. Ja, ich glaube dir.“ Er blinzelte ein paarmal, dann richtete er sich mit Rosalies Hilfe auf. „Aber wie kommt es, dass nur du ihn siehst?“

„Ich habe nicht die leiseste Ahnung“, gab Rosalie zu. Fleurs Worte fielen ihr wieder ein. Vielleicht war sie ja wirklich sensibler als die meisten Menschen und sah Dinge, die anderen verborgen blieben. „Ambrose, wer war das?“

„Hat das Böse in kaltem Hass ein Opfer gefordert, so wird ein Fluch heraufbeschworen, der seinen Ausgang am Ort dieses schrecklichen Verbrechens hat. Diejenigen, die diesem Fluch begegnen, fallen auf ewig der Dunkelheit anheim.“

„Was erzählst du da?“, fragte Rosalie verwirrt.

Ambrose runzelte die Stirn. „Ich weiß nicht, wo ich das einmal gelesen habe. Aber vielleicht ist hier einmal jemand eines schrecklichen Todes gestorben.“ Sein Blick fiel auf die verschlossene Tür. „Glaubst du an Heimsuchungen?“

„Nein, natürlich nicht.“

„Rosalie, wir sollten von hier verschwinden. Und nie wiederkehren.“

Es war bereits zwei Uhr morgens, als sie sich vom Schulgelände schlichen. Glücklicherweise fuhr die Linie 38 auch als Nachtbus, und sie mussten kein Geld für ein teures Taxi ausgeben. Sie warteten nur zehn Minuten. Ambrose war der Erste, der die Sprache wiederfand, als sie sich gesetzt hatten und der Bus angefahren war.

„Du hast gesagt, dass dieser Mann ganz normal aussah."

Rosalie nickte. „Ich habe ja zuerst gedacht, dass er ein neuer Hausmeister sei, weil er einen grauen Kittel trägt."

„Könntest du ihn genauer beschreiben?"

Rosalie lachte trocken. „Ich könnte ihn sogar zeichnen. Der Kerl ist die Karikatur einer halb kahlen Kröte."

„Tu es. Zeichne das Bild. Und dann frag in der Schule nach, ob jemand den Mann kennt. Vielleicht erhältst du ja so eine Antwort auf deine Fragen." Er zeigte auf ihr verletztes Bein. „Das würde ich behandeln lassen."

Rosalie salutierte. „Oui, mon général." Sie stand auf, denn der Bus steuerte ihre Haltestelle an.

Ambrose holte tief Luft und schaute Rosalie ernst an. „Vielleicht solltest du mich mal in dem kleinen Buchladen besuchen. Monsieur Molosse ist eine unerschöpfliche Quelle für alle erdenklichen Informationen. Er wird dir vielleicht helfen können."

Sie lächelte Ambrose zum Abschied zu und stieg aus.

Als Rosalie den Schlüssel zur Wohnung aus ihrer Jacke kramte, sah sie, dass durch den Spalt unter der Wohnungstür Licht ins Treppenhaus fiel. Ihr Vater war offensichtlich noch da, obwohl er eigentlich seit Mitternacht wieder Dienst hatte. Sie holte tief Luft und schloss die Tür auf. Aus dem Wohnzimmer drangen Musik und Stimmen zu ihr. Dann wurde der Fernseher ausgestellt.

„Du weißt, wie spät es ist?“ Er stand auf und nahm ein halb leeres Glas Wein vom Tisch, um es in die Küche zu tragen.

„Ja, das weiß ich“, murrte Rosalie. Sie zog sich die Schuhe aus und stellte sie unter die Garderobe. Ihr Vater nahm eine Jacke vom Haken.

„Mehr hast du nicht zu sagen?“

„Nein, offensichtlich nicht.“ Sie wollte an ihrem Vater vorbeieilen, doch der hielt sie am Arm fest.

„Ich finde, wir sollten einmal miteinander reden.“

„Das sollten wir schon seit sechzehn Jahren, aber nicht ausgerechnet heute Abend.“ Sie schüttelte die Hand ab. „Ich bin müde und will ins Bett.“

„Das Montaigne hat angerufen.“

Rosalie zuckte zusammen. Hatte man so schnell ihren Einbruch bemerkt? „Wann?“, fragte sie knapp.

„Heute Nachmittag.“

„An einem Samstag?“, fragte sie erleichtert, aber auch ungläubig.

„Ja. Offensichtlich scheint jemand hier im Haus die Briefe der Schule abgefangen zu haben.“

Rosalie errötete, sagte aber nichts.

„Deine Leistungen bieten keinen Anlass zur Freude.“

„Nein, eher weniger.“

„Warum hast du mir nichts davon gesagt?“

„Hat es dich jemals interessiert?“

Für einen kurzen Augenblick wich er ihrem Blick aus. „Es hat mich immer interessiert.“

Rosalie lachte. „Gute Nacht, Vater“, sagte sie und ging ins Bad. Ihr Vater folgte ihr.

„Was ist mit deinem Bein geschehen?"

„Ein Unfall." Sie drehte das heiße Wasser auf, um sich das Gesicht zu waschen.

„Wir sind uns fremd geworden. Und das tut mir weh."

Rosalie wandte sich um und schaute ihren Vater an, als hätte sie nicht richtig gehört. „Entdeckst du jetzt dein Herz für mich?"

„Hör zu. Ich weiß, ich habe Fehler gemacht. Vielleicht sollten wir ja ... einen neuen Anfang machen. Doch dazu müssten wir uns beide ändern."

„Warum kannst du mich nicht einfach so nehmen, wie ich bin? Oder erinnere ich dich zu sehr an meine Mutter?"

Der Schlag saß.

„Du warst bei deiner Großmutter", stellte ihr Vater fest. „Hat sie dir wieder Geschichten über mich erzählt?"

„Ja. Und sie hat dich in Schutz genommen." Sie trocknete ihr Gesicht ab und quetschte Zahnpasta auf die Bürste. „Wusstest du, dass sie stirbt?"

Sein Kopf ruckte hoch. „Was?"

„Blutkrebs", nuschelte sie zähneputzend und war überrascht, wie kaltblütig sie in diesem Moment war.

Maurice Claireveaux setzte sich benommen auf den Klodeckel. Er musste sich mit einer Hand am Waschbecken festhalten. „Leukämie ...", sagte er leise. „Deswegen diese Eile mit dem Gerichtsbeschluss."

Rosalie knallte die Zahnbürste auf die Ablage und spuckte die Zahnpasta aus. „Ist das alles, woran du denken kannst", sagte sie schluchzend. „Euren beschissenen Streit, ob Mutter sterben darf oder nicht? Du kotzt mich an!"

Sie rannte an ihm vorbei in ihr Zimmer.

„Rosalie!“

Doch sie schmiss die Tür zu und warf sich aufs Bett. Rosalie hörte, wie die Tür wieder geöffnet wurde. Sie drehte sich um und wandte ihrem Vater den Rücken zu.

Setz dich zu mir, dachte sie flehend.

Sprich mit mir.

Nimm mich in den Arm.

Tröste mich.

Sie wartete. Dann wurde die Tür wieder geschlossen, und die Schritte entfernten sich. Kurze Zeit darauf fiel die Wohnungstür ins Schloss. Rosalie schloss die Augen und wünschte sich, sie wäre niemals geboren worden.

Zuerst wusste Rosalie nicht, wie spät es war, als sie von dem Geräusch geweckt wurde. Ihre Hand tastete zum Schalter ihrer Nachttischlampe, und der Blick fiel auf den Wecker. Kurz nach vier.

Da war wieder dieses Klirren, diesmal leiser, aber nicht minder bedrohlich. Rosalies Herz setzte für einen Moment aus. Jemand war in der Wohnung, und es war ganz bestimmt nicht ihr Vater, denn der war im Krankenhaus. Rosalies Puls begann zu rasen. Das Blut rauschte ihr in den Ohren, als sie in die Dunkelheit hineinhorchte. Plötzlich fühlte sie sich wie ein Kaninchen, das darauf wartete, von einer Schlange angegriffen zu werden, die sich einen Spaß daraus machte, ihr Opfer in Angst und Schrecken zu versetzen, bevor sie die Deckung verließ, um blitzschnell zuzustoßen. Rosalie versuchte, sich so ruhig wie möglich zu verhalten, um ja nicht die Aufmerksamkeit des Eindringlings auf sich zu lenken. Nur mit Mühe konnte sie den Reflex unterdrücken, sich wie ein Kind unter der Decke zu verkriechen und die Augen zu schließen, um sich so unsichtbar zu machen.

Es konnte nur ein Einbrecher sein. Rosalie dachte an die wertvollen Kunstgegenstände, die im Wohnzimmer mehr oder weniger geschmackvoll auf dem Kamin und in den Schränken arrangiert waren. Ihr Vater hatte eine kostbare Sammlung alter Taschenuhren, die er in einem Vitrinenschrank aufbewahrte und die sein ganzer Stolz war. Ihr Wert war nicht mit Geld aufzuwiegen, ebenso wie die kleine Giacometti-Skulptur, die aussah wie ein magersüchtiger, stelzenbeiniger Pinocchio. Ihr Vater hatte nach einer Serie von Einbrüchen, die vor einigen Jahren das Viertel heimgesucht hatten, immer wieder einmal die Sorge geäußert, dass diese Schätze ohne eine Alarmanlage ein gefundenes Fressen für jeden Kriminellen waren, der sich auch nur einigermaßen mit derlei Dingen auskannte. Doch dann war es zu keinen weiteren Diebstählen mehr gekommen, und Maurice hatte den Einbau der Alarmanlage auf Eis gelegt. Ein fataler Fehler, wie sich jetzt herausstellte.

Rosalie überlegte panisch, wie sie dem Eindringling Paroli bieten sollte. In ihrem Zimmer befand sich nichts, was sie als Waffe benutzen konnte. Der Messerblock in der Küche war weit weg. Dann hörte sie ein Knirschen, als ob jemand einen Nagel aus der Wand zog, und fragte sich angstvoll, was da draußen im Flur vor sich gehen mochte. Es folgte ein Stöhnen, als ob jemand eine schwere Last hob. Das Scheppern wurde lauter und erstarb schließlich wie das Klingeln eines Windspiels. Dann kehrte Stille ein. Als nach einer Viertelstunde noch immer nichts zu hören war, nahm sie allen Mut zusammen und stand auf.

Im Dunkeln schlich sie zur Zimmertür und legte das Ohr ans kühle Holz.

Stille.

Im Zeitlupentempo drückte sie die Klinke nach unten und öffnete die Tür. Als die Scharniere ein leises Quietschen von sich gaben, zuckte sie zurück, als hätte sie einen elektrischen Schlag bekommen. Sie lauschte in die Finsternis, doch es regte sich nichts.

Rosalie trat hinaus in den Flur und schlich ins Wohnzimmer, wo sie mit wild pochendem Herzen das Licht einschaltete.

Nichts.

Alles war an seinem Platz. Keine aufgerissenen Schränke, keine ausgeleerten Schubladen. Auch die Küche war in Ordnung. Im Schlafzimmer ihres Vaters war das Bett gemacht, die Hemden aus der Wäscherei hingen noch immer in ihrer Plastikhülle am Kleiderschrank.

Es war, als sei nichts geschehen, und dennoch hatte Rosalie das beängstigende Gefühl, als habe sich noch vor wenigen Minuten jemand in der Wohnung aufgehalten. Ihr kam wieder der seltsame froschäugige Mann in den Sinn, den sie zweimal auf dem Schulhof gesehen hatte. Bei dem Gedanken, dass er ihr vielleicht einen nächtlichen Besuch abgestattet hatte, wurde ihr auf einmal ganz flau im Magen, und sie musste sich an der Wand abstützen. Wieso musste sie gerade in diesem Moment an ihn denken, fragte sie sich, und ein kalter Schauer jagte ihr den Rücken hinab. Rosalie holte tief Luft und wollte gerade zurück in ihr Zimmer gehen, als ihr im Flur etwas auffiel und sie stehen blieb.

Die Wohnungstür war nur angelehnt.

Rosalie drehte sich um und stellte fest, dass der Spiegel fehlte. Sie lief zum Telefon und wählte die Nummer ihres Vaters im Krankenhaus. Er war nicht an seinem Platz, denn der Anrufbeantworter sprang an. Rosalie hinterließ eine Nachricht. Dann tippte sie die Nummer der Polizei ein.

Es dauerte volle drei Stunden, bis die Beamten eintrafen. Erst gegen sieben Uhr klingelte es an der Tür. Rosalie, die wegen der Spuren nichts angerührt und vor Aufregung sowieso nicht hatte schlafen können, betätigte gereizt den Summer.

Die Haustür sprang auf, schwere Stiefel polterten die wenigen Stufen zu ihrer Wohnung hoch, und zwei Polizisten in Uniform traten ein.

„Rosalie Claireveaux?"

Sie nickte.

„Dürfen wir hereinkommen?"

Rosalie trat beiseite.

„Hier soll ein Einbruch stattgefunden haben?"

„Ja."

Der jüngere der Polizisten kaute auf einem Kaugummi herum und schaute sich gelangweilt um. „Sieht ja alles gar nicht so dramatisch aus. Fehlt irgendwas?"

„Ein Spiegel."

Die beiden Männer sahen einander überrascht an. „Wertvoll?"

Rosalie zuckte mit den Schultern. „Woher soll ich das wissen? Ja. Wahrscheinlich. Sonst wäre er nicht weg."

„Wo hing er?"

Rosalie wies auf eine kahle Stelle an der Wand im Flur.

Der jüngere der beiden schnaubte missmutig. „Dürfen wir uns mal umschauen?"

„Ich bitte darum."

Die Polizisten schlenderten durch die Räume und beäugten sie oberflächlich. Fünf Minuten später waren sie wieder bei ihr.

„Und sonst fehlt nichts?"

„Nein", antwortete Rosalie gereizt. „Das sagte ich doch schon."

„Wie ist denn der Einbrecher eingedrungen?"

„Durch die Wohnungstür."

Der Kaugummikauer untersuchte das Schloss. „Keine Gewalteinwirkung. Muss wohl einen Schlüssel gehabt haben."

„Umso beunruhigender", knurrte Rosalie, deren Geduld langsam auf den Nullpunkt sank.

Der Ältere schaute sie skeptisch an. „Wohnst du hier alleine?"

„Nein, mit meinem Vater."

„Wo ist er?"

„Arbeiten. Er hat Bereitschaft im Krankenhaus."

Der Polizist nickte nachdenklich. „Solche Fälle haben wir oft: Kinder, die gelangweilt alleine zu Hause hocken und mal schauen wollen, was passiert, wenn sie die Polizei rufen."

Rosalie blinzelte irritiert. „Sonntagmorgens um vier?"

„Ältere Leute sind noch schlimmer", sagte der Kaugummikauer und zog sich die rutschende Uniformhose über den Bauch. „Die tun alles für ein bisschen Aufmerksamkeit."

„Das kann doch nicht wahr sein!", rief Rosalie empört. „Sie glauben tatsächlich, ich hätte Sie aus Langeweile gerufen?"

„Wir stellen Ihnen ein Protokoll für die Versicherung aus. Ich schlage vor, Sie legen sich wieder ins Bett und schließen gut ab. Legen Sie eine Kette vor, wenn Sie sich damit sicherer fühlen."

Sie wollten gerade gehen, als die Haustür aufgeschlossen wurde.

Rosalies Vater stand atemlos im Rahmen, den Mantel falsch geknöpft, die Haare nass vom Regen.

„Es tut mir leid, dass ich so spät komme. Ich habe deine Nachricht auf dem Anrufbeantworter erst eben abgehört."

„Sind Sie der Vater dieses Mädchens?"

Er trat auf die Polizisten zu. „Gibt es ein Problem?"

„Wir haben Grund zur Annahme, dass uns Ihre Tochter unter Vorspiegelung eines Verbrechens hierher gerufen hat."

„Es hat einen Einbruch gegeben!", rief Rosalie. Ihre Stimme überschlug sich fast.

Maurice Claireveaux erkannte augenblicklich, was gestohlen war. „Der Spiegel ist fort." Er drehte sich zu den beiden Polizisten um, die jetzt nicht mehr ganz so selbstsicher wirkten.

„Wollen Sie keine Spuren sichern?"

Der Junge holte seinen Kaugummi aus dem Mund. „Es gibt keine Spuren. Die Tür ist nicht aufgebrochen worden, und offensichtlich hat der Dieb nicht nach anderen Wertgegenständen gesucht." Er schaute sich nach einem Mülleimer um.

„Wissen Sie das nicht erst, wenn sie die Tür genauer untersucht haben?"

Der junge Polizist wollte etwas sagen, doch der andere legte die Hand auf seinen Arm. Dann holte er ein Handy aus der Hosentasche und ging hinaus ins Treppenhaus, um dort zu telefonieren. Minuten später kam er wieder zurück. „Ich habe die Kollegen von der Kripo angerufen."

„Hoffentlich lassen die sich nicht so viel Zeit wie Sie", sagte Rosalie schnippisch.

„Wie lange hast du warten müssen?", fragte ihr Vater.

„Drei Stunden."

Maurice Claireveaux drehte sich wütend um. „Ihre Dienstnummer, bitte."

Der junge Polizist rollte mit den Augen, und beide holten sie die Dienstausweise hervor. Rosalies Vater ging damit in die Küche, um sich einige Notizen zu machen, und brachte sie dann wieder zurück. Ohne ein weiteres Wort zu verlieren, drehten sie sich um und gingen. Der ausgelutschte Kaugummi wurde achtlos im Flur fallen gelassen.

„Wenn Sie nicht wollen, dass Sie als Tatverdächtiger infrage kommen, empfehle ich Ihnen, den wieder aufzuheben und draußen in den Mülleimer zu werfen."

Der junge Polizist blieb einen Moment unentschlossen stehen, dann bückte er sich. Mit einem lauten Poltern fiel die Tür ins Schloss.

Eine Viertelstunde später klingelten zwei Beamte in Zivil, um die wenigen Spuren zu sichern. Sie zogen sich weiße Overalls an, machten Fotos von der Tür, dem Flur und dem Rest der Wohnung. Dann pinselten sie alles mit feinem Grafitpulver ein und sicherten die Abdrücke mit Klebefolie. Keine halbe Stunde dauerte die Prozedur. Als sie fertig waren, musste Rosalies Vater ein Formular unterschreiben und erhielt einen Durchschlag. Dann kehrte wieder Ruhe ein. Mittlerweile war es halb neun.

„Ich mache uns Frühstück“, sagte Rosalies Vater.

„Musst du nicht wieder zurück ins Krankenhaus?“

„Nein, ich habe mir für den Rest des Tages freigenommen. Kaffee?“

Rosalie nickte und setzte sich an die Küchentheke. Ihr Vater schraubte die Kanne auf. „Stark vermutlich.“

Sie dachte kurz nach und schüttelte dann müde den Kopf. „Nein, ich will mich gleich noch einmal hinlegen.“

„Seit wann bist du auf?“

„Um vier Uhr bin ich von dem Lärm wach geworden.“

„Zwei Stunden Schlaf. Das ist nicht viel.“

„Du hattest weniger.“

Ihr Vater lächelte müde. „Immerhin werde ich dafür bezahlt.“

Ein seltsames Schwingungsband baute sich zwischen beiden auf. Rosalie bemerkte überrascht, dass sie sich unterhielten, ohne sich zu streiten oder gar anzuschreien.

„Was willst du essen?“, fragte sie.

„Einen Toast oder zwei."
„Komm, ich mach uns ein Ei."
Ihr Vater lächelte dankbar. „Gute Idee."
„Wie war dein Dienst?", fragte sie, als sie den Topf mit Wasser aufsetzte und den Kühlschrank öffnete.
„Schrecklich", sagte er nur. „Wie immer."
Sie pikste stumm die Eier an und wartete darauf, dass ihr Vater mehr erzählte. Doch er schwieg.
„Ich kann mir vorstellen, dass es schwierig ist, den nötigen Abstand zu deinen Patienten zu halten."
Maurice schaute seine Tochter überrascht an. „Ja. Manche Dinge gehen einem ziemlich nah, die nimmt man mit nach Hause, ob man will oder nicht."
Rosalie fielen Ambroses Worte wieder ein. „Es ist wie eine Heimsuchung."
„Manchmal ist es nur eine Kleinigkeit, die den Unterschied zwischen Wahn und Wirklichkeit ausmacht."
„Welche Kleinigkeit war es bei Mutter?" Ihre Hand zitterte, als sie das erste Ei im kochenden Wasser versenkte.
„Schlafmangel, Überarbeitung, Stress. Als ich deine Mutter kennenlernte, war ihr Leben ein einziges Durcheinander. Irgendwann hatte sie es überhaupt nicht mehr im Griff."
„Himmelhoch jauchzend, zu Tode betrübt?" Das zweite Ei folgte.
„Sie war manisch-depressiv. Manchmal konnte sie sich in eine Idee verbeißen und war Feuer und Flamme dafür, mochte sie auch noch so absurd sein. Dann wieder war sie wie gelähmt, verbrachte die Tage im Bett und wollte niemanden sehen. Erst als wir das richtige Medikament

für sie fanden, besserte sich ihr Zustand. Aber der Weg dorthin erwies sich als lang und qualvoll."

„War es schwierig, mit ihr zu leben?"

Maurice lächelte. „Nein, es war ein Geschenk, sie zu kennen. Marguerite lebte für zwei. Ihre Energie war unglaublich. Aber sie war eine Kerze, die an zwei Enden brannte."

„Du wolltest sie retten."

„Das will ich immer noch", sagte er leise und goss den Kaffee in zwei Tassen.

Rosalie schaute ihren Vater lange an. Er liebte ihre Mutter wirklich noch immer. Sie war es, die seinem Leben einen Sinn gab.

„Sollen wir heute Nachmittag vielleicht Großmutter besuchen?"

Ihr Vater zögerte mit der Antwort. „Nein", sagte er schließlich. „Wir tun ihr keinen Gefallen damit."

„Woher willst du das wissen?"

„Weil ich Fleur sehr gut kenne. Mir tut es leid, dass sie stirbt. Sehr groß ist deine Familie nicht. Wenn sie tot ist, wirst du dich wahrscheinlich sehr einsam fühlen."

Rosalie antwortete nicht, sondern bestrich ihren Toast mit Honig. „Danke übrigens, dass du vor den Polizisten zu mir gehalten hast."

Maurice köpfte sein Ei. „Sie waren ziemlich unangenehme Typen, nicht wahr?"

„Besonders der Jüngere ... Ich frage mich, was der Dieb mit dem Spiegel will."

„Das würde ich auch zu gerne wissen. In der Wohnung gab es genügend andere Sachen, die viel wertvoller sind.

Wie zum Beispiel den Anhänger, den dir Fleur geschenkt hat. Wo ist er eigentlich?"

„Im Bad. Ich habe ihn zu meinem anderen Schmuck ins Kästchen getan."

Maurice wischte sich mit der Serviette den Mund ab. „Sei mir nicht böse, aber ich bin müde und geh jetzt ins Bett. Lass einfach alles stehen, ich räume es später weg." Er tätschelte im Vorübergehen die Schulter seiner Tochter, ging in sein Zimmer und schloss die Tür hinter sich.

Rosalie stellte das schmutzige Geschirr in die Spülmaschine und ging dann ins Bad. Sie holte ihre Schmuckdose aus dem Schrank, öffnete sie und betrachtete den Anhänger. Schließlich nahm sie ihn heraus und legte ihn an. Augenblicklich hatte sie den Eindruck, dass sich ihr Schwerpunkt wieder Richtung Bauchnabel bewegte. Ein Gefühl der Sicherheit, der Ruhe und Ausgeglichenheit erfüllte sie, das sie die Müdigkeit noch deutlicher spüren ließ. Sie löschte das Licht und ging mit der Hoffnung ins Bett, endlich Schlaf zu finden.

6

Die Luft ist kühl, aber nicht kalt. Die Dunkelheit, die sie umfängt, ist so undurchdringlich, dass sie beinahe mit den Händen zu greifen ist. Es ist feucht hier unten.

Wie eine Blinde streckt sie die Hände aus. Sie hat kein Gefühl für den Raum, in dem sie sich befindet. Vorsichtig setzt sie einen Fuß vor den anderen. Ihr Atem geht schwer. Plötzlich berührt sie etwas Raues, Kaltes, Feuchtes. Es ist eine grob behauene Wand.

Sie hat keine Angst. Wenn sie diesen Ort verlassen will, muss sie einfach nur aufwachen. Zeit spielt keine Rolle. Sie kann so lange hier verweilen, wie sie möchte.

So lange, wie es nötig ist.

Wer hierher kommt, der tut es, um zu träumen. Manche halten sich nur kurz auf. Erschrocken ziehen sie sich zurück, weil sie Dinge sehen, die sie nicht sehen wollen. Oder sie haben sich verirrt, weil sie etwas suchen und es nicht finden.

Die Dunkelheit ist kein Problem. Dies ist eine Welt, die ihrem Willen gehorcht. Sie denkt an Licht, und es ist da, wie ein warmes Glühen. Nun kann sie auch den Weg erkennen, den sie gehen muss. Er ist nicht lang und mündet in einen großen Raum, dessen Wände aus nacktem Fels bestehen.

In der Ecke kauert eine Frau, gekleidet in ein weißes, jetzt schmutziges Kleid, und wiegt ihren Körper summend vor und zurück, vor und zurück. Die langen, dunklen, glatten Haare verbergen ihr Gesicht.

„Mutter?“

Die Frau mit dem unsichtbaren Gesicht hält mit dem Schaukeln inne.

„Ich bin es, Rosalie.“

Für einen kurzen Moment drückt der Körper Hoffnung aus, dann sinken die Schultern nach unten, und der Kopf fällt wieder auf die Brust. Schaukeln. Vor und zurück, vor und zurück.

Sie streckt die Hand aus, will ihrer Mutter das Haar aus dem Gesicht streichen. „Wenn du erwachen willst, musst du nur die Augen öffnen!“

Rosalie zuckte hoch. Ihr Herz raste wie wild. Irgendwo hupte die Alarmanlage eines Autos, durchdringend und geduldig. Als sie wieder wusste, wo sie war, beruhigte sich ihr Pulsschlag langsam.

Was für ein Traum! Noch nie hatte sie so etwas Reales erlebt! Sie konnte sich daran erinnern, wie sich die Steinwände angefühlt hatten. Sogar der Geruch der muffigen Luft war noch in ihrer Nase. Und dann diese Gestalt auf dem Boden. Sie fröstelte. War es wirklich ihre Mutter gewesen? Sie hatte wegen der Haare das Gesicht nicht erkannt, doch sie könnte schwören, dass sie es gewesen war.

Rosalie schaute auf den Wecker. Es war kurz vor vier Uhr nachmittags. Sie hatte sechs Stunden geschlafen. Eigentlich hatte sie vorgehabt, noch einmal bei ihrer Großmutter vorbeizufahren, doch dazu war es jetzt wahrscheinlich zu spät. Sie stand auf und tappte müde ins Wohnzimmer, wo das Telefon lag.

Rosalie wählte Fleur Crespins Nummer.

„Hallo Großmutter", sagte Rosalie.

„Hallo Rosalie", kam es matt vom anderen Ende der Leitung. Es war eine dünne, fast körperlose Stimme.

Rosalie spürte einen Stich in ihrem Herzen. „Tut mir Leid, dass ich erst jetzt anrufe, aber heute Nacht ist bei uns eingebrochen worden."

Schweres Atmen. Husten. „Um Himmels willen", kam es schließlich leise.

„Es ist nichts Schlimmes passiert. Das Einzige, was fehlt, ist dieser kaputte Spiegel, der immer im Flur hing. Erinnerst du dich an ihn?"

„Ja."

Rosalie runzelte die Stirn. „Geht es dir gut, Großmutter?", fragte sie und hätte sich für diese dumme Frage am liebsten auf der Stelle geohrfeigt. Natürlich ging es ihr nicht gut, Leukämie war immerhin kein Schnupfen.

„Alles in Ordnung, Schatz", wisperte Fleur, und Rosalie spürte die Lüge. „Ich habe nur ein wenig geschlafen."

„Hör zu, es tut mir leid. Ich wollte eigentlich heute Nachmittag zu dir herauskommen ..."

„Ist schon gut, mach dir keine Sorgen."

„Tu ich aber. Du bist alleine da draußen in Bondy, und wenn irgendetwas mit dir passiert ..."

„Eine Nachbarin sieht regelmäßig nach mir", unterbrach die Großmutter sie.

„Ich würde gerne mit Vater reden, damit wir dich zu uns holen“, entfuhr es Rosalie, ohne näher darüber nachzudenken, was sie da gerade sagte.

Husten. „Um Gottes willen, das lass mal schön bleiben. Es ist lieb gemeint, aber du würdest niemandem damit einen Gefallen tun.“

„Aber wir sind deine Familie“, versuchte Rosalie, die Situation zu retten.

„*Du* bist meine Familie“, sagte Fleur. „Mit deinem Vater würde ich mich ohnehin nur streiten. Und das wären äußerst betrübliche letzte Tage.“

Letzte Tage. Rosalie schluckte. „Aber was kann ich denn für dich tun?“, fragte sie verzweifelt.

„Nichts“, war die knappe Antwort. „Hör zu, mir wird es wieder besser gehen. Das ist ein Schub, der geht vorüber.“

„Und wenn nicht?“

„Er geht vorüber, glaub mir“, sagte sie nachdrücklich.

„Großmutter, du stirbst“, sagte Rosalie. Verdammt, sie hatte sich so fest vorgenommen, am Telefon nicht zu heulen.

„Aber nicht heute. Ein bisschen Saft ist noch in der Zitrone.“

„Sicher?“

„Sicher.“

„Ich werde dich diese Woche besuchen.“

„Das hoffe ich. Ich melde mich bei dir, wenn es mir besser geht.“

Rosalie schniefte. „Versprochen?“

„Versprochen“, beruhigte sie Fleur.

Rosalie legte den Hörer auf, wischte sich mit dem Handballen die Tränen aus den Augen. Eigentlich, dachte sie, müsste es ihr nichts mehr ausmachen. Immerhin starb ihre Mutter schon seit sechzehn Jahren. Doch, so musste sie zugeben, das war etwas anderes.

Rosalie hatte sie nie als atmendes, lachendes, liebendes Wesen kennen gelernt. Ganz im Gegensatz zu ihrer Großmutter, bei der sie sehr lange gelebt hatte. Als kleines Kind hatte Rosalie immer Angst gehabt, dass Fleur irgendwann einmal dasselbe Schicksal widerfahren und der Familienfluch wieder zuschlagen würde, sozusagen.

Rosalie hatte sich in ihrer kindlichen Fantasie einmal vorgestellt, sie müsse sich zwischen ihrem Vater und ihrer Großmutter entscheiden. Wenn einer von beiden sterben müsse, wer sollte dann leben? Die Antwort, die ihr nie ein schlechtes Gewissen verursacht hatte, war für sie immer klar gewesen. Es war ihre Großmutter.

Doch es war auch immer ebenso klar gewesen, dass Fleur Crespin als Erste ihr Leben beenden würde. Ihr Vater hatte Recht, als er sagte, mit dem Tod der Großmutter würde auch ein wichtiger Teil ihrer Familie sterben. Dann gäbe es nur noch sie und ihn.

Das Verhältnis zwischen Rosalie und Maurice Claireveaux konnte man mit vielen Worten beschreiben, und alle hatten etwas mit Distanz und Fremdartigkeit zu tun.

Familie. Interessanterweise hatte sie ihren Vater nie so richtig dazugezählt, als ob es zwischen ihr und ihm keine Verbindung gäbe. Hinzu kam, dass Maurice Claireveaux selber keine engeren Verwandten hatte. Er war wie Rosalie als Einzelkind aufgewachsen, die Eltern hatten früh das Zeitliche gesegnet. Ihr Vater war so alt wie sie jetzt, als sie bei einem Zugunglück in der Nähe von Poitiers ums Leben gekommen waren. Er hatte weder Onkel noch Tanten. Geschwister gab es auch keine. Die Claireveaux waren allem Anschein nach nicht sehr fortpflanzungsfreudig gewesen.

In der Küche holte Rosalie eine Flasche Orangensaft aus dem Kühlschrank und schenkte sich ein Glas voll ein. Ihr Vater hatte auf der Theke eine Nachricht hinterlassen. Er habe noch einmal ins Krankenhaus gemusst. Ein Notfall, natürlich. Außerdem bedankte er sich, dass seine Tochter die Küche aufgeräumt hatte.

Neue Töne im Haus Claireveaux, stellte Rosalie erstaunt fest und fragte sich, wie lange die gute Stimmung anhalten mochte.

Was sollte sie mit dem angebrochenen Tag anfangen, dachte sie. Ambrose fiel ihr ein. Wie es ihm wohl ging? Ob *er* nach den Vorfällen der letzten Nacht hatte schlafen können? Sie wählte seine Nummer, doch da sprang nur der Anrufbeantworter an. Es sah so aus, als würde sie den Rest dieses Sonntags alleine verbringen müssen.

Sie zog sich an, nahm ihre Jacke vom Haken und wickelte sich den dicken hellgrünen Schal um den Hals. Vielleicht war ein Spaziergang nicht das Schlechteste.

Ein eigenartiges Licht lag über der Stadt. Die Wolken hingen mit einem grünlichen Schimmer am Himmel, als würde jeden Moment ein Gewitter losbrechen. Noch eine halbe Stunde, und die Sonne ging unter. Rosalie steckte die Hände in die Jackentaschen und stapfte weiße Nebelfahnen ausstoßend durch die Kälte.

Das Dreieck zwischen Avenue du Maine, Avenue du Général Leclerc und Rue Froideveaux war ihr Revier. Hier war sie aufgewachsen, hier kannte sie jedes Haus, jeden Stein, jeden Hundehaufen. Statt links in die Rue Daguerre einzubiegen, in der sich einige Cafés und kleinere Geschäfte befanden, ging sie weiter geradeaus, bis sie auf die Rue Liancourt stieß. Von hier aus war es nicht mehr weit bis zum Place Ferdinand Brunot. Das Hallenbad, in dem sie schwimmen gelernt hatte, war noch immer da. Sie überlegte kurz, ob sie sich auf eine der Bänke neben dem Eingang setzen sollte, entschied sich dann aber anders, denn ein leiser Hunger machte sich bemerkbar. Langsam schlenderte sie wieder zurück Richtung Norden.

Die Bäckerei Leduc hatte um diese Zeit noch auf. Sie kaufte zwei Schokocroissants und eine kleine Flasche Apfelsaft, um dann hinauf zum Friedhof von Montparnasse zu gehen.

War Paris im Frühling ein Fest des Lebens, fiel die Stadt im Winter in eine totenähnliche Starre, die das Gemüt ihrer Bewohner verdüsterte. Die Äste der kahlen Bäume wiesen wie knochendürre Finger in einen grauen, nebelverhangenen Himmel, der schwer auf allem lastete. Das abgeworfene Laub eines längst vergessenen Sommers war vom kalten Wind zusammengetrieben worden und glänzte nass. Überall lag Unrat herum, sammelte sich in den Rinnsteinen und verstopfte die Kanaleinlässe. Autos mit eingeschalteten Scheibenwischern pflügten durch die Pfützen und spritzten Gischt auf. Rosalie hoffte, dass bald Schnee fiel, einen weißen Mantel über diese Spuren der letzten Dinge legte und wenigstens so dem Auge einen falschen Neuanfang vorgaukelte. Paris konnte an Tagen wie diesen tatsächlich ein wenig Magie gebrauchen, die die Hoffnungslosigkeit überdeckte.

Die Stadt hatte eine Reihe wunderschöner Parks, die aber entweder zu weit von der Rue Lalande entfernt lagen oder gerade an Sonntagen so überbevölkert waren, dass es keinen Spaß machte, dort spazieren zu gehen. Die letzte Ruhestätte mehr oder weniger berühmter Franzosen schien Rosalie der richtige Ort, um ihren kleinen Imbiss zu verzehren und ihren Gedanken nachzuhängen.

Ihr Lieblingsplatz war das Grab des Bildhauers César Baldaccini, das die lebensgroße Skulptur eines marschierenden halbmechanischen Zentauren zierte, ein absurder Terminator in Pferdegestalt, dessen hydraulisches Innenleben von einem komplizierten Räderwerk gesteuert wurde. Rosalie setzte sich auf eine Gruft, öffnete den Apfelsaft und prostete der Skulptur zu. Sie trank einen Schluck und schloss die Augen. Rosalie liebte die Ruhe an diesem Ort. Nur das Rauschen des Verkehrs, das der Wind vom Boulevard Raspail zu ihr herübertrug, verband sie noch mit der Welt der Menschen. Hier in diesen quadratisch angeordneten Gräberfeldern, in denen die Toten dicht an dicht beieinander lagen, schien die Zeit stehen geblieben zu sein.

Das Leben war nur ein Augenblick, eingebettet in die Ewigkeit. Ein Ausnahmezustand, der mit dem Sterben sein Ende fand. Der Tod, das war die Normalität. Die eigene Existenz war wie ein Stück, bei dem die Schauspieler erst auf der Bühne ihre Rolle finden mussten. Wem es tatsächlich gelang, einen Blick hinter die Kulissen zu werfen, der sah mehr, als er verkraften konnte, und verlor die Bodenhaftung, den Bezug zu dem, was ihr Vater *die Wirklichkeit* nannte. Dann gehörte man bald zu den Menschen, die zumindest für einige Zeit in der Psychiatrie des Hôpital Ste. Anne zu Gast waren.

Rosalie musste an ihre Mutter denken, die seit sechzehn Jahren im Vorzimmer des Todes eingesperrt war und nicht wusste, ob sie irgendwann vorgelassen wurde oder ob sie sich einen neuen Termin geben lassen musste. Rosalie biss in ein Schokocroissant.

Marguerite Claireveaux war eine Unbekannte für sie. Das Bild, das sie von ihrer Mutter hatte, setzte sich aus einer Hand voll Fotos sowie höchst unterschiedlichen Erzählungen ihres Vaters und ihrer Großmutter zusammen. Und dieses Bild passte nicht zu dem verkümmerten Körper, dem sie einmal in der Woche einen Besuch abstattete.

Beide hatten Recht: ihr Vater, der die Hoffnung nicht aufgeben wollte, und ihre Großmutter, die dem Leiden ihrer Tochter ein Ende bereiten wollte, bevor sie selbst starb.

Doch wie stand Rosalie dazu? Sie war bestimmt nicht kaltherzig. Ihr tat dieses Wesen leid, und die Vorstellung, auf diese grausame Weise sein Dasein fristen zu müssen, trieb ihr regelmäßig die Tränen in die Augen. Aber es fehlte etwas. Ein Gefühl der Verbundenheit, das über normales Mitleid hinausging. Fleur und ihr Vater hatten andere Zeiten erlebt, in denen Marguerite Claireveaux ein lebendiges Wesen und kein lebloses, ans Bett gefesseltes Bündel war.

Aber auch wenn sie sich der Bindung zu ihrer Mutter nicht bewusst sein mochte, so war sie doch da. Das sagte ihr zumindest der Verstand! Bei dem Gedanken musste Rosalie bitter lachen.

In den letzten Tagen hatte sie das Gefühl gehabt, dass auf diesen Verstand immer weniger Verlass war. Sie sah Menschen, die andere offensichtlich nicht wahrnahmen, und hatte beunruhigende Träume von Labyrinthen, die tief unter der Erde lagen. Die Dunkelheit war wie ein betäubendes Gift, das alles verdarb und selbst der hellsten Erinnerung noch die Farben nahm. Immer wieder ertappte sie sich dabei, dass sie ihr eigenes Leben wie eine unbeteiligte Zuschauerin betrachtete.

Rosalie wusste aus den Erzählungen des Vaters und der Großmutter, dass ihre Mutter gegen ähnliche Dämonen gekämpft hatte – und diesen Kampf letzten Endes verloren hatte. Was hatte aus einem lebensbejahenden jungen Mädchen eine Frau gemacht, die sich mehr zur Dunkelheit hingezogen gefühlt und damit einen Weg eingeschlagen hatte, auf dem ihr am Ende niemand mehr folgen konnte?

Wenn sich Rosalie mit ehrlichem Blick genauer in Augenschein nahm, musste sie zugeben, dass an ihr auch die ersten Anzeichen einer veränderten Wahrnehmung auftauchten. Noch war die Welt nicht vollkommen aus der Balance geraten, aber sie spürte die Schieflage, gegen die sie sich immer mehr stemmen musste, um das Gleichgewicht zu halten.

Mittlerweile brach die Dunkelheit herein, und der Zentaur war kaum noch zu erkennen. Rosalie spürte einen dicken Tropfen auf der Stirn. Es begann zu regnen. Sie packte das verbliebene Schokocroissant in die Jackentasche und stand seufzend auf. Ihr Hintern war vor Kälte ganz taub.

Es war Zeit, nach Hause zu gehen.

Die folgende Woche zeichnete sich durch die übliche Gleichförmigkeit aus, die Rosalie sonst immer als kräftezehrend empfunden hatte, doch diesmal waren die Dinge ein wenig anders. Die Veränderung im Verhalten ihres Vaters war tatsächlich grundlegend. Und so ließ sich Rosalie sogar dazu hinreißen, ihm von ihrem Strafdienst zu erzählen.

Seine Reaktion war erstaunlich, denn er hielt ihr keine Standpauke. Als sie ihm versprach, nicht wieder in der Schule zu rauchen, rief er stattdessen im Montaigne an und ließ sich den Direktor geben, um sich über die übertriebenen Sanktionen (er drückte sich tatsächlich so aus) zu beschweren. Als das Gespräch, das ihr Vater mit ungewöhnlichem Nachdruck geführt hatte, beendet war, hatte man ihr den Rest der Strafe erlassen.

Hinzu kam, dass niemand in der Schule ein Wort über den Einbruch verlor. Entweder hatte man ihn noch nicht bemerkt, oder aber man hatte ihn nicht an die große Glocke hängen wollen.

In der Tat, die Woche fing hervorragend an. Eigentlich hatte sie keine Lust mehr verspürt, das Geheimnis der Gestalt zu ergründen, die außer ihr niemand sehen konnte. Dennoch wurde sie die Erinnerung an dieses Froschgesicht nicht mehr los. So begann sie, Ambroses Vorschlag zu befolgen und das Gesicht zu zeichnen.

Der Kunstunterricht gehörte zu ihren wenigen Lieblingsfächern, und das lag nicht allein an dem feingliedrigen Monsieur Gachet, für den sie heimlich ein wenig schwärmte. Hier musste sie sich nichts mühsam erarbeiten, denn sie hatte Talent. Mit wenigen Strichen konnte sie die Seele einer Person erfassen und zu Papier bringen.

Das Gesicht des Fremden war leicht zu zeichnen. Nachdem sie die Kopfform mit einem liegenden Oval umrissen hatte, zeichnete sie ein Kreuz an. Die murmelartigen Augen lagen auf der horizontalen Achse auf selber Höhe mit den Ohren. Die platte Nase hatte keine ausgeprägte Wurzel und endete in zwei großen Nüstern. Der Mund war breit und wirkte durch die aufgestülpten Lippen und das fliehende Kinn zahnlos, aber nicht eingefallen. Die strähnigen schwarzen Haare, die nur noch an den Seiten dicht wuchsen, waren auf den Schädel geklatscht und sollten die Glatze verbergen.

„Ein interessantes Gesicht“, sagte Monsieur Gachet, der mit verschränkten Armen plötzlich hinter Rosalie stand.

Rosalie errötete und schob das Blatt in ihre Mappe. Eigentlich war das Thema dieser Stunde gotische Architektur und nicht das Porträtzeichnen.

„Nein, nein“, sagte Monsieur Gachet und streckte die Hand aus. „Lass es mich noch einmal sehen.“

Sie reichte ihm die Bleistiftzeichnung und sah zu ihrem Lehrer auf. „Es ist noch nicht fertig.“

Monsieur Gachet legte seinen langen Zeigefinger an die

Lippen und betrachtete das Bildnis, als habe er die Skizze eines berühmten Künstlers in der Hand. Schließlich nickte er anerkennend und gab ihr das Blatt zurück. „Gut getroffen, obwohl es eher eine Karikatur als ein naturalistisches Porträt ist. Aber die Übertreibungen sind noch ziemlich schmeichelhaft ausgefallen."

Rosalie spürte, wie ihr Herz kurz aussetzte. „Sie kennen diesen Mann?"

„Henri Malport? Sein Verschwinden fiel in mein erstes Jahr an der Schule."

„Sein Verschwinden?", fragte Rosalie heiser.

„Du kennst die Geschichte nicht?"

Sie schüttelte den Kopf.

Monsieur Gachet hob entschuldigend die Hand. „Wie auch. Das alles liegt sechzehn Jahre zurück. Es ging damals um eine ziemlich schmutzige Sache. Als die Polizei anrückte, um ihn festzunehmen, war er plötzlich weg."

„Geflohen?"

„Keine Ahnung. Frag Madame Gaillot, sie war damals seine Sekretärin. Wenn es jemanden gibt, der über die Vorfälle Bescheid weiß, dann sie."

Das konnte sich Rosalie allerdings sehr gut vorstellen. Auch wenn die Frau mit der rauen Raucherstimme offiziell den Titel einer Assistentin trug, so war sie das, was man eine graue Eminenz nannte. Bei ihr liefen alle Fäden zusammen. Madame Gaillot behielt den Überblick, wenn ihn andere schon längst verloren hatten. Sie war unentbehrlich und würde wahrscheinlich noch in zwanzig Jahren die Blätter ihrer Gummibäume mit Olivenöl abwischen.

Als Rosalie in der Mittagspause vor Monsieur Leotards Büro stand, zögerte sie. Unter normalen Umständen hätte sie die Woche noch mit diesem unsäglichen Hofdienst zugebracht, wenn ihr Vater sich nicht für sie stark gemacht hätte. Sie wusste nicht, wie man hinter dieser Tür darüber dachte, entschied sich dann aber, es darauf ankommen zu lassen, und klopfte an. Wie immer forderte sie niemand auf einzutreten. Sie tat es trotzdem.

„Du schon wieder?“, hörte sie Madame Gaillots kratzige Stimme. „Falls du es noch nicht weißt, dein Vater hat dafür gesorgt, dass du nicht mehr fegen musst.“

„Deswegen bin ich auch nicht hier“, sagte Rosalie. „Darf ich eintreten?“

Monsieur Leotard, der Madame Gaillot gegenüber an seinem Schreibtisch saß, blickte kurz von seiner Zeitung auf. „Wenn du es kurz machst. Wir haben Mittagspause.“

Rosalie trat verlegen von einem Fuß auf den anderen. „Können Sie mir etwas über Henri Malport erzählen?“

Madame Gaillot und Monsieur Leotard schauten sich kurz überrascht an.

„Was interessiert dich denn mein Vorgänger?“

„Er ist verschwunden, nicht wahr?“

„An dem Tag, an dem er verhaftet werden sollte, ja.“

„Haben Sie ein Bild von ihm?“, fragte Rosalie.

Madame Gaillot stand auf und ging zu einem Schrank, den sie mit einem kleinen Schlüssel aufschloss. „Es gibt eines von ihm im Jahrbuch von 1990.“ Sie schlug ein in rotes Leder eingebundenes Buch auf und reichte es Rosalie.

Sie erkannte das Gesicht sofort wieder. Rosalie merkte, wie ihre Beine weich wurden. Sie musste sich setzen. „Was war er für ein Mensch?“, wollte sie wissen.

„Bis diese Vorwürfe gegen ihn erhoben wurden, konnte man nichts Schlechtes über ihn sagen.“ Madame Gaillot nahm ihr das Buch wieder aus der Hand. „Und jetzt sagst du uns bitte, warum du das alles wissen willst!“

„Ich habe ihn gesehen“, erklärte Rosalie mit fester Stimme.

Monsieur Leotard schaute sie an, als habe sie den Verstand verloren.

„Mehrmals“, fuhr Rosalie unbeeindruckt fort. „Letzte Woche auf dem Schulhof und dann unten im Keller, als ich Sie gesucht habe.“

„Du willst Henri Malport gesehen haben?“, fragte Monsieur Leotard ungläubig.

Rosalie nickte.

„Einen Mann, der seit sechzehn Jahren verschwunden ist und von dem sogar die Polizei annimmt, dass er mittlerweile tot ist?“

Sie holte die Zeichnung hervor, die sie im Kunstunterricht angefertigt hatte, und gab sie dem Hausmeister. „Das Bild habe ich aus meiner Erinnerung gemacht. Zuvor habe ich kein Foto von dem Mann gesehen, das versichere ich Ihnen.“

Nun warf Madame Gaillot einen Blick auf das Porträt. „Henri Malport lebt nicht mehr.“ Mit diesen Worten gab sie das Blatt wieder zurück.

„Aber offensichtlich hat man seine Leiche nie gefunden!“

„Schätzchen, wo soll er sich denn die ganzen sechzehn Jahre über versteckt haben? Etwa hier in der Schule?“

Der Gong ertönte und kündete vom Ende der Mittagspause, als Rosalie Monsieur Leotards Büro verließ. Aber das war nicht weiter schlimm, denn sie hatte sowieso keinen Hunger mehr. Nein, Henri Malport hatte sich natürlich nicht sechzehn Jahre lang hier in der Schule versteckt. Aber im Keller gab es einen Zugang zu einem alten Wehrmachtbunker.

Und der führte geradewegs in die Katakomben.

7

Als Rosalie die Wohnungstür aufschloss, hörte sie laute Musik. Sie hängte ihre Jacke an die Garderobe und zog die Schuhe aus.

„Papa?"

Rosalie warf einen Blick ins Wohnzimmer, doch da war niemand, ebenso wie in der Küche. Vorsichtig betrat sie das Schlafzimmer ihres Vaters.

Die Jalousie war heruntergelassen. Nur eine kleine Nachttischlampe brannte. Maurice Claireveaux saß auf der Kante seines Bettes und starrte die Wand an. Neben ihm lag auf der Tagesdecke ein Brief. Er war nicht mit der Hand geschrieben, sondern trug ein wichtig aussehendes amtliches Siegel.

„Papa, alles in Ordnung?"

Ihr Vater drehte sich langsam zu ihr um. Sein Gesicht war leer, als wäre etwas in ihm gestorben.

Rosalie hob das Schreiben auf und las es.

„Das ist der Gerichtsbeschluss, den Großmutter erwirken lassen wollte!", sagte sie bestürzt. „Die Geräte dürfen abgestellt werden."

Ihr Vater sagte nichts. Rosalie setzte sich neben ihn und zögerte einen Moment. Dann legte sie ihre Hand um seine Schulter.

„Es tut mir leid."

„Ich habe mit deiner Großmutter gesprochen", sagte er tonlos. „Der Termin steht noch nicht fest, aber es soll diese Woche geschehen."

Rosalie kniff die Lippen zusammen. Das Ganze hatte etwas von einem angekündigten Tod, einer Hinrichtung. Und doch konnte sie auch ihre Großmutter verstehen, die – das eigene Sterben vor Augen – dem Leiden der Tochter nicht mehr tatenlos zuschauen wollte.

„Soll ich uns etwas zu essen machen?", fragte Rosalie vorsichtig.

„Es ist nichts da", antwortete ihr Vater. „Der Kühlschrank ist so gut wie leer."

„Dann lassen wir uns etwas kommen."

Doch ihr Vater reagierte zunächst nicht. Rosalie wollte schon aufstehen, um zum Telefon zu greifen, das neben dem Bett lag, als ihr Vater sie festhielt und lächelte.

„Ich habe eine bessere Idee. Lass uns essen gehen."

Rosalie kannte die *Roseraie* nur vom Sehen. Sie selbst hatte nie einen Fuß in das Restaurant gesetzt, da es preislich nicht in ihrer Liga spielte und ein komplett anderes Publikum ansprach.

Als sie eintraten, klappte Rosalie überrascht die Kinnlade herunter. Der Teppich, die Samtvorhänge, die schweren Tapeten, die Bezüge der wuchtigen Stühle waren in einem tiefen Rot gehalten. Überall standen kitschige Vasen mit ebenso roten Rosen. Sie ging zu einer hinüber und roch daran.

„Die sind echt!“, stellte sie erstaunt fest.

„Natürlich sind sie das“, sagte ihr Vater belustigt. Ein Kellner, der aussah wie Antonio Banderas, kam herbeigehuscht und half Rosalie aus dem Mantel.

„Ein Tisch für zwei?“

„Ja, und wenn möglich den hinten beim Aquarium.“

Antonio Banderas hob eine Augenbraue. „Ich werde sehen, was sich machen lässt“, sagte er und eilte wieder davon.

Rosalie schaute sich verstohlen um. An den Tischen saßen fast ausschließlich Männer. Einige von ihnen hielten Händchen.

„Papa?“

„Ja, Rosalie?“

„Bist du sicher, dass wir hier richtig sind?“

„Absolut. Warum?“

„Schau dich doch mal um! Hier sind alle schwul!“, sagte sie und konnte ein nervöses Kichern nur schwer unterdrücken.

„Ich weiß. Hast du etwa ein Problem damit?“, fragte er und grinste.

„Natürlich nicht“, kam es entrüstet zurück. Dennoch irritierten sie die beiden älteren Herren, die sich gegenseitig mit Schnecken fütterten und dabei offensichtlich ziemlich ungezogene Gedanken hatten.

Plötzlich kam ein Mann auf sie zugelaufen, der aussah wie ein Mitglied der *Hell's Angels*. Der gewaltige Bierbauch, der über einer speckigen schwarzen Lederhose hing, spannte ein T-Shirt, auf dem ein Wappen mit der Aufschrift *Route 66* prangte. Die grauen Haare waren lang und ebenso wie der Bart zu einem dünn auslaufenden Zopf geflochten. Der Rocker breitete die Arme aus und fiel Rosalies Vater um den Hals.

„Maurice!“ Er drückte zu, und Rosalie glaubte, das Knacken von Knochen zu hören.

„Albert, altes Haus“, kam es gepresst zurück. Rosalies Vater versuchte, dem Riesen auf die Schulter zu klopfen, konnte aber nur mit den Armen wackeln.

„Mensch, wie lange haben wir uns nicht gesehen?“

„Eine lange Zeit, Albert. Eine lange Zeit.“

Albert drehte sich jetzt zu Rosalie um und musterte sie sehr genau.

„Nein“, sagte er, als könne er nicht glauben, wen er da vor sich hatte. „Du bist Marguerites kleine Tochter?“ Bevor Rosalie etwas erwidern konnte, hatte ihr der Mann einen formvollendeten Handkuss gegeben. „Das ist ja eine richtige Dame!“, rief er zu Maurice gewandt.

„Und sie wird von Tag zu Tag schöner.“

Rosalie spürte, wie sie rot wurde. Solch ein Kompliment hatte sie noch nie aus dem Munde ihres Vaters gehört.

„Die großen Augen und die vollen Lippen. Ganz die Mutter, nicht wahr?“ Alberts Gesicht verdüsterte sich bei diesen Worten. „Es tut mir leid, ich wollte nicht …“

„Ist schon gut.“

„Wie geht es ihr?“, fragte Albert bedrückt.

„Sie wird sterben.“

Rosalie bemerkte, wie diese Nachricht den *Hell’s Angel* wie ein Keulenhieb traf.

„Oh Scheiße“, murmelte er. „Wir wussten zwar, dass sie im Koma liegt, aber nicht, dass es so schlimm steht.“

„Ich hätte mich früher einmal melden sollen. Sechzehn Jahre sind eine lange Zeit."

„Ja, das sind sie", sagte Albert.

„Wie geht es René? Seid ihr beiden immer noch zusammen?", fragte Maurice, der das Thema wechseln wollte.

Statt zu antworten, drehte sich Albert um und pfiff so laut auf den Fingern, dass die Gäste erschrocken zusammenzuckten. „René?"

„Was ist denn los?", kam es aus der Küche.

„Komm aus deinem Loch raus! Wir haben Besuch!"

Ein Mann in der weißen Kluft eines Kochs stand in der Pendeltür und wischte sich an einem Handtuch die Hände ab. René sah wie Alberts Bruder aus – derselbe Bauch, dieselben grauen Haare. Nur dass er statt eines Bartes einen Schnauzer hatte und von oben bis unten tätowiert war.

Als er Maurice sah, wiederholte sich das Ritual. Rosalies Vater wurde wieder so fest gedrückt, dass ihm die Luft wegblieb. „Meine Güte, es ist kein Tag vergangen, an dem wir nicht an euch gedacht haben."

„Maurice hat seine Tochter mitgebracht."

René wirbelte herum, packte Rosalie bei den Armen und hob sie hoch, als sei sie eine Puppe, die nichts wiegt. „Ist nicht möglich!" Er drehte sie so, dass der Schein einer Lampe auf Rosalies Gesicht fiel. „Mein lieber Mann, schön wie ein Nachttraum. Bei ihr könnte man sogar seine genetischen Anlagen vergessen."

„Untersteh dich", raunte ihn Albert an.

René setzte Rosalie wieder ab und gab seinem Freund einen schmatzenden Kuss auf die Stirn. „Du weißt doch, dass es in meinem großen Herzen nur Platz für dich gibt. Aber wegen der jungen Dame müssen wir etwas tun. Die ist ein wenig mager auf den Rippen."

„René hat Recht. Ihr esst heute aufs Haus." Er hob die Hand, als Maurice den Mund öffnete. „Keine Widerrede. Was darf ich euch zu trinken bringen? Einen Campari Soda und einen Prosecco mit Cassis, wie immer?"

„Zwei Wasser", sagte Maurice.

Albert schaute Rosalies Vater mitleidig an. „Den Stock im Arsch hast du immer noch, was?"

„Also gut", lenkte Maurice ein. „Einen Campari Soda."

„Ich nehme den Prosecco", beeilte sich Rosalie zu sagen.

Albert verschwand zufrieden hinter dem Tresen.

Rosalie beugte sich zu ihrem Vater hinüber. „Um Himmels willen, woher kennst du die beiden?"

„Das ist eine lange Geschichte. Und ich denke, die zwei werden sie dir heute Abend erzählen."

Kurz darauf kam Albert mit einem Tablett zurück und zog sich einen Stuhl vom Nachbartisch heran. Er selber hatte sich einen Orangensaft eingeschenkt. „Ein Wirt, der säuft, ist schlecht fürs Geschäft", sagte er, als er Rosalies Blick bemerkte. Er hob sein Glas. „Auf unsere Träume."

„Auf unsere Träume", erwiderte Rosalie und nippte an ihrem Glas.

„So, und nun willst du bestimmt wissen, wie es dazu kam, dass dein Vater uns kennengelernt hat."

Maurice warf seiner Tochter einen Hab-ich's-dir-nicht-gesagt-Blick zu.

„Äh ... ja, das würde ich schon gerne wissen."

„Das haben wir deiner Mutter zu verdanken. Die war eine ziemliche Nachteule. Es gab niemanden, der sich im Pariser Nachtleben so gut auskannte wie sie. Und da sie immer das Beste wollte, ist sie irgendwann bei uns gelandet." Er lachte. „Nein, es hatte einen anderen Grund. Deine Mutter war eine wunderschöne Frau. Ich glaube, es gab keinen, der sich nicht auf den ersten Blick unsterblich in sie verliebte. Die meisten Männer sind höflich und akzeptieren es, wenn sie einen Korb erhalten. Andere wiederum überhören ein Nein einfach. Ich glaube, bevor sie deinen Vater kennenlernte, hat sie einige unangenehme Erfahrungen gemacht."

Jetzt verstand Rosalie. „Und in Restaurants wie diesem wurde sie in Ruhe gelassen."

„Richtig. Hier sind alle schwul. Ein paar Lesben haben wir auch, doch die mögen das Ambiente nicht so sehr. Ist denen zu romantisch. Nein, der Einzige, der hier auf seinen Hintern aufpassen muss, ist dein Vater." Albert nickte leicht in die Richtung eines Tisches, an dem ein Mann alleine saß. Als Maurice aufblickte, prostete ihm der Herr mit einem Glas Sekt zu.

Maurice räusperte sich und schaute verlegen weg. Rosalie kicherte.

„Normalerweise ist der Spruch, dass sich Gegensätze anziehen, ausgemachter Unsinn. Ich persönlich bin der Meinung, dass man in einer Beziehung dieselbe Wellenlänge haben sollte."

„Wie Sie und René", sagte Rosalie.

„Richtig. Aber bei deinen Eltern lag der Fall anders. Marguerite war ein unruhiger Geist. Manchmal verschwand sie für einige Wochen oder Monate, nur um dann vollkommen aufgedreht hier aufzutauchen. Dann mischte sie den Laden gehörig auf. Irgendwann kam sie mit deinem Vater im Schlepptau an, und wir haben uns alle ziemlich gewundert." Er legte seine Hand auf den Arm von Rosalies Vater. „Sei mir nicht böse, aber du hast die Ausstrahlung eines Buchhalters."

„Ernsthaft?", fragte Maurice, der zu Rosalies Überraschung den Arm nicht wegzog.

„Ernsthaft. René und ich, wir haben uns sofort gedacht, dass das nicht gut gehen könnte. Nun, wir haben uns getäuscht. Rosalie, du musst wissen, dass deine Mutter keine besonders ausgeglichene Person war. Ihre Stimmungsschwankungen waren berüchtigt. Aber seit dem Tag, an dem sie mit deinem Vater aufkreuzte, war sie wie ausgewechselt. Marguerite hatte endlich ihre Mitte gefunden." Albert tippte mit dem Finger auf seinen Bauchnabel. „Wie hieß ihre Krankheit?"

„Sie hatte eine bipolare Störung", sagte Maurice, der das Glas Campari in seiner Hand hin und her drehte.

„Hast du ihr die Mittel verschrieben?", fragte Rosalie.

„Nein, um Gottes willen", sagte Maurice erschrocken.. „Mir fehlte der Abstand, um sie zu behandeln. Das hat ein Kollege von mir übernommen."

„Die Geduld, mit der dein Vater auf deine Mutter einging, hat ihr gut getan", sagte Albert. „Und ich bin sicher, dass er ihr das Leben gerettet hat."

„Während einer depressiven Phase ist die Selbstmordrate bei dieser Krankheit ziemlich hoch", sagte Maurice tonlos.

„In den Wochen, in denen sie abtauchte, haben wir uns schreckliche Sorgen gemacht, weil wir nie wussten, ob sie wiederkäme oder ...“ Er beendete den Satz nicht.

Das Bild einer Frau stieg vor Rosalies innerem Auge auf. Drahtig, wacher Blick und ständig unter Strom, bis die euphorische Stimmung durch einen nichtigen Anlass kippte und die finstere Seite überhand nahm. Wenn es stimmte, was sie im Internet gelesen hatte, dann hatte sich das Leben ihrer Mutter in einer Abwärtsspirale immer schneller Richtung Dunkelheit gedreht.

„Ein kleiner Gruß aus der Küche.“

Rosalie schreckte hoch. René stellte einen kleinen Teller auf den Tisch. „Pâté au ris de veau. Lasst es euch schmecken.“

Rosalie, deren Bedarf an Pastete nach der Fressorgie an ihrem Geburtstag eigentlich gedeckt war, schnitt ein winziges Stück ab und führte es zum Mund. Sie riss die Augen auf.

„Das ist himmlisch!“

„Natürlich ist es das“, sagte René unwillig und zog wieder ab.

„Hab ich etwas Falsches gesagt?“, fragte Rosalie erschrocken.

„René ist eine Primadonna, die nicht mit Lob umgehen kann. Aber als Koch ist er ein Meister seines Fachs, da macht ihm keiner was vor.“ Albert klatschte in die Hände. „Wir haben den Wein vergessen!“ Er schaute Maurice an. „Darf sie?“

„Möchtest du einen Wein trinken?“, fragte er seine Tochter.

Rosalie war ganz verwirrt. Zum ersten Mal behandelte sie ihr Vater wie einen erwachsenen Menschen.

„Gerne, aber nur ein Glas. Ich bekomme immer so schnell Kopfschmerzen vom Alkohol."

„Dann liegt es daran, dass du nur billige Plörre getrunken hast." Albert stand auf. „Einen weißen Bordeaux? Schön leicht, aber sehr fruchtig."

„Albert", seufzte Maurice. „Was soll diese Frage? Du weißt doch, was Marguerite und ich immer getrunken haben."

Albert grinste breit und entschwand gut gelaunt.

Rosalie schaute ihren Vater an, der abwesend seine Pastete aß. Sie spürte, dass er in Gedanken bei ihrer Mutter war, und eine Welle des Mitgefühls stieg in ihr auf.

„Du vermisst sie", stellte sie fest.

„Mit jedem Tag mehr."

Und plötzlich verstand Rosalie, warum ihr Vater sie an diesem Tag hierher geführt hatte. Er wusste, dass sie im Kampf um das Leben ihrer Mutter wahrscheinlich die entscheidende Rolle spielen würde. Wenn sie wie ihr Vater dafür war, die Geräte nicht auszuschalten, würde wahrscheinlich auch ihre Großmutter ihre Meinung ändern.

Für einen kurzen Moment empörte Rosalie dieser durchsichtige Versuch, sie auf seine Seite zu ziehen. Aber sie spürte auch, dass seine Überzeugungsarbeit schon jetzt Früchte trug. Und sie glaubte nun wirklich, dass der Tod ihrer Mutter den Vater in ein finsteres Loch der Verzweiflung reißen würde.

Der zweite Gang wurde aufgetischt, Homard à l'américaine. Obwohl der Hummer und der Wein vorzüglich schmeckten, war Rosalie zunächst ein wenig irritiert. Sie bemerkte, dass ihr Vater zu einer Zeitreise aufgebrochen war. Ein paarmal ertappte sie ihn dabei, wie er einige Worte leise vor sich hin murmelte, als spräche er mit einer abwesenden Person, nur um sich dann mit einer Freude dem Essen zu widmen, die sie an ihm noch nie bemerkt hatte. Zumindest dann nicht, wenn sie gekocht hatte.

Als Hauptgang gab es Bœuf à la mode. Doch bei René war das kein simpler Schmorbraten, sondern eine wohldurchdachte Komposition frischer Zutaten. Alles war auf den Punkt gar. Rosalie prüfte kauend das Fleisch.

„Thymian“, sagte René. „Man muss höllisch mit dem Zeug aufpassen, denn man kann sich mit dem Kraut alles versauen. Es kommt auf die richtige Menge an.“

„René“, sagte Rosalie mit vollem Mund. „Ab heute haben Sie einen neuen Fan.“

„Ich weiß“, sagte er. „Genau das war meine Absicht. Jemanden mit gutem Essen anzufixen ist die einzige Sünde, die der Herrgott duldet.“ Er bekreuzigte sich, und es sah nicht wie eine aufgesetzte Geste aus. Ein schwuler katholischer Biker, der zusammen mit seinem Freund eines der besten unbekannten Restaurants von Paris führte, dachte Rosalie, als René wieder in die Küche ging. Sie verstand, warum ihre Mutter sich in ihrer Gesellschaft wohl gefühlt hatte. Man wurde so akzeptiert, wie man war. Es wurden keine Fragen gestellt, und man ging respektvoll mit den Macken des anderen um.

Die Zeit verging wie im Flug. Als vor ihnen der Nachtisch stand – eine vorzügliche Crème Bourdaloue –, war es bereits halb elf. Die anderen Gäste waren schon gegangen, und so saßen sie noch eine Weile beisammen und ließen die alten Zeiten wieder auferstehen. Als es kurz vor zwölf war, entschloss man sich, dieses Treffen unter allen Umständen an einem anderen Tag fortzuführen.

Ihr Vater war nach drei Gläsern Armagnac nicht mehr in der Lage, den Espace sicher nach Hause zu lenken. Also bestellte Albert den beiden ein Taxi und verabschiedete sich überschwänglich.

Die Wohnungstür war noch immer mit dem Grafitstaub der Spurensicherung übersät, als Rosalie den Schlüssel ins Schloss steckte und ihn umdrehte. Maurice war dazu nicht mehr in der Lage, er schien schon im Stehen einzuschlafen. Rosalie bugsierte ihn auf sein Bett, wo er sich nach hinten fallen ließ. Sie zog ihm die Schuhe aus, während er sich schon zur Seite drehte und einrollte. Mit einer mütterlichen Geste deckte sie ihn wie ein Kind zu.

„Gute Nacht, Marguerite“, murmelte er noch, dann fielen ihm die Augen endgültig zu.

Gute Nacht, Marguerite. Rosalie seufzte und betrachtete ihren schlafenden Vater. Heute hatte er sie einen Blick auf seine wahre Persönlichkeit werfen lassen, und Rosalie hatte die zerrissene Seele eines einsamen Menschen gesehen, der verzweifelt versuchte, seinem Leben einen Sinn zu geben. Ein plötzliches Gefühl der Zuneigung wärmte ihr Herz, und sie strich ihm über die unrasierte Wange.

„Gute Nacht, Maurice“, flüsterte sie und schloss die Tür hinter sich.

Das Licht im Bad war kalt und weiß. Die Wirkung des Weins, dem sie heute zugesprochen hatte, ließ langsam nach, und das altbekannte Ziehen in den Stirnhöhlen stellte sich ein. Sie löste drei Aspirin in einem Glas auf, das sie in einem Zug leerte, und hoffte, der Kopfschmerz möge bis zum Morgen verfliegen.

Rosalie zog sich bis auf T-Shirt und Unterhose aus, schminkte sich ab, wusch sich das Gesicht und nahm die Zahnbürste aus ihrem Becher, um sie unter das fließende lauwarme Wasser zu halten. Sie wollte gerade ihre Zähne putzen, als sie innehielt.

Irgendjemand hatte etwas gerufen.

Sie stellte das Wasser ab und tappte zum Schlafzimmer ihres Vaters, aber da war bis auf das gleichmäßige Atmen alles still. Sie musste sich getäuscht haben. Leise zog sie die Tür wieder zu und ging zurück ins Bad.

Die Pfefferminze der Zahnpasta zauberte ihr nach den Aspirin einen frischen Geschmack in den Mund. Als Rosalie den Schaum ausspucken wollte, hielt sie erneut inne. Kalte Finger wanderten den Rücken auf und ab.

Da lachte jemand, weit entfernt und ausgelassen.

Ihre Nackenhaare stellten sich auf. Rosalie blieb wie versteinert stehen. Woher kamen diese Geräusche? Waren sie nur in ihrem Kopf, das Produkt einer überreizten Fantasie? Ihr Blick fiel auf den Abfluss des Waschbeckens. Sie hielt den Atem an. Aber da war nichts mehr. Zögernd drehte sie den Hahn auf, säuberte die Zahnbürste und spülte sich den Mund aus. Dann lauschte sie erneut.

Nichts.

Rosalie runzelte die Stirn, löschte das Licht und tappte

mit nackten Füßen in ihr Zimmer. Es war mittlerweile halb eins, und die Kopfschmerzen nahmen trotz der Tabletten an Heftigkeit zu. Jetzt hatte sie wenigstens die Gewissheit, dass sie wirklich keinen Alkohol vertrug und es nicht am billigen Fusel lag, wie Albert vermutet hatte. Aber das war im Moment ein ziemlich schwacher Trost.

Sie stellte den Wecker auf halb sieben. Wahrscheinlich würde es ihrem Vater morgen früh auch nicht besonders gehen, und da wollte wenigstens sie auf dem Posten sein. Rosalie löschte das Licht, wickelte ihre Füße in die Decke und drehte sich auf die Seite. Sie hatte schon die Außenbezirke des Traumreichs betreten, als sie das Lachen wieder hörte.

Hellwach richtete sie sich auf. Ihr Herz schlug wie rasend. Das konnte sie sich nicht eingebildet haben!

Da war es wieder, hoch und spitz, aber irgendwie weit entfernt. Sie lief zum Fenster und sah hinaus, doch da war natürlich niemand auf der Straße, noch nicht einmal eine streunende Katze. Sie setzte sich auf die Bettkante und wartete.

Unter das Lachen hatten sich jetzt einige zischende Stimmen gemischt. Ein Scharren war zu hören, als ob ein Schornsteinfeger im Kamin kratzte.

Der Kamin!

Das Haus war so alt, dass fast jedes Zimmer mit Ausnahme der Küche und des Bades noch eine offene Feuerstelle hatte, die aber bis auf die im Wohnzimmer alle zugemauert waren und nicht mehr genutzt wurden.

Rosalie trat vor die dunkle Öffnung und ging in die Knie. Die Stimmen wurden lauter, waren aber noch immer unverständlich. Konnte es sein, dass sie zu ihr sprachen?

Verlor sie jetzt auch den Verstand, genau wie ihre Mutter? Ihr wurde auf einmal kalt. Rosalie nahm sich die Decke, die zusammengeknüllt am Fußende des Bettes lag, und warf sie sich über die Schultern.

Der Kamin! Wo führte er hin?

Aufs Dach natürlich, doch sie konnte sich nicht vorstellen, dass dort oben jemand saß, der sich hinab in den Schacht beugte, zu ihr sprach und sie auslachte. Monsieur Matthieu aus dem obersten Stockwerk war verreist, und die alte Madame Bocasse, die direkt über ihnen wohnte, war vor einer Woche auf der Treppe gestürzt und lag im Krankenhaus. Nein, die Stimmen mussten von unten kommen.

Aus dem Keller.

Ein Uhr in der Nacht war in der Tat nicht der richtige Zeitpunkt, um sich auf die Jagd nach Hirngespinsten zu begeben. Aber sie konnte nicht hier sitzen bleiben und sich das Kissen auf die Ohren drücken. Was hatte sie im Internet gelesen? Die Veranlagung für die psychischen Probleme, unter denen ihre Mutter gelitten hatte, war erblich. Vielleicht war sie ihrer Mutter ja ähnlicher, als ihr lieb war. Nicht nur äußerlich, wie sie an diesem Abend erfahren hatte. Rosalie nahm allen Mut zusammen und ging in die Küche, wo im Schrank bei den Ersatzbirnen auch eine Taschenlampe lag. Die Batterien waren noch voll. Sie nahm den Schlüsselbund von der Anrichte neben der Garderobe und trat hinaus in den kalten Hausflur. Rosalie lehnte die Tür nur an und huschte dann die paar Stufen hinunter zur Kellertür. Vorsichtig ergriff sie die Klinke und drückte sie langsam nach unten. Es war nicht abgeschlossen. Mit einem leisen Knarzen schwang die Tür auf.

Leise tappte sie die Treppe hinunter. Der vertraute Geruch nach Benzin, Gummi und verfaulten Äpfeln stieg ihr in die Nase. Im Gegensatz zu den meisten Kellern in Paris war dieser trocken, sodass er sich zum Lagern empfindlicher Kostbarkeiten wie Möbel und Bücher eignete.

Als sie unten ankam, schaltete sie das Licht ein. Wenn sich tatsächlich jemand hier herumtrieb, sollte er die Gelegenheit zur Flucht erhalten. Sie hatte jedenfalls keine Lust, sich mit jemandem anzulegen, der voll gepumpt mit Drogen oder Alkohol eine Bleibe gesucht hatte.

Der Keller war eingeteilt in kleine, verschachtelte Abteile, in denen die Mieter und Eigentümer ausrangierte Möbel, Ersatzreifen und Dachgepäckträger aufbewahrten. Hier unten gab es Dutzende von dunklen Nischen, die sich hervorragend als Verstecke eigneten. Einen kurzen Moment dachte sie daran, die Taschenlampe einzuschalten, doch dann tastete ihre Hand zum Schalter für die Neonröhren. Die Lampen flackerten mit einem Brummen auf und tauchten den Gang in ein grünliches, keineswegs tröstliches Licht. Einen Moment blieb sie mit angehaltenem Atem stehen und lauschte. Außer dem Rauschen der Rohre und dem weit entfernten Dröhnen der Heizung war nichts zu hören, aber das musste nichts heißen. Rosalies Mund war auf einmal wie ausgetrocknet. Obwohl sie hier seit ihrer Geburt lebte und diesen Keller wie ihre Hosentasche kannte, wurde sie das Gefühl nicht los, an einem Schnittpunkt zweier Welten zu stehen.

Ihre Nerven waren wie die Saiten eines empfindlichen Instruments zum Zerreißen gespannt. Jedes noch so leise Geräusch ließ sie zusammenfahren. Am liebsten hätte sie auf der Stelle kehrtgemacht, doch es konnte nicht sein, dass ihre Fantasie ständig Katz und Maus mit ihr spielte. Sie musste sich Gewissheit verschaffen. Ihre Hand strich über das trockene Mauerwerk. Der Betonboden knirschte unter den Schritten.

„Wenn jemand hier unten ist, dann sollte er besser zusehen, dass er von hier verschwindet, sonst ist in zehn Minuten die Polizei hier!“, rief sie.

Rosalie blieb stehen und schloss die Augen. Die Stimmen waren jetzt ein entferntes Wispern. Am liebsten hätte sie ihren Vater geweckt oder die Polizei gerufen, aber weder das eine noch das andere stand in diesem Moment ernsthaft zur Debatte. Ihr Vater schlief seinen Rausch aus, und auf die Polizei war sie seit dem Einbruch nicht gut zu sprechen.

Was denn, die kleine Claireveaux hat Stimmen gehört? Vielleicht sollten wir die Männer in Weiß schicken, die kennen sich mit so etwas besser aus.

Oh nein, darauf hatte sie überhaupt keine Lust. Wenn sie wissen wollte, ob sie sich das alles einbildete, musste sie sich selbst davon überzeugen.

Das Herz schlug ihr bis zum Hals, als sie das Licht im Trockenraum einschaltete. Nicht viele in diesem Haus wuschen ihre Wäsche hier unten, und so hingen nur die Laken der alten Madame Moines auf der Leine. Die Kontrollleuchte einer der Waschmaschinen leuchtete orange und kündete davon, dass eine weitere Ladung fertig war.

Rosalie ging langsam weiter. Erst jetzt merkte sie, dass sie keine Hausschuhe angezogen hatte. Sie schlang die Decke enger um den Hals, als könnte das die Kälte vertreiben, die von unten hochgekrochen kam.

Im nächsten Raum befand sich der Brenner des Hauses. Es war ein älteres Modell, nicht sonderlich gut isoliert. Die Hitze, die das Monstrum ausstrahlte, war trocken und ließ Rosalies Gesicht glühen. Ein gelber Lichtschein spielte an der Decke, doch außer dem sonoren Bullern, das jedes leisere Geräusch überdeckte, war nichts zu hören.

Der nächste Kellerraum gehörte den Claireveaux. Rosalie fischte den kleinsten Schlüssel aus dem Bund heraus und öffnete mit zittrigen Händen das Schloss. Mit einem leisen Knarren schwang die Tür auf. Sie drückte den Schalter, und eine nackte 40-Watt-Birne erwachte zum Leben.

Rosalie verirrte sich selten an diesen Ort. Hier unten hatte ihr Vater die Erinnerung an eine bessere Zeit begraben. Unter halb durchsichtigen Planen stapelten sich in Kisten die Besitztümer ihrer Mutter. Sie zog an einer Folie, die daraufhin raschelnd zu Boden fiel. Die leichteren Kisten lagen obenauf. Rosalie hob eine von ihnen hinunter und öffnete sie. Fein säuberlich zusammengelegt und in Tüten verpackt fand sie T-Shirts, Blusen und Pullover, als wären sie nur vorübergehend weggepackt worden, weil ihre Besitzerin sie irgendwann wieder anziehen würde. Rosalie nahm einen Pullover heraus und drückte ihre Nase hinein. Vielleicht haftete ja noch etwas vom Geruch ihrer Mutter daran. Doch er roch nach all den Jahren im

Keller nur muffig. In der nächsten Kiste befanden sich Hosen. Rosalie zögerte einen Moment, hob die oberste hoch und durchsuchte dann die Taschen. Ein altes, benutztes Papiertaschentuch, eine alte Metrokarte und eine Hand voll Kleingeld war alles, was sie zu Tage förderte. Auf dem Billet war noch der Entwertungsstempel zu erkennen. Marguerite Claireveaux war am 12. August 1990 U-Bahn gefahren. Zu diesem Zeitpunkt musste sie im sechsten Monat schwanger gewesen sein. Auf einmal war ihr die Mutter so nahe wie noch nie in ihrem Leben. Mit Tränen in den Augen steckte sie alles zurück und faltete die Hose wieder zusammen. Einen kurzen Moment überlegte sie, die anderen Kleidungsstücke ebenfalls zu untersuchen, als sie wieder dieses Flüstern hörte.

Rosalie wirbelte herum. Das Wispern klang, als befände sich die Person mit ihr in diesem Raum. Aber da war niemand! Oder doch? Schien es nicht so, als kämen die Stimmen aus dem alten Kleiderschrank, der neben einem Regal in der Ecke stand?

Sie wollte nur noch so schnell wie möglich zurück in ihr Bett, die Decke über den Kopf ziehen und schlafen. Aber sie wusste, sie würde keinen Frieden finden, wenn sie jetzt davonlief.

Wie in Zeitlupe bewegte sie sich auf die Schranktür zu, streckte die Hand aus – und riss die Tür auf.

Sie sah nichts, außer Mänteln. Und dennoch war sie den Stimmen nah, ganz nah. Wie im Wahn warf sie die Jacken auf den Boden und untersuchte die rückwärtige Wand. Keine Tür. Rosalie trat zu. Die blanke Kellerwand kam zu Tage.

Die Stimmen schienen sie auszulachen.

„Verflucht", presste sie zwischen zusammengebissenen Zähnen hervor. „Verflucht, verflucht, verflucht!"

Wie blind warf sie alles heraus, das gesplitterte Holz, die Schuhe, die aus ihren Kartons gefallen waren, den Koffer, in dem sich nur noch weitere Taschen befanden, alles – bis nur der nackte Schrank vor ihr stand.

Rosalie trat auf den Holzboden. Splitterndes Krachen. Ein weiterer Tritt. Und noch einer. Dann war sie durchgebrochen.

Unter dem Schrank befand sich eine große Metallplatte. Rosalie stutzte. Das musste sie sich genauer ansehen. Sie packte den Schrank beim Rahmen und zerrte ihn verbissen nach vorne. Ihr war es nun egal, ob der Lärm jemanden weckte.

Das Ding war schwer. Immer wieder musste Rosalie innehalten, weil der Schrank auf sie zu stürzen drohte. Ihre Hände waren aufgerissen, die Füße schwarz vor Dreck. Sie fror, aber das war ihr egal.

Sie wollte wissen, was sich da unten verbarg.

Mit einem lauten Aufschrei mobilisierte sie alle Kräfte. Der Schrank rutschte laut protestierend über den Boden. Zwischen ihm und dem Regal wurde ein Spalt frei, durch den sie hindurchklettern konnte.

Rosalie stand auf einer rostigen Metallplatte, wie sie benutzt wurden, um alte Sickergruben abzudecken. Die Öffnung, die sie verbarg, war groß genug, dass ein Mensch hindurchsteigen konnte. Doch das war nicht die eigentliche Überraschung.

Mochte der Deckel noch so alt sein, das Bügelschloss,

das man zu seiner Verriegelung durch die Öse gezogen hatte, war so neu, dass es glänzte. Sie probierte alle Schlüssel am Bund aus, aber keiner passte.

Wenn sie die Luke öffnen wollte, brauchte sie Hilfe. Und es gab nur einen, an den sie sich wenden konnte.

8

Das kleine Antiquariat in Saint-Germain-des-Prés hatte den verwirrenden Namen *L'Horlogerie*, obwohl dort schon seit Jahren keine Uhren mehr verkauft wurden. Stattdessen lagen in den Schaufenstern nun alte Bücher und eingerahmte Stiche aus einer Zeit, in der einzig die schönen Künste den Träumen der Menschen Ausdruck verliehen.

Rosalie hatte noch in der Mittagspause Ambrose auf seinem Handy angerufen und sich direkt nach der Schule auf den Weg in die Rue St. Benoît gemacht. Es war bereits dunkel, als Rosalie die Ladentür öffnete und eintrat.

Die *Horlogerie* war ein Buchladen, wie es nicht mehr viele in Paris gab. Die Regale waren ohne erkennbares System bis unter die niedrige Decke voll gestopft mit Werken der Weltliteratur, alten Reiseführern und vergilbten Zeitschriften. In der Luft hing der Geruch von Staub und Papier und mischte sich mit dem Duft eines frisch aufgebrühten Kräutertees, der in einem Kessel auf einem alten Kanonenofen warm gehalten wurde. Es war nicht viel los. Ein Mann blätterte in einem abgegriffenen Kunstband, während ein junges Mädchen, wahrscheinlich eine Studentin, auf der Suche nach billigem Lesestoff eine Kiste mit Taschenbüchern durchstöberte. Die Touristensaison war vorüber, und das Weihnachtsgeschäft hatte noch nicht richtig begonnen.

Ambrose saß in ein Buch vertieft hinter der Kasse, während hinter ihm aus einer kleinen Kompaktanlage der kapriziöse Gesang einer Operndiva erklang. Als das Glöckchen an der Tür bimmelte, sah er auf und strahlte bei Rosalies Anblick über das ganze Gesicht.

„Salut, Ambrose“, sagte Rosalie. Der kalte Novemberwind hatte ihre Nase rotgebissen, und trotz der Handschuhe, die sie trug, hatte sie eisige Finger.

„Rosalie! So früh hatte ich gar nicht mit dir gerechnet!“ Er klappte das Buch zu und kam hinter dem Tresen hervor, um ihr aus dem Mantel zu helfen. Rosalie, der diese höfliche Aufmerksamkeit nicht entging, lächelte.

„Ein schöner Laden“, sagte sie, als sie sich umschaute.

Ambrose nickte. „Und irgendwie ist der Name ganz treffend. Hier scheint die Zeit stehen geblieben zu sein.“

Rosalie erkannte am Ton, dass diese Bemerkung nicht unbedingt romantisch gemeint war. Wenn man hier arbeitete, zogen sich die Stunden bis zum Feierabend wahrscheinlich endlos in die Länge.

„Einen Tee?“

„Gerne“, sagte Rosalie dankbar und rieb sich die tauben Hände. „Hältst du hier alleine die Stellung?“

Ambrose war zum Ofen getreten und füllte einen Becher mit der dampfenden Flüssigkeit. „Nein, der alte Molosse sitzt in seinem Büro und brütet über der Buchhaltung.“ Er drückte ihr den Tee in die Hand und zog eine Trittleiter hervor. „Nimm Platz. Wir haben leider nichts Bequemeres.“

Rosalie setzte sich hin und schlug die Beine übereinander. „Unglaublich“, sagte sie nur bewundernd. „Ich kenne einige, die dich um diesen Job beneiden würden.“

„Ja, ich denke, ich habe es ganz gut getroffen“, sagte Ambrose zufrieden. „Es ist zwar nicht die Spitze der Karriereleiter, aber ich stehe auf der ersten Sprosse. Es kann nur noch bergauf gehen.“

Rosalie blies über den Becher und nahm einen vorsichtigen Schluck.

„Haben sie etwas gemerkt?“, fragte Ambrose leise. „In der Schule, meine ich.“

„Keine Ahnung. Wenn ja, dann wissen sie nicht, dass wir uns da unten herumgetrieben haben.“

Ambrose nickte erleichtert.

„Ich habe übrigens deinen Rat befolgt und ein Bild von dem Kerl gezeichnet.“ Sie holte aus der Hosentasche ein zusammengefaltetes Blatt und reichte es ihm.

„Sieht nicht sehr sympathisch aus, der Typ“, sagte Ambrose, nachdem er einen Blick auf das Porträt geworfen hatte.

„Nein, das war er wohl auch nicht.“

„Du hast herausgefunden, wer er ist?“, fragte Ambrose überrascht.

Rosalie nickte. „Sein Name ist Henri Malport. Er war vor sechzehn Jahren Hausmeister an meiner Schule.“

„*War?*“ Ambrose zog die Augenbrauen hoch.

„Er ist verschwunden, als er von der Polizei gesucht wurde. Man geht mittlerweile davon aus, dass er tot ist.“

Ambrose kaute auf seiner Unterlippe herum, sagte aber nichts.

„Ambrose, ich höre Stimmen", sagte Rosalie unvermittelt, ohne ihn dabei anzuschauen. Ihre Hände zitterten.

Das Lächeln verschwand aus seinem Gesicht. „Du hörst Stimmen?", fragte er ernst.

„Hast du einen Papagei verschluckt? Ja, das sagte ich doch!", kam es ein wenig ungehalten zurück.

„Bist du die Einzige, die sie hört?"

Sie zuckte mit den Schultern. „Weiß ich nicht. Es ist außer mir sonst niemand in der Nähe, wenn sie zu mir sprechen."

Ambrose schwieg unbehaglich.

„Hör zu, ich weiß genau, wie sich das anhört. Aber es ist die Wahrheit."

„Hast du mal daran gedacht ... na ja, einen Arzt aufzusuchen?"

„Ich bin nicht verrückt!", zischte sie so laut, dass die beiden Kunden sich überrascht zu ihr umdrehten. „Ich bilde mir das nicht ein", fuhr sie leiser fort.

„Wann hast du sie das erste Mal gehört?"

„Das war unten im Keller des Montaigne, hinter der Bunkertür. Und dann gestern, zu Hause. Da kamen die Stimmen aus dem Abfluss im Bad."

Ambrose sah sie bestürzt an.

„Kurz darauf hörte ich sie aus dem Kamin in meinem Zimmer", fuhr Rosalie, die sich durch den Blick nicht beeindrucken ließ, fort. „Zuerst habe ich gedacht, dass jemand auf dem Dach hockt. Dann habe ich aber festgestellt, dass die Stimmen nicht von oben, sondern von unten kamen. Also habe ich all meinen Mut zusammengenommen und bin in den Keller gegangen."

„Und? Hast du etwas gefunden?"

„Ja. Unter einem Schrank befindet sich eine alte Luke. Keine Ahnung, wo die hinführt. Sie ist nämlich mit einem nagelneuen Schloss versehen."

„Und die Stimmen kamen von da?", hakte Ambrose misstrauisch nach.

„Wenn ich es doch sage!" Sie blickte Ambrose geradewegs in die Augen. „Du glaubst mir kein einziges Wort."

„Doch, doch", beeilte sich Ambrose, ihr zu versichern. „Es ist nur ... ich meine, deine Mutter war doch ein wenig seltsam." Er schluckte.

„Sprich weiter", sagte Rosalie kühl.

„Kann es da nicht sein, dass sich ... Wie soll ich sagen ..."

„Ihre überhitzte Fantasie auf mich vererbt hat", vollendete sie den Satz.

„Nun ... ja."

„Du hast mir auch nicht geglaubt, dass ich den Mann gesehen habe. Bis du selbst Bekanntschaft mit ihm gemacht hast", sagte sie spitz.

„Ich habe ihn nicht gesehen!", sagte Ambrose vorsichtig.

„Aber gespürt! Herrgott, du bist zusammengeklappt, als hätte dein Herz versagt."

„Erinnere mich nicht daran", sagte Ambrose und schüttelte sich. „In diesem Moment habe ich wirklich gedacht, ich müsste sterben!"

„Irgendetwas verbindet das Montaigne mit unserem Haus in der Rue Lalande, da bin ich mir ganz sicher! Etwas Dunkles, Beängstigendes."

„Die Katakomben“, sagte eine Stimme hinter ihnen.

Rosalie drehte sich um und erblickte einen Mann von vielleicht siebzig Jahren. Groß gewachsen, kahl, mit einem Unterkiefer wie ein Nussknacker. Die ganze Statur erinnerte an einen alten Jahrmarktboxer, der sich zur Belustigung des Publikums mit angetrunkenen Großmäulern prügelte.

„Oh, Monsieur Molosse.“ Ambrose sprang auf. „Darf ich vorstellen: Das ist Rosalie Claireveaux.“

Rosalie stand auf und reichte dem Riesen schüchtern die Hand.

„Du bist Ambroses kleine Freundin?“

Ambrose wollte etwas erwidern, doch Rosalie kam ihm zuvor. „Wir sind gut miteinander bekannt.“

„So nennt man das heute“, brummte Monsieur Molosse. „Du interessierst dich also für die große Höhle des Bösen, die die Philosophie unterminiert, die Forschung, das Recht, die menschliche Zivilisation. Ihr Name ist Diebstahl, feile Unzucht, Totschlag und Meuchelmord. Sie ist Finsternis und will das Chaos.“

Rosalie blinzelte verwirrt.

„Du hast doch bestimmt schon einmal *Les Misérables* gelesen?“, fragte der Mann entrüstet.

Rosalie dämmerte, dass Monsieur Molosse gerade Victor Hugo zitiert hatte, und lächelte ein wenig gequält.

„Der Untergrund von Paris ist ein gewaltiger, löchriger Käse, durchzogen von der Kanalisation, den Katakomben, den alten Kalksteinbrüchen. Ein Ort der Finsternis und dunklen Träume. Auf manche übt er magische Anziehungskraft aus.“

Rosalie warf Ambrose einen verstohlenen Blick zu.

„Keine Angst“, lachte Monsieur Molosse. „Ich gehöre nicht zu den Spinnern, diesen Kataphilen, die Nacht für Nacht die Katakomben durchstreifen. Aber die Unterwelt von Paris ist ein ganz spezieller Ort. Komm mit.“

Rosalie folgte ihm in den angrenzenden Raum, wo die wertvollen Bücher und bibliophilen Sammlerausgaben standen. Ganz in der Ecke befand sich ein wuchtiger Blechschrank mit schmalen Schubladen. Monsieur Molosse zog die unterste auf und holte einige stockfleckige Stiche heraus, die er auf einem Tisch ausbreitete, der die Mitte des Raumes beherrschte.

„Am Anfang waren die Kalksteinbrüche. Im Mittelalter gab es nicht allzu viele davon. Man baute mit Lehm und Stroh, nur die herrschaftlichen Gebäude waren aus Stein. Das änderte sich unter Ludwig dem VI. 1160 errichtete er an der Seine das Große und Kleine Châtelet. Zu der Zeit war Paris nicht besonders groß, und die unterirdischen Steinbrüche befanden sich weit vor den Toren der Stadt. Doch die Bergwerke wuchsen in dem Maße, in dem sich auch Paris ausdehnte. Manche waren von geradezu atemberaubenden Dimensionen. Hohlräume von acht Metern waren keine Seltenheit. War der Abschnitt erschöpft, zog man einfach weiter.“

Rosalies Blick fiel auf eine Zeichnung, die einige gigantische Förderräder zeigte. Wie von Hamstern in einem Laufrad wurden sie von einigen ausgemergelten Gestalten in Drehung versetzt.

„Dumm war nur, dass Paris schneller wucherte, als man sich das damals vorstellte. Bald wurden neue Viertel über den ausgeplünderten Schächten errichtet, und die Höhlen wurden zum Unterschlupf finsterer Gestalten.“

Der alte Mann und die Studentin zeigten durch eine Geste, dass sie bezahlen wollten. Ambrose stand auf, um seine Pflichten als Angestellter zu erfüllen.

Monsieur Molosse deutete auf den Stich eines verfallenen Schlosses. „Das ist die Ruine des Château Vauvert. Lange Zeit war dies ein Ort, den die Pariser mieden, denn man dachte, dass sich in den Trümmern ein direkter Zugang zur Hölle befand. Augenzeugen sollen sogar berichtet haben, dass Hexen und Dämonen dort ihr Unheil trieben. Tatsächlich war der aufgelassene Steinbruch ein Tummelplatz von Dieben, Huren und Meuchelmördern. 1257 wurde das Gebiet dem Kartäuserorden übertragen, der den Abschaum der Gesellschaft kurzerhand vertrieb. Dennoch sind die unterirdischen Steinbrüche seit dieser Zeit als ein Ort der Teufelsanbetung und schwarzen Messen verschrien, als ein Ort des Schreckens und des Todes.“

„Auch heute noch?“, fragte Rosalie ungläubig, doch Monsieur Molosse lächelte sie nur wissend an.

„Paris war in jenen Tagen ein Ort, an dem es entsetzlich stank“, fuhr er fort. „Und das hatte nichts mit der Kanalisation zu tun. In Paris breitete sich der Gestank des Todes aus, besonders um den Cimetière des Innocents. Der Platz, den diese Begräbnisstätte bot, war begrenzt. In den Jahrhunderten stapelten sich die Leichen übereinander. So viele wurden dort bestattet, dass die Natur nicht die Zeit hatte, ihr Werk der Verwesung zu verrichten. Die Kirche schaffte keine Abhilfe, denn sie verdiente an jeder Beerdigung gutes Geld.“

Monsieur Molosse setzte sich in einen hohen Lehnstuhl und begann, umständlich eine Pfeife zu stopfen.

„1780 war das Maß voll“, sagte er paffend und wedelte ein Streichholz aus. „In einem benachbarten Haus brach die Begrenzungsmauer des Friedhofs ein, und ein Strom halb verwester Leichen ergoss sich in den Keller. Es musste ein Bild wie aus der Apokalypse sein: Die Gräber spien die Toten aus und suchten die Lebenden mit ihrem bestialischen Gestank heim.“

Bei der Vorstellung drehte sich Rosalie der Magen um. „Gab es viele solcher Friedhöfe in der Stadt?“

Monsieur Molosse nickte. „Über dreihundert. Und alle hätten seit Jahrhunderten wegen Überfüllung geschlossen werden müssen.“

„Konnte man die Leichen nicht verbrennen?“, schaltete sich Ambrose ein, der den Laden abgeschlossen hatte und jetzt wieder zurückgekehrt war.

Der Antiquar hob die Augenbrauen. „Natürlich, aber das widersprach den katholischen Geboten. Wenn dereinst beim Jüngsten Gericht die Toten wiederauferstehen sollen, brauchen die Seelen einen Körper, in den sie fahren können.“ Er sog an seiner Pfeife. „Bald darauf schritt der Staatsrat endlich ein und schloss den Cimetière des Innocents. In den folgenden Jahren grub man die Leichen aus, die seit Jahrhunderten in der vom Tod gesättigten Erde ruhten. Die Knochen warf man alle auf einen Haufen, während die nächtliche Dunkelheit nur durch den Schein der brennenden Särge erhellt wurde. Es muss ein gespenstischer Anblick gewesen sein, der immer wieder Schaulustige anlockte.“

„Was geschah mit den Überresten?“, wollte Rosalie wissen.

„Man segnete sie und überführte sie des Nachts in schwarz verhängten Wagen in die Steinbrüche, die man im Süden der Stadt als letzte Ruhestätte hergerichtet hatte. Vier Jahre lang zogen diese makabren Prozessionen durch die Straßen von Paris, immer nach Einbruch der Dunkelheit und stets in Begleitung singender Priester und Mönche.“

„Und die Toten wurden tatsächlich alle würdevoll in den Höhlen bestattet?“

Monsieur Molosse lachte. „Nein, natürlich nicht. Man kippte die Knochen einfach in einen Schacht. Unten wurden sie dann auf die verschiedenen Hohlräume verteilt. Sechs Millionen Menschen wurden auf diese Art verscharrt – egal, ob es Diebe, Mörder, Bürger oder Aristokraten waren. Da unten waren alle gleich. Dann kam die Revolution, und die Katakomben wurden wieder zu einem Tummelplatz für allerlei lichtscheues Gesindel, das die Nähe des Todes nicht schreckte.

1809 erhielt Héricart de Thury den Auftrag, als Generalinspekteur der Steinbrüche mit dem Durcheinander in den Katakomben aufzuräumen. Ziel war es, den Bauch der Stadt für ein zahlendes Publikum herzurichten. Also wurden die Knochen fein säuberlich sortiert und so aufeinander geschichtet, dass sie in ihrem Arrangement selbst den kunstsinnigsten Geist erfreuten.“

Ambrose riss die Augen auf. „Bei sechs Millionen Skeletten? Um Gottes willen! Wie viele Knochen hat ein Mensch? Über zweihundert? Das wären …“

„In jedem Fall zu viele Knochen, die in diesem Museum des Todes ausgestellt werden sollten.“ Monsieur Molosse nahm einen Schluck Tee und nuckelte wieder an der Pfeife. „Also schummelte de Thury. Er schichtete nicht alle Überreste auf, sondern nur die, die nötig waren, um den Anschein von Ordnung zu erwecken. Außerdem richtete er einen Raum her, den er *cabinet de pathologie* nannte. Hier wurden wie auf einem Jahrmarkt die größten Anomalitäten ausgestellt, die man in den Schächten gefunden hatte: Deformierte Schädel und andere krumme Gebeine sollten beim Betrachter den einen oder anderen wohligen Schauer hervorrufen. Zu dumm, dass die meisten Ausstellungsstücke binnen kürzester Zeit gestohlen wurden und man sich gezwungen sah, das Kuriositätenkabinett wieder zu schließen.“

Rosalie schwieg. Was für ein schrecklicher Ort erstreckte sich unter der Innenstadt von Paris und höhlte den Untergrund aus wie einen Schwamm?

„Sie sagten, dass es eine Verbindung zwischen dem Montaigne und der Rue Lalande gibt.“ Sie sah Monsieur Molosse nachdenklich an. „Wie groß sind die Steinbrüche überhaupt?“

Monsieur Molosse stand auf und ging zu einem Regal, aus dem er ein Buch herauszog. Schnell hatte er gefunden, wonach er suchte. Er drückte Rosalie das aufgeschlagene Buch in die Hand. Sie erkannte den Umriss der Pariser Innenstadt und die wichtigsten Verkehrsadern.

„Im Norden, unter Belleville, Charonne und dem Montmartre liegen die Gipsabbaustätten. Die Kalksteinbrüche hingegen befinden sich unter Montrouge, Vanves und im Bereich unter dem Jardin de Luxembourg. Ein kleinerer Abschnitt ist in Passy."

„Sind die einzelnen Teile miteinander verbunden?", fragte Rosalie.

„Soviel ich weiß nicht. Aber das soll nicht heißen, dass es nicht doch die eine oder andere geheime Passage gibt. Wahrscheinlich müsste man dann die Kanalisation oder die Metro-Schächte benutzen."

„Wie kommt es eigentlich, dass Sie so viel darüber wissen?"

Monsieur Molosse lachte trocken. „Das hat etwas mit einem meiner Kunden zu tun. Vielleicht kennst du ihn. Sein Name ist Monsieur Pylart."

„Quentin Pylart?", fragte Ambrose.

„Ich habe den Namen noch nie gehört", gab Rosalie zu.

„Ein widerlicher Kerl", sagte Ambrose und verzog das Gesicht, als habe er gerade in eine Zitrone gebissen. „Ihm gehört eine Reihe von Mietshäusern. Einige davon vermietet er für teures Geld an die Stadt, die in diesen Löchern Immigranten unterbringt. Immer wieder kommt es vor, dass eine seiner Bruchbuden abbrennt, weil es in den maroden Leitungen einen Kurzschluss gegeben hat. Ich selbst wohne in Montrouge in einem Haus, das ihm gehört."

„Die Wohnküche", stellte Rosalie trocken fest.

Ambrose nickte bitter.

„Und dieser Pylart interessiert sich für die Katakomben?", fragte Rosalie.

„Er hat fast alles gekauft, was ich zu diesem Thema in meinen Regalen stehen hatte", sagte Monsieur Molosse.

„Einmal im Monat schneit er hier vorbei und schaut, was ich Neues hereinbekommen habe."

„Ich verstehe nicht, dass Sie mit dem Kerl Geschäfte machen", sagte Ambrose.

Der Antiquar breitete die Arme aus. „He, von irgendwas muss ich auch leben! Ausschließlich mit dem Verkauf gebrauchter Kriminalromane kann ich meine Rechnungen jedenfalls nicht begleichen."

„Gibt es einen Plan der unterirdischen Gänge?", fragte Rosalie.

„Dieselbe Frage hatte mir Monsieur Pylart auch gestellt, als er mich vor Jahren zum ersten Mal aufsuchte. Nein, es gibt keine vollständigen Pläne. Selbst die ERIC hat, soviel ich weiß, keine komplette Karte. Das Gebiet ist einfach zu groß."

„Die ERIC?", fragte Rosalie verwirrt.

„Das ist die *Équipes de recherches et d'interventions en carrières*, eine Polizeieinheit, die dort unten immer wieder nach dem Rechten schaut."

Ambrose musste lachen. „ERIC? Die haben Humor! Eric, das ist auch der Name des Phantoms, das sich unter der Oper herumgetrieben haben soll!"

Monsieur Molosse schaute Rosalie misstrauisch an. „Junge Dame, die Katakomben sind ein gefährlicher Ort. Es ist ein riesiges Areal, in dem man sich schnell verirren kann. Dann geht es dir so wie dem armen Mönch Philibert, der seine Neugier nicht bezähmen konnte und die Gefilde unter seinem Kloster nach einem Schatz durchsuchte. Erst Jahre später fand man seine Leiche. Man identifizierte sie anhand des Schlüsselbundes, den der arme Kerl mit sich führte und mit dem er den Zugang zu diesem finsteren Reich öffnete, das ihn schließlich verschlingen sollte."

Es war bereits nach acht, als Monsieur Molosse seinen Laden abschloss und sich von den beiden verabschiedete. Ambrose begleitete Rosalie zur U-Bahn. Beide hatten denselben Weg.

„Du hast mir noch immer keine Antwort gegeben", sagte sie, als sie auf die Metro warteten. Die Station Saint-Germain-des-Prés war so gut wie menschenleer. Der eigentümliche Geruch von verschmorten Kabeln und Teer hing in der abgestandenen Luft.

„Antwort? Auf welche Frage?"

„Ob du mir hilfst, das Schloss zu öffnen, mit dem die Luke in unserem Keller verriegelt ist."

Ambrose starrte in den dunklen Tunnel, aus dem das schrille Kreischen des herannahenden Zuges zu hören war. „Ach, Rosalie", seufzte er und wandte sich zu ihr um. „Was erwartest du da unten zu finden?"

„Antworten", sagte Rosalie. „Ich glaube mittlerweile, dass meine Mutter sich die Stimmen nicht eingebildet hat. Sie war nicht verrückt, genauso wenig wie ich."

Ambrose kaute auf seiner Unterlippe. „Ich weiß nicht, ob das eine gute Idee ist."

„Warum denn nicht?", fragte Rosalie.

„Du steigerst dich da in etwas hinein, glaube mir."

„Verdammt. Und ich habe gedacht, wir beide wären Freunde", sagte sie enttäuscht.

„Ja, das sind wir auch“, sagte Ambrose bestimmt. „Sonst würde ich nicht versuchen, dich von dieser hirnrissigen Idee abzubringen.“

Schweigend saßen sie sich im Zug gegenüber. Als sie die Station Denfert Rocherau fast erreicht hatten, sah Ambrose Rosalie beinahe flehentlich an.

„Ich bitte dich inständig: Sprich mit deinem Vater.“

Der Zug bremste ab und fuhr in den Bahnhof ein. Rosalie stand auf und zog ihren Schal enger. „Mach's gut, Ambrose.“

„Rufst du mich an?“, fragte er, doch sie antwortete nicht. Die Türen öffneten sich mit einem Zischen, und sie stieg aus. „Rosalie? Rosalie!“

Die Türen glitten zu, und der Zug setzte sich wieder in Bewegung. Ohne einen Blick zurückzuwerfen, strebte Rosalie dem Ausgang zu. In ihren Augen standen Tränen.

9

Die folgenden Tage verbrachte Rosalie damit, so viel Material wie möglich über den Untergrund von Paris im Internet zu sammeln. Die meisten Websites waren von Kataphilen eingerichtet und beschäftigten sich weniger mit der Geschichte der unterirdischen Höhlen als mit den ruhmreichen Taten der Betreiber. Doch sosehr sie das Netz auch durchforschte, sie fand praktisch kein Kartenmaterial über das verzweigte System von Galerien und Passagen. Die wenigen Skizzen, auf die sie stieß, waren Zeichnungen, die in einer solch schlechten Auflösung eingescannt waren, dass sie so gut wie nutzlos waren. Ob dieser Pylart, von dem Monsieur Molosse gesprochen hatte, wohl inzwischen über eine gute Karte verfügte? Offensichtlich sammelte er ja alles, was er über die Katakomben in die Finger bekommen konnte.

Immer wieder fragte sie sich, was dieser Mann überhaupt mit den Katakomben zu tun hatte. Die Informationen über ihn waren dünn gesät. Offiziell gehörte er zur feinen Gesellschaft von Paris, war eng befreundet mit hochrangigen Politikern, nahm aber am gesellschaftlichen Leben der Stadt so gut wie gar nicht teil. Die wenigen Fotos, die es von ihm gab, hatte man bei wohltätigen Veranstaltungen aufgenommen. Etwas Seltsames haftete seinen Zügen an, eine Aura der Unnahbarkeit und der spöttischen Arroganz. Wenn er lachte, dann nicht mit den tief liegenden Augen, die so dunkel waren wie sein Haar, das er stets pomadig zurückgekämmt hatte.

Obwohl ihr dieser Mann auf Anhieb unsympathisch war, übte er eine eigenartige Faszination auf Rosalie aus. Er war ohne Zweifel ein Frauentyp. Südländisch, aber unnahbar, mit einer Spur von Skrupellosigkeit und auf eine sehr provozierende Art *Macho*.

Wieso kam ihr dieser Mann mit dem kalten Blick so unangenehm vertraut vor? Sie war ihm noch nie begegnet, und doch hatte sie das Gefühl, ihn kennen zu müssen.

Rosalie seufzte. Auch mit dem Schloss kam sie nicht weiter. In Abwesenheit ihres Vaters hatte sie die komplette Wohnung auf den Kopf gestellt, aber keinen Schlüssel dazu gefunden. Die Luke blieb verriegelt. Immerhin hatte sie seit dem Sonntag keine Stimmen mehr gehört, was ziemlich beruhigend war. Vielleicht war alles ja nur eine Phase, die vorüberging. Sollte sie sich deswegen wirklich ihrem Vater anvertrauen? Wenn ja, was würde er nach diesem Geständnis unternehmen? Sie zum selben Arzt wie ihre Mutter schicken? Rosalie schauderte bei dem Gedanken. Sie wollte auf keinen Fall, dass sich das Schicksal ihrer Mutter auch bei ihr erfüllte.

Es war alles so verwirrend, und der Streit mit Ambrose trug zu dem Durcheinander ihrer Gefühle noch bei. Rosalie hatte ihn nicht so vor den Kopf stoßen wollen. Er hatte es wirklich nur gut mit ihr gemeint. Dennoch hatte sie seinen Ratschlag als Verrat empfunden. Wie konnte er nach den Ereignissen im Keller des Montaigne immer noch an ihr zweifeln? Ein paarmal hatte sie das Telefon in der Hand gehabt, es sich dann doch aber immer wieder anders überlegt. Erst wollte sie wieder Herr ihrer Gefühle werden.

Vielleicht war es an der Zeit, sich endlich einmal bei ihren Freundinnen zu melden. Immerhin hatte sie sie in den letzten Tagen ziemlich abweisend behandelt, ohne auch nur den Versuch einer Erklärung für dieses Verhalten zu liefern. Sie nahm den Hörer ab und wählte Julies Nummer.

In dem Moment, als ihre Freundin abhob, ahnte Rosalie, dass sie einen Fehler begangen hatte. Natürlich war Julie böse auf sie gewesen, aber sie hatte gewusst, dass Rosalie eine schwere Zeit durchmachte. Und – he! – wozu waren Freundinnen da, wenn man einander nicht verzeihen konnte, nicht wahr? Also Schwamm drüber.

Rosalie wollte etwas erwidern und sich für das Verständnis bedanken, doch sie kam nicht dazu, denn Julie sprach ohne Punkt und Komma weiter. Vermutlich war sie so froh und erleichtert, endlich wieder mit Rosalie reden zu können, dass sie ganz vergaß, zur Abwechslung einfach einmal zuzuhören. Und so erzählte sie von den Partys, die Rosalie bei all der Trübsal verpasst hatte, von dem unglaublichen Typen, den Valerie aufgerissen hatte und der noch einen Kumpel hatte, der mindestens ebenso nett war.

Arme Julie, sie lernte es wohl nie. Offensichtlich schien das schlechte Gewissen, das sie sich mit der letzten Kuppelei eingehandelt hatte, langsam zu verblassen. Rosalie sagte noch eine unverbindliche Belanglosigkeit, überhörte die Irritation in Julies Stimme und legte einfach auf. Mit einem Stöhnen lehnte sie sich gegen die Wand und schloss die Augen. Vermutlich würden Julie, Annette und Valerie von heute an kein Wort mehr mit ihr reden, aber das war Rosalie zumindest in diesem Moment ziemlich egal.

Rosalie stand auf und lief unruhig in der Wohnung auf und ab. Sie konnte noch ihre Großmutter anrufen, um mit ihr zu reden. Doch Fleur Crespin hatte auf die Nachrichten, die sowohl Rosalie als auch Maurice ihr auf dem Anrufbeantworter hinterlassen hatten, nicht reagiert. Schließlich hielt Rosalie es nicht mehr aus und fuhr voller Sorge nach Bondy hinaus. Vielleicht war ihrer Großmutter ja etwas zugestoßen.

Als sie das Gartentor öffnete, stellte Rosalie erleichtert fest, dass in der Küche Licht brannte. Sie klopfte an die Tür, und ohne eine Antwort abzuwarten, trat sie ein.

„Großmutter?“, rief sie. „Großmutter, ich bin's! Rosalie!“

Das Haus versank mittlerweile im Chaos. Rosalie stieg vorsichtig über Schuhe und Mäntel, die achtlos auf dem Boden im Flur lagen, und warf einen Blick in die Küche. Schmutziges Geschirr stapelte sich in der Spüle. Ein süßlicher Geruch, der von einem halben Dutzend offener Mülltüten aufstieg, hing in der Luft.

„Großmutter, wo bist du?“

Keine Antwort.

Sie ging den Flur weiter entlang, wobei sie beinahe über eine Kiste Altglas gestolpert wäre, und blieb erschrocken im Türrahmen zum Wohnzimmer stehen.

Fleur Crespin saß mit dem Rücken zu ihr wie ein spielendes Kind auf dem Boden. Um sie herum hatte sie hunderte von Fotos ausgebreitet, die sie hektisch sortierte. Auf jedem einzelnen der Abzüge schien sie Notizen zu machen.

„Großmutter!“, rief Rosalie entsetzt und stürzte auf die alte Frau zu. Erst als sie sie bei der Schulter packte, schien Fleur zu bemerken, dass jemand bei ihr war. Wie in Zeitlupe drehte sie sich um und starrte ihre Enkelin stirnrunzelnd an.

„Was tust du da?“, fragte Rosalie verwirrt.

„Ich versuche, mein Leben und das deiner Mutter zu retten.“

„Wie bitte?“, fragte Rosalie, als hätte die alte Frau nun vollkommen den Verstand verloren. Fleur reichte ihr eines der Bilder. Es zeigte ein rotwangiges Mädchen von vielleicht zwölf Jahren, das auf einer Blockflöte spielte. Es trug eine weiße Bluse mit Puffärmeln unter einer dunkelroten Seidenweste. Unter dem knöchellangen Rock schauten zwei schwarze Lackschuhe hervor. Rosalie drehte das Foto herum. Die Rückseite war mit einer winzigen, pedantischen Schrift eng beschrieben.

„Die Abzüge sind so verdammt klein, dass ich kaum Platz habe, um die Geschichte eines jeden Bildes festzuhalten. Das da“, sie zeigte auf das Foto, das Rosalie in der Hand hielt, „wurde beim Abschlusskonzert der Musikschule aufgenommen, die deine Mutter besucht hat. September 1976. Gott, war ich stolz auf sie. Und Marguerite war so aufgeregt. Die ganze Woche hatte sie im Stillen geübt. Ein schweres Stück. *Claire de Lune* von Debussy. Weiß der Teufel, woher sie das Flötenarrangement hatte.

Ich glaube, einer ihrer Lehrer hatte es besorgt oder es sogar selbst geschrieben. Die Überraschung war ihr jedenfalls gelungen. Ich hatte keine Ahnung, was sie vorbereitet hatte."

Sie griff sich ein anderes Bild.

„Das war in den Sommerferien 1972 in der Auvergne. Ich hatte eine günstige Ferienwohnung auf einem Bauernhof gefunden. Marguerite musste morgens und abends immer beim Melken dabei sein. Die Milch gab es dann zum Frühstück und zum Abendbrot. Sie hatten mindestens fünfzehn Katzen auf dem Hof. Eine davon war ganz rot und hieß Cannelle. Deine Mutter hatte sich so in sie verliebt, dass sie am Tag der Heimfahrt bitterlich weinte, weil wir sie nicht mitnehmen konnten."

Rosalie griff sich an den Kopf. Auf dem Boden mussten Aberhunderte von Fotos liegen, und alle waren auf der Rückseite beschriftet!

„Wann hast du das letzte Mal etwas gegessen?", fragte sie.

„Hm? Oh, das weiß ich nicht. Ich habe aber auch keinen Hunger. Die Zeit drängt. Weißt du, bald ist niemand mehr da, der sich erinnern kann. Dann sind dies alles nur Fotos, mit denen man nichts anfangen kann, weil keiner mehr die Geschichten dazu kennt!"

Plötzlich war Rosalies Kehle wie zugeschnürt. Liebevoll strich sie ihrer Großmutter über den Rücken. „Ich werde aufräumen und uns dann etwas kochen."

„Wie du meinst, Schatz", sagte Fleur, die wieder ganz in ihre Arbeit vertieft war.

Zuerst brachte Rosalie den Müll hinaus und spülte den

Abwasch, damit sie überhaupt Geschirr hatten, aus dem sie essen konnten. Nudeln mit Sauce, das musste reichen. Eine halbe Stunde später standen zwei dampfende Teller auf dem Küchentisch.

„Kommst du?“, rief Rosalie, und zu ihrer Überraschung kam ihre Großmutter tatsächlich angeschlurft. Rosalie zuckte zurück, als sie den scharfen Geruch bemerkte, der von der alten Frau ausging. Sie musste sich seit einer Woche nicht gewaschen haben.

Mit einem erschöpften Lächeln nahm Fleur Platz. „Du bist wirklich gut zu mir“, sagte sie leise.

„Irgendeiner muss es ja sein, wenn du es schon nicht bist.“ Rosalie schenkte zwei Gläser Wasser ein, dann aßen sie schweigend. Als Fleur den Teller leer gegessen hatte, wischte sie sich den Mund ab und schaute Rosalie an. „Bleibst du heute Nacht bei mir?“, fragte sie unvermittelt.

Rosalie blickte überrascht auf. „Ja“, sagte sie. „Natürlich.“

Fleur lächelte erleichtert.

„Soll ich dir eine Wanne einlassen?“, fragte Rosalie vorsichtig, die den strengen Geruch mittlerweile als sehr unangenehm empfand. Ihre Großmutter nickte.

Rosalie stand auf, ging ins Bad und drehte das heiße Wasser auf, nachdem sie den Stopfen in den Ausguss gedrückt hatte. Dann gab sie reichlich von dem Mandelölbad hinein, rührte alles mit der Hand um und ging wieder zurück in die Küche.

Fleur saß noch immer auf ihrem Platz und schaute summend zum Fenster in die Dunkelheit hinaus. Sie hatte den

Tisch nicht abgeräumt. Also legte Rosalie, ohne sich zu beklagen, einen zweiten Spülgang ein. Als sie das Geschirr zum Abtropfen in einen Ständer gestellt hatte, reichte sie ihrer Großmutter die Hand und führte sie ins Bad, wo sie sie auszog. Rosalie warf die Wäsche in den vollen Korb, der in der Ecke stand.

Fleur rührte sich nicht und machte keinerlei Anstalten, von alleine in die Wanne zu steigen. Erst als ihr Rosalie half, ließ sie sich in das warme Wasser gleiten.

„Ich gehe rasch Handtücher und ein Nachthemd für dich holen. Lauf also nicht weg", sagte Rosalie scherzhaft.

Fleur antwortete nicht, sondern blieb reglos in der Wanne liegen.

Rosalie lief hinauf in das Schlafzimmer ihrer Großmutter, achtete nicht weiter auf die schmutzige Wäsche, die dort herumlag, und fand im Schrank tatsächlich noch ein sauberes Nachthemd und ein zusammengelegtes Handtuch. Dann eilte sie die Treppe hinab.

Als ihr Blick auf das Telefon fiel, hielt sie inne und nahm den Hörer ab, um die Nummer von zu Hause zu wählen. Es klingelte zweimal, und ihr Vater nahm ab.

„Ja?"

„Salut Paps. Ich bin's. Rosalie."

„Wo steckst du?"

„Bei Großmutter. Es geht ihr ziemlich schlecht."

Schweigen.

„Hör mal, ich würde heute gerne bei ihr bleiben. Ist das in Ordnung?"

Stille. Dann: „Ja. Sicher."

„Wahrscheinlich werde ich es dann morgen nicht in die Schule schaffen“, druckste sie herum.

„Ich werde dich entschuldigen.“

Rosalie atmete erleichtert auf. „Paps?“

„Ja?“

„Ich ... ich hab dich lieb.“ Sie erschrak bei den Worten, die sie, ohne zu überlegen, auf einmal gesagt hatte.

„Ich dich auch, Rosalie“, kam es leise zurück. „Wir sehen uns morgen. Wenn etwas ist, ruf an. Ich bin heute Nacht zu Hause.“

„Ich denke, es wird alles in Ordnung sein.“

„Dann schlaf gut.“

„Du auch.“ Sie legte auf und blieb einen Moment stehen. Dann lächelte sie und ging zu ihrer Großmutter.

Fleur Crespin hatte sich in den paar Minuten, in denen ihre Enkelin fort war, keinen Zentimeter gerührt. Das Badewasser schlug noch nicht einmal Wellen.

Rosalie legte die Sachen auf den Klodeckel und krempelte die Ärmel hoch. „Was hältst du davon, wenn ich dir einmal kräftig den Rücken abschrubbe?“

Ohne eine Antwort zu geben, beugte sich Fleur nach vorne. Rosalie nahm eine Bürste vom Haken, tauchte sie kurz ins Wasser und gab etwas von dem Mandelölbad darauf. Rosalie ließ die Bürste sanft über den Rücken kreisen. Das warme Wasser tat seine Wirkung, und Fleur fielen langsam die Augen zu.

„He, schlaf nicht ein. Wir haben es gleich geschafft. Stell dich bitte hin.“

Wie ein folgsames Kind stand Fleur auf. Ohne Widerstand ließ sie sich von Rosalie einseifen und abduschen.

Als das Wasser aus der Wanne abgelaufen war, reichte Rosalie ihr das Handtuch. Wie in Zeitlupe trocknete sich Fleur ab, wobei die ganze rückwärtige Partie nass blieb. Rosalie unterdrückte ein Seufzen. Eigentlich war sie hergekommen, weil sie jemanden zum Reden brauchte. Doch nun war alles anders. Wenn sie ihre Großmutter ansah, waren ihre eigenen Probleme vergessen. Stattdessen machte sie sich große Sorgen. Vielleicht war Fleur wirklich nur vollkommen erschöpft. Wenn ihre Großmutter aber am anderen Morgen genauso antriebslos war, würde sie einen Arzt rufen müssen.

Nachdem Fleur Teile ihres Gebisses in ein Glas mit Wasser gelegt hatte, gab Rosalie eine Reinigungstablette hinzu. Sie hatte ihre Großmutter noch nie ohne Zähne gesehen. Umso größer war der Schreck, als sie das eingefallene, müde Gesicht neben sich im Spiegel sah. Vielleicht hatte dieser Anblick gefehlt, um zu verstehen, dass ihre Großmutter wirklich starb. Rosalie schluckte und schaute schnell in eine andere Richtung.

„Komm jetzt", sagte sie mit brüchiger Stimme. „Zeit, ins Bett zu gehen."

Rosalie ließ ihrer Großmutter bei der Treppe den Vortritt, damit sie sie bei einem Sturz auffangen konnte. Oben angekommen steuerte Fleur sofort das Bett an und legte sich hin. Rosalie deckte sie wie ein kleines Kind zu.

„Gute Nacht", flüsterte sie und hauchte ihrer Großmutter einen Kuss auf die Stirn, doch die war schon eingeschlafen. Rosalie seufzte. Dann löschte sie das Licht und ging hinunter ins Wohnzimmer.

Vor ihr ausgebreitet lag das Leben ihrer Mutter wie die

herausgerissenen Seiten eines Buchs, dessen letztes, düsteres Kapitel man in wenigen Tagen beenden würde.
Rosalie kniete nieder und begann zu lesen.

Bei Anbruch der Morgendämmerung legte sie das letzte Bild stumm beiseite. Rosalie streckte sich und massierte ihren steifen Nacken. Ihre Augen waren rot vor Müdigkeit, doch in ihrem Kopf wirbelten die Gedanken. Die meisten Bilder waren Schnappschüsse einer unbeschwerten Kindheit. Obwohl Rosalies Mutter ohne Vater aufgewachsen war, schien sie glücklich gewesen zu sein, auch wenn die Fotos trotz der schieren Menge nur einen begrenzten Ausschnitt ihres Lebens zeigten. Niemand erinnerte sich gerne an die dunklen Seiten, die Marguerite Claireveaux ja gekannt haben musste. Denn eines war Rosalie aufgefallen: Das lebhafte Mädchen, dessen Kindheit ein langer unbeschwerter Sommer gewesen war, hatte sich mit sechzehn langsam in eine Frau mit traurigen Augen verwandelt. Etwas war mit ihr geschehen, doch sosehr Rosalie die Fotos studiert hatte, sie fand keinen Hinweis auf die Ursachen für diese Metamorphose. Aber vielleicht gab es ja keine Gründe außer der Krankheit, von der ihr Vater gesprochen hatte. *Mit sechzehn,* dachte Rosalie. Damals hatte alles angefangen. Und nun war sie selbst sechzehn. Und auch ihr Leben lief langsam aus dem Ruder – und das war noch eine harmlose Umschreibung für die Dinge, die sie mit einem Mal hörte und sah. Rosalie spürte, wie sich ihr Magen schmerzhaft zusammenzog.

„Hast du die Ähnlichkeit bemerkt?“, sagte eine leise Stimme hinter ihr. Rosalie drehte sich zu ihrer Großmutter um, die auf einmal in der Tür stand. Sie sah viel besser aus, der Schlaf hatte ihr gut getan. Dennoch spürte Rosalie die abgrundtiefe Erschöpfung. Fleur Crespin bewegte sich in der Todeszone. Mit jedem Tag beschleunigte sich ihr Verfall, bis sie eines Morgens nicht mehr aufwachen würde. Doch noch kämpfte sie tapfer.

„Ja, ich habe die Ähnlichkeit bemerkt“, gab Rosalie zu.

„Auch wenn deine Mutter sterben wird, sie lebt in dir fort.“ Fleur zog mit ihrer altersfleckigen Hand den Bademantel enger zusammen. „Lass uns in die Küche gehen. Dort ist es wärmer.“

Rosalie machte für sie beide einen Milchkaffee und röstete zwei Scheiben Toast. Fleurs Lethargie war so gut wie verflogen. Hatte sie noch gestern Abend teilnahmslos auf ihrem Platz gesessen, so war sie an diesem Morgen wach genug, um den Tisch zu decken.

„Ich hatte immer gehofft, schnell zu sterben, bei einem Unfall oder durch einen Herzinfarkt“, sagte sie in einem harmlosen Plauderton. „Als man mir die Diagnose mitteilte, dachte ich daran, meinem Leben ein Ende zu setzen. Dann erkannte ich aber die Absurdität an diesem Wunsch. Selbstmord aus Angst vor dem Tod ist ziemlich widersinnig, nicht wahr?“

Sie bestrich ihren Toast mit Butter und Marmelade. Rosalie sagte nichts. Vorsichtig nahm sie einen Schluck aus der heißen Tasse.

„Wenn man jung ist, fühlt man sich unsterblich. Die Tage sind endlos lang, angefüllt mit aufregenden Abenteuern und glücklichen Momenten." Fleur machte eine Handbewegung, als wollte sie den letzten Teil ihrer Bemerkung streichen. „Na ja, meistens jedenfalls. Man sieht nur die Möglichkeiten, die sich einem auf dem langen Weg bieten, den man noch vor sich hat. Erst wenn diese Träume verloren gehen, wird man mit der eigenen Vergänglichkeit konfrontiert. Am Ende bleiben nur Staub und Einsamkeit, weil alle, die einen auf diesem Weg begleitet haben, gegangen sind. Man zieht Bilanz, und in meinem Fall sieht sie ziemlich mies aus. Was habe ich aus meinen Träumen gemacht? Was wird bleiben, wenn ich weg bin?"

„Du bist immer für mich da gewesen. Das wird bleiben", sagte Rosalie traurig.

„Ja, du stehst eindeutig auf der Habenseite meines Kontos", sagte Fleur. „Und dafür bin ich dankbar. Auch dass ich nicht sofort sterben werde, empfinde ich mittlerweile als Glück. Das gibt mir Zeit, all die losen Enden meines Lebens zusammenzuführen."

„Deswegen die Bilder?"

„Deswegen die Bilder. Ich möchte, dass man sich an mich erinnert. Das soll mein Anteil an der Unsterblichkeit sein. Und da deine Mutter ihre Lebensfäden nicht mehr zusammenknüpfen kann, muss ich es für sie tun. Ich habe Angst, dass mir keine Zeit mehr bleibt, diese Arbeit zu beenden."

Sie hielt inne und starrte vor sich hin. „Weißt du, als ich damals erfuhr, dass ich schwanger war, brach für mich eine Welt zusammen", sagte sie mit abwesendem Blick. „Der Mann, der ihr Vater war, hatte sich aus dem Staub gemacht, und ich wusste nicht, wie ich das alles allein schaffen sollte. Ich hatte keine Arbeit und kein Geld. Für einen kurzen Moment dachte ich sogar an eine Abtreibung, obwohl man damals dafür ins Gefängnis wandern konnte. Doch ich entschied mich anders. Und das war mein Glück. Natürlich war es hart. Wer in dieser Zeit allein erziehende Mutter war, brauchte nicht auf Verständnis zu hoffen. Ich hatte Glück und fand eine Arbeit als Schneiderin, zu der ich meine kleine Tochter mitnehmen konnte." Sie holte tief Luft. „Marguerite war es und niemand anders, die mich durch all die schweren Jahre gebracht hat. Wenn es richtig schlimm wurde, hat sie mich wieder aufgebaut." Fleur sah Rosalie fest in die Augen. „Ich bin ihr etwas schuldig. Durch sie habe ich vergessen können, wie schwer das Leben ist. Und deswegen muss ich ihr beim Sterben helfen."

„Wann?", fragte Rosalie.

„Ich bin noch nicht bereit dazu. Aber zum ersten Mal steht die Zeit auf meiner Seite. Ich muss noch einige Dinge erledigen." Fleur ergriff Rosalies Hand. „Die Sorge um sie hält mich am Leben. Doch die Stunde ist nicht mehr weit."

Die nächsten Tage erlebte Rosalie alles, was um sie herum geschah, wie durch einen Schleier hindurch. Fast schien es, als schwebte sie zwischen Leben und Tod und nicht ihre Mutter oder Fleur. Sie empfand diese Zeit als unwirklich und im höchsten Maße beunruhigend. Rosalie war froh, dass sie nicht die Entscheidungen treffen musste, vor denen ihr Vater und ihre Großmutter standen. Beide liebten Marguerite, empfanden aber eine andere Art der Verantwortung für sie. Rosalie wusste nicht, ob ihre Mutter jemals wieder erwachen würde. Sie kannte nicht die medizinischen Aspekte des Leidens, das sie seit sechzehn Jahren ans Bett fesselte, und musste sich in dieser Hinsicht auf das Urteil ihres Vaters verlassen, das natürlich nicht objektiv sein konnte. Egal, wie Rosalie es drehte, die Situation war verzweifelt.

Glücklicherweise gab es etwas, das sie von diesen düsteren Gedanken ablenkte.

Die Luke im Keller hatte sich bis jetzt erfolgreich all ihren Bemühungen widersetzt, sie zu öffnen. Rosalie hatte vergeblich versucht, das Schloss mit roher Gewalt aufzubrechen. Weder mit einem Stemmeisen noch mit einem Hammer war der Sache beizukommen. Außerdem befürchtete Rosalie, dass der Lärm ungebetene Gäste anlockte. Sie ahnte, dass sie subtiler vorgehen musste, wenn sie Erfolg haben wollte.

Rosalie setzte sich in ihrem Zimmer an den Rechner und fuhr ihn hoch. Wenn es einen Ort gab, an dem sie mehr über das Knacken von Schlössern in Erfahrung bringen konnte, dann war es das Internet.

Bereits das zweite Ergebnis, das die Suchmaschine ausspuckte, sah recht vielversprechend aus. Offensichtlich hatte sie es mit einem Zylinderschloss zu tun, wie es auch in der Haustür und den meisten anderen Schließanlagen verbaut war. Auf einer amerikanischen Website fand sie eine umfangreiche Anleitung, wie man die Dinger aufbrechen konnte. Dazu brauchte man jedoch Spezialwerkzeug, das es nicht an jeder Straßenecke zu kaufen gab. Doch auch hier war das Netz eine weitläufige Fundgrube. Rosalie entdeckte die Website einer Firma, die auch an normale Kunden lieferte, solange man durch das Anklicken eines Kästchens erklärte, mit den Utensilien keine ungesetzlichen Dinge anzustellen.

Für ihre Ferienjobs hatte Rosalie ein eigenes Girokonto eingerichtet, das zwar unter chronischer Schwindsucht litt, für die Bestellung aber unbedingt nötig war. Rosalie wollte nicht per Nachnahme bezahlen, und eine Kreditkarte hatte sie auch nicht. So gab sie also ihre Bankverbindung an und nahm sich vor, am nächsten Tag das Konto auf den erforderlichen Stand zu bringen.

Drei Tage später fand Rosalie nach Schulschluss einen dicken, an sie adressierten Brief vor der Wohnungstür liegen. Noch bevor sie die Jacke ausgezogen hatte, riss sie den gefütterten Umschlag auf. Neben der Rechnung fand sie ein achtzehnteiliges Pick-Set in einem geschmackvollen Lederetui. Nun ja, das Werkzeug hatte auch neunundvierzig Euro ohne Versand gekostet, da konnte man schon etwas Anspruchsvolles erwarten.

Sie lief in ihr Zimmer, holte aus ihrer Schublade den Ausdruck der Anleitung zum Schlösserknacken sowie ihre Taschenlampe und eilte hinab in den Keller.

Rosalie hatte den Schrank wieder so weit hergerichtet, dass niemand ihre Spuren entdecken konnte. Die rückwärtige Wand hatte sie wieder festgenagelt, nur der eingetretene Boden hatte sich nicht reparieren lassen. Das war aber auch nicht weiter tragisch, da der Schrank ohnehin voller Kisten war, die sie jetzt wieder ausräumte.

Das Bügelschloss funkelte sie im Schein der Taschenlampe herausfordernd an. Rosalie ging in die Knie, breitete die Blätter vor sich aus und begann, sie zu studieren.

Es sollte sich herausstellen, dass die Theorie einfacher als die Praxis war. Zunächst einmal musste sie mit dem Spanner den Schließzylinder unter Druck halten. Beim Knacken eines Schlosses gab es zwei Techniken: das Setzen und das Harken. Das Harken war die schnellere, aber auch ungenauere Methode, um einem Schließzylinder zu Leibe zu rücken. Dazu wurde ein schlangenförmiges Werkzeug eingeführt, das über die Stifte strich, bis diese eventuell alle in der richtigen Sicherheitslinie standen und der Zylinder umgedreht werden konnte.

Rosalie versuchte diese Technik eine Viertelstunde, dann gab sie es auf. Sie würde die Stifte doch einzeln setzen müssen. Vorsichtig zog sie die Schlange wieder heraus und nahm sich den Spanner. Das war eine Art Haken, der in den Zylinder gesteckt wurde und ihn durch gefühlvollen Druck unter Spannung setzte. Dann nahm sie einen Haken und begann, nach und nach die Stifte hochzudrücken, bis diese die Scherlinie erreichten, wo sie von der Spannung des Zylinders festgehalten wurden. Immer wieder rutschte sie mit dem kleinen Werkzeug ab oder verringerte aus Unachtsamkeit den Druck. Dann musste sie wieder von vorne beginnen. Hinzu kam, dass die Batterie ihrer Taschenlampe langsam den Geist aufgab.

Rosalie wusste, dass sie ihre Ungeduld bezähmen musste, wenn sie Erfolg haben wollte. Immer wieder rieb sie sich die steifen Finger an den Hosenbeinen warm. Vielleicht eine Stunde bohrte sie nun schon in dem Schloss herum. Sie war kurz davor, alles wütend in die Ecke zu werfen, als der Schließzylinder plötzlich nachgab und sich drehen ließ.

Rosalie hielt die Luft an und zog an dem Bügel. Mit einem dumpfen Poltern fiel der Riegel auf die Metallluke. Erleichtert schloss sie die Augen. Sie hatte es geschafft. Hastig packte sie das Werkzeug in das Lederetui und steckte es in ihre Hosentasche. Dann stand sie auf, umfasste den Griff der Klappe mit beiden Händen und richtete sich ächzend auf. Nichts passierte. Auch wenn das Schloss neu gewesen sein mochte, so sicherte es eine Luke, die seit Jahren nicht mehr geöffnet worden war. Doch so kurz vor dem Ziel wollte Rosalie nicht aufgeben. Ein ums andere Mal zerrte und zog sie an dem Griff. Beim vierten Anlauf geschah es. Mit einem lauten Quietschen klappte der Deckel hoch und gab den Blick auf ein finsteres Loch frei. Rosalie atmete schwer, wischte sich mit dem Ärmel die nasse Stirn ab und richtete den Strahl der langsam erlöschenden Taschenlampe in die Öffnung. An der Wand des mit roten Ziegelsteinen ummauerten Schachtes waren eiserne Krampen eingelassen, an denen man hinabklettern konnte.

Rosalie starrte in die bodenlose Tiefe, aus der ein muffiger Geruch nach Schimmel und abgestandener Luft zu ihr hochstieg. In ihrem Magen machte sich ein flaues Gefühl breit. Sie hatte überhaupt keine Ahnung, was sie dort unten erwartete. Vielleicht waren die Steigeisen so alt und durchgerostet, dass sie unter ihrem Gewicht einfach abbrachen. Das Licht der Taschenlampe war zwar schwach, doch würde es noch eine halbe Stunde brennen. Das sollte ausreichen.

Sie holte aus ihrer Hosentasche ein Zehn-Cent-Stück und ließ es fallen. Das Klingen war leise, ließ aber nicht lange auf sich warten. Sieben, maximal zehn Meter mochten es nach unten sein.

Rosalie nahm sich ein Herz und setzte ihren Fuß vorsichtig auf die oberste Sprosse. Sie musste es wagen. Den ganzen Nachmittag hatte sie damit verbracht, dieses Schloss zu öffnen, und es wäre ein enttäuschendes Ende ihrer Mühen gewesen, wenn sie jetzt einfach den Deckell zugeschlagen hätte und nach oben gegangen wäre.

Es war schwierig, mit nur einer freien Hand den Abstieg zu bewerkstelligen, deswegen steckte sie die Lampe in die Gesäßtasche ihrer Hose. Rosalie hielt kurz inne und lauschte in die Schwärze unter ihr. Die Stimmen, die sie in den letzten Tagen vernommen hatte, waren verstummt. Niemand war hier unten. Nur sie und ihre Angst. Zumindest war niemand zu sehen. Nach der fünfundzwanzigsten Sprosse hatte sie endlich wieder festen Boden unter den Füßen. Mit pochendem Herz holte sie die Lampe aus ihrer Tasche und schaute sich um.

Die Wände waren bis auf einige Sprühereien kahl. Keine Leitung ging hinauf zur Oberfläche, kein Rohr führte hinab. Dieser Eingang hatte nichts mit der Kanalisation oder der Versorgung des Hauses in der Rue Lalande zu tun. Sie ließ den immer rötlicher scheinenden Lichtstrahl über den Boden streichen und entdeckte kurz darauf eine Wendeltreppe, die tiefer in den Bauch der Stadt führte. Hätte Rosalie weitere Sprossen hinabklettern müssen, so hätte sie sich einen weiteren Abstieg versagt. Doch die Stufen vor ihr waren weder nass und glitschig noch brüchig.

Die Spirale schien kein Ende zu nehmen. Immer tiefer führte die Treppe hinab. Rosalie musste schon längst das Niveau der Kanalisation und der Metro hinter sich gelassen haben, denn das weit entfernte Donnern, das den Untergrund alle zwei Minuten erschütterte, schien von weit über ihr zu kommen.

Nach zehn Minuten war sie endlich unten angekommen, wo sie über einen Haufen Bauschutt steigen musste. Er rührte von einem schmalen Durchbruch her, der anscheinend vor einiger Zeit geschlagen worden war, um den Treppenabgang unter der Rue Lalande mit dem unterirdischen Tunnelsystem zu verbinden.

Atemlos schaute sie sich um. Sie war in einem glatt behauenen Gang, der sich links und rechts in gerader Linie in die Finsternis bohrte. Rosalie hatte gedacht, dass hier unten eisige Temperaturen herrschen müssten, aber es war erstaunlicherweise sogar einige Grad wärmer als im ungeheizten Keller.

Welchen Weg sollte sie jetzt einschlagen? Rosalie hatte keine Ahnung, wo Norden und Süden war, konnte die Richtung also nur erraten. Sie entschied sich, links abzubiegen. Es herrschte eine unnatürliche Stille hier in der Tiefe. Das Blut rauschte in ihren Ohren, aber das war auch schon das einzige Geräusch, das sie hören konnte.

Ihr Kopf schien wie in Watte gepackt zu sein, die Schritte klangen dumpf und erzeugten kein Echo.

Rosalie fühlte sich wie abgeschnitten vom Leben an der Oberfläche. Es war ein Reich der Stille, in dem die Zeit stehen zu bleiben schien. Die Tunnel, die in den Sandstein gehauen waren und in ein dunkles, unbekanntes Labyrinth führten, hatten schon vor zweihundert Jahren existiert. An manchen Stellen waren sogar noch die Spuren der Werkzeuge zu sehen, mit denen die Arbeiter sich vorgearbeitet hatten.

Eine Vielzahl von widersprüchlichen Gefühlen lag im Wettstreit miteinander. Sie musste an den froschäugigen Hausmeister denken, der dreimal wie aus dem Nichts aufgetaucht war. Besonders die letzte Begegnung hätte sie am liebsten verdrängt, doch es war ihr nicht gelungen, das entsetzte Gesicht von Ambrose zu vergessen, als er vor diesem Schott im Keller des Montaigne wie eine Marionette zusammengebrochen war, der man die Fäden durchtrennt hatte. Für einen langen, schrecklichen Moment hatte sie gedacht, ihr Freund würde sterben.

Hinzu kam, dass sich trotz der Enge ein Gefühl wie beim Schwimmen im offenen Meer einstellte und ihr wie eine kalte Schlange den Rücken hinaufkroch. Ließ man sich im grundlosen Wasser treiben, machte man sich besser keine Gedanken um das, was unter einem durch die Dunkelheit glitt.

Hier unten erging es ihr ähnlich: Die Gänge der Katakomben hatten eine horizontale Tiefe, unergründlich, unüberschaubar und bevölkert von Kreaturen, die hoffentlich nur in Rosalies Fantasie existierten.

Andererseits – und das überraschte sie am meisten – fühlte sie sich von der kühlen Dunkelheit angezogen. Die Gewissheiten, die das Leben an der Oberfläche so berechenbar und sicher machten, galten nicht mehr. Es war, als ob eine Last von ihren Schultern genommen war. Hier unten war sie vielleicht unsicher und verletzlich, dafür fühlte sie sich aber so lebendig wie noch nie zuvor.

Nach zehn Schritten erreichte sie eine weitere Treppe, die auf der linken Seite des Gangs in einen tieferen und den Steinen nach zu urteilen älteren Teil des unterirdischen Höhlensystems führte.

In der Tat schienen die Gänge, die sich eine Etage tiefer vor ihr ausbreiteten, mit weniger Sorgfalt in den Kalkstein gehauen zu sein. Rosalie trat aus dem Gang in eine Höhle mit überraschend hoher Decke.

Überall waren Spuren längst vergangener Feiern zu sehen. Leere Weinflaschen lagen achtlos in der Ecke, und in einigen Nischen befanden sich zusammen mit einigen Feuerzeugen halb abgebrannte Kerzenstumpen.

Trotz dieser profanen Spur aus der Oberwelt spürte Rosalie die Magie, die von dem Gewölbe ausging. Die Katakomben waren ein Ort mit einem eigenen Pulsschlag. Die Zeit verstrich langsamer. Man hatte das Gefühl, sich in einer Art Inner Space zu bewegen. Es war eine Kopfsache. Zwar wusste sie, dass sie sich zwanzig Meter unter der Erde befand, mit zigtausend Tonnen Gestein über ihrem Kopf. Und doch verspürte sie eine berauschende Freiheit.

Ohne dass es eine bewusste Handlung war, griff sie nach dem Anhänger, den sie um den Hals trug. Es schien absurd, aber Rosalie hatte das Gefühl, heimgekehrt zu sein.

Dann ging das Licht ihrer Taschenlampe aus.

Rosalies Herzschlag stockte.

Das Gefühl der Sicherheit wich einer aufkeimenden Unruhe, die sich rasch in Panik verwandelte. Wie eine Blinde streckte sie die Hände aus und machte einige vorsichtige Schritte nach vorne, bis sie den rauen, kalten Fels berührte.

Oh Gott, wo war der Ausgang? Niemand wusste, dass sie hier unten war! Kein Mensch würde in den Katakomben nach ihr suchen! Erst jetzt wurde ihr klar, dass sie einen großen Fehler begangen hatte. Sie hatte niemandem eine Nachricht hinterlassen.

Ihr Puls begann zu rasen, der Atem ging schneller. Mit unsicheren Schritten tastete sie sich weiter. Rosalie hatte inzwischen vollkommen die Orientierung verloren. Wie hatte sie auch nur so verrückt sein können, sich mit einer halb leeren Taschenlampe auf dieses waghalsige Abenteuer zu begeben? Die Euphorie, die sich nach dem Öffnen des Schlosses ihrer bemächtigt hatte, wich einer kalten Ernüchterung. Sie durfte jetzt nur nicht den Kopf verlieren, sonst würde es ihr wie diesem Philibert gehen, den man erst elf Jahre nach seinem Ableben hier unten gefunden hatte.

Die Kerzen und die Feuerzeuge!

Wo hatte sie sie gesehen? Sie drehte sich um und strich mit der Hand an der Wand entlang, um sich nicht in der Mitte des Raumes zu verlieren. Ihr Fuß stieß gegen einen Stein, und mit einem spitzen Schrei fiel sie der Länge nach hin. Mit einem Mal überkam sie eine Wut auf sich selbst. Wie dumm hatte sie nur sein können? Konnte es sein, dass ihr Verstand wirklich langsam aussetzte, wie eine Uhr, die man überdreht hatte und die nun nur noch *ploing* machte?

Rosalie zog sich an der Wand hoch und griff ungefähr auf Hüfthöhe ins Leere. Etwas fiel um und rollte kullernd zu Boden.

Eine Kerze. Rosalie tastete weiter und fand das Feuerzeug. Bittebittebitte, lass es nicht leer sein. Es war ein billiges Einwegfeuerzeug, das fühlte sie. Der Daumen strich vorsichtig über das kleine Rädchen, das den Feuerstein anriss.

Sie hielt die Luft an und schloss die Augen, als wollte sie eine Bombe zünden.

Ein kleines Licht flammte. Erleichtert atmete Rosalie aus und bückte sich nach der Kerze, die sie sofort anzündete.

Sie überlegte einen kurzen Moment, ob sie das Feuerzeug einstecken sollte, küsste es aber stattdessen nur und legte es wieder an seinen Platz. Licht war Leben an diesem Ort, und sie wusste, dass sie mit diesem Diebstahl hier unten ein Kapitalverbrechen begehen würde. Schützend hielt Rosalie die Hand vor die Flamme. Nein, die Kerze würde nicht verlöschen. Sie würde vorsichtig sein, und wenn sie es noch nicht einmal schaffte, eine Kerze am Leben zu erhalten, dann war sie in den Katakomben wirklich fehl am Platz und hatte es verdient, Philiberts Schicksal zu teilen.

Die Opfergabe half. Es dauerte nicht lange, und sie hatte den Aufgang zum oberen Stock gefunden. Nun musste sie nur noch den Gang nach rechts einschlagen. Als sie die

Wendeltreppe sah, blies sie das Licht aus und stellte die Kerze auf den Boden.

Den letzten Rest des Weges würde sie im Dunkeln schaffen.

Rosalie hatte überlegt, noch an diesem Abend ins Netz zu gehen, um sich dort den einen oder anderen Tipp für die nächste Exkursion zu holen. Nach einem Blick auf die Uhr entschloss sie sich jedoch dazu, das auf den nächsten Tag zu verschieben, denn es war bereits kurz vor eins in der Nacht. Morgen war Freitag, das Wochenende mit all seinen wunderbaren Möglichkeiten stand vor der Tür. Doch zuvor hatte sie noch einen grauenvollen Schultag vor sich.

Wie grauenvoll er werden würde, hätte sie vielleicht ahnen können, wenn ihr das Blinken des Anrufbeantworters aufgefallen wäre.

10

Es war die Mathematikstunde kurz nach der Mittagspause, und sie hatten kaum die Bücher aufgeschlagen, als sie der Direktor aus dem Unterricht holte. Sein Gesicht war eine einzige Maske des Mitleids. Ihr Vater habe gerade angerufen, sie solle umgehend ins Hôpital Ste. Anne zu ihrer Mutter kommen.

Rosalie ahnte, was das bedeutete. Als sie das Krankenzimmer betrat, war ihre Großmutter bereits da. Ihre Haut war grau, die Augen gelb. Die Leber und einige andere Organe schienen langsam zu versagen. Der Blutkrebs fraß sie von innen heraus auf, und er hatte sich bald satt gegessen.

Fleur streckte mit Tränen in den Augen ihre Hand aus. Rosalie ergriff sie und schaute zu ihrem Vater hinüber. Sein Gesicht war vollkommen reglos. Nur in seinen Augen spiegelte sich unendliche Traurigkeit.

Außer ihrem Vater und ihrer Großmutter waren noch drei andere Menschen im Raum: Fleur Crespins Anwalt, der in seinen Händen den Gerichtsbeschluss hielt. Ein junger Arzt, den Rosalie nicht kannte. Und eine Krankenschwester.

„Es tut mir leid", flüsterte Fleur.

Rosalie blickte von ihrer Großmutter zu ihrem Vater.

„Möchtest du dich von ihr verabschieden?“, fragte er mit brüchiger Stimme.

Rosalie wäre am liebsten davongelaufen. Sie konnte nichts sagen.

„Es tut mir leid“, wiederholte Großmutter.

„Wir können alle hinausgehen, wenn Sie es möchten“, sagte der Anwalt.

Rosalie schüttelte den Kopf und trat an das Bett, wo sie der zusammengekauerten Gestalt das fettige Haar aus dem Gesicht strich. Sie hatte die Fotos ihrer Mutter gesehen, die Geschichten über sie gehört und sich ein eigenes Bild von der Frau gemacht, die von den beiden wichtigsten Menschen in Rosalies Leben so sehr geliebt wurde. Doch dieses Bild entsprach nicht diesem unbehausten Körper. Sie wandte sich ab.

Fleur begann lautlos zu weinen.

Der Anwalt holte zitternd Luft und faltete das Dokument auf. Es war ihm anzusehen, dass er so etwas zum ersten Mal machte. Mit leidlich fester Stimme verlas er den Beschluss.

Wie bei einer Hinrichtung, dachte Rosalie und wusste auf einmal, dass es falsch war, was hier geschah. Nach sechzehn Jahren verschärfter Einzelhaft folgte nun das Todesurteil, das auf der Stelle vollstreckt wurde. In schlechten Hollywoodfilmen erhielt der Verurteilte, der bereits auf dem elektrischen Stuhl angeschnallt war, den erlösenden Anruf des Gouverneurs und wurde begnadigt. Oder man ließ ihn frei, weil in letzter Minute der wahre Täter gefunden worden war.

Würde auch hier ein Telefon klingeln?

Rosalie wollte etwas sagen, fand aber nicht die richtigen Worte. Stattdessen ergriff sie die Hand ihres Vaters und sah zu ihrer Mutter hinüber, die mit dem Rücken zu ihnen in ihrem Bett lag. Rosalie war froh, dass sie in diesem Moment nicht in ihr Gesicht schauen musste.

Als der Anwalt geendet hatte, räusperte er sich und steckte den Brief in seine Aktentasche. Der Arzt schaute fragend in die Runde.

„Wird es wehtun?“, fragte Rosalie.

Der Arzt schüttelte den Kopf. „Ich weiß nicht, ob dir das ein Trost ist, aber deine Mutter wird nichts spüren.“

Rosalie ließ die Hand ihres Vaters los und drückte sich an die Wand.

Bitte lass es schnell vorbei sein, flehte sie.

Der Arzt, dessen Namen sie noch immer nicht kannte, trat zur Beatmungsmaschine und drückte einen Knopf. Mehr musste er nicht tun. Das *Klack-Psch* stoppte nicht sofort, sondern lief wie der Motor einer Nähmaschine langsam aus.

Dann trat Stille ein.

Der Monitor, der die Vitalfunktionen überwachte, veränderte sich zunächst nicht. Blutdruck und Herzschlag blieben normal. Dann begann sich langsam der Puls zu beschleunigen, erst gleichmäßig, dann immer holpriger.

Marguerite Claireveaux' Bett begann leise zu vibrieren. Die Schwester schaute den Arzt überrascht an. Nein, es war nicht das Bett, es war dieser geschundene Körper, der sich zitternd gegen das Ende aufzubäumen schien.

„Spontane Atmung?“, fragte der Arzt hektisch.

Die Schwester warf einen Blick auf die Kranke. Ihr Gesicht war aschfahl. Sie nickte. Sofort war der Arzt bei ihr. Mit einigen raschen Bewegungen entfernten sie den Beatmungsschlauch. Ein schlürfendes Geräusch war zu hören, dann ließ das Zucken des Körpers nach. Rosalie warf einen Blick auf den Monitor. Fast augenblicklich hatten sich alle Vitalfunktionen normalisiert, obwohl ihrer Mutter kein Sauerstoff mehr zugeführt wurde.

„Sie atmet ohne fremde Hilfe?“, rief sie überrascht.

Ihr Vater nickte. Er hatte Tränen in den Augen. Nur mühsam konnte er die Fassung waren. „Sie atmet tatsächlich ohne Hilfe.“

Rosalie trat an das Bett ihrer Mutter. Durchsichtiger Schleim sickerte aus der Kanüle, doch es war offensichtlich, dass sie das Beatmungsgerät nicht mehr brauchte. Rosalie wandte sich an den jungen Arzt. „Hat das etwas zu bedeuten? Wird sie wieder gesund?“, fragte sie, und in ihrer Stimme schwang Hoffnung mit.

„Das kann ich nicht sagen. Vielleicht. Dass deine Mutter selbstständig atmet, ist an sich ein gutes Zeichen. Aber hier geht es um *alle* lebensverlängernden Maßnahmen, die eingestellt werden müssen.“ Er zeigte auf die Flasche mit der milchigen Flüssigkeit, die kopfüber von einem Haken hing. „Wir müssen auch die Magensonde entfernen.“

„Was?“, flüsterte Rosalie und wirbelte zu ihrer Großmutter herum. „Aber … wie lange wird es dauern, bis …“

„Wochen“, sagte Fleur rau. „Es wird Wochen dauern, bis sie verhungert ist.“

Was für ein qualvolles Sterben, dachte Rosalie. Zu ersticken war schon grausam genug, aber das wäre wenigstens schnell gegangen. „Willst du das wirklich?“, fragte sie. „Soll sie wirklich so zugrunde gehen?“

Fleur antwortete nicht.

„Ich will es nicht“, sagte Rosalie bestimmt.

Ihre Großmutter blickte auf.

„Ich will es nicht“, wiederholte Rosalie und betonte dabei jedes Wort so, als wäre es durch einen Punkt vom folgenden Wort getrennt.

Fleur dachte einen Augenblick nach. Wie in Zeitlupe ging sie hinüber zum Bett und streckte die Hand aus, um ihr Kind an der Schulter zu berühren. Doch dann entspannten sich die Finger. Sie drehte sich um und verließ das Zimmer.

Der Arzt und die Krankenschwester schauten sich ratlos an.

Rosalie erwachte aus ihrer Erstarrung und lief ihrer Großmutter hinterher. Bei den Aufzügen fing sie sie ab.

„Großmutter? Großmutter, warte!“

„Worauf?“, antwortete sie bitter. „Du wusstest, dass du die Einzige warst, die mich aufhalten konnte.“

„Und ich bin dir dankbar, dass du mir die Entscheidung überlassen hast.“

Fleur hämmerte ungeduldig auf den Fahrstuhlknopf ein. „Nun, immerhin hast du damit die Last der Verantwortung auf deine Schultern geladen. Eigentlich müsste ich deswegen sogar froh sein, wenn ich wüsste, dass du ihr gewachsen wärst!“

„Du hast versucht, mir mit diesen Fotos die Augen für das Leid meiner Mutter zu öffnen.“

„Sieht so aus, als hätte ich damit keinen Erfolg gehabt.“

„Doch! Das heißt, nein …“, antwortete Rosalie verwirrt. „Durch dich und Vater habe ich meine Mutter erst kennengelernt.“

Fleur strich Rosalie über die Wange und versuchte zu lächeln. Dann glitt die Tür zu, und der Fahrstuhl fuhr mit ihr hinab.

Natürlich war dieser Tag kein Anlass zum Feiern, doch Maurice Claireveaux war die Erleichterung deutlich anzumerken, als er das Zimmer verließ. Seine Augen waren müde, aber sie lächelten.

„Danke“, sagte er nur.

Rosalie schaute ihren Vater überrascht an. „Du siehst aus, als hättest du eine Schlacht gewonnen.“

„In gewisser Weise habe ich das auch.“

„Was willst du damit sagen?“ Ihre Stimme war schärfer, als sie beabsichtigt hatte.

„Ohne dich wäre Marguerite jetzt tot.“

„Du hast das immer als persönliche Auseinandersetzung zwischen dir und Fleur gesehen, ist es nicht so?“ Ihre Augen verengten sich.

„Das ist nicht wahr.“

„Hatte deine Freundlichkeit der letzten Tage etwas damit zu tun, dass ich das Zünglein an der Waage war?“, fragte Rosalie erbost.

„Nein“, kam es entrüstet zurück, doch Rosalie glaubte ihrem Vater nicht. Wütend drehte sie sich um und ging.

„Ist es nicht ein wenig unfair, nur mir diesen Vorwurf zu machen?“, rief er ihr hinterher.

Rosalie verlangsamte ihre Schritte, drehte sich aber nicht um.

„Wenn du wirklich denkst, dass ich dich manipuliert habe, was hat dann Fleur mit dir gemacht?“

Sie blieb stehen.

„Es war deine Entscheidung, Rosalie. Einzig und allein deine Entscheidung. Deine Großmutter und ich haben dir nur dabei geholfen, beide Seiten zu sehen!“

Rosalie ging weiter, erst langsam, dann immer schneller, bis sie rannte. Ihre Großmutter hatte Recht gehabt. Rosalie hatte die Verantwortung für ihre Mutter übernommen. Und sie spürte diese Bürde jetzt schon.

Die Liste der empfohlenen Ausrüstungsgegenstände, die von den Kataphilen auf den vielen Websites präsentiert wurden, war ziemlich umfangreich und orientierte sich am Equipment professioneller Höhlenforscher. Wichtig war ein Helm gegen Steinschlag. Bauarbeiter- oder gar Fahrradhelme galten eindeutig als zweite Wahl. Für das Licht benötigte man pro Person drei voneinander unabhängige Lampen inklusive Ersatzbatterien und -birnen (so viel zu der schwachbrüstigen Funzel, die sie da unten im Stich gelassen hatte). Am besten waren Grubenlampen, die man am Helm befestigen konnte, aber die hatten natürlich ihren Preis. Gummistiefel musste sie sich in jedem Fall besorgen.

Viel wichtiger als die Liste der Ausrüstungsgegenstände waren jedoch die Sicherheitshinweise. So sollte niemand alleine die Katakomben betreten, sondern immer einen

Partner dabeihaben. Konnte man keine Begleitung auftreiben oder hatte andere Gründe, sich alleine in die Unterwelt zu begeben, musste man eine Person seines Vertrauens von seinem Tun unterrichten und eine feste Zeit zur Rückkehr vereinbaren. Wurde die nicht eingehalten, sollte umgehend die Polizei verständigt werden.

Rosalie kam nur ein Mensch in den Sinn, den sie so weit ins Vertrauen ziehen konnte. Sie schnappte sich ihre Jacke und eilte zur Metrostation Denfert Rochereau, wo sie die Linie 4 Richtung Porte de Clignancourt nahm, um nach Saint-Germain-des-Prés zu fahren. Als sie die Tür des Antiquariats öffnete, sah sie Ambrose auf einer Leiter stehen, den Arm voller Bücher. Das Klingeln des kleinen Glöckchens schreckte ihn auf.

„Rosalie! Mit dir hätte ich überhaupt nicht gerechnet!"

Sie legte Jacke und Schal ab. „Ein kurzfristiger Entschluss. Es gibt etwas zu bereden."

Ambrose machte ein unbehagliches Gesicht. „Ausgerechnet jetzt? Ich habe gerade viel zu tun, und Monsieur Molosse sieht es nicht gerne, wenn ich bei einem wichtigen Kunden trödele."

„Ich habe die Luke geöffnet."

Ambrose wäre beinahe von der Leiter gefallen. „Du hast *was?*", fragte er ungläubig.

„Ich war in den Katakomben", antwortete Rosalie geduldig. „Unser Haus hat tatsächlich einen Zugang zum Untergrund von Paris. Es war ein hartes Stück Arbeit, das Schloss zu knacken, aber ich habe es geschafft." Sie erzählte ihm nicht, was sich an diesem Tag im Krankenhaus abgespielt hatte.

„Du bist verrückt."

„Bin ich nicht!", erwiderte Rosalie wütend. „Ich weiß, wie gefährlich ein Abstieg ist. Deswegen will ich mich beim nächsten Mal nicht alleine auf das Abenteuer einlassen."

Ambrose kletterte hinab und warf nervös einen Blick über die Schulter. „Du möchtest, dass ich dich begleite?", fragte er leise.

„Ja."

„Warum sollte ich das tun?" Er legte die Bücher auf die Theke.

„Vielleicht, weil dir etwas an mir liegt?"

„Ja, das tut es", kam es zurück. „Und genau deswegen möchte ich, dass du mit dem Unsinn aufhörst. Die Katakomben sind kein Ort für dich."

„Ambrose?", ertönte Monsieur Molosses Stimme. „Was ist mit dir? Hast du die Sachen herausgesucht."

Der Antiquar erschien, und mit ihm ein Mann, den Rosalie nur von Bildern her kannte. Seine Präsenz erfüllte den Raum wie das Licht einer Kerze, die ein schwarzes Licht ausstrahlte. Das zurückgekämmte Haar war dunkel wie die Augen und stand in einem merkwürdigen Gegensatz zu der albinoweißen Haut. Alles an ihm war von einer beunruhigenden Perfektion. Die scharf geschnittenen Züge seines Gesichts hatten nichts Unregelmäßiges, die Finger seiner Hände waren feingliedrig, aber kräftig wie die eines Pianisten. Der maßgeschneiderte Anzug saß tadellos und musste – wie die Schuhe – ein Vermögen gekostet haben.

„Quentin Pylart", hauchte Rosalie.

Der Mann hob die Augenbrauen und trat näher.

„Das ist meine Freundin, Rosalie Claireveaux", stotterte Ambrose.

„Welch ein Zufall", sagte Monsieur Molosse. „Die junge Dame interessiert sich genau wie Sie für die Unterwelt von Paris."

Pylart machte einen Schritt auf Rosalie zu und betrachtete sie wie ein Wissenschaftler, der ein besonders schillerndes Insekt unter seiner Lupe hatte. Rosalie spürte, wie ihr Mund schlagartig trocken wurde.

„Kennen wir uns?", fragte Pylart. Seine Stimme war tief, aber nicht warm.

Rosalie schüttelte den Kopf und schluckte. Der Mann brachte sein Gesicht nah an ihres. „Sie haben schöne Augen", sagte er und streckte die Hand aus, um Rosalies Gesicht ins rechte Licht zu drehen. „Ein wenig irritierend, aber hübsch." Pylart richtete sich wieder auf. „Und Sie interessieren sich auch für die dunklen Seiten dieser Stadt?"

„Nicht so sehr wie Sie", antwortete Rosalie zitternd. Sie ärgerte sich, dass sie ihre Stimme nicht besser im Griff hatte.

„Nicht so sehr wie ich?", fragte Pylart belustigt.

„Nach dem, was mir Monsieur Molosse erzählt hat, sammeln Sie alles, was mit den Katakomben zu tun hat."

„Ja, das stimmt."

„Waren Sie schon einmal dort unten?", fragte Rosalie. Das Antiquariat schien in Dunkelheit zu versinken, so als ob auf einer Bühne das Licht ausging, damit sich die Scheinwerfer auf die Hauptdarsteller fokussieren konnten.

„Wie käme ich dazu. Soviel ich weiß, ist das verboten, und ein Mann wie ich kann es sich nicht leisten, mit dem Gesetz in Konflikt zu geraten." Pylart konnte den Blick nicht von Rosalies Augen wenden. „Außerdem sind die unterirdischen Höhlen ein gefährlicher Ort. Man kann sich dort schnell verirren."

„Das würde Ihnen nicht passieren", sagte Rosalie. „Sie sind doch bestimmt im Besitz einer umfassenden Karte der Katakomben."

Pylart stutzte einen Moment. „Junge Frau, es gibt keine vollständige Karte. Wenn sie existierten würde, wäre sie ein Schatz, für den manch einer töten würde, um ihn in Händen zu halten."

„Wie weit würden *Sie* gehen?", fragte Rosalie.

Die schwarze Kerze flammte auf, und das Antiquariat löste sich in einer undurchdringlichen Dunkelheit auf.

„Ich muss nicht töten, um meine Ziele zu erreichen", sagte Pylarts Stimme leise. Eine Hand legte sich an ihre Schläfe. Rosalie wollte zurückweichen, doch sie konnte sich nicht bewegen. Seine Finger waren kalt und trocken. Sie holte tief Luft und riss die Augen weit auf. Die Schwärze war beinahe greifbar und drückte kühl gegen ihr Gesicht.

Es ist alles nur eine Einbildung, dachte sie. Ich darf die Dunkelheit nicht als Wahrheit akzeptieren.

Langsam ließ sie die Luft aus den Lungen entweichen. Ein warmes Licht ging von ihr aus. Erst wusste sie nicht, woher es kam, doch als sie an sich hinabschaute, stellte sie fest, dass der Anhänger wie eine kleine Sonne zu glühen schien.

Vor ihr stand Pylart, die Augen geschlossen. Sie befanden sich in einer Art Höhle oder unterirdischen Halle, deren Decke durch grob behauene Säulen gestützt wurde. Rosalie spürte ein Prickeln, und ihre Haare stellten sich auf. Ein Wispern war zu hören, doch es kam nicht von außen. Vielmehr befand es sich in ihrem Kopf und schlängelte sich durch die Hirnwindungen, um die hintersten Winkel ihres Verstandes zu durchsuchen.

Rosalie versuchte, diesem Wispern ein Gesicht, eine Gestalt zu geben. Als ihr das nicht gelang, stellte sie sich vor, dass das Flüstern ein Rauch war, den ein lauer Wind mühelos davonwehen konnte.

Sie blies Pylart ins Gesicht.

Mit einem Schlag war das Antiquariat wieder da. Pylart riss den Mund auf. Überraschung spiegelte sich in seinen dunklen Augen. Dieser Ausdruck der Verblüffung war nach einer Sekunde wieder verschwunden und machte einem gewinnenden Lächeln Platz. Er holte tief Luft und nickte anerkennend. Dann wandte er sich an Monsieur Molosse. „Sagen Sie Ihrem Gehilfen, er soll die Sachen in eine Kiste packen."

„Ist schon geschehen", erwiderte Ambrose ein wenig ärgerlich. Dass er als *Gehilfe* bezeichnet wurde, traf ihn sichtlich.

Pylart zückte seine Brieftasche. „Wie ich annehme, akzeptieren Sie noch immer keine Kreditkarten?"

Monsieur Molosse schüttelte den Kopf. „Man muss nicht jeden neumodischen Mist mitmachen. Gutes, solides Bargeld ist mir am liebsten."

Quentin Pylart hielt ihm ein Bündel gelber Scheine hin.

„Brauchen Sie eine Quittung?“, fragte der Antiquar.

Pylart schüttelte den Kopf, und Monsieur Molosse strahlte über das ganze Gesicht.

Ambrose nahm den schweren Karton. Quentin Pylart hatte schon die Klinke in der Hand, als er plötzlich innehielt und sich zu Rosalie umdrehte. „Ich würde mich freuen, wenn Sie mich einmal besuchen würden. Vielleicht kann ich Ihnen ja doch das eine oder andere über die Katakomben erzählen. Oder vielleicht auch Bücher darüber ausleihen, wenn Sie möchten.“ Er reichte ihr eine Visitenkarte. Dann verabschiedete er sich von Monsieur Molosse und ging hinaus. Ambrose warf Rosalie einen ungläubigen Blick zu, dann folgte er Quentin Pylart zum Auto. Als er wieder zurückkehrte, schaute er Rosalie an, als sähe er sie mit ganz neuen Augen.

„Was war das denn eben?“, fragte er sie.

„Nach was hat es denn ausgesehen?“, kam es zurück. Nicht unhöflich, nur neugierig.

„Als würdet ihr euch kennen, und das nicht erst seit gestern.“

„Hast du gehört, worüber wir gesprochen haben?“, fragte sie vorsichtig.

„Gesprochen? Ihr habt euch nur in die Augen gestarrt“, sagte Ambrose hilflos. „Rosalie, was ist mit dir los? Ich erkenne dich nicht mehr wieder!“

Rosalie biss sich auf die Unterlippe. „Ich habe dich vorhin um etwas gebeten. Wirst du mich in die Katakomben begleiten?“

Ambrose wich ihrem Blick aus. „Nein, das werde ich nicht.“

„Dann werde ich alleine gehen." Sie hatte den Türgriff schon in der Hand.

„Wieso bringst du dich nicht gleich um?", fuhr Ambrose sie an. „Ich habe das Gefühl, dass du alles daransetzt, einem perversen inneren Trieb zu folgen, der dir irgendwann noch einmal das Leben kosten wird. Du bist *so*!" Er formte mit seinen beiden Händen zwei Scheuklappen. „Du siehst nichts mehr, du hörst nichts mehr."

„Aber Ambrose, genau das ist doch mein Problem", schrie Rosalie verzweifelt.

Der Antiquar streckte seinen Kopf um die Ecke. „Alles in Ordnung mit euch beiden?"

„Ja, Monsieur Molosse", sagte Ambrose mit einem dünnen Lächeln. Der Kopf verschwand wieder.

„Genau das ist doch mein Problem", wiederholte Rosalie zischend. „Ich sehe und höre Dinge, die es nicht geben darf!"

„Dann lass dir helfen", flehte Ambrose erneut und faltete die Hände. „Bitte. Bevor es noch schlimmer wird."

Rosalie schaute Ambrose mit einem Blick voll maßloser Enttäuschung an.

Ambrose zuckte hilflos die Achseln. „Warum enden unsere Treffen in der letzten Zeit immer im Streit?"

„Weil ich einen Freund suche, und du mir einen Arzt empfiehlst." Sie öffnete die Ladentür und wollte gehen.

„Rosalie?"

„Hm?"

„Ich weiß, ich werde dich nicht von deinen Ausflügen abhalten können. Tu mir also einen Gefallen: Sag mir Bescheid, wenn du aufbrichst und wann du wieder zurück sein wirst. Und ruf mich an, wenn du die Eingeweide der Stadt verlassen hast."

Rosalie warf Ambrose einen langen Blick zu. „Danke", sagte sie schließlich und ging.

Die Ausrüstungsgegenstände, die Rosalie für eine Erkundung der Katakomben benötigte, hatte sie schnell beisammen. Viel schwieriger war es, an geeignetes Kartenmaterial zu kommen, das ihr die Orientierung im Untergrund ermöglichte. Schließlich fand sie im Internet eine Reihe von sehr detaillierten Plänen, die mit NEXUS signiert waren. Ob es sich dabei um den Codenamen eines Kataphilen handelte oder um eine Gruppe, konnte sie nicht feststellen. Es schien aber, dass das Material regelmäßig aktualisiert wurde. Die Datei, die sie herunterlud, hatte die Versionsnummer 1.82.

Am Samstag rief sie Ambrose an und sagte, dass sie einen weiteren Abstieg wagen wollte. Sie nahm sich vor, bis 17 Uhr wieder zurück zu sein. Sollte sie sich länger als eine halbe Stunde verspäten, könne er ihren Vater benachrichtigen und die Polizei anrufen.

Diesmal hatte sich Rosalie ihre ältesten Sachen angezogen – eine Jeans, auf der noch Farbreste von der letzten Wohnungsrenovierung waren, und einen dunkelblauen Parka mit peinlichem Pelzkragen, den sie vor drei Jahren schick gefunden hatte. In einem kleinen Rucksack befanden sich neben zwei Ersatzlampen eine Hand voll neuer Batterien, vier Ersatzbirnen, eine Flasche Wasser und eine Packung Kekse. Es war elf Uhr vormittags, als sie aufbrach. Sechs Stunden sollten ausreichen, um einen ersten Eindruck von den unterirdischen Gängen und Galerien zu bekommen.

Aber Rosalie verfolgte noch ein anderes Ziel. Sie musste herausfinden, woher die Stimmen kamen, die sie seit einigen Tagen hörte. Zunächst hatte sie geglaubt, dass das Flüstern und Lachen nur ein Produkt ihrer überhitzten Fantasie war. Doch langsam war sich Rosalie sicher, dass die Stimmen eine natürliche Ursache hatten. Der Kamin wie auch die Fallrohre endeten nahe bei der versteckten Treppe, die hinab zu den Katakomben führte. Jeder, der sich in den unterirdischen Gewölben aufhielt, konnte zumindest theoretisch hinauf zu der verriegelten Luke klettern.

Doch etwas anderes hatte Rosalie zutiefst verwirrt. Wenn sie sich die Erscheinung des Mannes im Keller des Montaigne vor Augen führte, wurde sie das Gefühl nicht los, dass die Gestalt sie auf etwas hinweisen wollte: auf das verriegelte Schott, das in den verlassenen Bunker unter der Schule führte. Noch konnte sie die Verbindung zwischen Monsieur Froschauge und den Katakomben nicht erkennen, doch sie war überzeugt davon, dass es eine geben musste.

Als sie die oberste Ebene der Katakomben erreicht hatte, schaute sie auf die Karte. Wenn sie nach Süden ging, würde sie auf einen Quergang stoßen, der sich unterhalb der Rue Daguerre nach Ost und West erstreckte. Einige der Zeichen konnte sie nicht interpretieren, da es in der Legende keine Erklärung dafür gab. So war eine längere Passage der Rue Daguerre zwischen der Rue Gassendi und der Rue Fermat mit blauen Schlangenlinien durchgestrichen. Vermutlich standen hier die Galerien auf einer Länge von fast zweihundert Metern unter Wasser, was aber von ihr nur geraten war. Nein, wenn sie weiter vorankommen wollte, musste sie nach Norden und den Friedhof von Montparnasse ansteuern.

Im Gegensatz zum älteren, tiefer gelegenen Teil waren die blau eingezeichneten Wege der obersten Ebene gut ausgebaut. Immer wieder blieb Rosalie stehen und lauschte. Die Stille hier unten war ohrenbetäubend, so als ob sie einen leichten Druck auf das Trommelfell ausübte.

Ein unbeschreibliches Gefühl stieg in ihr auf. Dies war ihre Welt. Mit jedem Schritt, den sie machte, wurde die Gewissheit stärker, dass sie hierher gehörte.

Der Lichtstrahl ihrer Taschenlampe tanzte über die grob behauenen Wände und rief ein irritierend lebendiges Schattenspiel hervor. Immer wieder hielt sie mit pochendem Herzen inne, weil sie glaubte, in den dunklen Nischen etwas zu erkennen – aber sie war alleine hier unten.

Oder glaubte es zumindest.

Man musste sich nicht besonders geschickt anstellen, um sich in dem Labyrinth der verwinkelten Gänge zu verstecken; besonders, wenn man sich besser auskannte als sie. Immer wieder hielt Rosalie inne und lauschte.

Alles war still. Nur ab und zu hörte sie das leise Tröpfeln von Sickerwasser. Eigentlich hatte sie gedacht, auf Ratten oder anderes Getier zu treffen, doch vermutlich gab es nicht genügend Abfälle, von denen sich derlei Ungeziefer ernähren konnte.

Rosalies Schritte klangen dumpf auf dem sandigen Boden. Immer wieder musste sie an tiefer gelegenen Stellen Pfützen und Tümpeln ausweichen.

Nach zweihundert Metern endete die Passage und mündete in einen Quergang. An der Kreuzung hatte sogar jemand mit Pinsel und Farbe den Namen der Straße aufgemalt, aus der sie gerade gekommen war. Der oberirdische Stadtplan fand hier unten, solange sich nicht in den letzten einhundertfünfzig Jahren die Straßennamen geändert hatten, seine Entsprechung.

Nach rechts gab es nach zweihundert Metern kein Fortkommen. Alle Zugänge zu den Anlagen, die die französische Widerstandsbewegung im Jahr 1944 genutzt hatte, waren zugemauert.

Wie schon bei ihrem ersten Besuch fiel ihr auf, dass die Schritte kein Echo erzeugten. Jedes Geräusch schien von den Wänden geschluckt zu werden, als bestünden sie nicht aus hartem Kalkstein, sondern aus einer weichen, von der Dunkelheit abgesonderten Substanz.

Zwanzig Meter weiter stieß sie auf einen schmalen Durchlass, ein Loch in der Dunkelheit, das hinab zur zweiten Ebene führte. Sie ließ die Passage rechts liegen und ging weiter.

Irgendwie wurde sie das unterschwellige Gefühl nicht los, hier unten schon einmal gewesen zu sein. Der Traum, schoss es ihr durch den Kopf. Der Traum, in dem sie ihre Mutter gesehen hatte! Natürlich! Sie war an einem Ort gefangen gewesen, der diesem ziemlich ähnlich gewesen war. Und auch die Vision, die Rosalie gehabt hatte, als sie im Antiquariat zum ersten Mal Pylart begegnet war, hatte sie in ein ähnliches Gewölbe geführt. Verdammt noch mal, das konnte kein Zufall sein! Ein kalter Schauer überfiel sie, und sie zog die Schultern ein, als sie ängstlich nach oben zur zerklüfteten Decke schaute.

Wie viele Kubiktonnen Gestein mochten über ihr sein? Rosalie verdrängte den Gedanken daran. Egal, ob sie einen oder einhundert Meter unter der Erde war: Wenn sie verschüttet wurde, war sie verloren. Doch die Wände sahen einigermaßen stabil aus. Wenn hier etwas kurz vor dem Zusammenbruch war, dann hätte sie auf dem Boden Staub oder kleinere Mengen Schutt gesehen. Obwohl, fragte sie sich, hätte sie das wirklich? Denn dem tanzenden Lichtkegel ihrer Taschenlampe konnte doch einiges entgehen. Und wenn sie recht darüber nachdachte, dann fiel ihr ein, dass ganz zu Beginn des Abstiegs an einer Stelle jede Menge Staub und lose Gesteinsbrocken herumgelegen hatten – wie Bauschutt.

Aber etwas anderes war ihr aufgefallen: Überall lag Müll herum. Die Wände waren vollgeschmiert mit Sprüchen und gnadenlos schlechten Graffiti, so als ob jemand seine Farbdose unter Alkoholeinfluss geschwungen hätte. Die Respektlosigkeit diesem Ort gegenüber machte Rosa lie richtiggehend wütend – fast so, als ob jemand bei ihr zu Hause eingebrochen wäre und ihr Zimmer verwüstet hätte.

Als Rosalie die Allée de Montrouge erreichte, bog sie rechts ab zum Carrefour des Morts, dem Scheideweg der Toten, der sich direkt unter dem Friedhof befand. Dieser Weg zog sich über mehr als zweihundert Meter schnurgerade hin und kreuzte auf halber Strecke die Petite Avenue du Midi. Nun erreichte sie ein Stück, das auf der Karte mit mehreren blauen Schlangenlinien durchstrichen worden war. Rosalie blickte von dem Blatt auf und strahlte mit der Taschenlampe nach vorne. Vor ihr breitete sich etwas aus, das für eine Pfütze zu groß war. Mit Trippelschritten arbeitete sich Rosalie weiter. Zuerst stand sie einen Fingerbreit im Wasser, dann eine Handbreit, und schließlich drohte ihr die schmutzige Brühe in die Stiefel zu laufen.

Verdammt, fluchte Rosalie. Sie konnte natürlich zurückgehen und das Hindernis in westlicher Richtung umgehen. Doch das bedeutete einen Umweg von anderthalb, vielleicht sogar zwei Kilometern. Es musste einen anderen Weg geben, wie sie auf die andere Seite kam.

Ein Stück weiter zurück fand sie, wonach sie suchte. Mehrere große Steine lagen am Rand. Wenn sie die im Wasser versenkte, würde sie vielleicht einigermaßen trocken auf die andere Seite gelangen. Die Brocken waren von unterschiedlicher Größe, doch keiner wog weniger als fünfzehn oder zwanzig Kilo. Die meisten von ihnen waren rund, sodass ihre vor Kälte steifen Finger kaum Halt fanden. Also umklammerte sie sie und stützte sie mit vorgestreckter Hüfte ab. Als sie den ersten Stein im Wasser versenkt hatte, taten ihr die Innenseiten der Unterarme weh, von der Wirbelsäule ganz zu schweigen. Mit einem Stöhnen richtete sie sich auf und wischte mit dem Handrücken den Schweiß von der Stirn, der sich trotz der kühlen Luft augenblicklich gebildet hatte und ihr die Brust hinablief. Ihr Atem ging schwer und pfeifend. Sie stützte sich auf die Oberschenkel und keuchte wie eine Asthmatikerin kurz vor einem Anfall. Schließlich gab sie sich einen Ruck und steuerte den nächsten Felsen an, der noch größer und unhandlicher als das Exemplar war, mit dem sie sich zuvor abgemüht hatte.

Rosalie ging in die Hocke, sammelte alle Kraft, die sie noch hatte, und wuchtete den Stein hoch. Die Muskeln ihrer Arme waren mittlerweile so weit verhärtet, dass die Finger kaum noch zupacken konnten. Als sie merkte, dass sie sich keinen Gefallen damit tat, sich aus dem Rücken heraus aufzurichten, versuchte sie, die Beine durchzudrücken. Mit einem lauten Poltern glitt der Stein aus der Umklammerung. Im letzten Moment konnte sie noch beiseite springen, sonst wäre ihr der Brocken auf den rechten Fuß gefallen.

Das alles hatte wenig Sinn. Wenn sie so weitermachte, würde sie sich womöglich ernsthaft verletzen – und das konnte an diesem Ort fatale Folgen haben. Rosalie verschnaufte einen Moment und versuchte es dann mit einer anderen Technik. Als würde sie einen Schneemann bauen, stemmte sie sich gegen das Ungetüm, um es so von der Stelle zu rollen. Immer wieder rutschten ihre Füße auf dem schlüpfrigen Grund aus, bis es ihr schließlich gelang, den Felsen in dem Tümpel zu versenken. Erschöpft sank sie zu Boden und rang nach Luft. Ihr Brustkorb schmerzte. Bei jedem Atemzug stieß sie eine feine Nebelfahne aus, die sich in der feuchten Kühle sofort auflöste. Dann stand sie auf und machte sich an einem weiteren Brocken zu schaffen. Nach einer halben Stunde hatte sie sich endlich einen begehbaren Übergang gebaut.

Als sie die andere Seite betrat, glaubte Rosalie, vor sich einen Haufen mit Brennholz zu sehen, den man einfach hier unten abgeladen hatte. Als sie das Licht ihrer Lampe darüber streichen ließ, zog sie scharf die Luft ein.

Langsam ging sie in die Knie und berührte mit dem Finger einen langen, geraden Knochen. Sie schaute sich um und sah in einer anderen Ecke Hunderte von Totenschädeln liegen. Rosalie zuckte zurück, und die Totenköpfe wurden wieder von der Schwärze geschluckt. Rosalie atmete tief durch und schalt sich für ihre Schreckhaftigkeit. Sie hatte doch den Friedhof angesteuert, also gab es keinen Grund, jetzt vor ein paar bleichen Gebeinen Angst zu bekommen.

Sie befand sich in einem Ossarium. Hier lagen die Überreste der Leichen, die in den vergangenen Jahrhunderten auf dem Friedhof von Montparnasse beigesetzt worden waren und dann irgendwann aus Platzgründen dem steten Nachschub neuer Verstorbener weichen mussten.

An diesem Ort, der nichts Tröstliches hatte, herrschte der namenlose Tod. So sah also das Ende aller Dinge aus. Abgeladen wie menschlicher Unrat an einem Ort des Vergessens. Rosalie setzte sich auf den Boden und wischte sich mit dem Ärmel die Nase ab. Es schien, als ob der Berg aus Knochen alles überragte. Sah so die Ewigkeit aus? War es das, was von einem Leben übrig blieb, egal, wie erfüllt oder qualvoll es gewesen sein mochte?

Einer der Schädel, die neben ihr am Boden lagen, war kleiner als die anderen. Ein Kind, vielleicht zwei oder drei Jahre alt. Nicht zu sagen, ob es ein Mädchen oder ein Junge war. Kein Gesicht, nur gefletschte Zähne und dunkle Höhlen. Woran war es gestorben? Hatten die Eltern das Kind betrauert? Oder waren sie froh gewesen, einen nutzlosen Esser weniger durchbringen zu müssen? War es geschlagen worden? Der Schädel wies zwei feine Risse auf, doch die konnten auch andere Ursachen haben. Rosalie legte den Kopf wieder behutsam an seinen Platz.

So viele Tote.

So viele Leben.

So viele Träume.

Unerfüllt.

Ausgelöscht.

Vergessen.

Rosalie stand auf und klopfte sich die Hose ab. Jetzt verstand sie, was ihre Großmutter damit gemeint hatte, dass sie versuchte, ihr Leben und das von Rosalies Mutter zu retten. Sie hatte mit den Bildern und den Geschichten versucht, der Ewigkeit ein Stück abzutrotzen und es ans Diesseits zu fesseln.

Rosalie musste hier raus. Irgendetwas war falsch. Die Dunkelheit und die Stille, die sie zunächst als befreiend empfunden hatte, bedrückte sie nun, als wäre sie lebendig begraben worden. Ihre Gedanken begannen, sich im Kreis zu drehen und wie ein Mahlstrom alles zu verschlingen. Die Hoffnungslosigkeit, die sie auf einmal verspürte, war lähmend. Und so musste sie alle Kraft aufbringen, um sich zu erheben. Ihr Atem ging schwer. Ein leichter Schwindel ergriff sie, und sie stolperte nach vorne, in den Haufen der Knochen hinein. Obwohl das Fleisch daran längst verwest war, glaubte Rosalie, den Gestank noch riechen zu können. Mit einem Aufschrei des Ekels sprang sie auf und klopfte sich den Staub von der Kleidung, als würde sie Flammen ausschlagen.

Dann rannte sie.

Durch den Tümpel, durch die Dunkelheit, durch die Nacht, gehetzt vom namenlosen Schrecken, der in ihren Gedanken eine schwarze formlose Gestalt annahm. Ihr Atmen wurde zu einem rasselnden Keuchen. An jeder Kreuzung musste sie innehalten und hektisch einen Blick auf die Karte werfen.

Schnell, schnell.

Etwas streckte seine Hand nach Rosalie aus. Sie wusste nicht, was es war. War es ein Teil von ihr oder ein Teil dieser Unterwelt? Oder gab es diesen Unterschied gar nicht? Machte sie ihn nur, um nicht den Verstand zu verlieren? Wie dem auch sein mochte, Rosalie würde bestimmt nicht innehalten, um es herauszufinden.

Sie rannte den Gang der Rue Lalande hinunter, und ihr Keuchen wurde zu einem Wimmern. Die Seite schmerzte, die Beine wurden schwer. Der Rucksack wippte auf ihrem Rücken auf und ab. Mit jedem Schritt wog er schwerer, schien sie nach unten zu ziehen.

Sie war wieder ein kleines Kind, das zu spät zur Schule kam und die letzten hundert Meter rannte, um nicht zum Gespött der Klasse zu werden.

Oh Gott, ich verliere den Verstand, dachte sie panisch und lief noch schneller, stolperte, fing sich im letzten Moment und taumelte weiter. Ihre Lunge pfiff wie ein löchriger Blasebalg, die Beine wurden immer schwerer, und die Sehnen der von der Schlepperei malträtierten Arme schmerzten, als seien sie zu straff gespannte Saiten. Ohne sich umzusehen, hastete Rosalie die Wendeltreppe hinauf, zog sich panisch die Sprossen hoch und rollte sich aus der

Öffnung. Dann, bevor das namenlose Dunkel aus dem Loch springen konnte, schlug sie den Deckel zu. Mit fahrigen Händen zog sie das Bügelschloss durch die Öse und ließ es einrasten.

Sie drückte sich an die Wand und wartete atemlos ab.

Nichts. Kein Kratzen, kein Wispern, kein Lachen. Und dennoch war sich Rosalie sicher, dass sie nur eine millimeterdünne Stahlplatte von der Finsternis trennte, die da unten lauerte, um sie zu verschlingen und ihre Träume zu rauben.

Vielleicht sollte das Schloss niemanden am Eindringen in die Katakomben hindern. Vielleicht sollte nichts von unten heraufkommen!

Die folgenden Tage waren für Rosalie eine einzige Tortur. Die Schule war grauenvoller denn je, ihr Notenschnitt hatte nun eine eindeutige und – wie es aussah – unaufhaltsame Abwärtstendenz.

Viel schlimmer war jedoch, dass ihre Großmutter seit den Ereignissen im Krankenhaus so gut wie gar nicht mehr mit ihr sprach. Sie nahm zwar das Telefon ab, wenn sie angerufen wurde, doch war sie dann von einer distanzierten Freundlichkeit, die sie wie eine unsichtbare Mauer aufgebaut hatte. Rosalie wusste nicht, wie sie diese Mauer einreißen sollte, und wenn sie ehrlich war, fehlte ihr auch die Kraft dazu, was dazu führte, dass die Telefonate immer seltener wurden.

Der einzige Lichtblick war der stabile Gesundheitszustand ihrer Mutter. In den vergangenen Tagen hatte sie kein einziges Mal mehr an das Beatmungsgerät angeschlossen werden müssen. Auch sah sie nicht mehr ganz so wie ein an Land geworfener Fisch aus, der mit weit aufgerissenem Mund nach Luft schnappt. Dennoch machte sich Rosalie nichts vor: Das EEG der Großhirnrinde wies zwar keine Nulllinie auf, doch waren die Gehirnströme weit von den Ausschlägen eines Menschen entfernt, der nur in einen tiefen Schlaf gefallen war. Marguerite Clairevaux war noch immer in einem grauen Schattenreich zwischen Leben und Tod gefangen, aus dem sie wahrscheinlich nicht mehr erwachen würde.

Nach ihrem Ausflug in die Katakomben hatte Rosalie wie vereinbart Ambrose von ihrer Rückkehr unterrichtet. Sie hatte versucht, ihm von den schrecklichen Ereignissen am Carrefour des Morts zu erzählen, doch er hatte nur mit einem Hab-ich's-dir-doch-gleich-gesagt abgeblockt und deutlich zu verstehen gegeben, dass er nicht weiter in diese Sache hineingezogen werden wollte. Rosalie nahm an, dass er beim Thema Katakomben auch deswegen so abblockte, weil er nicht mit dem Gesetz in Konflikt geraten wollte, auch wenn er das nie so gesagt hätte. Mit dem Einbruch in der Schule hatte sie ihn kalt erwischt. Mit einem jungen Mann aus Clichy-sous-Bois wären die Behörden vermutlich weniger nachsichtig als mit ihr. Dennoch konnte Rosalie nicht anders – sie war enttäuscht.

Zum ersten Mal in ihrem Leben fühlte sie sich wirklich allein.

Die Adventszeit brach an, und Rosalie graute es schon bei dem Gedanken an das Weihnachtsfest. Wenigstens begannen am 17. Dezember die Ferien. Zwei Wochen, in denen sie nicht zur Schule gehen musste, aber bis dahin sollte noch eine handfeste Überraschung auf sie warten.

Als sie an diesem Tag aus der Schule kam, saß ihr Vater am Küchentisch und hielt einen ungeöffneten Brief in der Hand.

„Du hast Post bekommen", sagte er nur, als Rosalie ihre Tasche in die Ecke stellte und zum Kühlschrank ging, um sich eine Milch zu holen. Sie hielt einen Moment inne. Es geschah selten, dass etwas für sie im Briefkasten lag, und wenn doch, waren es meist unerfreuliche Nachrichten.

„Von wem?", fragte sie und versuchte, ihre Nervosität zu überspielen.

Ihr Vater blickte auf und reichte ihr das Kuvert. „Von Quentin Pylart", sagte er.

„Was?" Sie riss ihm den Umschlag aus der Hand. Er war aus schwerem Büttenpapier, die Adresse mit der Hand geschrieben.

„Seit wann bewegst du dich in so hohen Kreisen?"

Rosalie zuckte nur die Schultern und öffnete den Brief.

„Ich bin morgen auf seiner Weihnachtsfeier eingeladen", sagte sie entgeistert.

Maurice Claireveaux nahm ihr das Blatt aus der Hand. „Liebe Rosalie", las er. „Ich denke, Sie erinnern sich noch an unser Treffen in der *Horlogerie*. Wollten Sie mir nicht einen Besuch abstatten? Am 9. Dezember richte ich bei mir zu Hause eine kleine Weihnachtsfeier aus, zu der einige sehr interessante Leute kommen. Erweisen Sie mir die Ehre Ihrer Anwesenheit? Mit besten Grüßen, Quentin

Pylart. PS: Ich hoffe, Sie sind im Besitz einer passenden Abendgarderobe." Die Miene ihres Vaters verdüsterte sich. „Noch einmal, Rosalie: Was will der Kerl von dir?"

„Ich habe keine Ahnung", sagte Rosalie hilflos.

„Quentin Pylart." Maurice machte ein Gesicht, als hätte seine Tochter eine Verabredung mit Joseph Stalin.

„Ich habe ihn in einem Antiquariat kennengelernt, in dem ein Freund von mir arbeitet. Was weißt du über ihn?"

„Dass er einer der einflussreichsten und rücksichtslosesten Männer der Stadt ist. Ihm ist jedes Mittel recht, um seine Macht zu vergrößern. Überall hat er seine Finger drin. Sogar Politiker sollen auf seiner Lohnliste stehen. Wenn er schreibt, dass bei dieser Feier einige interessante Leute da sein sollen, wird es sich bestimmt nicht um ein harmloses Teekränzchen handeln. Warum will er dich dabeihaben? Steht er vielleicht auf junge Mädchen?"

Rosalie errötete. „Das kann ich mir nicht vorstellen."

„Rosalie, geh nicht."

Sie zog nur die Augenbrauen hoch.

„Ich hätte gute Lust, dir zu verbieten, dort hinzugehen."

Rosalie zuckte mit den Schultern. „Ich würde trotzdem gehen."

„Ja, das weiß ich. Möchtest du, dass ich mitkomme?"

Rosalie zögerte, dann schüttelte sie den Kopf. Wenn sie herausfinden wollte, was Pylart von ihr wollte, musste sie alleine gehen. Außerdem durfte ihr Vater auf keinen Fall wissen, dass sie sich für die Katakomben interessierte. Und eine Chance wie diese, mehr darüber in Erfahrung zu bringen, konnte sie sich nicht entgehen lassen.

„Hast du denn etwas Anständiges zum Anziehen? Ob

du es willst oder nicht, in diesem Aufzug werden sie dich nicht hineinlassen."

Rosalie sah an sich hinab: Sie trug einen ausgeleierten schwarzen Rollkragenpullover und eine Jeans mit einem langen Riss auf dem rechten Oberschenkel. Nein, sie musste zugeben, dass sie nichts Passendes hatte. Maurice dachte einen Augenblick nach. Dann stand er auf.

„Komm mit."

Er ging ins Schlafzimmer und schob die Spiegeltür des Kleiderschranks beiseite, in dem neben seinen Anzügen auch noch Sachen von Rosalies Mutter hingen.

Maurice nahm ein schwarzes Kleid vom Bügel und hielt es hoch. „Du und Marguerite, ihr müsstet in etwa dieselbe Größe haben."

Rosalie zögerte.

„Was ist? Probier es an! Besser du trägst es, als dass es von den Motten gefressen wird."

Sie nahm ihm das Kleid aus der Hand. Dann ging sie in ihr Zimmer und zog sich um. Nichts zwickte, keine Naht kratzte. Es passte einwandfrei. Das letzte Mal hatte sie ein Kleid zu ihrer Kommunion getragen. Ansonsten zog sie weite Hosen und ausgeleierte Pullover vor. Doch jetzt fühlte sie sich anders, als ob sie sich verwandelt hätte. Rosalie brauchte einen Spiegel.

Als sie das Schlafzimmer betrat und zum ersten Mal ihr Ebenbild betrachten konnte, hielt sie den Atem an. Der schwarze Samt schien an ihrem Körper hinabzufließen, so gut saß das Kleid. Um ihren Hals trug sie nur den Kristallanhänger, und mehr Schmuck durfte es auch nicht sein. Selbst das schwarz gefärbte Haar passte hervorragend.

Rosalie war kein Mädchen mehr, sie war eine Frau. Und nebenbei bemerkt eine ziemlich attraktive, wie sie überrascht und befriedigt feststellte. Sie sah aus wie eine wohlproportionierte Audrey Hepburn.

„Unglaublich", flüsterte ihr Vater und ging um sie herum, als begutachtete er ein besonders gut gelungenes Kunstwerk. Dann kletterte er auf einen Stuhl und holte einen Karton vom Schrank. „Kein Kleid ohne die richtigen Schuhe."

Es waren klassische schwarze Pumps von Gucci. Rosalie hatte so etwas noch nie getragen. Mit skeptischem Blick schlüpfte sie hinein. Sie wusste nicht, ob die Pumps ihr ein wenig zu klein waren oder ob sie einfach enger saßen als die Schuhe, die sie sonst trug. Als sie aufstand, hatte sie zunächst Schwierigkeiten, ihr Gleichgewicht zu halten. Dann machte sie vorsichtig einen Schritt nach vorne und knickte mit dem Fuß um.

„Autsch", sagte sie und hielt sich am Türrahmen fest.

Sofort war Maurice bei ihr. „Alles in Ordnung?", fragte er.

„Ja, es geht", sagte sie und rieb sich den Knöchel. „Ich muss wahrscheinlich noch ein wenig üben, bis ich mich in den Dingern einigermaßen natürlich bewegen kann."

Doch sie wusste, dass sie die Zeit nicht hatte. Rosalie seufzte. Ihr taten die Füße jetzt schon leid.

11

Der Place de Mexico lag nicht in einer schäbigen Wohngegend, und doch war das Viertel auch nicht unbedingt der Ort, an dem man das Domizil eines Multimillionärs vermutete. Um den Platz gab es die übliche Mischung aus Bäckereien, Apotheken und kleineren Bistros, wie man sie überall in Paris antraf. Eine gutbürgerliche Wohngegend mitten im sechzehnten Arrondissement.

Als ihr Vater vor der Hausnummer sechs anhielt, schaute Rosalie aus dem Fenster zu dem siebenstöckigen Eckgebäude hoch, das wie eine Festung links und rechts von zwei runden Türmen flankiert war. Es stammte wie die meisten Häuser in Paris aus jener Epoche des 19. Jahrhunderts, in der Baron Haussmann die mittelalterliche Stadt an der Seine mit ihren beengten Fachwerkhäusern und ihrer unzulänglichen Infrastruktur zu einer modernen Metropole umgebaut hatte. Die Fassade des Hauses am Place de Mexico war durch die Abgase des Autoverkehrs schwarz verrußt. An einigen Stellen bröckelte der Putz. Dafür, dass es das Domizil eines der reichsten Männer des Landes war, wirkte es erstaunlich heruntergekommen.

Vor der Eingangstür standen einige Männer in schwarzen Anzügen, die verdächtig unauffällig aussahen.

Maurice sah auf seine Uhr. „Wir sind sogar einigermaßen pünktlich.“

Rosalie, die nicht als Erste auf dieser Feier erscheinen wollte, hatte ihren Vater dazu gedrängt, relativ spät loszufahren. Eigentlich hasste sie solche Veranstaltungen. Sie war kein Partygirl, schon gar nicht, wenn sie wie hier niemanden kannte. Rosalie holte tief Luft.

„Dann auf ins Gefecht.“

Sie wollte die Beifahrertür öffnen, als ihr Vater sie am Arm festhielt. „Du rufst an, wenn du glaubst, dass etwas nicht stimmt.“

Sie nickte.

„Um Punkt zehn Uhr stehe ich wieder hier und hole dich ab! Wenn du dich auch nur fünf Minuten verspäten solltest, lernt mich dieser Kerl kennen.“

Rosalie rollte mit den Augen. „Da sind so viele Leute, was soll mir da schon zustoßen.“

„Der Teufel ist ein Eichhörnchen.“ Er gab ihr einen Kuss auf die Wange. „So, und nun gehe hin, und betöre sie alle.“

Wider Willen musste Rosalie lachen. Dann stieg sie aus.

Obwohl der Schrank voll war mit Kleidern ihrer Mutter, hatte sich kein Mantel für sie gefunden. Im letzten Moment konnte Rosalie ihren Vater davon abhalten, den Keller zu durchsuchen. So hatte sie über das Samtkleid ihre speckige Lederjacke gezogen.

Rosalie drehte sich noch einmal um und winkte ihrem Vater zum Abschied, dann ging sie auf den Torwächter zu. Dieser musterte sie von oben bis unten, als hätte sich Rosalie in der Adresse geirrt.

„Tut mir leid, junge Dame, aber Sie sind hier falsch."

„Ich bin eingeladen. Rosalie Claireveaux."

Der Mann zauberte eine Liste hervor und überprüfte ihren Namen. „Entschuldigen Sie, Mademoiselle Claireveaux. Sie werden bereits erwartet." Er trat beiseite und ließ sie durch. Die Absätze ihrer Pumps klackten auf den Stufen zur Eingangstür.

Bevor sie den Griff der schweren Tür packen konnte, wurde sie bereits von innen geöffnet. Ein älterer Herr verneigte sich knapp und hieß sie willkommen.

„Wenn ich um Ihre Jacke bitten dürfte?"

Rosalie reichte ihm das Kleidungsstück. Er verneigte sich noch einmal und huschte lächelnd davon.

Die Eingangshalle des Hauses war weihnachtlich geschmückt. Rot bebänderte Stechpalmenkränze hingen an den Wänden, um das marmorne Treppengeländer wand sich eine Girlande aus Tannenzweigen und Lichterketten. Der Geruch von Zimt und Punsch hing in der Luft. Von irgendwoher schwebte Kammermusik zu ihr hinab.

Rosalie drückte ihren Rücken durch und strich ihr Kleid glatt. Noch nie in ihrem Leben hatte sie sich so deplatziert gefühlt wie hier und jetzt. Am liebsten hätte sie auf der Stelle kehrtgemacht, als plötzlich ein Mann am oberen Treppenabsatz auftauchte.

„Rosalie! Wie schön, dass Sie doch noch gekommen sind." Quentin Pylart eilte leichtfüßig die geschwungene Freitreppe hinab und gab ihr einen altmodischen Handkuss. Rosalie wäre am liebsten vor Scham im Boden versunken, doch keiner der Anwesenden schien diese Geste für übertrieben zu halten.

Pylart trat noch einmal einen Schritt zurück, um seinen Gast genauer in Augenschein zu nehmen.

„Wer hätte das gedacht", sagte er schließlich. „Sie sollten sich immer so vorteilhaft kleiden." Plötzlich fiel sein Blick auf den Anhänger, und ein kurzer Ausdruck der Verwirrung tauchte in seinen Augen auf. „Ein wunderschönes Stück", sagte er leise und streckte die Hand aus. „Darf ich?"

Bevor Rosalie etwas sagen konnte, hatten seine Finger den Stein berührt. Rosalie hätte schwören können, in diesem Moment ein leises Knistern zu hören. Jedenfalls schreckte er wie unter einem elektrischen Schlag zurück. Für einen kurzen Moment war sein Gesicht eine verzerrte Maske, so als hätte man einen Vampir mit Weihwasser übergossen, dann hatte er sich wieder im Griff. Er reichte Rosalie den Arm, und zögernd hakte sie sich ein.

„Ich glaube, es ist am besten, wenn ich Sie mit einigen Gästen bekannt mache", sagte Pylart, als er sie die Treppe hinaufführte.

Die Musik wurde lauter, als sie einen großzügigen Salon betraten. Elegant gekleidete Männer und Frauen standen in Gruppen beisammen und unterhielten sich angeregt, aber nicht laut. Einige von ihnen kannte Rosalie, obwohl sie im ersten Moment nicht wusste, wo sie die Gesichter einordnen sollte.

Quentin Pylart führte sie zu einem älteren Herrn mit schlohweißem Haar, der bei zwei Damen stand und an einem Glas Champagner nippte.

„Hallo Guillaume!", sagte Pylart. „Und? Amüsieren Sie sich?"

Der Mann lächelte ein wenig gezwungen. Rosalie konnte sich des Eindrucks nicht erwehren, dass er hier war, weil man es von ihm erwartete, und nicht, weil er es wollte.

„Darf ich Sie mit einer viel versprechenden jungen Dame bekannt machen. Das ist Rosalie Claireveaux. Rosalie, das ist Monsieur Guillaume de Robinet."

De Robinet. Irgendwie kam ihr dieser Name bekannt vor.

Ein junger Mann trat auf Quentin Pylart zu und flüsterte ihm etwas ins Ohr.

„Wenn Sie mich einen Moment entschuldigen würden, ich bin gleich wieder zurück. Unterhalten Sie sich! Sie werden feststellen, dass Sie sehr viele Gemeinsamkeiten haben." Er zwinkerte Rosalie zu und eilte davon.

„Jetzt bin ich doch neugierig", sagte Monsieur de Robinet. „Woher kennt eine junge Frau wie Sie Monsieur Pylart?"

„Wir beide haben dieselben ... Interessen!"

„Ah!" Monsieur de Robinet schaute seine beiden Begleiterinnen vielsagend an. Rosalie wusste erst nicht, wie sie den Blick einzuschätzen hatte, wurde dann aber rot, als sie es erriet.

„Darf ich denn fragen, welchem Gewerbe die zwei entzückenden Damen nachgehen, mit denen Sie sich so angeregt unterhalten?", fragte sie schnippisch.

„Diese Damen gehen keinem *Gewerbe* nach", kam es kühl zurück. „Das ist meine Frau. Und die Grazie an ihrer Seite ist meine Tochter."

Rosalie schluckte. „Oh", sagte sie nur.

„Aber wo wir gerade bei dem Thema sind: Welchem Beruf gehen *Sie* denn nach?"

„Gar keinem. Ich gehe noch zur Schule."

„Berufsschule oder Lycée?"

„Lycée."

„Welches, wenn ich fragen darf?"

„Das Montaigne."

Monsieur de Robinet lächelte. „Eine traditionsreiche Schule. Ich habe sie oft besucht."

Rosalie blinzelte verwirrt. „Oft besucht?"

„Dienstlich natürlich. Ich bin der Minister für das staatliche Schulwesen."

Rosalie spürte, wie ihr Gesicht warm wurde. Wenn es einen Fettnapf gab, in den sie mit Anlauf hatte treten können, dann war es dieser. Sie lächelte säuerlich, gab vor, jemanden zu erkennen, den sie schon lange nicht gesehen hatte, und verabschiedete sich eilig.

Was für ein Desaster. Am liebsten wäre sie vor Scham im Boden versunken. Sie schnappte sich von einem Tablett ein Glas Champagner, nahm sich einen Teller mit Sushi und schlenderte durch die Räume. In der Tat hatte sich hier alles versammelt, was Rang und Namen hatte. Der Bildungsminister war nicht das einzige Kabinettsmitglied, auch die Verteidigungsministerin war da. Fernsehmoderatoren, Künstler, Autoren, sie alle hatten eine Einladung erhalten. Und Rosalie war sich sicher, dass die anderen unbekannten Gesichter hohe Tiere aus der Wirtschaft waren. Wenn heute Abend in diesem Haus eine Bombe hochging, wäre Frankreich von einem Moment auf den anderen kopflos geworden.

Was zum Teufel hatte sie hier verloren? Warum hatte Quentin Pylart sie eingeladen? Irgendetwas verband sie miteinander.

Rosalie ließ die Weihnachtsgesellschaft hinter sich und schlenderte in den angrenzenden Raum, der nicht in festlichem Lichtschein erstrahlte, sondern nur durch zwei kleine Leselampen erhellt wurde. Die Bibliothek. Rosalie brauchte nicht lange, um zu finden, was sie suchte. Die Bücher, die sich mit den Katakomben beschäftigten, füllten drei deckenhohe Regale aus schwerem, dunklem Holz. Sie stellte den Teller und das Glas auf einen niedrigen Tisch und nahm sich einen Band heraus. Es war ein kleiner Bildband von Maurice Barrois über den Untergrund dieser Stadt. Rosalie setzte sich auf eine dunkelbraune Ledercouch und begann, darin zu blättern. Es war kein besonders tiefschürfendes Buch zu diesem Thema. Jede Website im Internet war bei Weitem besser recherchiert als diese Abhandlung aus den sechziger Jahren. Sie wollte das Buch schon weglegen, als sie auf eine kleine Karte stieß.

Jetzt erkannte sie die Verbindung.

Unter der Rue Lalande, dem Montaigne, dem Place de Mexico, selbst dem Hôpital Ste. Anne erstreckten sich die weitläufigen Höhlen der alten unterirdischen Steinbrüche, nur getrennt durch die Seine.

„Wie mir scheint, war das Gespräch mit dem Bildungsminister nur von kurzer Dauer."

Rosalie klappte das Buch zu und blickte auf. Vor ihr stand Quentin Pylart, eine Hand in der Hosentasche seines schwarzen Smokings, in der anderen ein Glas Wasser.

„Wir hatten nicht dieselbe Wellenlänge“, sagte Rosalie und stand auf, um das Buch wieder zurückzustellen. „Ihre Sammlung über die Katakomben ist beeindruckend.“

„Dank Monsieur Molosse und seinem detektivischen Spürsinn. Weiß der Teufel, wo er die Sachen auftreibt. Immer wieder ist er für eine Überraschung gut.“

„Was interessiert Sie so an den Katakomben?“, fragte Rosalie. Pylart forderte sie mit einer Geste auf, wieder Platz zu nehmen.

„Sie sind das schlechte Gewissen der Stadt“, sagte er und ließ sich in einen schweren Sessel fallen. „Alles, was schmutzig und dreckig ist, verschwindet dort unten, gärt vor sich hin, bis es wieder ausgespuckt wird.“

„Oder für immer vergessen ist“, antwortete Rosalie, die an das Ossarium unter dem Friedhof von Montparnasse denken musste.

„Das ist die tragische Seite der Katakomben. Die Dunkelheit kann Träume rauben.“

Rosalie musste gegen ihren Willen lachen. „Sagen Sie nur, sie sind dort unten auf der Suche nach Träumen!“

Pylart nahm einen Schluck aus seinem Glas. „Die finde ich an einem anderen Ort. Nein, in den Katakomben bin ich auf der Suche nach etwas ganz anderem.“

„Und wonach, wenn ich fragen darf?“

„Vielleicht nach meinen Wurzeln. Sind Sie schon dort unten gewesen?“

„Zweimal.“

„Und was haben Sie dabei gespürt? Seien Sie ehrlich! Ich würde es merken, wenn Sie lügen.“

„Ich hatte das Gefühl heimzukehren“, gab sie zu.

„Ja, so ging es mir auch."

Rosalie hob die Augenbrauen. „Hatten Sie nicht bei unserem letzten Zusammentreffen behauptet, Sie hätten die Katakomben noch nie betreten?"

Pylart lächelte belustigt. „Gut aufgepasst. Aber Sie sagten gerade, Sie hätten das Gefühl gehabt heimzukehren", nahm er den Faden wieder auf.

Rosalie nickte.

„Aber gleichzeitig spürte ich, dass ich nicht dort bleiben durfte. Etwas hat mich verfolgt."

„Eine Heimsuchung!" Er beugte sich nach vorne. „Wollen Sie wissen, was es war?"

Rosalie überlegte.

„Dann lassen Sie mich in Ihre wunderbaren Augen schauen", sagte Pylart.

„Hier? Jetzt? Das haben Sie schon einmal versucht, und Sie wissen, wie das ausging. Außerdem wollen Sie doch nicht, dass Ihr Herr Bildungsminister recht behält. Er denkt nämlich, dass Sie mich ausschließlich zu Ihrem Amüsement eingeladen haben."

„Das käme mir nie in den Sinn", antwortete Pylart ernst. „Ich habe Sie eingeladen, weil wir beide verwandte Seelen sind."

Der Champagner stieg Rosalie langsam zu Kopf. „Da müssen Sie mir schon mit etwas Überzeugenderem kommen." Sie schaute auf die Uhr. Es war zwar noch keine neun Uhr, doch sie hatte keine Lust mehr, weiter hier herumzusitzen. „Seien Sie mir nicht böse, aber ich glaube, ich werde aufbrechen." Rosalie schwankte ein wenig, als sie aufstand.

„Sagen Sie mir, was ich tun kann, damit Sie noch nicht gehen!“, sagte Pylart und versuchte, ihren Blick festzuhalten.

„Monsieur Pylart, Sie sind sehr charmant. Sie wissen, wie man ein sechzehnjähriges Mädchen bezirzen kann. Aber sie können mich noch so sehr wie eine begehrenswerte Frau behandeln, ich werde jetzt gehen.“

„Und ich sage Ihnen, dass Sie sich täuschen. In der Tat, Sie sind wirklich attraktiv, aber das ist ein Reiz, der auf mich keine Wirkung hat.“ Er hob die Arme, als wäre Rosalies Wille sein Befehl. „Nun gut, dann erlauben Sie mir wenigstens, dass ich Sie noch zur Tür begleite.“

Als Rosalie zusammen mit Pylart die Treppe zur Eingangshalle hinunterschritt, trat der ältere Herr, der sie empfangen hatte, aus dem Schatten. „Was kann ich für die Dame tun?“

„Bringen Sie ihre Jacke“, sagte Pylart.

Der Mann nickte knapp und verschwand.

„Ich hoffe, das war nicht unser letztes Treffen“, sagte Quentin Pylart. Er beugte sich vor und küsste ihr wieder die Hand. Dann drehte er sich um und ging. Am Treppenabsatz blieb er stehen, als dächte er nach. Schließlich schien es, als habe er einen Entschluss gefasst. Statt zurück zu seinen Gästen zu gehen, stieg er die Treppe hinunter in den Keller.

Rosalie sah ihm nach. Dann blickte sie sich um – außer ihr war niemand in der Eingangshalle. Einer plötzlichen Eingebung folgend lief sie so leise wie möglich mit ihren Pumps über den Marmorboden zur Treppe und schlich ihrem Gastgeber nach.

Rosalie wusste nicht, was sie dazu brachte, sich an Pylarts Fersen zu heften. Es war eine Ahnung, ein dumpfes Gefühl, das ihr sagte, dass sie noch nicht gehen sollte.

Das Untergeschoss unterschied sich kaum von den anderen Stockwerken des Hauses. Der Boden war aus Marmor, und die Wände hatten dieselbe weiße Vertäfelung. Man erkannte nur am Fehlen der Fenster, dass sich diese Etage im Souterrain befand.

Rosalie spähte um die Ecke. Sie sah, wie Pylart eine Tür aufsperrte und hindurchging, um am Ende des Korridors ein Zimmer zu betreten. Bevor die Tür zufallen konnte, hielt Rosalie sie am Griff fest und huschte hindurch. Sie fragte sich jetzt besser nicht, was sie hier tat. Wenn Pylart sie erwischte, würde er ganz bestimmt nicht die Polizei rufen. Er hatte wahrscheinlich seine eigene Art, mit solchen Vorfällen umzugehen.

Rosalie zog ihre Schuhe aus und ging auf leisen Sohlen zu dem Zimmer, in dem Pylart verschwunden war. Sie lehnte sich an die Wand und versuchte, ihren Atem unter Kontrolle zu bringen, dann erst schaute sie vorsichtig um die Ecke.

Offensichtlich hatte Quentin Pylart seine privaten Wohnräume nicht wie jeder andere Millionär in einem Penthouse auf dem Dach, sondern zog es vor, sich unter der Erde zu verkriechen. Jedenfalls saß er jetzt in seinem Arbeitszimmer und beugte sich über etwas, das wie ein Buch aussah. Einzig die Birne einer schwachbrüstigen Schreibtischlampe erhellte den Raum und produzierte dabei mehr Schatten als Licht.

Plötzlich klingelte das Telefon. Einmal. Zweimal.

Pylart hob wütend ab.

„Ja?“, bellte er ungehalten. Während am anderen Ende der Leitung gesprochen wurde, verdüsterte seine Miene sich noch mehr. Rosalie spürte, wie der Mann immer ungeduldiger wurde. „Dann sag ihm, er soll warten ... Es ist mir egal, ob er der Chef der größten französischen Privatbank ist ... Oder halt, warte! Sag ihm, dass ich komme. Und dass er sich warm anziehen soll!“

Pylart lehnte sich zurück und rieb sich müde die Augen. Dann stand er mit einem Satz auf und verließ den Raum. Rosalie war es gerade noch gelungen, sich in der angrenzenden Küche zu verstecken. Kaum war die Appartementtür ins Schloss gefallen, schlich sie wieder in den Flur.

Im Arbeitszimmer brannte noch immer die kleine Lampe, die den Schreibtisch dürftig erhellte. Der Rest des Zimmers lag im Dunkeln. Rosalie betätigte den Lichtschalter an der Wand, und ein gutes Dutzend in die Decke eingelassener Strahler flammte auf.

Der Raum war riesig und mochte an die hundert Quadratmeter groß sein. Pylart schien ein Mann zu sein, der Bücher liebte, denn hier unten befand sich eine weitere Bibliothek. Rosalie ging an den Regalen entlang und fuhr mit dem Zeigefinger über die Buchrücken. Diese Sammlung unterschied sich, wie sie leicht feststellen konnte, gewaltig von der im oberen Stockwerk, denn hier bewahrte er alles auf, was im Zusammenhang mit den Katakomben wirklich interessant war. In einigen Fächern lagen zusammengerollte Pläne, die das Siegel der Inspection générale de carrières trugen, dem Pariser Amt zur Verwaltung der unterirdischen Steinbrüche. Pylart schien in der Tat über weitreichende Beziehungen zu verfügen, denn neben vielen Abschriften oder Kopien waren auch einige Originale darunter. Wenn dieser Mann tatsächlich daran arbeitete, eine möglichst umfassende Dokumentation der Katakomben zu erstellen, dann war er sehr weit gediehen. Das zeigten alleine schon die archivierten Zeitungsausschnitte und Dossiers aus den vergangenen drei Jahrhunderten, die in einem feuerfesten Stahlschrank aufbewahrt wurden, der halb geöffnet in einer Ecke stand.

Rosalie ging um den Schreibtisch herum. Ein aufgeschlagenes Buch lag dort, dessen Blätter hell im Licht der Lampe leuchteten. Irgendetwas hatte Pylart versucht aufzuschreiben, doch bis auf einige wenige verunglückte Buchstaben war er nicht weit gekommen. Rosalie runzelte die Stirn und hob die Kladde hoch. Ein seltsames Gefühl überkam sie. Die Seiten waren noch so weiß und glatt. Es schien, als warteten sie begierig darauf, dass man sie beschrieb, ihnen finstere Geheimnisse anvertraute. Als Rosalie die Kladde zuschlug, war es, als ob ihr jemand den Boden unter den Füßen wegzöge.

Eingeprägt in das schwarze Leder stand golden ihr Name. Erschrocken ließ sie das Buch fallen. Pylart hatte versucht, so etwas wie eine Akte über sie anzulegen! Aber irgendetwas hatte ihn daran gehindert, auch nur ein Wort niederzuschreiben. Rosalie fiel auf, dass in den Regalen noch eine ganze Reihe ähnlicher Bücher standen. Sie legte den Kopf schief und las die Namen. Als sie auf den des Bildungsministers stieß, zog sie es heraus.

In einer gestochenen, fast altmodischen Schrift war auf den ersten Seiten ein umfangreicher Lebenslauf niedergeschrieben, der kein Detail ausließ. Dann folgten Eintragungen, aus denen Rosalie zunächst nicht schlau wurde, da sie voller kryptischer Kürzel waren. Mittendrin tauchten aber immer wieder in einer anderen Handschrift Gesprächsprotokolle auf, und die hatten es in sich! Hier hatte jemand seine dunkelsten Geheimnisse preisgegeben. Es ging um Bestechung und Betrug, Rufmord und schmutzige Kampagnen.

Rosalie stieß einen leisen Pfiff aus. Wenn dieses Wissen in die falschen Hände geriet, dann war nicht nur die politische Karriere dieses Mannes beendet, dann wartete das Gefängnis auf ihn. Mit einem Mal war Rosalie klar, womit Quentin Pylart sein Geld verdiente: Erpressung. Sie ließ die Seiten durch ihre Finger gleiten und stellte fest, dass der letzte Vermerk erst vor wenigen Tagen eingetragen worden war. Das Buch hatte also noch nicht sein Ende gefunden.

Ihr Blick fiel auf die anderen Einbände. Wie viele Dossiers mochten es sein? Dreihundert? Vierhundert? Und auf allen standen die Namen von Männern und Frauen, die sich zu den Stützen der Gesellschaft zählten. Viele von ihnen waren Rosalie bekannt. Doch so mächtig und einflussreich sie auch scheinen mochten, sie waren nicht mehr frei. Ihr Leben war gefangen zwischen zwei schweinsledernen Buchdeckeln. Unwillkürlich schüttelte Rosalie den Kopf.

Was, so fragte sie sich, hatte Pylart dazu veranlasst, über eine Schülerin wie sie ein solches Dossier anzulegen? Was hatte sie hier zu suchen neben all diesen wichtigen Persönlichkeiten?

Rosalies Blick fiel auf ein Buch, das besonders alt war – die Ecken abgestoßen, der Name kaum noch zu lesen, da sich das aufgeprägte Gold schon lange verflüchtigt hatte. Vorsichtig strich sie über die Buchstaben, und plötzlich wusste sie, wessen Buch da vor ihr im Regal stand.

Es war das Dossier von Henri Malport, dem verschwundenen Hausmeister des Montaigne.

Rosalie holte es hervor und wollte es gerade aufschlagen, als eine eisige Kälte von ihr Besitz ergriff. Dann hörte sie ein Lachen, so laut und unvermittelt, dass sie zusammenzuckte. Hastig klemmte sie das Buch unter den Arm.

Doch der Raum war leer.

Sie war allein hier unten.

Das Flüstern schien sich von hinten an sie heranzuschleichen. Rosalie wirbelte herum. Niemand war da, und dennoch hörte sie die unverständlichen Stimmen, die ihr mittlerweile so schrecklich bekannt waren. Rosalies Blick wurde auf einen wertvollen Gobelin gelenkt, der an der hinteren Wand dieses geheimen Arbeitszimmers hing und der ihr bis jetzt noch nicht aufgefallen war. Er zeigte eine Szene aus dem Alten Testament.

„Und Gott sprach: Es werde Licht! Und es ward Licht“, wisperte die Stimme jetzt. Rosalies Atem ging schwer. Kalter Rauch stand vor ihrem Mund.

„Und Gott sah, dass das Licht gut war. Da schied Gott das Licht von der Finsternis und nannte das Licht Tag und die Finsternis Nacht. Da ward aus Abend und Morgen der erste Tag.“

Obwohl sie sich mit aller Macht wehrte, wurde sie zu dem Gobelin gedrängt, der sich nun wie im Wind sanft hin und her bewegte. Rosalie streckte den Arm aus und schlug den Teppich beiseite.

Die Tür dahinter sah aus wie das Schott eines U-Bootes! Wo hatte sie so etwas schon einmal gesehen?, fragte sie sich verwirrt. Richtig, im Keller des Montaigne. Der Zugang zum Bunker. Sie legte ein Ohr an das kalte Metall.

Nichts.

Dann …

Ein Kratzen, als ob lange Fingernägel vorsichtig über das Metall auf der anderen Seite schabten.

Plötzlich klingelte das Telefon.

Rosalie unterdrückte einen Schrei und ließ den Teppich wieder zurückfallen. Sie musste fort von hier. Auf der Stelle!

Das Telefon klingelte erneut.

Sie versuchte hastig, alles wieder so herzurichten, wie sie es vorgefunden hatte, und stellte die Bücher im Regal so, dass die Lücke nicht auffiel. Dann löschte sie das Licht und rannte hinaus.

Oben angekommen zog sie sich die Schuhe wieder an und zwang sich, sich so unauffällig wie möglich zum Ausgang zu bewegen.

Der Atem ging ihr so schnell wie nach einem Hundertmetersprint. Verstohlen schaute sie sich um. Außer einigen gelangweilten Partygästen und dem Diener war niemand zu sehen. Pylart schien sich in einem der oberen Stockwerke aufzuhalten. Hastig lief der alte Mann erneut los, um ihre Jacke zu holen. Rosalie schlüpfte hinein und klemmte sich das Buch lässig unter den Arm, als gehörte es ihr. Ein Blick auf die Uhr sagte ihr, dass ihr Vater bereits auf sie warten musste.

Sie war der Höhle des Löwen entronnen und hatte sogar eine Trophäe ergattern können.

„Erzähl. Wie war es bei den oberen Zehntausend?" Ihr Vater versuchte, sich bei dichtem Schneetreiben in den Verkehr einzufädeln.

„Ach", erwiderte Rosalie nur. „Es hat kaum jemanden gegeben, mit dem ich mich unterhalten konnte."

„Mit Ausnahme des Gastgebers."

„Mit Ausnahme des Gastgebers", wiederholte Rosalie.

„Wie ist denn dieser Pylart?", fragte ihr Vater.

„Alles, was man über ihn liest, stimmt. Er ist ein aalglatter Kerl."

Maurice schaltete den Scheibenwischer auf die höchste Stufe und kniff die Augen zusammen, um etwas in dem dichten Gestöber erkennen zu können. „Trotzdem erstaunlich, dass er so viele Freunde und Gönner hat", murmelte er konzentriert.

Rosalie schnaubte. „Ein Typ wie Pylart hat keine Freunde. Dazu fürchtet man ihn zu sehr."

„Ja, das mag wohl sein. Wusstest du, dass er versucht hat, unser Haus zu kaufen?"

Rosalie schaute ihren Vater überrascht an. „Wirklich? Wann denn?"

„Ist schon lange her. Das war vor vierzehn oder fünfzehn Jahren. Sein Angebot war ziemlich verlockend, aber die Hausbewohner waren sich alle einig – wir haben abgelehnt."

„Warum?"

Maurice sah seine Tochter überrascht an. „Man verkauft nicht so einfach sein Zuhause. Deine Mutter hat sich in der Rue Lalande immer wohlgefühlt."

Vor ihnen sprang eine Ampel auf Rot, und Maurice trat auf die Bremse. Das Auto schlingerte einen kurzen Moment, dann griffen die Reifen wieder.

„Hat sie die Wohung ausgesucht?", fragte Rosalie.

Maurice kratzte sich an der Nase und überlegte. „Wir haben sie uns damals beide angeschaut, aber ich glaube, die Entscheidung hat letztendlich Marguerite getroffen. Es war sowieso schon unerhört für sie, dass wir zusammenzogen, sogar eine Wohnung kauften. Dazu war deine Mutter immer zu selbstständig. Sie wollte ihre Freiheit, und die habe ich ihr gegeben. Ich habe nie darauf bestanden, ein gemeinsames Schlafzimmer zu beziehen. Jeder sollte sein Reich haben, in das er sich zurückziehen konnte."

Rosalie hob überrascht die Augenbrauen. „Ihr hattet getrennte Zimmer?"

Maurice lächelte schief. „Na ja. Fast. Einen großen Teil ihrer Sachen hatte sie bei mir untergebracht, da in ihr Zimmer nicht sehr viel passte. Aber das weißt du selbst am besten."

Rosalie sah ihren Vater überrascht an. „Du meinst ..."

„Ja. Marguerites Zimmer ist jetzt dein Zimmer."

Konnte es sein, dass Rosalie dieselben Stimmen hörte wie seinerzeit ihre Mutter? Der Verdacht lag nahe, dass es sich bei diesem Spuk um kein Hirngespinst handelte. Irgendetwas schlich durch die dunklen Gänge der Katakomben, und man konnte es hören: durch den Ausguss im Bad und den alten Kaminschacht. Beides führte hinab in den Keller, der wiederum einen direkten, wenn auch versteckten Eingang zu den unterirdischen Steinbrüchen hatte. Und vielleicht war ja sogar schon ihre Mutter diesen Schacht hinabgestiegen, um dem Geheimnis auf den Grund zu kommen.

Marguerite Claireveaux.

Quentin Pylart.

Henri Malport.

Sie alle verband etwas: die geheimnisvolle Pariser Unterwelt. Doch was gab es darüber hinaus? Rosalie legte sich auf ihr Bett und nahm das Buch, das sie aus Pylarts Arbeitszimmer gestohlen hatte. Ein kurzer Blick hinein hatte nichts Aufregendes zu Tage gefördert, als sie das Buch wahllos irgendwo in der Mitte aufgeschlagen hatte. Im Gegensatz zu den Eintragungen im Buch des Bildungsministers war hier die Schrift anders, kindlicher, beinahe krakelig. Den Datumsüberschriften nach zu urteilen, musste es sich um eine Art Tagebuch handeln.

Rosalie wickelte sich in ihre Decke ein, trank noch einen Schluck Milch und schlug die Kladde auf Seite eins auf. Es war der Anfang einer Reise, die sie nie vergessen sollte.

12

Die leere Dunkelheit umfing sie, hüllte sie ein wie ein schwereloses Kleid. Die Reduzierung ihrer Wahrnehmung auf das Gehör war nicht weiter bedrohlich. Im Gegenteil. Es half ihr, Belangloses auszufiltern und sich auf das Wesentliche zu konzentrieren.

Sie befand sich in einer Art Zwischenreich, in dem man sich verlieren konnte, wenn man vergaß, woher man kam und wohin man wollte.

Rosalie lauschte angestrengt in die Finsternis wie ein Radar, das seine Antenne in alle Richtungen drehte.

„Wer bist du?", fragte auf einmal eine feindselige Stimme dicht neben ihr.

Sie erschrak nicht. Irgendwie erschien es ihr unpassend, sich im eigenen Königreich zu fürchten. „Mein Name ist Rosalie."

„Bist du das Mädchen, das ich auf dem Schulhof gesehen habe?", fragte die Stimme, in der auf einmal ein Anflug von Hoffnung mitschwang.

„Ja. Und im Keller der Schule."

„Hilf mir", keuchte die Stimme. „Du musst mich retten."

Rosalie zögerte. „Und wie soll das gehen?", fragte sie skeptisch.

„Zuerst musst du es Licht werden lassen."

Rosalie öffnete die Augen. Wie bei einem Dimmer, der langsam hochgedreht wurde, glühte ein niedriger Raum im diffusen Zwielicht auf. Ein Mann stand in der Ecke und hatte die Hände vors Gesicht geschlagen. Seinen Körper durchlief ein Zittern.

„Wo sind wir hier?"

„Nicht weit entfernt von der Bar des Rats", sagte Henri Malport heiser.

Rosalie drehte sich um. Sie befand sich in einer Grube, die vielleicht vier, fünf Meter im Durchmesser betrug. Rosalie wollte die Hand ausstrecken, um den Fels zu ertasten, doch sie sah ihre Hand nicht. Sie schaute an sich hinab, aber da war nichts. Noch nicht einmal ein Schatten.

„Ich habe es Licht werden lassen. Und jetzt?"

„Wenn du mich retten willst, musst du wissen, was geschehen ist. Du willst mich doch retten?"

„Hm", machte Rosalie unentschlossen.

„Vertraust du mir?", fragte Malport.

Rosalie überlegte kurz. „Nein, eigentlich nicht."

„Aber du musst", flehte Malport. „Sonst sind wir alle verloren."

„Pylart", sagte Rosalie nur.

Malports Gesicht verzog sich zu einer Maske. „Er ist ein Teufel."

„Ich weiß."

„Du musst wissen, was er mit mir gemacht hat. Nur so kannst du mich retten. Tritt näher."

Rosalie machte einen Schritt nach vorne, ohne dass sich ihre Füße bewegten.

„Noch näher. Wir beide müssen eins sein. Nur dann wirst du mit meinen Augen sehen, was ich erlebt habe."

Rosalie zögerte.

„Bitte! Ich verspreche dir: Wenn du mir hilfst, werde ich dir etwas geben, was für dich wertvoller als alle Schätze der Welt ist!", flehte Malport.

„Was soll das sein?", wollte sie wissen.

„Vertrau mir. Du musst mir vertrauen."

Rosalie machte einen weiteren Schritt nach vorne, um in eine Welt zu versinken, die so trostlos und finster wie ein erloschener Stern war.

Malport tauchte prustend aus dem heißen Badewasser auf und tastete blind nach dem Handtuch, um sich die Seife aus den Augen zu wischen. Der strähnige Haarkranz hing ihm wie ein Strang toter Algen über die Ohren. Einen Augenblick verharrte er keuchend in der Wanne, das weiche Frotté auf das Gesicht gedrückt. Dann ließ er das Handtuch fallen und legte den Kopf zurück. Über ihm rauschte die Gastherme, während im Hintergrund die Nachrichten von *France Info* aus dem kleinen Radio quäkten, das auf dem Badezimmerschrank stand. In China stellte man die Vertreter des Pekinger Frühlings vor Gericht, die Sowjetunion zerfiel immer schneller, und die Oder-Neiße-Linie wurde endgültig als Grenze zwischen dem neu vereinten Deutschland und Polen festgeschrieben.

Es war zehn Uhr abends an diesem Sonntag, dem sechzehnten November 1990, und Henri Malport versuchte, die Strapazen des vergangenen Ausflugs aus seinen Knochen zu vertreiben. In der Nacht zuvor war er zum ersten Mal in den abgeriegelten und kartographisch kaum erfassten Bereich südlich des Friedhofs von Montparnasse vorgedrungen. Es war ein heikles Unterfangen gewesen, denn die alten Steinbrüche in der zweiten Ebene der Katakomben hatten sich als einsturzgefährdet erwiesen. Immer wieder hatte sich Malport vor herabstürzenden Felsbrocken in Sicherheit bringen müssen, bis er schließlich spät in der Nacht frustriert und erschöpft seine Sachen zusammengepackt hatte, um es am heutigen Morgen noch einmal zu versuchen.

Die Erforschung der Katakomben war mehr als nur ein Hobby. Als er in seinem ersten Jahr als Hausmeister des Montaigne den Zugang zum deutschen Bunker entdeckte, wurde seine Leidenschaft für die mysteriöse Unterwelt von Paris erweckt. Unbemerkt von der Schulverwaltung erforschte er seit beinahe zehn Jahren das verwirrende System von Gängen und Galerien, die sich unter dem südlichen Teil von Paris erstreckten. Zu dieser Zeit waren die einzigen halbwegs verlässlichen Karten im Besitz der IGC gewesen, der Inspection générale de carrières. Und an die kam man noch nicht einmal mit guten Beziehungen heran.

Also hatte er selbst damit begonnen, die unterirdischen Steinbrüche zu kartografieren. Ausgehend vom Montaigne arbeitete er sich immer weiter vor. Erst nach Norden bis zum Reseau Concini, dann nach Osten, um die versperrten Galerien unter dem Boulevard Saint Michel zu erforschen, in deren Nähe sich auch der Grabstein von

Philibert Aspairt befand. Erst nachdem er diese Bereiche so genau wie möglich erfasst hatte, arbeitete er sich nach Süden Richtung Carrefour Raspail vor.

Schon bald musste Malport erkennen, dass ein Menschenleben nicht ausreichte, um wirklich jeden Winkel dieser Welt zu untersuchen und zu erfassen. Also begann er, seine Karten mit den Kataphilen zu tauschen, die bereits seit Jahren die Gänge und Höhlen unsicher machten. Malport mochte sie nicht. Für ihn waren die jungen Burschen einfach nur Abenteurer auf der Suche nach dem morbiden Kick, die keinerlei Respekt vor den Geheimnissen und der Geschichte dieser Steinbrüche hatten. Aber auch wenn die Abneigung auf Gegenseitigkeit beruhte, so sprach man miteinander. Malports Aufzeichnungen waren geschätzt, denn er ging stets mit der Genauigkeit eines Vermessungsingenieurs zu Werke. Und er hob stets die Stellen hervor, die einer besonderen Untersuchung bedurften, weil die Passagen entweder durch einen Steinschlag verschüttet oder von den Behörden mit Beton verfüllt worden waren.

Umgekehrt strotzten die Pläne der Kataphilen nur so von Fehlern. Selten hatte sich irgendjemand die Mühe gemacht, die Entfernungsangaben zu überprüfen, was eigentlich eine einfache Aufgabe war. Man musste den Verlauf der Galerien nur mit einem normalen Stadtplan vergleichen, wobei die Einstiege als Ankerpunkte dienten. Diese Schlampigkeit hatte Malport schon des Öfteren beinahe das Leben gekostet. Gerade in den ersten Jahren war es immer wieder vorgekommen, dass er sich zu sehr auf die Arbeit Fremder verließ und sich verlief. Das konnte in

Abschnitten mit schwankendem Grundwasserspiegel und aufgelassenen Brunnenschächten recht gefährlich sein.

Doch über die Jahre wurde sein Kartenwerk immer genauer. Schon lange benutzte er den Bunkereingang unterhalb des Montaigne nur noch für gelegentliche Ausflüge in die nähere Umgebung. Die Entfernungen zu den anderen Bereichen waren einfach zu weit.

Damit ergab sich ein anderes Problem. Die meisten Schächte waren von der ERIC entweder zugeschweißt worden, oder die Polizisten dieser Spezialeinheit hatten die Sprossen entfernt. Wenn es doch einmal einen Durchlass gab, bei dem sich der Deckel entfernen ließ, konnte man nicht sicher sein, ihn beim Rückweg auch wieder benutzen zu können, denn wenn man Pech hatte, parkte dort ein Wagen.

Wie in der vergangenen Nacht. Malport hatte einen Umweg von mehreren Kilometern machen müssen, bis er wieder zu Hause in der Avenue du Maine war.

Malport trocknete sich ab und wischte den beschlagenen Spiegel sauber, um sein müdes Gesicht zu betrachten. Er sah genauso aus, wie er sich fühlte. Die Haut war fahl, und unter den Augen hatte er wie mit Ruß gemalte dunkle Ringe. Jede Nacht schlief er nur drei, maximal vier Stunden, und das hinterließ Spuren. Aber er musste weitermachen. Die Katakomben zogen ihn magisch an. Sie waren der Ort, an dem er eigentlich zu Hause war, und nicht die trübselige oberirdische Welt, die ihm grau und langweilig erschien.

Er drückte etwas Rasierschaum aus der Dose und rieb sich das Kinn ein. Auch wenn es ihm immer schwerer fiel, aber auf die Körperpflege achtete er. Es gab eine Zeit, da hatte er sich gehen lassen, was ihm prompt eine Abmahnung der Schule eingebracht hatte. Man könne niemanden gebrauchen, der es mit der Reinlichkeit nicht so genau nehme, hatte man ihm gesagt. Ein Hausmeister habe auch den Kindern gegenüber eine Vorbildfunktion.

Gott, wie er diese verwöhnten Blagen hasste, die ihn wie den letzten Dreck behandelten. Doch er brauchte den Job, und nicht nur wegen des Geldes. Die Tür zum Bunker war der einzige Zugang zu den Katakomben, den ihm niemand versperren konnte. Also machte er gute Miene zum bösen Spiel und versuchte, sich so unauffällig wie möglich zu verhalten. Mit einem kratzenden Geräusch schabte die Rasierklinge über sein fliehendes Kinn.

Was ihm fehlte, war finanzielle Unabhängigkeit, damit er all die Ausrüstungsgegenstände kaufen konnte, die er für die Erforschung des Höhlensystems brauchte. Als Haustechniker machte man keine großen Sprünge, das Gehalt war mehr als kläglich. Eigentlich konnte er sich noch nicht einmal diese Wohnung leisten. Doch Malport wollte nicht in eine der tristen Vorstädte ziehen. Zu viel Dreck, zu viele Immigranten, zu weit weg. Alleine die Anfahrt aus Bagneux oder Roseraie zur Schule würde ihn mindestens eine Stunde kosten. Das war indiskutabel. Also biss er in den sauren Apfel und bezahlte eine Miete, die sich gewaschen hatte und in keinem Verhältnis zur Ausstattung der Wohnung stand.

Er hatte die Bleibe möbliert bezogen. Wahrscheinlich war kurz zuvor die Großmutter verstorben, und man hatte zwei Fliegen mit einer Klappe schlagen wollen. Die alte Einrichtung musste nicht für teures Geld entsorgt werden, und man konnte sogar noch ein paar Francs auf die Miete schlagen. Überall Nepp und Betrug, dachte Malport bitter und wischte sich die letzten Reste der Seife aus dem Gesicht. Er verrieb etwas Brillantine mit den Händen und massierte sie in den Haarkranz, um dann die nassen Strähnen über die kahle Stelle zu drapieren.

Malport schaute sein Spiegelbild skeptisch an. Ja, die besten Jahre waren vorbei, musste er feststellen. Sein jugendlich-straffer Körper, auf den er immer so stolz war, setzte langsam Fett an. Die Haut wurde teigig und schlaff, besonders unter dem Hals und an den Oberarmen. Von seinem einst so fülligen Haupthaar war so gut wie nichts mehr übrig. Aber eigentlich spielte das keine Rolle – denn es interessierte sich niemand für ihn und für sein Aussehen. Seit dem Tod seiner Mutter lebte er alleine. Er kam zurecht. Er konnte die Waschmaschine bedienen. Also brauchte er niemanden, der sich in sein Leben drängte und ihm selbiges erst einmal erklären wollte. Malport kannte es, das Leben. Oh ja. Deswegen trieb er sich ja so gerne in den Katakomben herum. Da ließ man ihn wenigstens in Ruhe.

Nachdem er sich angezogen hatte, ging er in die Küche, setzte den Teekessel auf und deckte den Tisch. Dazu holte er aus einer Schublade ein Platzdeckchen aus Plastik, das er auf die Wachstuchdecke mit den Rosen legte. Messer und Löffel platzierte er so daneben, dass sie einen rechten Winkel ergaben. Im Kasten lag noch ein Brot vom Vortag, das würde genügen. Die eine Hälfte würde er jetzt essen, die andere war seine Wegzehrung für die lange

Nacht, die noch vor ihm lag. Malport stellte seine geblümte Tasse neben den Herd, ließ einen Beutel mit Kamillentee hineinbaumeln und goss kochendes Wasser aus dem Teekessel, der seit einigen Sekunden pfiff.

Dann setzte er sich an seinen Platz, aß lustlos das zähe Stück Brot und sah in die Dunkelheit vor dem Fenster hinaus.

Führte er ein abenteuerliches Leben? Diese Frage ließ sich mit einem lauten und durchdringenden Ja beantworten. Und jeder, der etwas anderes behauptete, kannte ihn nicht oder war ein verdammter Lügner.

Malport hatte nicht viele Freunde, und das war gut so, denn so gab es niemanden, der ihn mit irgendwelchen Bitten behelligen konnte.

Schließt du meine Spüle an?

Reparierst du meinen Staubsauger?

Dübelst du mein neues Gewürzbord an die Wand?

Früher hatte Malport gerne geholfen. Bis er feststellen musste, dass man ihn nur ausnutzte, denn wenn er mal um einen Gefallen bat, wurde er stets abgewiesen.

Ich habe Kopfschmerzen.

Ich habe keine Zeit.

Ich habe keine Lust.

Drauf geschissen.

Malport schmierte die andere Hälfte seines Brotes und packte sie in eine Papiertüte, die er wiederum in seinen abgewetzten Rucksack stopfte. Dann machte er das Licht aus und schloss die Tür hinter sich.

Es war reiner Zufall gewesen, als er bei seinen Exkursionen im südwestlichen Teil der Katakomben eine Wendeltreppe und einen Schacht fand, dessen Sprossen noch nicht entfernt worden waren. Dabei war die Treppe das wirklich erstaunliche Fundstück gewesen, denn im Gegensatz zu den Aufgängen bei Notre-Dame des Champs oder der Escalier Bonaparte schien dieser Aufgang nicht zur Straße, sondern zu einem Wohnhaus zu führen. Der Deckel war natürlich verriegelt gewesen, aber Malport hatte mit seiner Taschenlampe durch den schmalen Spalt leuchten können und dabei einen Keller entdeckt.

Eine Sackgasse, die sich lohnte, bei späterer Gelegenheit genauer untersucht zu werden.

Die Wendeltreppe ein Stück weiter war lohnender gewesen. Zwar hatten die Behörden auch hier den Deckel fest verschweißt, aber das war ein Hindernis, dem man mit Hammer und Meißel zu Leibe rücken konnte. Der Aufwand lohnte sich, denn der Abstieg befand sich in direkter Nähe zu seiner Wohnung und konnte zu Fuß erreicht werden.

Es war tiefe Nacht, als er sich daranmachte, den Deckel mit einem Stemmeisen aufzuhebeln. Zu dieser Zeit war auf den Straßen von Paris nicht mehr viel los, Malport musste also keine Angst haben, bei seinem verwerflichen Tun entdeckt zu werden. Er kletterte in das Loch, schob die schwere Platte an ihren Platz und schaltete die Lampe an seinem Helm ein. Dann machte er sich an den Abstieg.

Der Weg in östlicher Richtung erstreckte sich fast schnurgerade unter der Rue Daguerre. Das schwerste

Stück befand sich im Abschnitt zwischen der Rue Fermat und der Rue Gassendi, da hier das Grundwasser an manchen Stellen mehr als knöcheltief war. Es hatte lange gedauert, bis er genügend große Trittsteine versenkt hatte, die ihn einigermaßen sicher in trockenere Bereiche führte.

Unter der Rue Gassendi bog er links ab nach Norden, bis er auf die Grande Avenue du Midi einschwenkte, wo sich in dreißig Schritt Entfernung ein Schacht und eine Treppe hinab zur zweiten Ebene befanden, wo die alten Gänge der unterirdischen Steinbrüche auf ihre Erforschung warteten.

Malport wusste, dass er sich auf gefährliches Gebiet vorwagte. Etliche größere Felsbrocken wiesen darauf hin, dass die grob behauenen Decken alles andere als stabil waren.

Natürlich war es unverantwortlich, sich alleine hier unten zu bewegen, das wusste Malport nur zu gut. Aber in all den Jahren hatte er sich die Professionalität eines Höhlenforschers angeeignet, der kein Risiko einging, wo es nicht erforderlich war. Außerdem: Das Leben *war* gefährlich! Schon morgen konnte er auf dem Weg zum Bäcker von einem Auto überfahren werden.

Die ersten Gänge, die links und rechts abzweigten, führten ins Nichts und waren uninteressant. Spannender wurde es erst, als er sich weiter nach Osten orientierte. Hier hatten die Höhlen einen labyrinthartigen Charakter. Und was wichtiger war: Im Gegensatz zu den anderen Gängen, die sich ein Stockwerk über ihm befanden, gab es hier keine Wandschmierereien und keinen Müll.

Er schien der Erste zu sein, der sich in diesem Abschnitt bewegte.

Oder etwa doch nicht?

Malport hielt die Luft an und lauschte. Was war das für ein Geräusch? Er ließ den Strahl der Helmlampe kreisen. Um ihn herum gähnten die dunklen Öffnungen weiterer sechs Höhlen.

Stille.

Dann wieder! Es klang wie das Wimmern eines Kindes, aber das konnte nicht sein! Malport spitzte die Ohren.

Da. Es kam aus der Höhle direkt gegenüber!

Malport bückte sich und hastete durch die niedrige Passage. Der Anblick, der sich ihm in der dahinter liegenden Halle bot, war irritierend und beängstigend zugleich.

Vor ihm breitete sich die Kuppel eines unterirdischen Gewölbes aus. Es war durch ein gutes halbes Dutzend grob behauener Säulen abgestützt, die sich in unregelmäßigen Abständen wie Stämme urtümlicher Bäume in die Dunkelheit reckten. Im Gegensatz zu den anderen Hallen und Sälen dieses unterirdischen Reiches waren die Wände nicht mit Graffiti beschmiert worden. Nur die Flammen einiger Kerzen, die noch immer in unzähligen Nischen standen, hatten ihre rußigen Spuren hinterlassen.

Vorsichtig ging Malport um einige Säulen herum und blieb verwirrt stehen. Vor ihm stand ein schlicht eingefasster, beinahe mannshoher Spiegel, der das Licht der Helmlampe doppelt reflektierte, da er in der Mitte einen Sprung aufwies. Erst jetzt sah er den Mann, der nackt auf dem Boden lag.

Malport blieb wie angewurzelt stehen. Der ganze Anblick hatte eine unwirkliche Traumhaftigkeit, der er sich nur schwer entziehen konnte. Es schien ihm, als befände er sich inmitten eines Ölgemäldes eines alten Meisters – nackter Männerkörper vor großem Spiegel, helle Haut, umgeben von undurchdringlicher Dunkelheit. Er wusste nicht, wie lange er so hypnotisiert dastand, als ihn das Stöhnen des Mannes wieder in die Wirklichkeit zurückholte. Sofort war Malport bei ihm und rüttelte ihn an der Schulter.

„Monsieur? Monsieur! Alles in Ordnung mit Ihnen?"

Doch der Mann bewegte sich nicht, nur seine Augen tanzten unter den geschlossenen Lidern, als ob er in einem intensiven Traum gefangen wäre.

Wieso war der Mann unbekleidet? Und warum stand hier inmitten der Katakomben dieser Spiegel?

Malports erster Reflex war: verschwinde. Lass den Kerl dort liegen, und hau ab, wenn du keinen Ärger haben möchtest. Doch dann gewann die weiche Seite seiner Persönlichkeit die Oberhand, und er holte aus seinem Rucksack eine Flasche Wasser. Er öffnete sie, hob den Kopf des Bewusstlosen an und flößte ihm vorsichtig die kühle Flüssigkeit ein.

Der Mann mochte vielleicht Anfang dreißig sein und war in allem das Gegenteil von Henri Malport. Groß gewachsen, schlank. Ein perfekter Körper. Zu perfekt, wie der Hausmeister des Montaigne verwundert feststellte, denn der flache Bauch wies keinen Nabel auf.

Der Mann öffnete die Augen und presste ein lautes Stöhnen hervor.

„Was ist geschehen?", fragte Malport. „Sind Sie hier

unten von den verrückten Kataphilen überfallen worden?“

Keine Antwort, nur dieses verständnislose Starren der tiefschwarzen Augen.

„Sie müssen frieren“, sagte Malport und schnallte seinen Rucksack ab, um einen Ersatzoverall herauszuholen, den er immer mit sich führte. Ohne Widerstand ließ sich der Mann anziehen. Natürlich war das Kleidungsstück zu klein, aber es war besser als nichts.

„Können Sie aufstehen?“

Der Mann blinzelte wie ein Boxer, der einen Kopftreffer hatte einstecken müssen, und nickte. Jedenfalls war er ansprechbar und schien Französisch zu verstehen.

„Warten Sie, ich helfe Ihnen.“ Malport zog seinen Rucksack wieder an, schulterte den Arm des Mannes und half ihm auf die Beine. „Wir müssen hier raus, sonst holen Sie sich noch den Tod.“

Der Mann blieb stehen und drehte sich zu dem Spiegel um, der noch immer wie ein Artefakt aus einer anderen Welt inmitten der Halle stand.

„Um den kümmern wir uns später“, drängte Malport. „Kommen Sie.“

Es stellte sich heraus, dass der Fremde zu schwach war, um einigermaßen kooperativ zu sein. Immer wieder stürzten sie oder stießen sich an vorstehenden Felsen. Als sie die Treppe zur oberen Ebene erreichten, war Malports Kleidung schweißgetränkt und zerrissen. Er fragte sich, wie sie den restlichen Weg zurücklegen sollten. Und dann war da noch der zwanzig Meter hohe Schacht, den beide hinaufklettern mussten!

Doch je weiter sie sich von der unterirdischen Halle entfernten, desto kräftiger wurde der Mann. Wie eine Aufziehpuppe setzte er einen Fuß vor den anderen. Das letzte Stück konnte er schon alleine gehen.

Der Aufstieg war ein hartes Stück Arbeit. Malport war vorausgeklettert, weil er nicht von dem Mann in die Tiefe gerissen werden wollte, falls diesen die Kräfte verließen. Außerdem musste er den Deckel aufdrücken, und das war schon unter normalen Umständen ziemlich anstrengend. Er betete, dass kein Wagen auf dem Schacht stand.

Sie hatten Glück. Malport drückte sich aus dem Loch und zog den Mann mit aller Kraft hinter sich her. Keuchend blieben die beiden einen Moment auf dem kalten Asphaltboden sitzen.

„Passen Sie auf: Sie bleiben jetzt hier schön sitzen. Ich hole in der Zwischenzeit meinen Wagen und bringe Sie dann in die Notaufnahme eines Krankenhauses."

Malport wollte aufstehen, da packte ihn die Hand des Mannes am Gelenk und hielt ihn fest.

„He, das tut weh", sagte Malport mehr erschrocken als wütend.

„Kein ... Krankenhaus", brachte der Mann hervor, als würde er mit seinem Mund zum ersten Mal diese Worte formen.

„Dann fahre ich Sie nach Hause." Malport wollte sich losreißen, doch der Mann verstärkte seinen Griff und zog ihn zu sich hinab.

„Lassen Sie mich los", rief Malport, der es auf einmal mit der Angst zu tun bekam.

Die andere Hand des Mannes schnellte vor und packte

Malport beim Kopf, wobei der Daumen unangenehm auf die Schläfe drückte. Dann schloss der Fremde die Augen.

Malport spürte ein Prickeln, und seine Haare stellten sich auf. Er hörte ein lockendes Wispern, doch es kam nicht von außen. Vielmehr befand es sich in seinem Kopf, schlängelte sich durch seine Hirnwindungen und durchsuchte die hintersten Winkel seines Verstandes.

Und dann hatte das Wispern gefunden, wonach es suchte.

Ein heller Blitz:

Die Umkleiden des Montaigne. Schwimmunterricht der Jungs aus der 4ième. Der Blick durch das Objektiv einer Kamera. Spannen. Auslösen. Spannen. Auslösen. Ritsch. Klick. Ritsch. Klick.

Der Griff lockerte sich, und Malport taumelte zu Tode erschrocken zurück. Der Mann lächelte ihn an.

„Ich … ich habe diese Bilder nur für mich gemacht", stammelte Malport und rieb sich den schmerzenden Arm. „Hören Sie? Nur für mich!"

Das Lächeln wurde zu einem breiten Grinsen.

„Na gut, ich habe sie verkauft", gab Malport endlich zu. „Aber wem habe ich schon damit geschadet? Diese ganze Katakombenkletterei ist ein teurer Spaß, Sie machen sich da keine Vorstellung. Alleine die Ausrüstung kostet ein Vermögen. Ohne mich wären Sie dort unten verreckt! Haben Sie gehört? Verreckt!" Er lehnte sich zitternd an einen Wagen und verbarg das Gesicht in den Händen.

„Kein Krankenhaus", wiederholte der Mann diesmal mit fester Stimme.

Malport wischte sich die Nase am Ärmel seines Overalls ab. Die langen Strähnen seiner verbliebenen Haare hingen ihm jetzt wirr ins Gesicht. „Ich sagte doch schon, dass ich Sie nach Hause fahre."

„Kein Zuhause."

„Was soll das heißen: kein Zuhause?", fragte Malport. „Leben Sie etwa auf der Straße?"

Der Mann zuckte mit den Schultern.

„Wie heißen Sie überhaupt?"

Ein kurzes Nachdenken. „Kein Name", sagte er.

„Sie wissen Ihren Namen nicht? Haben Sie etwa Ihr Gedächtnis verloren?"

„Gedächtnis?", kam die Frage zurück.

„Na ja, Ihre Erinnerungen! Wo Sie herkommen! Wer Sie sind!"

„Ich ... weiß ... es ... nicht", stammelte der Mann. „Neues Leben."

„Neues Leben? Wollen Sie behaupten, Sie sind gerade erst geboren worden?" Malport musste trotz seiner Angst lachen. Doch dann sah er in die Augen, die so dunkel waren, dass man kaum die Pupille erkennen konnte. Da wusste er, dass der Fremde keine Scherze machte.

Rosalie schreckte hoch und holte tief Luft wie jemand, der gerade noch rechtzeitig vor dem Ertrinken gerettet worden war. Durch die Fensterläden fiel das Licht der Mittagssonne und schnitt die Dunkelheit in dünne helle Streifen.

Sie griff sich an den Hals und schluckte. Noch war sie

sich nicht sicher, wo sie sich befand. Ihr Blick fiel auf die Uhr. Es war halb elf. Vor wenigen Sekunden war sie noch im Kopf von Henri Malport gewesen, und nun lag sie in ihrem Zimmer.

Im Kopf von Henri Malport.

Eine Welle der Übelkeit stieg in ihr hoch. Sie schlug die Bettdecke beiseite und rannte so schnell wie möglich ins Bad, wo sie sich übergeben musste.

Im Kopf von Henri Malport.

Es war die widerlichste Erfahrung ihres Lebens gewesen. Sie hatte gedacht, was er gedacht hatte. Gefühlt, was er gefühlt hatte. Und was viel schlimmer war: Sie hatte seinen Körper gespürt, als wäre es ihr eigener. Dieses Schwein hatte heimlich Bilder von kleinen Jungs gemacht, weil ihm davon einer abging, und die Fotos dann auch noch verhökert.

Was für eine widerliche Kreatur.

Rosalie drehte die Dusche auf, warf ihre verschwitzten Sachen in den Wäschekorb und stellte sich unter das heiße Wasser. Selbst nach einer halben Stunde hatte sie noch das Gefühl, dass sich der Schmutz nie wieder abwaschen lassen würde.

Als sich der Ekel einigermaßen gelegt hatte, stellte Rosalie das Wasser ab. Sie war noch immer ganz erschüttert. Nicht nur wegen Malport, sondern auch wegen dem, was sie in den Katakomben gesehen hatte.

Der Spiegel. Der Spiegel mit dem Sprung.

Wieso hatte der Spiegel, der bis vor kurzem noch im Flur dieser Wohnung gehangen hatte, dort unten gestanden? Was hatte ein Spiegel überhaupt an einem gottverlasenen Ort wie den Katakomben verloren? Und welche Verbindung gab es zwischen ihm und Pylart, der dort auf dem Boden gelegen hatte, als wäre er gerade erst ins Leben geworfen worden? Hatte man ihn wirklich überfallen und ausgeraubt? Was zum Teufel hatte dieser Kerl dort unten überhaupt gesucht?

Die Gedanken kreisten wie wild in ihrem Kopf und machten sie schwindelig.

Die Katakomben.

Die Stimmen.

Der Spiegel.

Der Anhänger ihrer Mutter.

Die beunruhigenden Traumbilder.

Alles hatte auf eine verwirrende Weise miteinander zu tun – wie Teile eines unvollständigen Puzzles, die kein eindeutiges Bild ergaben. Doch etwas war viel beunruhigender als dieses Rätsel.

Die Katakomben waren ein Ort der Finsternis und der Vergänglichkeit. Und doch hatte sie sich dort trotz der beängstigenden Atmosphäre nicht wie eine Fremde gefühlt. Ein Gefühl der Vertrautheit hatte Rosalie erfüllt, als sie sich immer tiefer in den Untergrund von Paris vorangearbeitet hatte, das erst im Ossarium unter dem Friedhof von Montparnasse einem namenlosen Schrecken gewichen war, der sie bis zum Aufstieg unter der Rue Lalande verfolgt hatte.

Ihre Mutter war dort unten gewesen, dessen war sich Rosalie nun sicher. Sie hatte zwar keine handfesten Anhaltspunkte für diese Vermutung, aber es würde in das Bild passen, das sich Rosalie von ihr gemacht hatte. Immerhin hatte Marguerite Claireveaux dasselbe Zimmer bewohnt. Auch sie musste die Stimmen gehört haben.

Wenn jemand mehr über Rosalies Mutter und den Spiegel erzählen konnte, dann war es Großmutter Fleur.

Als nach dem dritten Klopfen noch immer niemand öffnete, ging Rosalie in den Schuppen, wo ihre Großmutter hinter einem Holzstapel einen Ersatzschlüssel versteckt hatte – für den Fall, dass sie sich einmal ausschloss.

Rosalie sperrte den Riegel auf und öffnete die Tür.

„Großmutter?"

Sie trat ein.

„Großmutter, wo bist du?"

Sie hörte Schritte auf der Treppe, und Madame Laverdure von nebenan kam ihr entgegen.

„Rosalie!", sagte sie erleichtert. „Gut, dass Sie da sind."

„Was ist los? Was ist mit meiner Großmutter?"

„Es geht ihr nicht gut", sagte die dicke Frau hilflos. Tränen standen in ihren Augen. „Gar nicht gut. Ich wollte Sie ja anrufen, aber Fleur hat mir Ihre Telefonnummer partout nicht gegeben."

Rosalie hängte ihre Jacke an den Haken und hastete die Treppe hinauf, die schnaufende Madame Laverdure im Schlepp.

Fleur Crespin lag in ihrem Bett, eingehüllt in mehrere Decken, das Gesicht kalkweiß. Ihr Atem ging schwer.

„Rufen Sie sofort Doktor Rivère."

Die Nachbarin starrte entsetzt an ihr vorbei auf das Bett.

„Schnell!“, drängte Rosalie.

Madame Laverdure fuhr zusammen und eilte davon.

„Was soll mir denn der alte Quacksalber noch helfen?“, fragte Fleur leise und hustete bellend. Rosalie setzte sich auf die Bettkante und legte ihre Hand auf die Stirn ihrer Großmutter.

„Du hast Fieber!“

„Was du nicht sagst“, kam es gequält zurück.

„Warum hast du mich nicht angerufen?“

„Weil ich dich nicht beunruhigen wollte.“

Rosalie lachte trocken. „Du führst dich auf wie ein kleines Kind.“

Fleur zuckte kraftlos mit den Schultern. „So ist das im Alter. Man entwickelt sich zurück, bis man wieder wie ein sabberndes Baby ist.“

Rosalies Blick fiel auf eine leere Tasse, die auf dem Nachttischschrank stand. „Hast du genügend getrunken?“

Fleur antwortete nicht.

Rosalie rollte bei so viel Unvernunft mit den Augen. „Ich geh runter und mach dir einen Tee.“

In der Küche traf sie auf eine vollkommen aufgelöste Madame Laverdure, die am Tisch saß und in der Tasche ihres geblümten Kleides nach einem Taschentuch wühlte.

„Haben Sie Doktor Rivère erreicht“, fragte Rosalie, als sie hektisch nach einer Packung Tee suchte.

Madame Laverdure nickte und schnäuzte sich geräuschvoll. „Was für ein Unglück. Nein, was für ein Unglück. Und das so kurz vor den Feiertagen.“

Rosalies Nerven waren zum Zerreißen gespannt. „Ja.

Und wir alle müssen irgendwie damit fertig werden", gab sie gereizt zurück, als sie sich an der Nachbarin vorbeischieben wollte, um eine Teekanne aus dem Schrank zu holen.

„Dabei ist Fleur doch noch gar nicht so alt. Fünfundsiebzig Jahre, um Gottes willen. Wenn man sie so sieht, beginnt man, über sein eigenes Ende nachzudenken."

Rosalie holte tief Luft, verkniff sich aber jeden Kommentar. Schließlich meinte es die alte Dame auf ihre etwas einfältige Art nur gut. Außerdem war sie die Einzige, die sich in den letzten Wochen um Fleur gekümmert hatte.

„Möchten Sie auch eine Tasse?", fragte Rosalie, als sie den Kessel mit dem Wasser aufsetzte.

„Das wäre sehr nett von dir", sagte sie dankbar.

Rosalie drehte sich zu ihr um. „Sagen Sie, haben Sie vielleicht noch ein paar von den Keksen, die Sie immer zu Weihnachten backen?"

„Meinen Sie, Fleur würde sich darüber freuen?", fragte Madame Laverdure hoffnungsfroh.

„Ganz bestimmt. Und ich auch."

Glücklich, endlich eine Aufgabe zu haben, der sie gewachsen war, stand die Nachbarin auf. „Dann werde ich sofort zu mir hinübergehen und welche holen."

„Tun Sie das", murmelte Rosalie, als die rückwärtige Tür geräuschvoll zugeschlagen wurde. Sie goss das heiße Wasser in die Teekanne, stellte sie zusammen mit einer frischen Tasse sowie einem Glas Honig auf ein Tablett und verließ die Küche.

„Kamillentee?", fragte ihre Großmutter misstrauisch, als sie ihre Enkelin im Türrahmen erblickte.

„Kamillentee", bestätigte Rosalie.

Fleur verzog das Gesicht. „Dann schläfere mich doch am besten gleich ein."

Gegen ihren Willen musste Rosalie lachen. „So schlimm kann es dir nicht gehen, wenn du schon wieder solche Witze machst."

„Das ist Galgenhumor, meine Liebe", antwortete Fleur und setzte sich auf, um die heiße Tasse in Empfang zu nehmen.

Rosalie hörte, wie die Tür zum Garten zufiel. Madame Laverdure war wohl wieder mit ihren Plätzchen zurück. Doch sie täuschte sich.

„Fleur?", ertönte eine männliche Stimme aus dem Erdgeschoss. „Wo stecken Sie?"

„Wir sind hier oben, Doktor Rivère", rief Rosalie. Kurz darauf waren Schritte auf der Treppe zu hören.

„Fleur Crespin", sagte der Doktor vorwurfsvoll, als er im Türrahmen stand. „Sie tun wirklich alles, um so schnell wie möglich die Gänseblümchen von unten zu sehen, was?"

„Ich bin auch froh, Sie zu sehen", krächzte Rosalies Großmutter.

Eigentlich war Dr. Rivère kein praktizierender Arzt mehr. Doch obwohl er die siebzig überschritten hatte, kümmerte sich der Mann, der solch eine frappierende Ähnlichkeit mit Michel Serrault hatte, noch immer um seine alten Patienten.

„Sie wissen doch, dass Sie mit Ihrer Leukämie jede Infektion möglichst vermeiden sollten."

Fleur hob die rechte Hand. „Ich bekenne mich schuldig,

in der vergangenen Woche meinen Garten winterfest gemacht zu haben."

„Sie sind hochgradig unvernünftig", sagte der Arzt und holte das Stethoskop aus seiner Tasche.

„Und Sie sind garantiert der Erste, der jammert, wenn es nächstes Jahr keine Reineclaudenmarmelade mehr gibt."

Sowohl Rosalie als auch der Arzt schwiegen betreten.

„Sehen Sie", sagte Fleur triumphierend. „Erwischt."

„Beugen Sie sich nach vorne, und heben Sie Ihr Nachthemd hoch." Er begann, sie abzuhorchen. „Sagen Sie Ahh."

Fleur streckte ihm die Zunge heraus. Dr. Rivère leuchtete hinein und tastete dann die Lymphknoten hinter dem Ohr ab.

„Eine Lungenentzündung ist es noch nicht, aber Sie sind *so* knapp davor." Er presste Daumen und Zeigefinger zusammen. „In Ihrem Zustand wird es schwierig sein, mit einem Antibiotikum zu arbeiten. Ich weiß nicht, wie Ihr Körper darauf reagiert."

Sie zuckte mit den Schultern. „Probieren Sie es aus. Ich habe sowieso nichts zu verlieren."

Doktor Rivère holte ein Päckchen aus seiner Tasche. „Die ersten drei Tage zwei morgens, zwei abends. Danach je eine. Muss ich Ihnen das aufschreiben?"

„Ich bin zwar alt, aber nicht senil", wisperte Fleur.

Doktor Rivère seufzte. „Sie waren schon immer eine widerspenstige Patientin, Fleur. Ich weiß nicht, warum ich mich all die Jahre mit Ihnen herumgeschlagen habe."

„Vielleicht, weil Sie mich mögen?"

Der Arzt packte sein Stethoskop wieder in die Tasche und ließ die Schlösser zuschnappen. „Gehen Sie es ruhig an, Fleur." Er wandte sich an Rosalie. „Bringen Sie mich noch zur Tür?"

„Sicher", antwortete sie.

„Ich mache mir Sorgen", sagte Doktor Rivère leise, als sie die Treppe hinabstiegen. „Es handelt sich zwar nur um eine handfeste Bronchitis, aber der Körper Ihrer Großmutter ist so geschwächt, dass er der Krankheit nichts entgegensetzen kann. Wenn sich ihr Zustand verschlimmert, wird sie Weihnachten nicht mehr erleben."

Rosalie zuckte bei den Worten zusammen. „Ich werde auf sie aufpassen."

„Sorgen Sie dafür, dass sie die Medikamente nimmt, viel trinkt und in jedem Fall das Bett hütet."

„Werde ich tun."

„Was diese Frau in ihrem Leben durchgemacht hat ..." Doktor Rivère schüttelte den Kopf. „Es ist tragisch. Gibt es was Neues von Ihrer Mutter?"

Er schien nichts von dem Gerichtsbescheid zu wissen, und Rosalie fand auch, dass ihn das nichts anging.

„Erstaunlicherweise geht es ihr etwas besser. Sie wird nicht mehr beatmet", sagte sie.

„Aha", sagte Doktor Rivère nachdenklich. „Nun, wir werden sehen ..." Er streckte Rosalie die Hand entgegen. „Wenn wir uns nicht mehr treffen: Frohes Fest."

Als er die Tür öffnete, wäre er beinahe in Madame Laverdure hineingelaufen, die in ihren Händen einen Teller mit fein säuberlich aufgeschichteten Plätzchen hielt.

„Sie gehen schon, Doktor? Wie schade! Und ich hatte

gedacht, wir könnten es uns bei einer Tasse Tee so richtig gemütlich machen."

Doktor Rivère, der Rosalies entnervten Gesichtsausdruck bemerkte, nahm Madame Laverdure sanft den Teller aus der Hand und stellte ihn auf den kleinen Schrank, der im Flur stand.

„Die sehen ja vorzüglich aus. Haben Sie denn noch mehr davon?"

Die dicke Nachbarin machte eine Handbewegung, als wolle sie der Arzt auf den Arm nehmen. „Natürlich! Und eine Früchtebrot habe ich auch gebacken."

„Mit Korinthen und Nüssen?"

„Aber ich bitte Sie", sagte sie entrüstet. „Selbstverständlich! Möchten Sie es vielleicht einmal probieren?"

„Nichts lieber als das!" Doktor Rivère hielt Madame Laverdure den Arm hin, sodass sie sich bei ihm einhaken konnte, und drehte sich augenzwinkernd zu Rosalie um, die mit dem Mund ein lautloses *Danke* formte.

Sie schloss leise hinter den beiden die Tür. Von oben ertönte ein heiseres Husten. Rosalie nahm den Teller und eilte die Treppe hinauf.

„Doktor Rivère hat gerade noch Madame Laverdure abfangen können", sagte sie und zog einen Stuhl heran.

„Die gute Bernadette", sagte Fleur. „Eine herzensgute Seele, wenn auch ein wenig schlicht im Gemüt."

Rosalie schenkte Tee ein und löste einen Löffel Honig auf. „Trinken", befahl sie der Großmutter und hielt ihr die dampfende Tasse hin.

Fleur brummte etwas und nippte schließlich an der Tasse. „Warum bist du gekommen?", fragte sie schließlich.

„Ich wollte schauen, wie es dir geht."

„Unsinn", brummte Fleur. „Ich weiß doch, dass dir was auf dem Herzen liegt. Also, heraus mit der Sprache."

Rosalie nahm sich ein Plätzchen vom Teller und knabberte gedankenverloren darauf herum. „Ich höre Stimmen", sagte sie schließlich.

Fleur wurde noch blasser, als sie es sowieso schon war.

„Und ich bin mir sicher, dass ich sie mir nicht einbilde", fuhr Rosalie fort.

„Haben andere sie auch gehört?"

„Du meinst Vater?" Rosalie schüttelte den Kopf. „Wenn es so ist, dann sagt er es mir nicht."

Fleur schwieg. Rosalie suchte ihren Blick.

„War meine Mutter jemals in den Katakomben?"

Jetzt zuckte Fleur regelrecht zusammen. „Du hast den Eingang im Keller gefunden?", fragte sie tonlos.

Rosalie nickte.

Fleur schloss müde die Augen und ließ den Kopf in die Kissen sinken. „Diese Familie sucht ein Fluch heim", stöhnte sie.

„War meine Mutter jemals in den Katakomben?", wiederholte Rosalie eindringlich ihre Frage.

„Ja", gab ihre Großmutter zu. „Wie du hatte sie Stimmen gehört, denen sie auf den Grund gehen wollte."

„Was ist mit meiner Mutter dort unten geschehen?"

Fleur wollte etwas sagen, presste dann aber die Lippen zu einem schmalen Strich aufeinander und schaute zum Fenster hinaus.

„Wusstest du, dass man vor einigen Wochen den Spiegel gestohlen hat, der bei uns im Flur hing?"

Fleur drehte sich wieder zu ihr um. „Dieses Monstrum mit dem Sprung im Glas?“

„Sonst haben die Einbrecher nichts angerührt.“ Rosalie musterte ihre Großmutter mit zusammengekniffenen Augen.

„Und was sagt die Polizei?“

„Die hat das Ganze nicht besonders ernst genommen.“

„Vielleicht ist der Dieb überrascht worden, bevor er sich an den richtig wertvollen Sachen vergreifen konnte.“

„Ja“, sagte Rosalie. „Vielleicht.“ Es war offensichtlich, dass Fleur keinen Zusammenhang zwischen dem Spiegel und ihrer Tochter sah.

Die alte Frau lächelte Rosalie matt an und ergriff ihre Hand. „Schatz, ich bin müde und würde gerne schlafen.“

„Kein Problem“, antwortete Rosalie, die merkte, dass ihre Großmutter einem weiteren Gespräch aus dem Weg gehen wollte. Sie beugte sich zu ihr hinab und gab ihr zum Abschied einen Kuss.

Als sie schon bei der Tür stand, zögerte sie und drehte sich um. „Wirst du meinem Vater erzählen, dass ich den Weg in die Katakomben gefunden habe?“

Fleur schaute Rosalie in die verschiedenfarbigen Augen, als wollte sie sich einer Wahrheit vergewissern, die nur sie zu kennen schien. Dann schüttelte sie den Kopf. „Nein, das werde ich nicht. Aber wenn du die Unterwelt besuchst, dann solltest du wie Ariadne stets einen Faden dabeihaben, der dir den Weg zurück ins wirkliche Leben weist.“

Rosalie drückte den Klingelknopf und wartete darauf, dass der Summer ertönte. Aber es tat sich nichts. Entweder war Ambrose nicht da, oder die Klingel war defekt. Da die Tür ohnehin nur angelehnt war, stieß sie sie auf und trat ein.

Es war wirklich ein schäbiges Haus, in dem Ambrose lebte. Die Farbe der Haustür blätterte ab, die Briefkästen waren aufgebogen oder gleich ganz von der Wand gerissen. Im Flur gab es vor lauter Fahrrädern und Kinderwagen kaum ein Durchkommen. Der Geruch von Müll und Urin hing in der Luft.

Die ganze Fahrt von Bondy aus hatte Rosalie überlegt, ob sie Ambrose um diese späte Zeit noch einen Besuch abstatten sollte. Sie hatte ihr Handy nicht dabeigehabt, sonst hätte sie ihn angerufen. Doch sie wusste, dass sie nach all den Ereignissen sowieso noch nicht schlafen konnte. Falls Ambrose also nicht da war, würde sie diesen Besuch einfach als Ausflug nach Montrouge verbuchen.

Vorsichtig stieg sie die knarzenden Stufen hinauf. Irgendwo lief laut ein Fernseher. Ein Kind schrie, während sich die Eltern laut stritten. Als sie vor Ambroses Tür stand, klopfte sie. Einmal, zweimal.

Sie wollte schon wieder gehen, als die Tür leise geöffnet wurde und eine müde Gestalt nur in T-Shirt und Boxershorts erschien. „Rosalie?“, fragte Ambrose und rieb sich die Augen.

„Entschuldige, ich habe dich nicht wecken wollen“, sagte sie verlegen. Es hatte den Anschein, dass sie an diesem Tag alle im Bett antraf.

„Kein Problem." Er trat beiseite, um sie hereinzulassen.

Ambroses Appartement war in der Tat ein schäbiges hellhöriges Loch. Der Streit, den Rosalie schon im Treppenhaus gehört hatte, wurde durch die dünnen Wände kaum gedämpft.

„Um Himmels willen, wie hältst du das nur aus?", fragte sie entsetzt.

Ambrose präsentierte ihr zwei gelbe Ohrenstöpsel. „Deswegen habe ich auch dein Klingeln nicht gehört. Die beiden Dinger sind die einzige Möglichkeit, hier Schlaf zu finden."

Rosalie schaute sich um. Die Wohnung war nicht allzu groß, vielleicht fünfzehn Quadratmeter, und sparsam möbliert: Statt eines Bettes lag nur eine Matratze auf dem Boden, an der Wand stand ein einziges Regal und daneben ein kleiner Tisch ohne Stühle. Ein Drittel der Fläche nahm die Kochnische ein – alte Spüle, alter Herd sowie einige Küchenschränke, deren Türen zum Teil schief in den Angeln hingen und mit verblichenen Aufklebern verziert waren.

„Dusche und Toilette sind draußen im Gang", sagte Ambrose. „Aber ich würde dir nicht raten, hier aufs Klo zu gehen. Alleine vom Hinschauen fängst du dir was ein."

Er räumte seine Kleidung von einem abgewetzten Sessel, damit Rosalie sich setzen konnte, und schlüpfte in seine Jeans.

„Und in Clichy-sous-Bois war es schlimmer?", fragte sie ungläubig.

„Frag nicht! Hier habe ich es nur mit schreienden Kindern und genervten Müttern zu tun. Keine Dealer, keine Junkies und vor allen Dingen keine Spinner, die meinen,

Feuer legen zu müssen, um Stimmung in die Bude zu bringen."

Rosalie blies die Backen auf. „Na klasse", murmelte sie und war plötzlich froh, bei ihrem Vater solch ein behütetes Leben führen zu können.

Ambrose stellte ihr ein Glas Wasser hin, setzte sich auf seine Matratze, die am Boden lag, und schaute Rosalie an, als wartete er darauf, dass sie ihm etwas erzählte.

Rosalie nahm mit zitternden Händen einen Schluck. Die Lektüre von Malports Dossier hatte sie keinen Schlaf finden lassen. Nicht, weil sie so spannend war, sondern weil der Charakter des ehemaligen Hausmeisters so widerwärtig war. Es war schon schwer genug, über das Leben solch einer Kreatur zu lesen, sich aber fast physisch in einer Gedankenwelt zu bewegen, die so abartig war, zog ihr Gemüt hinab in ein finsteres Loch. Malport war ein Mann, der den größten Teil seines Lebens in einer bedrückenden Einsamkeit verbracht hatte. Wenn es ein Wort gab, das seinen Zustand am besten beschrieb, dann war es Hoffnungslosigkeit. Wie ein schleichendes Gift begann diese Hoffnungslosigkeit auch Rosalies Lebenswillen anzugreifen. Sie wusste, dass sie immer nur kleine Passagen dieses Buches lesen durfte, wollte sie nicht von dem Abgrund verschlungen werden, in den sie mit Malports Augen starrte.

„Weißt du, wie alt Pylart ist und wo er geboren wurde?", fragte sie schließlich.

Ambrose schüttelte den Kopf. „Das lässt sich aber wahrscheinlich ganz einfach herausfinden. Warum?"

Rosalie wusste nicht, wo sie beginnen sollte. „Erinnerst

du dich daran, dass mir Quentin Pylart im Antiquariat seine Visitenkarte gegeben hat?“

Ambrose nickte. „Hast du dich bei ihm gemeldet?“

„Natürlich nicht. Aber er hat sich bei mir gemeldet. Vor ein paar Tagen hat er mir eine Einladung zu seiner Weihnachtsfeier geschickt.“

„Und?“

„Es war schrecklich! Die Leute, Pylart, die ganze Atmosphäre: In einem Kühlhaus ist es wärmer.“ Sie nahm einen Schluck Wasser und rollte das Glas in den Händen hin und her. „Ich hatte die Feier gerade verlassen wollen, als mich irgendetwas in den Keller lockte.“

Ambrose, der ahnte, was jetzt kam, rollte mit den Augen.

„Warte doch ab, bevor du anfängst zu stöhnen“, sagte sie wütend.

Er hob abwehrend die Hände. „Schon gut. Erzähl weiter.“

„Pylart hat Dossiers über die wichtigsten Männer und Frauen unserer Gesellschaft angelegt. Es ist fast so, als ob er in die Abgründe ihrer Seele blickt, um sie dann damit zu erpressen. Er sammelt ihre geheimsten Träume, ihre perversen Fantasien. Dinge, die sie bereits getan haben, Dinge, die sie sich im Verborgenen wünschen.“

Jetzt wurde Ambrose hellhörig.

„Ich habe in einige dieser Bücher geschaut“, fuhr Rosalie fort. „Von außen sehen sie alle gleich aus: Eingebunden in schwarzes Leder prangt der Name der Person in Gold auf dem Titel und auf dem Buchrücken. Doch wenn man sie aufschlägt, fällt einem der Unterschied sofort auf:

Sie sind alle in unterschiedlichen Handschriften verfasst worden."

„Du meinst, diese Leute haben ihre Geständnisse eigenhändig niedergeschrieben?", fragte Ambrose ungläubig.

„Ich weiß, dass es eigentlich nicht sein kann, aber es sieht fast so aus. Zumindest habe ich keine andere Erklärung dafür."

Rosalie rutschte auf ihrem Stuhl aufgeregt hin und her. „Neben all den hoch gestellten Persönlichkeiten gibt es auch ein Buch über Henri Malport, den ehemaligen Hausmeister des Montaigne." Dass es auch eines über sie selbst gab, verschwieg sie lieber.

„Hast du es lesen können?"

„Ich bin gerade dabei."

„Du hast es *gestohlen*?", fragte Ambrose entsetzt, als hätte Rosalie nun endgültig den Verstand verloren.

„Er wird es nicht merken", beruhigte sie ihn.

„Und falls doch?" Ambrose fasste sich an den Kopf. „Wenn es stimmt, was du sagst, dann wird Quentin Pylart alles tun, damit sein Geheimnis nicht auffliegt!"

„Es sind besondere Bücher, die Pylart da besitzt", sagte Rosalie, ohne auf seine letzte Bemerkung einzugehen. „Als ich begonnen habe, Malports Dossier zu lesen, hatte ich das Gefühl, mitten in seinen Erinnerungen zu sein. Es war, als würde ich in seinen Körper und seine Gedanken schlüpfen. Ich habe die Welt mit seinen Augen gesehen, und das war alles andere als angenehm. Malport war ein pädophiles Schwein und hat sich mit Fotos von kleinen Jungs ein schönes Taschengeld verdient."

Ambrose starrte Rosalie nur stumm an. Ihr Mund war

wie ausgedörrt. Mit zitternden Händen nahm sie noch einen Schluck Wasser.

„Doch ich habe in seinen Erinnerungen noch etwas anderes gesehen. Die Art und Weise, wie er Pylart zum ersten Mal begegnete, ist ... seltsam. Es war in den Katakomben, interessanterweise nicht weit entfernt von der Rue Lalande. Da war eine Halle, in der ein mannshoher Spiegel stand, der in der Mitte einen Sprung aufwies. Und davor lag die nackte Gestalt Pylarts. Er war bewusstlos, als wäre er erst kurz zuvor niedergestreckt worden. Etwas anderes ist aber viel beunruhigender", sagte Rosalie. „Dieser Spiegel, den ich dort unten gesehen habe ... den *Malport* dort unten gesehen hat, hing jahrelang bei uns im Flur, bis er vor einigen Tagen gestohlen wurde." Sie sah Ambrose an – erwartungsvoll und ängstlich zugleich.

Ambrose stand von der Matratze auf und ging unruhig im Zimmer auf und ab, soweit das auf dem kleinen Raum möglich war. „Rosalie, du musst über diesem Buch eingeschlafen sein und das alles geträumt haben", sagte er eindringlich. „Du verrennst dich da in etwas. Glaub mir."

„Bitte", flehte Rosalie. „Ich bilde mir das nicht ein. Verdammt, du hast die Präsenz Malports im Keller des Montaigne doch auch gespürt!"

Ambrose rieb sich den Nacken und stöhnte. „Also gut. Gehen wir einmal davon aus, dass das, was du gerade erzählt hast, wirklich stimmt. Kann es dann nicht sein, dass Pylart dort unten überfallen und ausgeraubt worden ist?" Er kratzte sich am Kinn. „Das würde jedenfalls erklären, warum er alles sammelt, was mit den Katakomben zu tun hat. Vielleicht hat er dort unten etwas verloren."

„Ja, das hat er in der Tat, nämlich sein Gedächtnis. Aber ich glaube nicht, dass ihm einer der Kataphilen die Taschenlampe über den Kopf gezogen hat, um ihm das Portemonnaie zu klauen“, sagte Rosalie nachdenklich. „Es muss etwas anderes gewesen sein.“

„Aber was?“

„Um das herauszufinden, müssten wir diese unterirdische Halle genauer untersuchen.“

Ambrose schaute Rosalie misstrauisch an. „Was soll das heißen, *wir*?“

Rosalie sah Ambrose mit bambigroßen Augen an. „Bitte. Ich möchte nicht noch einmal alleine in die unterirdischen Steinbrüche klettern.“

„Ich habe dir gesagt, das kommt nicht infrage.“

„Okay, ich mach dir einen Vorschlag: Wir beide begeben uns gemeinsam auf Malports Spuren. Und wenn wir nichts finden, verspreche ich dir, dass ich mit meinem Vater rede, ihm alles beichte und nie wieder in die Katakomben zurückkehre.“ Sie hob die Hand und spreizte dabei Zeige- und Mittelfinger. „Großes Pfadfinderehrenwort.“

Ambrose zögerte einen Moment. Schließlich seufzte er. „Gut“, sagte er und schlug ein. „Ich komme mit. Bereiten wir dem Spuk ein für alle Mal ein Ende.“

13

Als Ambrose am anderen Tag nach Feierabend bei Rosalie erschien, hatte sie schon alles vorbereitet. Der Rucksack war voll gepackt mit Proviant, Kleidung zum Wechseln und einer wasserdichten Tüte, gefüllt mit Batterien, Ersatzbirnen, Kerzen und Feuerzeugen.

Ambrose schien auf den ersten Blick nicht den Eindruck zu machen, als hätte er auch nur die geringste Vorstellung von dem, was ihn da unten erwartete, obwohl Rosalie ihn vorgewarnt hatte.

Er trug eine viel zu weite zerschlissene Jeans und einen alten türkisblau-schwarz gestreiften Wollpullover, den er sich zu allem Überfluss auch noch in die Hose gestopft hatte.

Seine Füße steckten in alten Wanderschuhen. Rosalie fragte sich, wo er die wohl aufgetrieben hatte.

„Was ist?“, fragte Ambrose ein wenig beleidigt, als er Rosalies kritischen Blick bemerkte.

„Nichts. Wo sind deine anderen Sachen?“

Er hielt eine Plastiktüte hoch.

Rosalie rollte mit den Augen und reichte ihm den Rucksack. „Tu sie lieber hier rein. Du wirst zwei freie Hände für den Abstieg brauchen.“

„Ich muss zugeben, dass ich ein wenig nervös bin“, sagte Ambrose unsicher. „Hab ich dir übrigens schon gesagt, dass ich ein wenig unter Platzangst leide?“

„Du machst Witze“, sagte Rosalie vorsichtig. „Platzangst kannst du da unten nun wirklich nicht gebrauchen.“

„Wo ist eigentlich dein Vater?“, fragte Ambrose.

„Er arbeitet, wie immer“, meinte Rosalie und nahm den Rucksack auf. „Vor morgen früh wird er nicht zurückkommen.“

Sie führte Ambrose in den Keller und öffnete den Verschlag, in dem die Habseligkeiten ihrer Mutter verstaut waren. Ambrose schaute unbehaglich drein, als Rosalie die Kartons aus dem Schrank holte und ihm anreichte, damit er sie in einer freien Ecke aufeinanderstapeln konnte.

Dann öffnete sie die Luke und schaltete ihre Taschenlampe ein. Ambrose riskierte einen vorsichtigen Blick.

„Sieht tief aus.“

„Ist es auch.“

Ambrose schluckte.

„Keine Angst. Nach drei Metern erreichst du einen Absatz, der zu einer Wendeltreppe führt.“

„Ich soll vorgehen?“, fragte er erschrocken.

„Männer. Machen immer einen auf dicke Hose, aber wenn es brenzlig wird, ziehen sie den Schwanz ein.“ Rosalie wollte Ambrose beiseite schieben, doch der wehrte sie ab.

„Los. Leuchte nach unten, damit ich keine Sprosse verpasse. Dicke Hose, dass ich nicht lache“, brummte er, als er sich in das Loch hinabließ.

Fünf Minuten später erreichten sie die Sohle. Im Gegensatz zu Rosalie war Ambrose so groß gewachsen, dass er den Kopf einziehen musste, wollte er sich nicht an der niedrigen Decke stoßen.

„Okay. Und wo geht's jetzt lang?"

Rosalie zeigte nach rechts. „Zweihundert Meter da entlang, dann biegen wir rechts ab in die Rue Daguerre."

Rosalie ging vor und leuchtete den Weg aus. Hinter ihr schnaufte Ambrose, als würde er einen steilen Berg besteigen. Offensichtlich war seine Bemerkung über die Platzangst kein Witz gewesen.

„Hier scheint sich ja viel Volk herumzutreiben", sagte er und stieß mit dem Fuß gegen eine leere Bierdose.

„Viele haben keinen Respekt vor diesem Ort."

„Du tust ja gerade so, als befänden wir uns in einer Kirche."

Rosalie lachte nicht. „Da vorne müssen wir übrigens rechts."

Ambrose schwieg nachdenklich. „Sag mal, ist dir schon einmal in den Sinn gekommen, dass die Stimmen, die du die ganze Zeit gehört hast, einen ganz realen Hintergrund haben könnten? Ich meine, die Treppe zu eurem Keller ist von hier unten jedem zugänglich."

Rosalie blieb wie vom Donner gerührt stehen und drehte sich langsam zu Ambrose um. „Danke", sagte sie. „Endlich geht auch dir ein Licht auf! Deswegen wollte ich die ganze Zeit, dass du mich hier hinunterbegleitest. Also glaubst du nicht mehr, dass ich verrückt bin?"

„Nein", gab Ambrose kleinlaut zu. „Das habe ich nie gedacht."

„Aber warum hast du dann so getan, als hätte ich nicht mehr alle Tassen im Schrank?“, rief sie verzweifelt.

„Verdammt noch mal, weil ich Angst hatte. Die Sache im Keller des Montaigne war schon ziemlich furchterregend. Himmel, ich hab mir vor Schiss beinahe in die Hose gemacht! Kein schönes Gefühl, kann ich dir sagen. Aber wie heißt es doch so schön? Mutig ist nur der, der seine Angst bezwingt. Und jetzt lass uns endlich weitergehen“, drängte Ambrose. „Sonst verlässt mich mein Mut vollends.“

Das letzte Stück kamen sie gut voran. Eine halbe Stunde später hatten sie die schmale, versteckte Treppe in der Rue Daguerre erreicht. Rosalie spürte, wie ihr Herz schneller schlug. Ab hier hatte sie alles schon einmal gesehen – wenn auch mit Henri Malports Augen.

„Wir müssen am großen Kreuzweg rechts ab. Zehn Meter weiter befindet sich die Halle, in der der Spiegel gestanden hat.“

Im Gegensatz zu der einigermaßen gut ausgebauten Galerie der oberen Ebene hatten die grob behauenen Passagen hier den Charakter eines hastig gegrabenen Kaninchenbaus. Rosalie stellte besorgt fest, dass Ambrose immer schneller atmete, als würde ihm der Sauerstoff ausgehen.

„Sie ist leer“, stellte er überflüssigerweise fest, als er sich in der Halle endlich wieder zu seiner ganzen Größe aufrichten konnte.

Rosalie trat neben ihn – und erstarrte plötzlich. Als sie das Buch gelesen hatte, war sie Zeuge gewesen, wie Malport Pylarts leblosen Körper bei dem Spiegel entdeckt hatte. Schon da hatte sie eine Art Déjà-vu verspürt, das jetzt, in diesem Moment, mit überwältigender Wucht wiederkehrte.

Die Höhle war im Gegensatz zu den anderen Sälen der Katakomben so groß, dass die Decke von einem guten halben Dutzend Säulen abgestützt werden musste. Überall hatte man in die Wände kleine Nischen eingelassen, in denen noch die Reste dicker Kerzen standen, die mit ihren Flammen rußige Spuren hinterlassen hatten. Ansonsten war nichts zu sehen. Keine Graffiti, kein Müll und auch sonst keine Spuren, die darauf hinwiesen, dass dieser Ort in der letzten Zeit von Kataphilen aufgesucht worden war. Und dennoch wusste Rosalie schlagartig, wo sie sich befand.

Sie hatte von ihrer Mutter geträumt, fiel es ihr ein. Marguerite Claireveaux war an einem Ort gewesen, der diesem verdammt ähnlich war. Wie ein kleines Mädchen, das sich verlaufen hatte und nun den Weg zurück nicht mehr fand, hatte sie dort drüben in der Ecke gehockt, nicht weit von der Stelle, an der Pylart gelegen hatte.

„Oh mein Gott", flüsterte Rosalie und schlug die Hand vor den Mund.

„Was ist?", fragte Ambrose alarmiert und schwenkte nervös die Taschenlampe. „Ist dieser Malport etwa hier?"

Rosalie schüttelte den Kopf. „Nein, wir sind alleine." Sie zwang sich zu einem Lächeln. „Alles in Ordnung. Die Schatten haben mir nur einen Streich gespielt", log sie.

„Wo hat Pylart gelegen?", fragte Ambrose.

Rosalie richtete den Strahl ihrer Lampe auf den Boden. „Ungefähr hier."

„Da ist nichts. Sechzehn Jahre sind eine lange Zeit, da kann viel passieren", gab Ambrose zu bedenken.

Rosalie seufzte. Sie wusste nicht, was sie erwartet hatte, doch wie es aussah, entpuppte sich die ganze Exkursion als Reinfall.

„Vielleicht ist dieser Malport noch einmal zurückgekehrt und hat die Höhle ausgeräumt", mutmaßte Ambrose und setzte sich auf einen Felsen, um einen Schluck zu trinken. Enttäuscht ließ sich Rosalie neben ihm nieder.

„Ja, vielleicht", sagte sie, obwohl sie das nicht glaubte.

„Nun, wenigstens kommen wir so zu einem Picknick an einem überaus exotischen Ort."

„Wie geht's deiner Platzangst?"

Ambrose reichte ihr die Flasche und biss in einen Apfel. „Hier geht es. Ich darf mir nur nicht vorstellen, wie tief unten wir hier sind."

„Ich bin froh, dass du mich nicht für verrückt hältst", sagte Rosalie und ergriff Ambroses Hand. „Glaub mir, das hat mich ziemlich belastet."

Ambrose schwieg verlegen, zog aber die Hand nicht zurück. Rosalie spürte auf einmal, wie ein warmes Gefühl in ihr hochstieg und die Schmetterlinge in ihrem Bauch zu flattern begannen. Sie war froh, dass die Dunkelheit hier unten alle Farbe schluckte und Ambrose ihr glühendes Gesicht nicht sehen konnte.

Doch er schien ihre Gedanken zu lesen. „Na, sollte das der Beginn einer unterirdischen Romanze sein?", fragte er leise.

„Vielleicht", wisperte Rosalie und ließ den Kopf gegen

seine Schulter sinken. Er roch sehr angenehm, stellte sie fest. Auf einmal konnte sie sich gut vorstellen, wie es sein würde, ihn zu küssen. Leg deinen Arm um mich, dachte sie inständig. Tu irgendwas, aber sag jetzt um Gottes willen nichts, und küss mich.

„Was ist *das* denn?“, murmelte Ambrose, und mit einem Mal waren die Schmetterlinge davongeflogen. Rosalie sackte ein Stück in sich zusammen, als wäre aus einem Ventil plötzlich jeder Druck entwichen.

Sie seufzte. „Was ist denn?“, fragte sie ernüchtert.

„Da vorne!“ Ambrose nahm die Taschenlampe und strahlte in eine Ecke. „Siehst du es auch?“

Rosalie kniff die Augen zusammen. Tatsächlich. Da funkelte etwas. Ambrose stand auf und ging zu der Stelle. Er bückte sich und hob etwas auf.

„Ich fasse es nicht“, murmelte er.

Jetzt war auch Rosalie auf den Beinen. „Was ist es?“

„Ein Ring!“ Ambrose hielt ihn ins Licht, damit er ihn untersuchen konnte. „Und es ist etwas eingraviert!“

„Zeig her“, sagte Rosalie.

Die Schrift war fein und im Schein der Taschenlampe kaum zu entziffern.

Marguerite – 13.11.1988

Rosalie spürte, wie ihr schwindelig wurde.

Es war der Ehering ihres Vaters.

Den ganzen Weg zurück sprach Rosalie kein einziges Wort, dazu kreisten ihr zu viele Gedanken im Kopf herum. Maurice Claireveaux war hier unten gewesen. Rosalie wusste jetzt sicher, dass genau der Spiegel, der bis vor wenigen Tagen noch bei ihnen im Flur gehangen hatte, zuvor in den Katakomben gestanden hatte. Doch damit ergaben sich weitere Fragen, die noch verwirrender waren. Wer hatte ihn dort unten hingestellt? Welchen Zweck hatte er erfüllt? Warum war er zerbrochen? Und was hatte Maurice Claireveaux dazu veranlasst, ihn von dort zu holen? Ihr Vater schien jedenfalls nicht der Einzige zu sein, der sich für das Stück interessierte. Es musste mindestens noch einen weiteren Menschen geben, der bereit war, einen Diebstahl zu begehen, um in seinen Besitz zu kommen.

Malports Buch! Dort würde sie vielleicht eine Antwort erhalten.

Rosalie verabschiedete sich hastig von einem verwirrten Ambrose. Es tat ihr leid, ihn einfach so fortzuschicken. Sie versprach aber, sich so bald wie möglich bei ihm zu melden, wenn sie Näheres in Erfahrung gebracht hatte. Bei der Vorstellung, in die Gedankenwelt des perversen Hausmeisters hinabzusteigen, bekam sie ein flaues Gefühl in der Magengegend.

Und dieses Gefühl hatte weiß Gott nichts mit Schmetterlingen zu tun.

Malport hatte noch nie solch eine Angst vor einem Menschen gehabt, wobei er sich noch nicht einmal sicher war, dass dieser Kerl, den er in den Katakomben gefunden hatte, überhaupt zu dieser Gattung gehörte.

Gott, am liebsten hätte Malport den Fremden einfach vor die Tür gesetzt, doch dann wäre der Mann schnurstracks zur Polizei gelaufen und hätte Malports kleines, schmutziges Geheimnis verraten.

Einen Moment hatte der Hausmeister überlegt, kurzen Prozess mit ihm zu machen. Doch der Mann schien seine Gedanken lesen zu können. Nein, nicht lesen. Das wäre eine zu neutrale Umschreibung gewesen. Der Fremde war in Malports Kopf, hatte sich dort eingenistet und saugte wie ein kleiner Vampir die Energie ab, bis nur noch so viel davon übrig war, wie Malport gerade zum Leben brauchte.

Doch da war noch eine andere Angewohnheit, die mehr als irritierend war: Der unheimliche Gast schlief nicht. Malport hatte noch nie gesehen, dass dieses Monstrum ein Auge zumachte, einnickte oder auch nur döste. Dieser Mensch lief vierundzwanzig Stunden am Tag, sieben Tage die Woche auf Hochtouren. Sein Hunger nach Weltwissen war enorm, so als ob er erst vor wenigen Tagen geboren worden wäre. Entweder war er verrückt, oder er litt an einem kompletten Gedächtnisverlust. Malport befürchtete, dass es beides war.

Zuerst hatte der Fremde die Tage damit verbracht, fernzuschauen, doch das hatte ihn nur kurz befriedigt. Dann musste Malport Bücher heranschaffen. Dutzende, Hunderte von ihnen, die wie die Tageszeitungen in einem rasanten Tempo und ohne erkennbare Systematik verschlungen wurden. Es war alles dabei: Lexika, Romane, Biografien, Fachpublikationen und Lehrbücher. Zu dieser Zeit war Malport Stammgast in allen öffentlichen Bibliotheken.

Dann kehrte Ruhe ein. Als hätte sich der Fremde in einen Kokon des Wissens gesponnen, verbrachte er sieben Tage und sieben Nächte in einem Sessel, um einfach vor sich hinzustarren. In dieser Zeit aß er und trank er nichts. Irgendeine Metamorphose ging mit ihm vor. Seine Kräfte waren in dieser Zeit nicht sehr stark, doch reichten sie noch aus, Malport in Schach zu halten.

Der Hausmeister des Montaigne ging weiter seinen Tätigkeiten nach. Zum ersten Mal genoss er seine Arbeit an der Schule, denn sie führte ihn von zu Hause fort, wo dieser Kerl saß und sich nicht rührte. Malport hatte einmal eine Tierdokumentation über eine Anakonda gesehen, die ein ganzes Schwein erwürgt und verschlungen hatte, nur um es dann in aller Ruhe zu verdauen.

Und das tat der Fremde. Er verdaute das angelesene Wissen, und Malport fragte sich, was eines Tages dabei hinten herauskommen würde. Am Ende des siebten Tages sollte er es erfahren.

Als Malport am Abend nach Hause kehrte und die Tür aufschloss, stand der Fremde mit einem Bademantel bekleidet in der Küche und beugte sich über einen Topf, aus dem ein verführerischer Duft stieg.

„Wie schön", sagte der Mann, als er mit einem Kochlöffel das Ragout probierte, das schon seit einer geraumen Zeit vor sich hinkochen musste. „Sie kommen gerade rechtzeitig zum Essen. Nehmen Sie Platz. Der Tisch ist gedeckt."

Malport stellte seine Tasche ab und hängte die Jacke auf einen Bügel. „Es freut mich wirklich sehr, dass es Ihnen besser geht", sagte er vorsichtig und blieb im Türrahmen stehen.

„Mein lieber Freund, Sie haben einen schrecklich sortierten Haushalt. Sie sollten besser auf Ihre Ernährung achten, sonst werden Sie nicht sehr alt."

Er drehte den Herd herunter und stellte den Topf auf den Küchentisch, nicht ohne vorher einen Bastuntersetzer aus der Schublade zu holen.

„Jetzt setzen Sie sich doch endlich", bat er Malport und schöpfte ihm eine gehörige Portion auf den Teller. „Es gibt viele Dinge zu bereden."

Malport nahm zögernd Platz und faltete das Stück Küchenpapier auseinander, das in Ermangelung einer Serviette unter dem Besteck lag. „Zunächst würde ich gerne wissen, wer Sie sind", sagte er.

„Das ist eine Frage, die ich Ihnen leider nicht beantworten kann und die mir – ich muss es zugeben – selbst sehr zu schaffen macht."

„Wie? Sie wissen wirklich nicht, wer Sie sind?", fragte Malport überrascht.

„Bis zu dem Punkt, an dem Sie mich aus dem Untergrund gezogen haben, kann ich mich an nichts erinnern. Mein ganzes vorheriges Leben ist ausgelöscht", antwortete der Fremde ohne eine Spur von Ironie.

Malport schaute den Mann kritisch an. „Sie machen Witze."

„Glauben Sie mir, die Lage ist schrecklich ernst. Und ich gedenke, sie so schnell wie möglich zu meinen Gunsten zu verändern. Deswegen muss ich Sie zunächst einmal nach ihren finanziellen Mitteln fragen."

„Die sind begrenzt", sagte Malport kauend. Das Ragout schmeckte vorzüglich.

„Sie wollen mir doch nicht weismachen, dass Ihr kleines Fotohobby so wenig abwirft?"

„Das meiste geht für die Miete und den Lebensunterhalt drauf. Viel bleibt da nicht übrig."

Der Fremde kratzte sich an der Nase. „Vielleicht sollten wir Ihr kleines Unternehmen einmal auf eine solidere Basis stellen."

„Danke. Mir reicht mein kleiner Kundenkreis. Alles andere ist mir zu gefährlich."

„Dieser Kundenkreis, wie Sie es nennen: Ist der solvent?"

„Ob er Geld hat?" Malport lachte kurz auf. „Kann man wohl sagen. Das sind Leute in gehobenen Stellen."

„Seien Sie so gut, und erstellen Sie mir eine Liste?"

Malport schüttelte den Kopf. „Kommt nicht infrage! Sie wollen sie erpressen, nicht wahr? Damit zerstöre ich meine Geschäftsgrundlage. Außerdem sind unter meinen Kunden einflussreiche Männer. Ich könnte alles verlieren, nicht nur meinen Job."

„Das wäre natürlich tragisch. Aber ich denke, dieses Risiko werden wir eingehen müssen. Was halten Sie davon, wenn wir nach unserem kleinen Diner einen Ausflug machen?"

„Ausflug?", fragte Malport mit vollem Mund. „Wohin?"

„Nun, wenn wir schon wie erfolgreiche Geschäftsleute auftreten wollen, müssen wir uns auch wie solche kleiden", kam die fröhliche Antwort.

Es war ein teurer Einkaufsbummel. Der Fremde kaufte auf Malports Kreditkarte eine komplette Herrenausstattung. Dazu gehörten drei klassisch geschnittene Dreiteiler, sieben Krawatten, ein Dutzend weiße Hemden, mehrere Garnituren Unterwäsche, ein Zwanzigerpack Socken und drei Paar Schuhe. Hinzu kamen ein Wintermantel, eine leichte Jacke für den Übergang, ein Regenschirm, zwei Paar Lederhandschuhe, ein halbes Dutzend Taschentücher, ein Aktenkoffer, einige Schreibutensilien sowie eine schwarze, in Schweinsleder eingebundene Kladde. Zwar stellte Malport erleichtert fest, dass sich sein Untermieter nicht für die teuersten Stücke entschieden hatte, doch trotzdem war die Rechnung astronomisch. Mit 9.465 Francs blieben sie nur knapp unter dem Limit der Kreditkarte.

Malport begann ernstlich, den Vorschlag des Fremden in Betracht zu ziehen. Am anderen Tag hatte er die Aufstellung seiner Kunden fertig.

„Sehr schön“, sagte der Mann, der in seinem neuen Anzug am Küchentisch saß und etwas in das schwarze Buch notierte. „Mein lieber Malport, mit ein wenig Glück wird uns bald ein ungeahnter Geldsegen zuteil.“

„Wenn Sie meinen“, sagte Malport unbehaglich. Er wusste, dass er sein Schicksal in die Hände eines Mannes gelegt hatte, der so undurchschaubar wie unheimlich war. Der Hausmeister des Montaigne hatte keineswegs die kleine Episode in jener Nacht vergessen, als er den Fremden nackt und scheinbar hilflos aus der Dunkelheit der Katakomben gezerrt hatte. Das Gefühl, dass plötzlich seine geheimsten Gedanken gelesen wurden, als wäre sein

Verstand ein offenes Buch, war erschreckend gewesen, und der lähmende Schock saß noch immer tief.

„Wenn es Sie beruhigt: Sie selber werden sich die Finger nicht schmutzig machen. Sehen Sie Ihre Rolle einfach als die eines Mannes, der einige lukrative Geschäfte anbahnt." Er legte den Zettel in seinen Koffer und stand auf. „Wenn ich heute Abend wiederkomme, werden wir unser Startkapital beisammenhaben." Mit diesen Worten ging er.

Insgeheim hoffte Malport, den Mann nicht mehr wiederzusehen. Doch er täuschte sich, und zwar gewaltig. Der Fremde, der noch immer keinen Namen hatte, hielt Wort. Als er gegen zehn Uhr abends zurückkehrte, hatte er sein Tagewerk erledigt und den leeren Koffer mit Geldscheinen gefüllt.

„Und sie haben alle gezahlt?", fragte Malport, als er mit großen Augen die bunt bedruckten Papierbündel sah. Es mussten knapp 300.000 Francs sein!

„Überaus bereitwillig sogar. Besonders erfreulich war die Zusammenarbeit mit dem Herrn von der Meldebehörde, der ebenfalls zu Ihrem erlauchten Kundenkreis gehörte." Er zauberte eine kleine Plastikkarte aus der Jackentasche und hielt sie Malport unter die Nase. „Sie dürfen mich nun endgültig im Reich der Lebenden begrüßen."

Malport nahm den kleinen Personalausweis und studierte ihn. „Quentin Pylart, geboren am sechzehnten November 1950 auf Réunion."

„Es hat ihn wirklich gegeben. Monsieur Dubois war so freundlich, seine Sterbeurkunde verschwinden zu lassen.

Dass Monsieur Pylart sein Leben in einem französischen Überseedepartement verbracht hat, erleichtert die Sache ebenso wie seine Ähnlichkeit mit mir. Er kam nach Paris, um sich hier eine künstliche Herzklappe einbauen zu lassen. Kurz nach der Passkontrolle brach er zusammen und starb. Der arme Kerl hatte weder Familie noch Freunde in Frankreich. Nun, so wird wenigstens sein Name weiterleben."

Malport schluckte. Die kalte Effizienz, mit der dieser Mann, der nun Quentin Pylart hieß, seine Ziele verfolgte, war beängstigend.

„Nun schauen Sie nicht so erschrocken", rief Pylart und drückte Malport ein Kuvert in die Hand. „Freuen Sie sich lieber, dass Sie Ihren Einsatz doppelt zurückgewonnen haben."

Malport schaute hinein und stieß einen leisen Pfiff aus.

„Das sind zwanzigtausend Francs", sagte Malport leise.

„Und das ist erst der Anfang."

„Was haben Sie vor?", fragte Malport.

„Morgen werde ich mir erst einmal ein neues Appartement suchen, ein Büro mieten und einige Konten bei verschiedenen Banken eröffnen."

„Sie ziehen aus?", fragte Malport.

„Freut Sie das?" Pylart lächelte. „Aber keine Angst. Dies ist erst der Beginn einer sehr fruchtbaren Zusammenarbeit. Sie werden natürlich weiter Kunden anwerben, und ich schöpfe sozusagen den Rahm ab. Aber das wird nicht Ihre eigentliche Aufgabe sein."

„Sondern?", fragte Malport misstrauisch.

„Ihre Arbeit als Hausmeister des Montaigne ist noch in einer anderen Hinsicht sehr wertvoll für mich." Pylart schaute Malport mit seinen dunklen Augen an. „Ich will wissen, was mit mir in den Katakomben geschehen ist. Finden Sie heraus, wer dafür verantwortlich ist, dass ich mich nicht mehr an mein Leben erinnern kann. Und wenn Sie ihn haben, bringen Sie ihn zu mir. Haben Sie mich verstanden?"

Malport nickte. Ihm war auf einmal schrecklich kalt.

„Sehr gut." Pylart lächelte. „Auf eine gute Zusammenarbeit."

Malport ergriff die ausgestreckte Hand und erschauerte. Er hatte das Gefühl, gerade einen Pakt mit dem Teufel geschlossen zu haben.

14

Rosalie hatte zunächst vorgehabt, weiter in Malports Buch zu lesen, doch bereits nach dem zweiten Mal musste sie erschöpft damit aufhören. Sie verfolgte dieses erbärmliche Leben nicht wie eine unbeteiligte Leserin, sondern nahm auf eine erschreckend unmittelbare Art Malports Perspektive ein, ohne in das Geschehen eingreifen zu können. Doch nun war sie am Ende. Die Trostlosigkeit seiner Existenz war einfach zu deprimierend.

„Wirf es fort“, sagte Ambrose eindringlich, als sie sich das nächste Mal trafen und er schaudernd in dem Buch geblättert hatte. Sie saßen in einem Café, das unweit des Antiquariats in einer wenig belebten Seitenstraße lag. „Du bist zu empfindsam, als dass du dich mit diesen kranken Gedanken beschäftigen solltest.“ Er klappte es wieder zu und schob es angewidert von sich fort.

„Zu empfindsam?“ Rosalie musste lachen, doch es klang ein wenig kläglich. Nervös rührte sie in ihrer heißen Schokolade herum.

„Ja, zu empfindsam“, wiederholte Ambrose ernst. „Außerdem sind diese Aufzeichnungen sehr gefährlich. Wenn Pylart merkt, dass sie aus seiner Sammlung verschwunden sind, wird er alles daransetzen, um sie wieder in seinen Besitz zu bringen.“

„Woher soll er denn wissen, dass ich sie habe?“ Sie blickte sich unbehaglich um.

„Keine Ahnung. Aber wenn er es herausbekommt, bist du in großer Gefahr. Diese Kladde liefert den Beweis, wie er sein Imperium aufgebaut hat. Dass er ein Krimineller ist. Du hast gesagt, dass er noch mehr von diesen Büchern hat?“

Rosalie nickte. „Etliche Hundert. Und auf einigen standen die Namen ziemlich bekannter Persönlichkeiten.“

„Offensichtlich hat sich dieser Pylart darauf spezialisiert, all die Leichen auszugraben, die diese Leute im Keller ihrer Vergangenheit verscharrt haben.“ Zum wiederholten Mal fragte Rosalie sich, weshalb Pylart auch über sie eine Kladde angelegt hatte. Mal abgesehen von ein paar abgefangenen Briefen der Schule hatte sie nichts zu verbergen. Und zu holen gab es bei ihr auch nichts. Was also wollte dieser Mann von ihr? Sie wusste es nicht – und genau das machte ihr umso mehr Angst.

Rosalie legte beide Hände um die heiße Tasse, damit Ambrose nicht merkte, wie sie zitterten. „Wenn ich das Buch durchgelesen habe, möchte ich es gerne dir geben“, sagte sie.

„Mir?“, fragte Ambrose erschrocken. „Aber warum denn das?“

„Um auf Nummer sicher zu gehen. Wenn mir etwas zustößt, gehst du damit zur Polizei.“ Sie ergriff seine Hand. „Du bist der Einzige, dem ich vertrauen kann.“

„Tu es jetzt schon“, bat sie Ambrose eindringlich. „Steck es in ein Kuvert und wirf es in den Briefkasten der nächsten Polizeistation.“

„Ich muss es erst zu Ende lesen“, wiederholte Rosalie. „Ich will wissen, was es für eine Verbindung zwischen meiner Familie und Quentin Pylart gibt.“

Ambrose entzog ihr seine Hand. „In der letzten Zeit schon mal einen Blick in den Spiegel geworfen? Ich sehe doch, wie dich das alles mitnimmt!“

Ambrose hatte recht. Rosalie hatte in den letzten Tagen einiges an Gewicht verloren, und auch die Ringe unter ihren Augen waren nicht zu übersehen. Sie hatte ihre schlechte Verfassung zunächst auf die Sorge um ihre Großmutter geschoben, doch ihr selbst ging es zusehends schlechter, seitdem sie sich mit diesem Buch beschäftigte, das wie ein Gedankengift die Farbe aus ihrem Leben bleichte und alles in einem deprimierenden Grau erscheinen ließ.

„Ich habe keine andere Wahl“, sagte Rosalie leise und betrachtete den schwarzen Einband. „Ich kann nicht mehr vergessen, was ich gesehen habe.“

„Was wirst du eigentlich mit dem Ring machen?“, fragte Ambrose und schälte nachdenklich einige Erdnüsse, die in einem Schälchen vor ihm auf dem Tisch standen.

„Erst mal gar nichts. Wenn ich ihn meinem Vater zurückgeben würde, wüsste er, dass ich den Zugang zu den Katakomben gefunden habe.“ Rosalie machte eine Pause und tunkte geistesabwesend ihren Keks in die heiße Schokolade. „Ich glaube, er hat Angst, dass ich so werde wie meine Mutter. Wenn er erfährt, dass ich Stimmen höre und mich in dunklen Höhlen herumtreibe, wird er nicht besonders begeistert sein, um es mal neutral auszudrücken.“

„Das kann ich sehr gut verstehen“, sagte Ambrose. „Nach allem, was du mir bisher von deiner Mutter erzählt hast, muss ihr Verhalten ziemlich beängstigend gewesen sein.“

„Ich bin nicht meine Mutter“, erwiderte sie ernst.

„Aber ihre Tochter.“

„Nun, wir wissen ja jetzt, woher die Stimmen kommen“, sagte Rosalie und versuchte, die Unterhaltung in eine andere Richtung zu lenken. „Sie haben eine ganz natürliche Ursache. Ich frage mich, was das für Leute sind, diese Kataphilen.“

„Die suchen unter der Erde wahrscheinlich den Kick, den sie im normalen Leben nicht finden können. Ich möchte wetten, dass die meisten von ihnen tagsüber einen total langweiligen Job haben und in der großen Masse verschwinden.“

Rosalie konnte verstehen, dass man sich diesem Reiz hingab.

All das, was sie in der oberirdischen Welt belastet hatte, war in den Katakomben von ihr abgefallen. Obwohl die Gänge eng und niedrig waren, hatte sie ein Gefühl von Unendlichkeit verspürt. Die alten Steinbrüche waren ein von Raum und Zeit losgelöstes Universum, schier unendlich in seiner Ausdehnung und doch ein Ort, an dem sie sich sofort zu Hause gefühlt hatte.

Natürlich lauerte dort auch die Gefahr. Decken konnten einstürzen, und an manchen Stellen stieg das Grundwasser manchmal ohne Vorankündigung an, sodass der Rückweg abgeschnitten wurde. Aber das war gerade auch der Reiz dieses unterirdischen Kosmos’: Man musste ihn mit Respekt und Vorsicht betreten, dann erfüllten sich dort die geheimsten Träume.

„Was wirst du eigentlich die Feiertage über machen?“, fragte Rosalie unvermittelt.

Ambrose rollte mit den Augen. „Ich weiß es nicht. Wahrscheinlich werde ich bei meinen Eltern in Clichy-sous-Bois hocken.“

„Das klingt nicht gerade so, als wäre das für dich eine besonders angenehme Vorstellung.“

„Ist es auch nicht. Ich bin froh, dass ich diesem Viertel endlich den Rücken gekehrt habe. Aber es sind alle da, also werde ich wohl auch in den sauren Apfel beißen müssen.“ Ambrose bemerkte Rosalies Blick. „Es wird ohnehin wieder im Streit enden! Mein Vater will nach den alten Traditionen feiern, doch meine Brüder verschwinden auf irgendwelche Partys, und das ist dann spätestens der Punkt, an dem meine Mutter anfängt zu heulen, weil wir alle so undankbar sind.“ Er verzog schmerzhaft das Gesicht. „Am liebsten würde ich gar nicht erst hingehen.“

„Dann komm doch einfach zu uns“, sagte Rosalie.

Ambrose schaute sie an, als wollte sie ihn auf den Arm nehmen.

„Ich sitze sowieso mit meinem Vater alleine herum“, fuhr Rosalie fort. „Wir haben keine Familie. Irgendwo gibt es noch einen Onkel in Quebec, aber von dem haben wir schon ewig nichts mehr gehört.“

„Ich weiß nicht …“, sagte Ambrose.

„Du würdest mir eine große Freude damit bereiten.“

Ambrose zögerte einen Moment. „Also gut“, sagte er schließlich. „Aber nur, wenn ich für euch kochen darf.“

Rosalie strahlte über das ganze Gesicht. „Abgemacht. Mein Vater wird sich freuen, wenn zu Weihnachten mal etwas Exotisches auf den Tisch kommt."

Rosalie war nervös, obwohl es dazu eigentlich keinen Grund gab. Schon oft hatte sie mit ihrer Mutter gesprochen, doch es lag in der Natur der Dinge, dass diese Konversation stets sehr einseitig war. Sie hatte einmal gehört, dass Menschen, die im Koma lagen, nicht wirklich schliefen, sondern ihre Umwelt durchaus wahrnahmen, wenn auch auf einer Ebene, die für Gesunde nur schwer nachzuvollziehen war. Immer saß Rosalie dabei neben dem Bett auf einem unbequemen Stuhl, erzählte von den belanglosen Ereignissen, die sich in der Schule zugetragen hatten, oder las aus der Zeitung vor. Wenn die Nachrichten zu schlimm waren oder die Rubrik *Vermischtes* mal wieder nur irgendwelchen Klatsch bot, konnte es auch mal ein Buch sein. Rosalie kannte ein wenig den literarischen Geschmack ihrer Mutter. Im Wohnzimmer stand ein ganzes Regal mit ihren Büchern, die ein breit gefächertes Interesse widerspiegelten. Neben den üblichen Klassikern befanden sich auch Bände relativ unbekannter Autoren dabei, von denen Rosalie noch nie etwas gehört hatte.

Doch heute war sie nicht gekommen, um ein weiteres Kapitel aus Flann O'Briens *Der dritte Polizist* vorzulesen. Heute wollte sie etwas tun, was sie noch nie getan hatte: sich mit ihrer Mutter unterhalten. Doch wie sollte sie es anstellen? Wie sollte sie ihr von den Dingen berichten, die sich in den letzten Monaten zugetragen hatten und in Rosalie die Angst aufkeimen ließen, langsam aber sicher dem Reich des Wahnsinns anheim zu fallen.

Rosalie holte tief Luft und nahm allen Mut zusammen, bevor sie an die Tür zum Krankenzimmer klopfte. Als sie keine Antwort erhielt und somit sicher war, dass kein Arzt gerade seine Visite abhielt, trat sie ein.

Marguerite Claireveaux lag wie immer in ihrem Bett, und doch war etwas anders. Dann fiel es Rosalie auf: Die Anzahl der Schläuche und Drähte, mit denen ihre Mutter verkabelt war, hatte sich verringert. Ihre Mutter lag nun auf dem Rücken und starrte mit halb geöffneten Augen an die Decke.

Es war still. Das Klacken und Zischen des Beatmungsapparates, der sechzehn Jahre lang frische Luft in die Lungen gepumpt hatte, war verstummt. Die Maschine war weggestellt worden.

Rosalie blieb einen langen Moment reglos stehen und blickte auf ihre Mutter hinab. Dann setzte sie sich, ganz entgegen ihrer Gewohnheit, auf die Bettkante und ergriff die steife, faltenlose Hand.

„Hallo Mutter", flüsterte sie. Ihre Stimme klang zittriger, als sie beabsichtigt hatte. Rosalie räusperte sich. „Mutter, wir müssen reden. Ich …" Sie fuhr sich mit der Hand über die Stirn und lächelte nervös. „Gott, ich komme mir vor wie bei einer Beichte."

Marguerite schloss die Augen und öffnete sie wieder. Ein Blinzeln in Zeitlupe. Rosalie kannte das schon. Es war ein Reflex und kein Ausdruck einer bewussten Handlung. Dennoch fiel ihr Blick auf die Messung der Gehirnströme, deren Linie aber flach blieb.

„Mutter, ich habe das Gefühl, dass ich langsam …" Sie wollte das Wort *verrückt* nicht in den Mund nehmen. „… dass ich langsam den Kontakt zur Realität verliere. Ich habe niemanden, mit dem ich darüber reden kann, weil mich keiner versteht. Vielleicht am ehesten noch Ambrose. Aber er sieht nicht das, was ich sehe. Hört nicht die Dinge, die ich höre. Bei dir ist es anders. Großmutter hat mir erzählt, dass du immer … sehr viel Fantasie hattest. Wahrscheinlich habe ich sie von dir geerbt, aber ich kann damit nicht umgehen. Sie macht mir Angst. Ich kann sie nicht kontrollieren." Rosalie machte unwillkürlich eine Handbewegung, als hätte sie gerade Quatsch erzählt. „Stimmt schon. Wann hat man je davon gehört, dass sich Fantasie kontrollieren ließe. Aber es ist unheimlich. Ich merke, dass mir alle Menschen, die mir etwas bedeuten, fremd werden. Ich will das nicht. Das erste Mal seit Jahren kann ich mit Vater reden, und er gibt sich wirklich Mühe, auf mich einzugehen. Mit Großmutter hatte ich mich ja immer gut verstanden …" Rosalie spürte einen Stich in ihrem Herzen. Hatte? Um Himmels willen, war es schon so weit gekommen, dass sie von ihr nur in der Vergangenheitsform berichten konnte? Für einen kurzen Moment überlegte Rosalie, ob sie ihrer Mutter die schlechte Nachricht vom langsamen Sterben mitteilen sollte, entschied sich aber anders.

„Mutter, ich bin in den Katakomben gewesen."

Wieder dieses irritierende Blinzeln in Zeitlupe.

„Ich sehe tote Menschen. Und wenn ich ihre Bücher lese, ist es, als lebte ich ihr Leben noch einmal." Rosalie schluckte. „Ich weiß nicht, wie lange ich das noch ertrage. So viele Dinge geschehen, und ich weiß nicht, was sie bedeuten. Da ist dieser Spiegel, der die ganze Zeit über bei uns gehangen hat, obwohl er nicht zu reparieren war. Er wurde gestohlen, und nun stellt sich heraus, dass er etwas mit einem Mann zu tun hat, den man vor sechzehn Jahren in den alten Steinbrüchen unter der Stadt gefunden hat. Sein Name ist Quentin Pylart, und ich …"

Weiter kam Rosalie nicht, denn etwas anderes zog ihre Aufmerksamkeit auf sich. Es war der Monitor des EEGs, und was sie sah, versetzte sie zuerst in Erstaunen und dann in echtes Erschrecken.

Die Linie, die die ganze Zeit über allenfalls leise gezittert hatte, schlug in Schüben aus. Zunächst nicht sehr kräftig, dafür aber in steigender Intensität. Plötzlich spürte Rosalie, wie sich die Hand ihrer Mutter verkrampfte. Sie sah ihrer Mutter ins Gesicht – und stieß einen Schrei aus.

Die weit aufgerissenen Augen starrten sie an, der Mund versuchte, Worte zu formen, brachte aber außer einem Stammeln und Würgen nichts hervor.

Rosalie wollte aufspringen, doch ihre Mutter hielt sie fest, den Blick starr auf sie gerichtet. Mittlerweile spielte das laut piepsende EEG verrückt. Ein wildes Zackenmuster tanzte über den Monitor, weit über die messbare Skala hinaus. Rosalie tastete nach dem Knopf, mit dem man die Schwester rufen konnte, und drückte ihn.

Der Griff verstärkte sich immer mehr. Verzweifelt versuchte sich Rosalie zu befreien, doch sie kam nicht los! Dann bäumte sich der geschundene Körper ein letztes Mal auf und fiel in die Kissen zurück. Augenblicklich beruhigte sich auch das EEG und zeigte wieder die charakteristische Nulllinie an.

Die Tür ging auf, und eine Krankenschwester steckte den Kopf durch den Spalt.

„Oh. Guten Tag, Mademoiselle Claireveaux. Ich habe Sie gar nicht kommen sehen. Haben Sie den Knopf gedrückt?"

Rosalie starrte auf ihre Mutter, die wieder reglos mit geöffneten Augen die Decke anstarrte, als sei nichts geschehen.

„Ja, aber es ist nichts. Nur ein Versehen."

Die Schwester schaute misstrauisch an Rosalie vorbei, sah aber nur die Kranke wie sonst auch in ihrem Bett liegen. Dann lächelte sie.

„Sagen Sie dann bitte noch Bescheid, wenn Sie wieder gehen?"

Rosalie hatte sich wieder so weit im Griff, dass sie sich zu einem Lächeln zwingen konnte.

„Ja, mache ich. Und es tut mir leid wegen des Fehlalarms."

„Kein Problem", sagte die Schwester und lächelte zurück.

Als die Tür wieder geschlossen war, setzte sich Rosalie. Nicht auf die Bettkante, sondern auf einen Stuhl, der abseits in einer Ecke stand.

Um Gottes willen, was war eben geschehen? Ihre Mutter war für einen Moment aufgewacht! Das war sie doch, oder? Rosalie betrachtete ihr Handgelenk.

Rosalies Puls raste. Auf einmal war sie nur noch von einem Wunsch erfüllt: so schnell wie möglich von hier zu verschwinden. Sie sprang auf, rannte hinaus auf den Flur und stürmte auf den Ausgang zu, ohne sich im Schwesternzimmer abzumelden.

Rosalie starrte auf den Bildschirm. Mit fahrigen Bewegungen klickte sie sich durchs Internet. Auch wenn sie sich Ambrose gegenüber stark und zuversichtlich gegeben hatte – wieder hatte sie es nicht über sich gebracht, den ledernen Einband von Malports Kladde aufzuschlagen. Stattdessen hatte sie den Computer hochgefahren und im Internet neue Seiten über die Geschichte der Katakomben ausfindig gemacht. Rosalie riss ein neues Päckchen *St. Michel* auf, das sie sich gekauft hatte, und nahm sich eine Zigarette heraus. Doch statt sie zu rauchen, zerkrümelte sie sie gedankenverloren zwischen den Fingern, als sie weiterlas.

Nach dem Krieg kehrte im Pariser Untergrund wieder Frieden ein. Die deutschen Besatzungstruppen wurden nicht nur aus ihren unterirdischen Kommandostellen vertrieben; die französischen Widerständler mussten sich nicht mehr in den dunklen Gängen unter der Stadt verstecken.

Nun wurden die Katakomben wieder das, was sie vor dem Krieg gewesen waren: ein Ort für Eingeweihte, die in den unterirdischen Galerien ihre geheimen Zeremonien abhielten, wie die Hochschule für Bergbau, deren *Bizutages* genannte Aufnahmeriten jedes Jahr am Tag der Heiligen Barbara stattfinden. Dabei müssen die Erstsemester einige unangenehme Aufgaben bewältigen, bevor sie mit dem kalten Wasser eines unterirdischen Brunnens getauft wurden.

Rosalie vergrößerte mit einem Mausklick eines der Bilder.

Einige in schwarze Kutten gekleidete Männer, die Kapuzen tief ins Gesicht gezogen, standen um einen Novizen, der ein Stück Pergament in der Hand hielt. Im Hintergrund stapelten sich in Reih und Glied die Gebeine exhumierter Toter.

Trotz ihrer Nervosität musste Rosalie lächeln. Irgendwie sah das Ganze wie die Sparversion einer Ku-Klux-Klan-Versammlung aus und war nicht wirklich schaurig. Männer und ihre Geheimbünde, schnaubte sie verächtlich.

Sie klickte auf einen Button, und eine andere Seite baute sich auf.

In den achtziger Jahren des zwanzigsten Jahrhunderts war es dann in den Katakomben mit der Ruhe vorbei.

Man stellte damals nämlich fest, dass es sich in den Galerien und Hallen vorzüglich feiern ließ. Es gab Veranstaltungen, die von bis zu zweihundert Partygästen besucht wurden.

Plötzlich war der Untergrund ein gefundenes Fressen für die Presse, die in reißerischer Manier über das Thema herfiel. Sie mischte Halbwissen mit frei erfundenen Produkten einer ausschweifenden Fantasie, und heraus kamen satanische Messen, wüste Orgien und Drogenexzesse. Dabei sah die Wahrheit viel harmloser aus.

Doch die zahlreichen Berichte reichten aus, um immer mehr Leute in die Steinbrüche zu locken, und danach veränderten sich die Katakomben endgültig.

Ein gewisser Gilles Thomas schrieb, dass der Niedergang der unterirdischen Höhlen auf zwei Faktoren zurückzuführen war: die Verbreitung von Fotokopierern und Spraydosen.

Mussten die Pläne früher mit der Hand mühsam abgezeichnet werden, so reichte jetzt ein Knopfdruck aus, um hunderte Reproduktionen für wenig Geld in Umlauf zu bringen.

Die Partys nahmen überhand und wurden immer professioneller organisiert. Riesige Verstärkeranlagen wurden über Generatoren mit Strom versorgt. Spätestens zu dem Zeitpunkt, als unter dem Boulevard Saint Michel ein Kabelbrand für einen Totalausfall des Telefonnetzes sorgte, war der Punkt erreicht, an dem sich die Stadtverwaltung zum Handeln gezwungen sah. Von den zweihundertsechzehn Schächten und fünfundvierzig Treppen wurden die meisten binnen kürzester Zeit verschlossen.

Tatsächlich ließ sich das Gros der Besucher von diesen Maßnahmen abschrecken, aber einen harten Kern von gut hundert Kataphilen hinderte das kaum daran, weiterhin die Unterwelt zu durchstreifen.

Rosalie lehnte sich in ihrem Stuhl zurück und zupfte sich nachdenklich an der Unterlippe. Wenn es jemanden gab, der mehr über die Geschichte der Steinbrüche wusste, so würde sie ihn dort unten antreffen.

Sie rief die Karte der südlichen Katakomben auf den Bildschirm und studierte sie.

Die Bereiche, in denen sich die Kataphilen die meiste Zeit aufhielten, lagen weiter im Osten. Rosalie versuchte, die Entfernung abzuschätzen. Es mochten vielleicht sechs oder sieben Kilometer bis zum mineralogischen Kabinett sein, das im Jahr 1811 eingerichtet worden war. Dort fanden immer wieder Treffen dieser selbst ernannten Höhlenforscher statt.

Es würde ein langer und beschwerlicher Weg werden. Zu allem Überfluss musste sie noch einen Umweg in nördlicher Richtung machen, da der öffentliche Teil der Katakomben alle Ost-West-Verbindungen südlich vom Place Denfert Rochereau blockierte.

Rosalie wählte Ambroses Nummer. Es klingelte sechsmal, dann meldete sich die Mailbox. Rosalie legte auf. Was sollte sie tun? Die Vorstellung, alleine hinabzuklettern, behagte ihr eigentlich überhaupt nicht. Auf der anderen Seite war der heutige Tag bestens für dieses Vorhaben geeignet. Ihr Vater hatte wieder Bereitschaftsdienst und würde vor morgen Mittag nicht nach Hause kommen. Und außerdem war alles besser, als in der Kladde weiterzulesen. Im Vergleich zu Malports Seelenzustand waren die Katakomben ein heiterer, sonniger Ort.

Sie wählte die Nummer noch einmal. „Salut, Ambrose. Ich steige noch einmal nach unten. Wenn ich …", sie schaute auf die Uhr, „… um acht Uhr heute Abend nicht wieder da sein sollte, darfst du dir Sorgen um mich machen. Bis dann."

Mittlerweile wurden die Gänge um die Rue Lalande für sie zu einem vertrauten Ort. Bis zum Friedhof von Montparnasse würde sie ohne Karte auskommen. Als sie das Ende der langen Galerie erreichte, bog sie rechts ab, um gleich darauf den Weg nach Norden in die Rue Boulard einzuschlagen. Nur das dumpfe Scharren der Schritte und ihr Keuchen waren zu hören. Wenn sich wirklich jemand außer Rosalie hier unten aufhielt, so bewegte er sich im Gegensatz zu ihr ziemlich lautlos.

Sie spürte ein Kribbeln in ihrem Rücken, als sie an ihren zweiten Ausflug dachte, der sie zum Ossarium unter dem Friedhof von Montparnasse geführt hatte. Rosalie wusste nicht, ob sie sich den namenlosen Verfolger nur eingebildet hatte, doch das Gefühl der Bedrohung war beunruhigend real gewesen. Immer wieder hielt sie inne und lauschte. Die Grabesstille, die hier unten herrschte, zerrte an ihren Nerven. Sie ertappte sich dabei, wie sie auf einmal ein altes Kinderlied summte, nur um überhaupt etwas zu hören. Das war das Unangenehmste an diesem Ort: alle Antennen waren auf höchste Alarmbereitschaft gestellt, aber sie nahmen nichts wahr außer den Geräuschen, die man selbst verursachte.

In den relativ glatt behauenen Gängen kam sie gut voran. Nur einmal stieß sie sich an einem überhängenden Felsen den Kopf, sodass sie laut fluchte und für einen kurzen Moment Sterne sah.

Als die Rue Schoelcher auf den Boulevard Raspail traf, konsultierte Rosalie den Plan. Sie befand sich jetzt nördlich des Bunkers der Widerstandskämpfer. Erschöpft ließ sie sich an einer Wand nieder und streckte den Rücken durch, der durch das ständige gebückte Gehen steif und unbeweglich geworden war. Nach diesem langen Marsch war ihr kalt geworden. Mit klammen Fingern öffnete sie ihren Rucksack und holte eine Thermoskanne mit Tee heraus. Es dauerte nicht lange, und eine angenehme Wärme taute sie von innen heraus auf.

Rosalie warf einen Blick auf die Uhr. Sie war gegen zehn aufgebrochen, und nun war es kurz vor zwölf. Zwei Stunden hatte sie für dieses relativ kurze Stück benötigt. Mindestens noch einmal dieselbe Zeit musste sie von hier ab für den Heimweg einkalkulieren.

Sie packte ein Brot aus, biss hungrig hinein und überdachte ihre Lage. Dieser ganze Trip war wie eine Reise ins Ich. Es gab niemanden, mit dem man sich unterhalten konnte, die Dunkelheit bot dem Blick nichts, womit sich der Verstand beschäftigen konnte, und so sprang die Fantasie ein, um das Ruder in die Hand zu nehmen. Alles bekam eine neue Bedeutung, wurde uminterpretiert und verwandelte sich, wenn es nicht der bekannten Erfahrungswelt entsprach, zu einer unterschwelligen Bedrohung. Eigentlich war es lächerlich. Wenn man sich an die Regeln hielt und vorsichtig genug war, gab es hier unten nichts, wovor man sich fürchten musste. Die Toten bissen nicht, und Kataphilen war sie bisher noch nicht begegnet. Eigentlich war sie deswegen sogar ein wenig enttäuscht. Nach allem, was sie im Internet gelesen hatte, mussten die Höhlen geradezu von ihnen wimmeln.

Es war unglaublich, wie weitläufig sich die Gänge hier im Süden von Paris erstreckten. Und es gab noch mehr von ihnen im Westen und Osten, ganz zu schweigen von den Kavernen, die der Gipsabbau im Norden der Stadt erzeugt hatte. Paris mochte sich in all den Jahren verändert haben, doch hier unten hatten die Jahrhunderte kaum Spuren hinterlassen.

Rosalie seufzte und packte ihre Sachen wieder in den Rucksack. Sie hatte jetzt die Wahl: Entweder ging sie den südlichen Gang des Boulevard Arago entlang oder nahm die nördliche Route. Sie entschied sich für Letzteres. Auf dem Weg befand sich der *Salle Pi*, der auf dem Plan wegen seiner Graffiti als Sehenswürdigkeit eingetragen war. Rosalie lächelte. Eine interessante Art des Sightseeings war das.

Als sie den kleinen Saal erreichte, sah sie im Schein eines guten Dutzends flackernder Kerzen drei Burschen sitzen, die es sich gemütlich gemacht hatten und eine Flasche Wein kreisen ließen. Als einer von ihnen Rosalie sah, stieß er die anderen an.

„Salut“, sagte Rosalie schüchtern.

„Salut“, kam die Antwort im Chor.

Rosalie nickte freundlich. Sie kam sich unsagbar töricht vor, denn sie brachte auf einmal kein Wort heraus.

„Nun setz dich schon zu uns“, sagte der Älteste von den dreien.

Rosalie murmelte ein „Danke“ und nahm auf einem Steinquader Platz.

Die drei, die aussahen, als wären sie Brüder, schauten einander befremdet an. Der Jüngste von ihnen konnte nicht anders und musste kichern. Rosalie errötete. Was für eine peinliche Situation.

„Also, vielleicht sollten wir uns erst mal vorstellen“, schlug der Älteste vor. „Das da sind meine Brüder Dupont und Dupond. Ich bin Fantasio.“

„Hallo. Mein Name ist Rosalie.“

„He, Leute! Eine Touristin!“, wieherte der Jüngste.

„Benimm dich!“, rief Dupont und stieß Dupond ziemlich unsanft mit dem Ellbogen in die Seite.

„Touristin?“, fragte Rosalie verwirrt.

„Du siehst nicht so aus, als wären die Katakomben dein zweites Zuhause“, sagte Fantasio.

„Hier unten reden wir uns nicht mit den richtigen Namen an“, erklärte Dupont. „Oder sehen wir so aus wie die beiden Detektive aus *Tintin*?“

Jetzt ging Rosalie ein Licht auf. Dupont und Dupond, natürlich.

„Hast du einen Spitznamen?“, fragte Fantasio und reichte Rosalie die Weinflasche. Sie schüttelte den Kopf und trank einen Schluck.

„Dann wird es Zeit, dass du dir einen zulegst“, sagte er lächelnd. „Welcher würde dir denn gefallen?“

Rosalie zuckte mit den Schultern. „Kein Ahnung.“ Das Ganze kam ihr reichlich albern vor. Aber wenn sie das Spiel nicht mitspielte, würde sie vermutlich auch nichts herausfinden.

„Wie wär’s denn mit Bécassine?“, fragte Dupond und fing sich dafür wieder einen Stoß von seinem Bruder ein.

„Sieht sie etwa wie eine bretonische Bäuerin aus?“, kam es von Dupont zurück.

„Wie wär’s mit Belphegore?“, fragte Fantasio.

„Belphegore ist gut“, sagte Dupont. „Oder weißt du nicht, wer Belphegore war?“

„Doch“, sagte Rosalie, der das Gehabe der beiden jüngeren Brüder langsam auf die Nerven ging. „Natürlich kenne ich den Geist des Louvres.“ Sie hatte die gleichnamige Fernsehserie einmal im Fernsehen geschaut.

„Also, Belphegore, wo hast du deine Begleitung gelassen?“, fragte Fantasio.

„Ich bin alleine hier unten“, sagte Rosalie.

„Oh nein!“ Dupond schlug sich mit der Hand an die Stirn. „Sie ist nicht nur eine Touristin, sie ist auch noch lebensmüde.“

Diesmal wurde er nicht zur Ordnung gerufen.

„Ich weiß, dass man sich nicht alleine hier unten herumtreiben sollte“, sagte Rosalie, die es hasste, sich vor diesen Burschen rechtfertigen zu müssen. „Aber ich habe eine Nachricht hinterlassen. Man wird mich suchen, wenn mir etwas zustößt.“

Fantasio schaute sie belustigt an. „Tatsächlich? Du weißt, wie groß die unterirdischen Steinbrüche sind? Wenn du in einen der aufgelassenen Brunnenschächte stürzt, von denen es mehr als reichlich gibt, kommt es auf jede Minute an.“

„Dein Handy kannst du hier unten vergessen“, sagte Dupont. „Kein Signal.“

„Das weiß ich selbst“, fauchte ihn Rosalie an.

„Was hast du denn für eine Karte?“, fragte Fantasio.

Rosalie holte ihren Computerausdruck hervor und reichte ihm das Blatt. Der Junge faltete es auseinander und studierte den Plan stirnrunzelnd. Dann holte er aus seiner Jackentasche einen Stift und begann, darin herumzukritzeln.

„Hier hat es in der letzten Zeit Deckeneinbrüche gegeben“, sagte Fantasio. Er zeigte auf zwei verschiedene Stellen auf der Karte. „Ansonsten ist der Plan einigermaßen genau.“ Er reichte ihr den Zettel wieder zurück.

„Danke“, sagte Rosalie, steckte ihn in die Hosentasche und kam endlich zu ihrem eigentlichen Anliegen. „Sagt mal, ist euch oder anderen irgendwann einmal etwas Seltsames aufgefallen, oder habt ihr vielleicht Gerüchte gehört?“

„Wie meinst du das?“, fragte Dupont.

„Hat es hier unten zum Beispiel Überfälle gegeben?“

Fantasio schüttelte den Kopf. „Nein, davon weiß ich nichts. Die Katakomben sind in dieser Hinsicht der sicherste Ort von Paris.“ Er grinste.

Rosalie zögerte. „Vor sechzehn Jahren hat man hier unten einen Mann gefunden, nackt und ohne Erinnerungen.“

„Sechzehn Jahre? Ganz schön lange her“, sagte Fantasio. „Da war ich gerade zwei Jahre alt.“

„Seid ihr sicher, dass ihr nie so etwas gehört habt? Kursieren unter den Kataphilen keine Gerüchte?“

Die drei Burschen sahen sich an.

„Natürlich erzählt man sich Geschichten von seltsamen Ereignissen, das gehört sozusagen zur Folklore. Aber dass hier jemand sein Gedächtnis verloren hat, ist mir neu“, sagte Fantasio.

Rosalie biss sich auf die Unterlippe. „Kennt jemand von euch Quentin Pylart?“

„Das ist doch dieser Immobilienhai“, sagte Fantasio.

Rosalie nickte.

Fantasio kniff die Augen zusammen. „Ja, der Name sagt mir allerdings etwas. Man erzählt sich, dass Pylart die Katakomben auf eigene Faust durchforscht“, sagte er. „Angeblich soll er sogar selbst durch die Gänge schleichen. Einige wollen ihn dabei gesehen haben, aber ich glaube das nicht."

„Warum?", fragte Rosalie.

„Weil der Kerl das nicht nötig hat. Er hat Geld genug und – wie ich gehört habe – auch den nötigen Einfluss, um an die Karten der IGC zu kommen."

Rosalie kamen die zusammengerollten Pläne in den Sinn, die sie in Pylarts Arbeitszimmer gesehen hatte. „Und wenn die auch nicht komplett sind?"

„Dann fehlen nur wenige Abschnitte", warf Dupont ein. „Immerhin hatten die Inspektoren der Steinbrüche zweihundert Jahre Zeit, um sich hier unten ungestört umzuschauen."

„Belphegore hat recht", meinte Fantasio nachdenklich. „Niemand weiß, welche Gänge im Laufe der Zeit verschüttet wurden. Manchmal erstreckten sich die Steinbrüche über zwei Stockwerke, und keiner hatte sich damals die Mühe gemacht, jeden einzelnen Vortrieb zu erfassen."

„Saratte kennt sich hier unten noch ganz gut aus", entgegnete Dupont.

„Saratte ist seit Jahren im Ruhestand", sagte Fantasio. „Tu doch nicht so, als würdest du ihn kennen!" Er wandte sich wieder an Rosalie. „Der ehemalige Chef der ERIC war selbst kataphil. Es ist ein offenes Geheimnis, dass er sogar nach Dienstschluss durch die Katakomben streifte, um hier unten spazieren zu gehen. Ich denke, er war okay. Solange man sich an die Regeln hielt, ließ er einen in Ruhe. Man durfte ihm nur nicht dumm kommen, dann konnte er ziemlich unangenehm werden. An seinem letzten Tag haben die Kataphilen sogar eine Feier für ihn ausgerichtet. Es gibt viele von uns, die ihm nachtrauern. Seine Nachfolger …"

„… verstehen keinen Spaß. Nein, überhaupt nicht", kam es vom schmalen Durchlass.

Helmleuchten flammten auf. Rosalie sah drei bewaffnete Männer in Gummistiefeln und blauen Overalls, auf der linken Brust das Wappen der Polizei.

„Oh, Scheiße …", murmelte Fantasio. „Wenn man vom Teufel spricht."

„Na, die Herrschaften, wie sieht's aus? Habt ihr eure Ausweise dabei?"

Rosalie durchfuhr es kalt. An einen Ausweis hatte sie überhaupt nicht gedacht!

Fantasio holte eine Plastikkarte aus der Jackentasche und reichte sie hoch.

„Ah, ich sehe schon. Ein Stammkunde." Rosalie konnte im Gegenlicht der Helmlampen nur das Grinsen des Polizisten sehen. Seine Augen lagen im Schatten. „Das wird diesmal aber ein teurer Spaß." Er zückte einen Block und füllte etwas aus, das wie ein Protokoll wegen Falschparkens aussah. Dupond und Dupont rutschten nervös hin und her.

„Was ist mit euch beiden? Ihr seid doch noch nicht einmal trocken hinter den Ohren!"

„Das sind meine beiden Brüder", sagte Fantasio.

„Und das Mädchen?"

„Gehört nicht zu uns", sagte Fantasio. „Wir haben sie hier unten getroffen."

Der Polizist baute sich vor Rosalie auf und streckte auffordernd die Hand aus. „Ausweis."

„Ich habe keinen dabei“, stammelte sie.

Der Mann seufzte. „Okay, dann kommt ihr eben alle mit.“

„He, Sie haben doch unsere Personalien“, sagte Fantasio. „Lassen Sie wenigstens uns gehen!“

Der Polizist grinste. „Träum weiter. Ich glaube, eure Eltern wird es bestimmt interessieren, was ihr hier unten macht. Sie können euch auf der Wache abholen.“

Rosalie rutschte das Herz in die Hose. Wenn ihr Vater herausbekam, dass sie sich in den Katakomben herumgetrieben hatte, war alles aus.

„Los, aufstehen. Ende der Party. Und nehmt eure Sachen mit.“

Rosalie richtete sich mit zitternden Knien auf. Was sollte sie jetzt tun? Für einen kurzen Moment dachte sie an Flucht, verwarf die Idee aber wieder, als sie in die entschlossenen Gesichter der Beamten schaute. Mit denen war bestimmt nicht gut Kirschen essen, und sie hatte keine Lust, in Handschellen abgeführt zu werden. Es blieb ihr also nichts anderes übrig, als sich in ihr Schicksal zu fügen.

Der Weg war nicht weit. Keine hundert Meter entfernt befand sich ein Schacht, den die Polizisten hinabgestiegen waren. Der Beamte, der die Ausweise kontrolliert hatte, kletterte voran, gefolgt von den vier ertappten Eindringlingen. Die beiden anderen Männer bildeten die Nachhut.

Rosalie kniff die Augen zusammen, als sie auf der Avenue Denfert Rochereau in das Licht der tief stehenden Sonne blinzelte. Am Straßenrand stand ein Kleinbus der Polizei, in den sie wie ganz gewöhnliche Kleinkriminelle klettern mussten. Einer der Beamten setzte sich zu ihnen nach hinten, dann wurde die Schiebetür zugeschlagen, und der Wagen setzte sich in Bewegung.

Die ganze Fahrt über musste Rosalie an ihren Vater denken. Sie konnte sich schon das Donnerwetter vorstellen, das losbrechen würde, wenn er sie vom Polizeirevier abholen musste. Auch ihre drei Mitabenteurer sahen alles andere als glücklich aus. Wahrscheinlich wartete auf sie derselbe Ärger.

Der Wagen fuhr in einen Hof, und der Polizist, der bei ihnen gesessen hatte, schob die Tür auf. Wie vier Sträflinge stiegen sie aus und gingen im Gänsemarsch zum Hintereingang der Polizeistation. Ein Summer ertönte, und die Tür mit dem grünlichen Panzerglas wurde geöffnet. Rosalie musste zusammen mit den drei Comicfiguren auf einer Bank im Flur Platz nehmen und warten.

Es war das erste Mal, dass Rosalie eine Wache von innen sah. Man hatte die Gänge halbherzig weihnachtlich dekoriert. Auf einem Aktenschrank stand ein blinkender Plastikweihnachtsbaum, während ein paar falsche Stechpalmengirlanden die Wände zierten.

Rosalie sah auf die Uhr. Es war kurz nach halb vier. Wahrscheinlich würde sie hier bis zum Abend bleiben. Sie seufzte und stand auf, um an den Glaskasten des Empfangs zu klopfen. Der diensthabende Polizist schaute von seiner Zeitung auf.

„Wo kann ich hier telefonieren?“

Der Mann sah sie verständnislos an und legte die Hand hinters Ohr. Rosalie wiederholte die Frage lauter. Mit einem Fingerzeig deutete er auf einen alten Münzapparat neben den Toiletten. Rosalie kramte aus ihrer Tasche einige Centstücke und rief Ambrose an.

„Ich bin's, Rosalie."

„Salut! Schon wieder zurück?", kam es vom anderen Ende der Leitung.

„Ja, notgedrungen."

„Um Gottes willen, ist etwas geschehen?"

„Wie man es nimmt. Die Flics haben mich erwischt."

„Von wo aus rufst du an?" Er klang bestürzt.

„Von einem Münzapparat der Polizeistation."

„Sie haben dich *verhaftet*?", fragte Ambrose.

„Sieht wohl so aus."

„Und dein Vater?"

Rosalie seufzte. „Weiß noch nichts von seinem Glück. Ich vermute, die behalten mich erst mal hier, um meine Personalien festzustellen. Hör mal, ich ruf dich wieder an, wenn ich fertig bin."

„In Ordnung. Soll ich dich abholen?"

„Nein, ich habe es von hier aus nicht weit nach Hause."

„Dann bis nachher."

„Ja, bis dann." Sie hängte den Hörer auf die Gabel und setzte sich wieder zu den anderen.

Vor ihr am schwarzen Brett hing neben ein paar Sicherheitshinweisen eine Reihe von Steckbriefen. Terroristen, Mörder, Betrüger – Rosalie war anscheinend in bester Gesellschaft.

Zwei Polizisten kamen die Treppe hinunter und bogen in den Korridor ein, in dem sie saß. Oh Gott, die beiden kannte sie! Das waren doch die Beamten, die den Diebstahl des Spiegels hatten aufnehmen sollen! Für einen kurzen Augenblick trafen sich ihre Blicke, und ein Ausdruck vagen Erkennens tauchte auf ihren Gesichtern auf. Dann waren sie vorbei, ohne dass sich ihr Schritt sichtbar verlangsamt hätte.

Eine Tür ging auf. „Kommt bitte“, sagte der Mann und hielt die Tür zu seinem Büro auf. Rosalie und die drei Jungen standen auf und gingen hinein.

Es war eine triste Amtsstube, die sie ein wenig an das Büro von Monsieur Leotard erinnerte. Abgestandener Zigarettenrauch hing in der Luft. Neonröhren strahlten kalt von der Decke. Auf der Fensterbank faulten einige übergossene Pflanzen vor sich hin. Zwei mit Akten voll gepackte, aneinandergerückte Schreibtische nahmen die Mitte des Raumes ein. Neben jedem stand ein Besucherstuhl. Rosalie wurde aufgefordert, auf einem von ihnen Platz zu nehmen.

Der Polizist, der noch immer seine schmutzigen Gummistiefel anhatte, streckte die Beine aus und verschränkte die Arme vor der Brust.

„So, und jetzt sagt mir mal, was ich mit euch machen soll.“

Fantasio zuckte mit den Schultern. „Uns gehen lassen.“

Der Beamte lachte auf. „Jaja, wenn das so einfach wäre. Macht ihr euch eigentlich eine Vorstellung, wie gefährlich es da unten ist?“

„Soviel ich weiß, ist in den Katakomben noch nie jemand ums Leben gekommen, wenn man mal von Philibert Aspairt absieht.“

„Komm mir bloß nicht komisch, junger Mann. Weißt

du eigentlich, wie oft wir zu einer Rettungsaktion ausrücken müssen, nur weil jemand leichtsinnig genug war, die Katakomben für einen Abenteuerspielplatz zu halten? Wissen eure Eltern von euren Ausflügen in die Unterwelt?"

Sie schüttelten den Kopf.

„Habt ihr denn überhaupt irgendjemandem Bescheid gesagt?"

Die anderen schwiegen, nur Rosalie nickte.

„Na, wenigstens etwas. Meine Güte, wie ignorant kann man nur sein, alleine da reinzugehen!" Er beugte sich nach vorne und verscheuchte mit einer Mausbewegung den Bildschirmschoner seines Rechners.

„Dein Name?", fragte er Fantasio.

„Christophe Moulinet."

„Geburtsdatum?"

„Zwölfter März 1988."

„Wohnhaft?"

„Hausnummer vier, Rue Baillou."

„Und die beiden anderen Burschen?"

„Sind meine Brüder Laurent und Bernard."

Der Beamte drückte die Returntaste und wartete. „Vier Mal haben wir euch schon erwischt. Damit steht ihr in unserer Bestenliste ganz weit oben. Gratulation. Und nun zu Mademoiselle."

„Ich heiße Rosalie Claireveaux."

„Geburtsdatum?"

„Sechzehnter November 1990."

„Wohnhaft?"

„Nummer zwei, Rue Lalande."

Der Beamte drückte erneut die Returntaste. Dann blinzelte er kurz und sah die Jungs an. „Ihr drei könnt gehen."

Die drei Comic-Helden schauten sich überrascht an. „Keine Strafe?"

Der Beamte lächelte müde. „Keine Angst, die wird euren Eltern zugeschickt."

„Und was ist mit mir?", fragte Rosalie.

„Du wartest bitte draußen", sagte er nur.

Rosalie stand verwirrt auf. „Stimmt etwas nicht?"

„Setz dich einfach in den Korridor, okay?" Er nahm den Hörer seines Telefons ab, um eine Nummer zu wählen.

Rosalie hob die Hände. „Schon gut, schon gut."

Sie folgte den anderen auf den Flur. Fantasio alias Christophe Moulinet reichte ihr die Hand. „Dann wünsche ich dir noch viel Spaß. Vielleicht sehen wir uns ja mal wieder."

„Ja, spätestens morgen sind wir wieder unten", sagte sein kleinerer Bruder und grinste frech. Die Festnahme hatte ihn offensichtlich überhaupt nicht beeindruckt.

Rosalie schaute den dreien nach, dann ließ sie sich entnervt auf die Bank fallen. Langsam bekam sie Hunger. Sie schnürte ihren Rucksack auf und nahm sich ein paar Kekse. Ein sehr dürftiges Mahl, dachte sie, als sie sich das trockene Gebäck in den Mund schob.

„Rosalie Claireveaux?"

Sie erschrak sich so sehr, dass sie hustete und Krümel spuckte. Vor ihr stand ein Mann von vielleicht vierzig Jahren. Sein grauer Anzug saß wie angegossen, die dunkelrote Krawatte war dezent. Das Rasierwasser roch teurer als das ihres Vaters.

„Ja“, sagte sie misstrauisch und versuchte, eine weitere Hustenattacke zu unterdrücken.

„Mein Name ist Yvan Leloup.“ Er streckte seine Hand aus. Sie war warm und kräftig. „Kommen Sie bitte mit in mein Büro.“

Er ging eine Treppe voraus in den zweiten Stock, den ein Schild als Betrugsdezernat und Kommissariat für Wirtschaftsdelikte auswies.

„Nehmen Sie doch Platz“, sagte Monsieur Leloup. „Darf ich Ihnen einen Kaffee anbieten?“

Rosalie bemerkte die Espressomaschine und nickte. „Gerne. Den könnte ich jetzt gut gebrauchen.“

„Das kann ich mir vorstellen“, sagte er und stellte zwei kleine Tassen unter den Filtereinsatz der Maschine. „Die Katakomben sind zu keiner Jahreszeit ein warmer Ort. Zucker?“

„Ja.“

Er reichte ihr eine Dose. „Dann bedienen sie sich am besten selbst.“

„Was haben Sie denn mit der ERIC zu tun?“, fragte Rosalie, als sie ihre Tasse umrührte.

„Ich muss zugeben: gar nichts. Es sei denn, ein Fall überschneidet sich.“ Monsieur Leloup setzte sich und schlug die Beine übereinander. „Und was hat ein junges Mädchen wie Sie mit einem Mann wie Pylart zu schaffen?“, fragte er im Gegenzug.

„Ich verstehe nicht, was Sie meinen.“

„Nein?“ Er öffnete eine Schublade und holte einen Umschlag hervor, den er ihr über den Tisch hinweg reichte.

Sie öffnete ihn und zog einige Fotos heraus. Rosalie verschlug es die Sprache. In was war sie da hineingeraten? Bis jetzt war sie nur nervös gewesen, weil man sie bei einer nicht ganz legalen Exkursion in die Katakomben erwischt hatte. Doch nun bekam sie es mit der Angst zu tun. Hier ging es um etwas anderes. Etwas, für das sich die Pariser Kriminalpolizei interessierte.

Sie bemühte sich, ruhig zu klingen. „Das bin ich vor Pylarts Haus am Place de Mexico."

„Am Tag seiner Weihnachtsfeier. Die Gästeliste war keine Überraschung für uns – mit einer Ausnahme, und die waren Sie."

Rosalie legte die Bilder auf den Schreibtisch. „Es war mehr oder weniger ein Zufall, dass ich dort war."

„Ich glaube nicht an Zufälle", sagte Monsieur Leloup. „Woher kennen Sie Pylart?"

„Ihn kennen? Das wäre ein wenig übertrieben. Wir sind uns in einem Antiquariat begegnet."

„*L'Horlogerie*. Ich weiß, ich weiß, Ihr Freund arbeitet da."

Rosalie setzte die Tasse ab. „Sagen Sie mal, überwachen Sie mich?"

„Nein. Sie nicht."

„Pylart?", fragte sie ungläubig.

„Noch einmal die Frage: Warum hat Quentin Pylart Sie eingeladen?"

„Keine Ahnung, wirklich nicht", log sie und rührte ihren Kaffee um. „Er ist – warum auch immer – besessen von den Katakomben. Und irgendwie denkt er, dass wir beide Seelenverwandte sind. Ich kann es nicht anders ausdrücken."

„Sie sind eine attraktive junge Dame. Könnte es nicht sein, dass ...“

Rosalie lachte laut auf. „Nein, ich glaube nicht, dass er sich deswegen für mich interessiert.“

Leloup schob nachdenklich die Unterlippe vor. „Haben Sie irgendetwas bemerkt, was Ihnen seltsam vorkam?“

Rosalie kamen die Dossiers wieder in den Sinn, die sie in Pylarts Arbeitszimmer gesehen hatte. Sie wusste nicht, ob sie dem Polizisten davon berichten sollte, denn immerhin hatte sie so etwas wie Hausfriedensbruch begangen. Und außerdem hatte sie das Gefühl, dass es sich bei den Büchern nicht nur um Aufzeichnungen handelte, mit denen wichtige Leute aus Wirtschaft und Politik erpresst wurden. Da war mehr, das zeigte schon die Geschichte von Henri Malport.

„Sagen wir einmal so: Die meisten machten nicht den Eindruck, als wären sie freiwillig gekommen. Die Stimmung war relativ eisig.“

„Haben Sie vor, sich demnächst noch einmal mit Pylart zu treffen?“

„Nicht, wenn ich es vermeiden kann. Der Kerl ist ziemlich unheimlich.“

Bei diesen Worten hob Leloup die Augenbrauen.

„Ich mache Ihnen einen Vorschlag, Rosalie. Wenn Sie den Kontakt zu Quentin Pylart nicht abreißen lassen und mich weiter auf dem Laufenden halten, werden wir Ihren Ausflug in die Katakomben vergessen. Ich glaube, Ihr Vater wäre nicht sehr begeistert, wenn er von Ihrem kleinen Abenteuer erführe.“ Er holte eine Visitenkarte aus der Schublade und schrieb etwas auf die Rückseite, bevor er sie ihr reichte. „Zögern Sie nicht, mich anzurufen, wenn Ihnen noch irgendetwas einfällt."

Rosalie drehte die Karte um. „Ist das Ihre Privatnummer?"

„Ja."

„Dann muss Ihnen das ja ziemlich wichtig sein."

„Oh ja, das ist es. Sie glauben gar nicht, wie sehr."

15

„Pylart wird von der Polizei observiert?“, fragte Ambrose überrascht.

„Irgendein Beamter aus dem Wirtschaftsdezernat hat es auf ihn abgesehen“, sagte Rosalie und klemmte den Hörer mit der Schulter ein, damit sie sich die schmutzigen Stiefel ausziehen konnte.

„Nach allem, was du erzählt hast, wundert es mich nur, dass sie ihn nicht wegen Erpressung drankriegen“, sagte Ambrose. „Hast du ihm von Pylarts Büchern erzählt?“

„Nein“, sagte Rosalie. Sie ging ins Bad, um sich heißes Wasser einzulassen.

„Warum denn das? Wenn die Polizei die Dossiers findet, haben sie ihn doch am Haken!“

Rosalie seufzte und setzte sich auf den Rand der Badewanne. „Ich weiß es auch nicht. Irgendetwas in mir hat sich dagegen gesträubt. Immerhin habe ich so etwas wie einen Einbruch begangen.“

„Einbruch?“, fragte Ambrose bestürzt. „Da sitzt diese Spinne in ihrem Netz, saugt in aller Ruhe ihre Beute aus, und dich befallen Skrupel, dass du etwas Unmoralisches getan haben könntest?“

Rosalie schwieg. Wie sollte sie Ambrose auch verständlich machen, dass bei aller Abneigung, die sie Pylart gegenüber empfand, da noch etwas anderes war. Etwas, was sie zutiefst verstörte. Nämlich eine tiefer gehende, unerklärliche Vertrautheit, die über das gemeinsame Interesse an den Katakomben hinausging.

„Hast du dir schon überlegt, was du Heiligabend kochen wirst?“

„Ach Rosalie. Du hast immer so eine entzückende Art, das Thema zu wechseln, wenn es unangenehm für dich wird. Ja, ich habe mir was überlegt.“

„Jamswurzel mit gebackenen Heuschrecken?“

„Ha ha“, kam es trocken zurück. „Dein Humor war auch schon mal besser.“

„Entschuldige“, gluckste Rosalie. „Aber ich habe mir gerade vorgestellt, wie mein Vater eine neue kulinarische Erfahrung macht. Er wäre bestimmt so höflich gewesen und hätte alles ohne Klage gegessen. Ich weiß doch nicht, was man in Mali an solch einem Feiertag kocht.“

„Ich auch nicht“, sagte Ambrose. „Du scheinst zu vergessen, dass ich hier geboren bin. Nein, es wird etwas ganz Harmloses geben: Bœuf Bourgignon. Aber trotzdem wird dein Vater seine – wie hast du es genannt? – *kulinarische Erfahrung* bekommen. Ich hab das nämlich noch nie gemacht.“

„Bœuf Bourgignon?“

„Gekocht“, verbesserte er sie. „Zu Hause mach ich mir meist eine Dose auf oder schieb was in die Welle.“

„Ich werde dir dabei helfen“, sagte Rosalie.

„Das will ich doch hoffen. Sonst wird das nämlich ein sehr trauriges Weihnachtsfest.“

„Also sehen wir uns übermorgen? Ich freue mich schon.“

„Ich mich auch. Also bis dann. Salut."

„Salut." Rosalie drückte den roten Knopf, drehte das Badewasser ab und ging in die Küche, um das Telefon in die Station zu stellen. Sie musste unbedingt noch mit ihrem Vater reden, der noch gar nicht wusste, dass sie Weihnachten einen Gast haben würden.

Rosalie ging in ihr Zimmer, um sich frische Wäsche zu holen. Dabei fiel ihr Blick wieder auf Malports schwarze Kladde, die unter einem Stapel Bücher hervorschaute. Sie hielt inne, setzte sich aufs Bett und zog sie hervor. Mit zitternden Fingern strich sie über die Vertiefungen der goldgeprägten Lettern auf dem Einband. Der Zwiespalt, der Rosalie plagte, war so groß, dass er sie beinahe zerriss. Die Aufzeichnungen mussten gelesen werden, wenn sie wissen wollte, was aus dem Hausmeister geworden war. Sie ahnte, dass Malports Schicksal eng mit dem Pylarts und so auch mit ihrem verknüpft war. Der Spiegel, dachte sie. Welche Rolle spielte dieser Spiegel?

Doch auf der anderen Seite waren diese Aufzeichnungen, von denen sie noch immer nicht wusste, wer sie angefertigt hatte, wie ein Gift, das den Blick auf die Welt schleichend veränderte, bis man sie nur noch in deprimierenden Grautönen wahrnahm.

Malport verfolgte sie, und das nicht nur im wörtlichen Sinne. Wenn Rosalie das Buch las, lebte sie sein Leben, sah die Welt mit seinen Augen und spürte die Verzweiflung, die der Einsamkeit eines Mannes entsprang, der die Menschen hasste, die ihn nicht verstehen wollten. Aber wie konnte man auch eine Kreatur verstehen, die jedes Unglück und jede Abweisung auf sich bezog, bis sie sich im Mittelpunkt eines dunkel kreisenden Universums wähnte, das eines Tages lautlos in dieses Zentrum stürzen würde, um es mit einer unerschütterlichen Zwangsläufigkeit zu zermalmen. Malport hatte um sich einen Wall der Mitleidlosigkeit errichtet, der ihn vor jedem Unglück schützen sollte. Dass diese Bastion auch das Glück fern hielt, nahm er billigend in Kauf. Er hatte sich in seiner Misere eingerichtet. Nur so hatte er sich gegen jede bedrohliche Veränderung wappnen können.

Genau diese Denkweise erschütterte Rosalie zutiefst, denn bei all den Widerwärtigkeiten, die Malport beging, konnte sie ihn verstehen.

Sein Handeln hatte eine eigene kranke Logik, die sich jedes Infragestellen verbat und ihn die bequeme Rolle des Opfers einnehmen ließ. So konnte er die Verantwortung von sich weisen, denn schuld an seinem schrecklichen Leben waren stets die anderen.

Das Lesen des Buches bereitete Rosalie körperliche Qualen, denn sie musste in einen Abgrund schauen, dessen namenlosen Schrecken sie bis an das Ende ihres eigenen Lebens nicht mehr vergessen würde. Und sie ahnte, dass Malports Ende grauenvoll gewesen sein musste.

Sie legte das Buch wieder beiseite. Nein, sie würde jetzt nicht darin lesen. Sie hatte definitiv genug Aufregung für diesen Tag gehabt.

Das Wasser hatte genau die richtige Temperatur. Sie gab ein Schaumbad hinzu, krempelte den Ärmel hoch und rührte alles um, bis das Wasser eine gleichmäßige rosa Färbung eingenommen hatte.

Dann zog sie sich aus und ließ sich mit einem wohligen

Schauer hineingleiten. Augenblicklich entspannten sich Beine und Rücken. Eine angenehme Müdigkeit erfüllte sie. Mit beiden Händen wusch sie sich das Gesicht. Dann ließ sie sich in der Wanne so tief hinab, bis ihr das Wasser bis zum Kinn reichte.

Rosalie schloss die Augen.

Die Dunkelheit ist warm und sicher. Zwei Herzen, die im selben Rhythmus schlagen. Sie atmet nicht, denn sie ist noch mit dem anderen Körper verbunden, der sie schützend umhüllt.

Dann hört sie Stimmen. Laut, aber dumpf und unverständlich. Sie spürt Angst und Wut, der Herzschlag beschleunigt sich. Etwas geschieht, das nicht geschehen darf.

Die Sicherheit, in die sie wie in einen Kokon eingesponnen ist, löst sich auf wie Zuckerwatte, wird fadenscheinig und durchlässig.

Ein Schlag, dann ein Blitz, der durch die geschlossenen Lider flammend rot in ihren Verstand strahlt, der bisher nur die bilderlose Nacht kannte.

Für einen kurzen Moment hat sie das Gefühl, in zwei Teile zerrissen zu werden. Sie versucht zu schreien, doch sie weiß nicht, wie das geht.

Irgendetwas ist in ihrem Mund und ihrer Lunge. Noch erstickt sie nicht, aber sie spürt, dass etwas sie von allen Seiten drückt und presst. Immer wieder, immer heftiger.

Sie weiß, dass sie gehen muss, aber sie will diesen Ort nicht verlassen.

Sie wehrt sich. Ihre Arme und Beine strampeln.

Dann teilt sich das Licht von der Dunkelheit, und die Kälte schneidet sie wie die stählerne Klinge eines Messers.

Sie ringt nach Luft und hustet.

Rosalie riss die Augen auf. Wasser drang in ihre Lungen ein. Verzweifelt schlug sie um sich, bis sie die Kante der Badewanne zu fassen bekam und sich hochziehen konnte.

Gierig sog sie die Luft ein und wurde sofort wieder von einem Hustenanfall geschüttelt, der sie erstaunliche Mengen seifig schmeckenden Wassers ausspucken ließ.

Keuchend setzte sie sich auf. Erst langsam schwand das beängstigende Gefühl, nur mit knapper Not dem Tod durch Ertrinken entronnen zu sein. Dann dämmerte ihr, was geschehen war: Sie war eingeschlafen und mit dem Kopf unter Wasser gerutscht!

Ihr Pulsschlag beruhigte sich nicht. Um Himmels willen, sie hatte wirklich von ihrer eigenen Geburt geträumt. So klar und deutlich, als wäre diese gerade erst geschehen! Rosalie versuchte, sich die Bilder zu vergegenwärtigen, bevor sie wie alle Träume nach wenigen Minuten verblassten. Alles war ruhig gewesen, bis sie die Stimmen gehört hatte. Es hatte wie ein Streit zwischen ihrem Vater und ihrer Mutter geklungen. Dann hatte es einen Schlag gegeben, und die Welt war gekippt. Hatte sie zuvor das Gefühl gehabt, kopfüber in der Dunkelheit zu hängen, lag sie später erst auf der Seite, dann auf dem Rücken.

Schwer atmend blieb Rosalie in dem kalt gewordenen Badewasser sitzen. Schließlich, als sie schon fror, zog sie erschöpft den Stöpsel aus der Wanne. Nur langsam kehrte sie wieder in die Realität zurück, die Stück für Stück den Traum zurück ins Unterbewusste drängte, bis er wie das Wasser gurgelnd im Abfluss der Erinnerung verschwand.

Rosalie nahm den letzten Schultag vor den Weihnachtsferien mit Erleichterung zur Kenntnis. Das alte Jahr war schrecklich gewesen, und sie konnte nur hoffen, dass das neue gnädiger zu ihr war (auch wenn sie tief in ihrem Inneren wusste, dass dies nur ein frommer Wunsch bleiben sollte). Keiner der Lehrer hatte die aufkommende Festtagsstimmung mit Analysis, Bioproteinsynthese oder Thermodynamik verderben wollen. An Tagen wie diesen konnte man sogar glauben, dass selbst Madame Duisenberg ein Mensch und keine Fleisch gewordene Bildungsrichtlinie war. Man unterhielt sich über mehr oder weniger belanglose Dinge und freute sich einfach auf die kommenden Wochen. Selbst Julie hatte Rosalie ein frohes Fest gewünscht, obwohl ihr Verhältnis lange nicht mehr so herzlich wie noch vor einigen Monaten war. Rosalie machte ihrer Freundin deswegen keinen Vorwurf. Man hatte sich einfach nicht mehr so viel zu sagen.

Als der Gong zum letzten Mal ertönte und alle mit lautem Gejohle aus der Schule eilten, war Rosalie eine der Ersten, die im strömenden Regen zur Bushaltestelle strebte.

Der schwarze Peugeot mit den dunkel getönten Scheiben stand mit laufendem Motor am Straßenrand. Rosalie wunderte sich noch, wie jemand die Dreistigkeit besitzen konnte, ausgerechnet dort zu parken, als die Fahrertür aufging und ein Mann ausstieg. Für einen kurzen Moment stockte Rosalies Herz, als sie Quentin Pylart erkannte, doch sie tat so, als hätte sie ihn nicht gesehen, und eilte mit gesenktem Kopf weiter, die Tasche fest an sich gedrückt.

„Hallo Rosalie", rief ihr Pylart hinterher.

Rosalie überlegte kurz, ob sie überhaupt reagieren sollte, blieb dann aber doch stehen und drehte sich um.

Trotz des Regens hatte Pylart keinen Mantel an. Es schien ihm jedoch nichts auszumachen, dass er gerade seinen maßgeschneiderten Eintausend-Euro-Anzug ruinierte.

„Hallo Monsieur Pylart", sagte Rosalie leise. Er weiß es, dachte sie voller Angst. Er weiß, dass ich das Buch gestohlen habe.

„Ein grauenvolles Wetter", sagte er und schaute lächelnd zum Himmel. Einige der Schüler waren jetzt stehen geblieben, unter ihnen auch Julie, die kichernd mit ihren Freundinnen zu tuscheln begann.

„Was Sie nicht sagen", entgegnete Rosalie, der die Situation mehr als unangenehm war.

„Ich war gerade in der Gegend, und da habe ich mir gedacht, dass Sie sich bei dem Regen über eine Mitfahrgelegenheit freuen würden."

Rosalie warf einen Blick über ihre Schulter. Julie betrachtete sie mit einem belustigten Ausdruck. Sie war offensichtlich sehr gespannt, wie sich Rosalie aus dieser peinlichen Situation retten würde.

Rosalie wischte sich mit dem Ärmel ihrer Jacke einen Wassertropfen von der Nase. Sie hatte schon genug Aufsehen erregt. Sie warf Julie noch ein schmales Lächeln zu, dann lief sie zu Pylart hinüber, der um den Wagen herumgegangen war und ihr nun die Beifahrertür aufhielt.

„Danke", sagte sie knapp, als sie einstieg. Mit einem kaum wahrnehmbaren Geräusch fiel die Tür zu.

„Hausnummer zwei, Rue Lalande, nicht wahr?", fragte Pylart wie ein Taxifahrer, als er sich hinter das Steuer setzte und den Hebel der Automatik auf D stellte. Ein kurzer Blick über die Schulter, dann fädelte er in den fließenden Verkehr ein.

„Da werden sich Ihre Freundinnen in den nächsten Tagen bestimmt einiges zu erzählen haben", sagte er belustigt. „Lassen wir sie in dem Glauben, dass ich Ihr Sugardaddy bin."

„Sugardaddy?", fragte Rosalie irritiert.

„Ältere Männer glauben, dass sie den Tod überlisten können, wenn sie sich eine sehr viel jüngere Freundin zulegen."

„Ah", machte Rosalie, als sie verstand.

„Nicht, dass ich Angst vor dem Tod hätte", fuhr Pylart fort. „Er ist unsere Heimat. Nichts anderes als ein langer Schlaf. Und manchmal träumen wir dann, dass wir leben."

„Wenn Sie es sagen", erwiderte Rosalie.

„Fragen Sie sich nie, woher wir kommen, wer wir sind und wohin wir gehen?"

Sie antwortete nicht.

„Ich finde, das sind die spannendsten Fragen überhaupt. Die Suche nach den Antworten bestimmt doch auch Ihr Leben, oder täusche ich mich?“

Rosalie schwieg noch immer.

Pylart lachte. „Nun kommen Sie schon. Sie sind eine intelligente junge Frau. Intelligenter jedenfalls als die meisten Ihrer Freunde, die nur interessiert, was am Abend im Fernsehen kommt, welcher Club gerade angesagt ist und welche Klamotten man tragen muss, um dazuzugehören.“

Rosalie ging nicht darauf ein. „Mich wundert, dass Sie diesen Wagen selbst fahren. Ein Mann in Ihrer Position hat doch bestimmt einen Chauffeur.“

„Es ist eines der wenigen Vergnügen, das ich mir gönne. Es belustigt mich, ab und an mit dem Strom zu schwimmen …“ Er hielt inne, brach dann aber in schallendes Gelächter aus. „Touché. Eins zu null für Sie. Sie haben recht, auch ich lege Wert auf Äußerlichkeiten. Aber bitte, verwechseln Sie Stil nicht mit billigem Geltungsbedürfnis.“

„Käme mir nie in den Sinn.“ Dann, nach einer Pause, fragte sie: „Wovon leben Sie eigentlich, Monsieur Pylart?“

„Von den Träumen anderer Menschen“, sagte Pylart, doch diesmal lächelte er nicht. „Wissen Sie, ich leide seit sehr langer Zeit unter Schlaflosigkeit. Nicht die Art, die ältere Menschen manchmal plagt und durch heiße Milch mit Honig kuriert werden kann. Meine Schlaflosigkeit ist substanziellerer Art.“

„Sie meinen, Sie schlafen überhaupt nicht?“, fragte sie mit gespielter Neugier.

„Nicht eine Minute." Er schaute sie durchdringend an. „Das scheint Sie nicht zu überraschen."

Rosalie spürte, wie ihr Gesicht zu glühen begann. „Ich habe schon von solchen Dingen gehört."

Pylarts dunkle Augen fixierten sie für einen kurzen Moment kalt.

„Und was machen Sie, wenn Sie nicht schlafen?" Rosalie versuchte, so unbeeindruckt wie möglich zu klingen.

„Ich betreibe Studien."

„Über die Katakomben."

„Ja."

„Sie müssen ein Experte sein", sagte Roslie. „Nach allem, was Monsieur Molosse sagt, besitzen Sie alles, was man über dieses Thema mit Geld kaufen kann."

Pylart machte eine wegwerfende Handbewegung. „Ach, Monsieur Molosse. Aber es stimmt. Er hat von meinem Forscherdrang bisher am meisten profitiert. Eigentlich könnte er sich mit dem Geld, das ich bei ihm gelassen habe, schon jetzt zur Ruhe setzen."

„Bei unserem letzten Treffen sagten Sie, dass Sie die Katakomben schon einmal besucht hätten."

„Selbstverständlich."

„Was fasziniert Sie so daran?", fragte Rosalie, die nicht erwartete, darauf eine Antwort zu erhalten.

Doch Pylart überraschte sie. „Als ich das erste Mal dort unten war, hatte ich das Gefühl, an einem vertrauten Ort zu sein", sagte er. „Ihnen geht es genauso, nicht wahr?"

Rosalie antwortete nicht, und Pylart nickte, als würde er ihr Schweigen verstehen. „Ich habe von Ihrer Mutter gehört. Schlimme Sache."

Rosalie wandte sich zu Pylart, der sich auf den Verkehr zu konzentrieren schien. „Was geht Sie meine Mutter an?“, fragte sie mit scharfer Stimme.

„Natürlich nichts“, sagte Pylart beschwichtigend. „Ich denke mir nur, dass es schwierig ist, mit dem eigenen Leben zurechtzukommen, wenn man sich für den Tod eines Menschen verantwortlich macht.“

„Meine Mutter ist nicht tot“, entgegnete Rosalie wütend.

„Aber sie schläft ohne die Aussicht, jemals wieder zu erwachen. Wo ist da also der Unterschied?“

„Lassen Sie mich raus. Sofort!“, schrie Rosalie, doch Pylart ignorierte sie.

„Wie hat Ihnen denn mein Haus gefallen?“, fragte er stattdessen.

„Ein bisschen zu groß für meinen Geschmack.“

„Mein Diener hat mir erzählt, dass Sie es nicht sofort verlassen haben, nachdem ich Sie verabschiedet hatte“, sagte Pylart harmlos.

Plötzlich fühlte sich Rosalie in die Ecke getrieben. Kalter Schweiß brach ihr aus und lief den Rücken hinab. Sie saß in der Falle. Pylart musste wissen, dass sie seine geheime, zweite Bibliothek entdeckt hatte. „Ich sage es nur noch einmal: Lassen Sie mich raus.“

Pylart setzte den Blinker und steuerte den Wagen an den Straßenrand. Rosalie kannte den Straßenzug. Sie waren nicht weit von der Rue Lalande entfernt. Pylart stellte den Motor ab, drehte sich zu ihr und fixierte sie.

„Rosalie, was ist denn auf einmal los mit Ihnen? Sie sind ja ganz bleich.“

Rosalie saß wie festgefroren da, zu keiner Regung fähig.

„Geht es Ihnen nicht gut?“, fragte er noch einmal. Er lächelte sie an, doch seine Stimme war schneidend kalt.

Rosalie konnte nichts sagen. Ein einziger Gedanke wirbelte immer und immer wieder durch ihren Kopf.

Er weiß es, er weiß es, er weiß es.

Rosalie starrte Pylart einen langen Moment an. Dann riss sie die Tür auf und rannte so schnell sie konnte durch den Regen nach Hause.

Leloup hatte Wort gehalten und Rosalies Vater nichts vom Ausflug seiner Tochter in die Pariser Unterwelt verraten. Dies und der Umstand, dass Maurice zum ersten Mal seit zwei Jahren zu Weihnachten wieder einmal freibekommen hatte, sorgten dafür, dass im Hause Claireveaux die Feiertage mit einer gewissen Vorfreude erwartet wurden. Samstagmittag kam Rosalies Vater ungewöhnlich gut gelaunt nach Hause, um seine Tochter abzuholen. Gemeinsam gingen sie zur Place Gilbert Perrot, wo vor Tagen ein kleiner Stand aufgebaut worden war, der zu einem horrenden Preis Weihnachtsbäume verkaufte.

Es war ein perfekter Wintertag. Überall leuchteten bunte Engel und Lichterketten. Es war kälter geworden. Vom Himmel rieselte leise feiner Pulverschnee und verzauberte die Welt.

Sie stellten fest, dass sich zu dem Stand mit dem Weihnachtsbaum auch eine Bude mit heißen Getränken gesellt hatte. Eine Gruppe von Kindern stand etwas abseits und blies auf ihren Trompeten einige klassische Weihnachtslieder. Rosalie wunderte sich, dass den Musikanten bei diesen schneidend kalten Temperaturen nicht die Lippen an den Mundstücken festfroren. In einem geöffneten Koffer lagen neben etlichen Ein- und Zwei-Eurostücken auch einige Scheine. Es schien sich also zu lohnen, so kurz vor dem Fest in der Kälte zu stehen.

Maurice orderte zwei Becher dampfenden Glühweins und reichte einen an Rosalie weiter.

„Oh übrigens, eh ich es vergesse ...“, sagte sie betont beiläufig. „Ich habe mir erlaubt, für Heiligabend einen Gast einzuladen.“

„Hm?“, machte ihr Vater, der ganz entrückt der Musik lauschte.

„Ich sagte, wir haben Weihnachten Besuch.“

Jetzt drehte sich Maurice zu ihr um und schaute sie ein wenig überrascht an. „Wen?“

„Kennst du nicht.“ Rosalie nippte an ihrem Becher. „Ein Freund von mir.“

Ihr Vater runzelte die Stirn. „*Ein* Freund oder *dein* Freund?“

„Paps, bitte. Sei nicht so indiskret.“

„Also ist die Sache noch nicht klar“, stellte er fest.

„Nein“, erwiderte sie. „Und jetzt hör auf zu bohren.“

„Ist er nett?“

Rosalie stöhnte. „Natürlich ist er nett. Was für eine blöde Frage!“

„Aha ... Aber er wird doch wohl nicht ... über Nacht bleiben?“

„Papa, es reicht“, rief Rosalie entrüstet. „Du kannst ihn

ja anrufen und ihm sagen, dass er seine Zahnbürste zu Hause lassen soll."

„Schon gut." Maurice blickte wieder hinüber zu den Weihnachtsbläsern. „Was macht er denn, dieser ... wie heißt er noch?"

„Ambrose arbeitet in einem Buchladen, zufrieden?"

Maurice drehte sich zu Rosalie um. „Ambrose? Was ist denn das für ein Name? Kommt er aus irgend so einer aufgeblasenen Aristokratenfamilie?"

Rosalie konnte sich ein Lachen nicht verkneifen. „Würde ich nicht gerade behaupten. Es trifft wohl eher das Gegenteil zu. Er wird übrigens Heiligabend für uns kochen."

„Na, dann bin ich ja beruhigt", sagte ihr Vater, und die Erleichterung klang echt. „Schon einen Baum ins Auge gefasst?"

Rosalie zeigte auf einen in der Ecke. „Die Tanne da sieht ganz schön aus."

Maurice winkte den durchgefrorenen Verkäufer heran. „Sagen Sie mal, was sollen denn Ihre Gewächse kosten?"

Der Mann hatte den Schal fest um seinen Hals geschlungen und die Mütze tief ins Gesicht gezogen. Er musterte Rosalies Vater kurz. „Sechzig Euro", sagte er knapp.

„Wie bitte?", rief Maurice. „Sechzig Euro? Das ist Halsabschneiderei."

Der Verkäufer zuckte mit den Schultern und drehte sich um. „Dann stellen Sie sich doch eine Geranie hin."

Maurice hielt ihn an der Schulter fest. „Dreißig Euro. Und selbst das ist zu viel."

„Oh, der Herr wollen handeln? Fünfundfünfzig."

„Für dieses mickrige Bäumchen? Fünfunddreißig!"

„So viel habe ich ja bald selbst bezahlt! Fünfzig, mein letztes Wort."

„Fünfundvierzig, *mein* letztes Wort."

„Geizkragen."

„Halsabschneider."

Der Verkäufer zog den Baum durch eine Röhre, sodass er eng in ein Netz gepackt wurde. Maurice drückte ihm das Geld in die Hand. „Frohe Weihnachten noch."

„Ebenfalls frohe Weihnachten", brummte der Mann und wandte sich an den nächsten Kunden, den er übers Ohr hauen konnte.

„Ich wusste gar nicht, dass du so gut im Feilschen bist", sagte Rosalie, als sie den Baum gemeinsam nach Hause trugen. Der Glühwein hatte sie ein wenig beschwipst gemacht, und so musste sie alle hundert Meter innehalten, um zu verschnaufen.

„Ich tue den ganzen Tag nichts anderes als feilschen. Du vergisst, dass ich ein Psychiater bin. Da ist es gut, wenn man eine gewisse Überzeugungsgabe kultiviert hat." Er lehnte den Baum gegen die Hauswand und schaute die Straße hinunter. „Wenn ich geahnt hätte, dass sich der Weg so lange hinzieht, hätte ich den Wagen genommen."

„Hier gibt es doch keine Parkplätze. Abgesehen davon hättest du dann keinen Glühwein trinken können." Rosalie atmete tief durch. Die Luft war klar und erfrischend. „Lass uns weitergehen. Aber diesmal trage ich die Spitze."

Als sie die Hausnummer zwei erreichten, waren sie bis auf die Knochen durchgefroren. Maurice stampfte mit dem Baum auf den Boden, um ihn vom Schnee zu befreien, und klopfte seine Jacke ab. Dann schloss er die Haustür auf und zerrte die Tanne hindurch.

„Wie sieht es aus, sollen wir ihn gleich aufstellen?", fragte er.

„Ja, warum eigentlich nicht", sagte Rosalie.

„Dann warte hier. Ich gehe rasch in den Keller und hole die Kiste mit den Weihnachtssachen."

Rosalie spürte, wie sie erstarrte. Der Christbaumständer und die Kugeln waren auf dem Schrank untergebracht, dessen Boden sie entfernt hatte.

„Warte, ich mach das!", rief sie.

„Du weißt ja gar nicht, wo du suchen musst", rief Maurice, der schon die Kellertreppe hinabging.

Oh Gott, hatte sie auch alles wieder an seinen Platz geräumt? Ein verrutschter Karton, eine unverschlossene Tür, und ihr Vater würde auch ohne Monsieur Leloup wissen, dass Rosalie in die Höhlen von Paris hinabgestiegen war. Nervös setzte sie sich auf die Treppe und wartete darauf, bis ihr Vater wieder erschien.

Fünf Minuten später hörte sie ihn die Treppe hochschnaufen. Rosalie sprang auf und nahm ihm den Christbaumständer ab, den er oben auf der großen Kiste mit dem Weihnachtsschmuck balancierte.

„Danke", sagte er. „Hast du die Wohnungstür schon aufgeschlossen?"

„Nein." Er schien nichts bemerkt zu haben! Ihr fiel ein Stein vom Herzen.

Maurice drehte den Schlüssel im Schloss um und stieß die Tür auf. Warme Luft und der Geruch der Wohnung wehten ihnen entgegen. Maurice nahm den Ständer und stellte ihn ins Wohnzimmer an seinen angestammten Platz beim Sofa neben dem Kamin. Nachdem sie sich all die Jahre mit einem hübschen, aber unpraktischen Modell aus dem 19. Jahrhundert herumgeschlagen hatten, bei dem der Stamm mit drei Flügelschrauben mehr schlecht als recht fixiert wurde, hatten sie sich im letzten Jahr ein neueres Modell gekauft. Bei diesem Ständer wurde der Stamm auf einen Dorn gerammt, um dann vier Haken mittels eines Pedals in die Rinde zu bohren. Hatten sie früher eine halbe Stunde und jede Menge Nerven gebraucht, um den Baum am Umfallen zu hindern, war die unangenehme Arbeit nun innerhalb weniger Sekunden erledigt.

Rosalie ging in die Küche und holte eine Schere, um das Netz aufzuschneiden, das die Äste zusammenhielt.

„Ein Prachtstück", sagte Maurice und trat zurück, um die Tanne genauer in Augenschein zu nehmen. „Gerader Wuchs und keine Löcher. Lass uns also einen Schrein der Erinnerung daraus machen."

Rosalie trug die erstaunlich leichte Kiste mit dem Weihnachtsschmuck herein und öffnete sie.

Es war jedes Jahr das gleiche Ritual. Ihr Vater machte eine Flasche Wein auf und begann dann, die Lichterkette am Baum zu befestigen. Wachskerzen waren ihm, als Rosalie kleiner war, zu gefährlich gewesen, und dann hatte sich die elektrische Beleuchtung als so praktisch erwiesen, dass er dabei geblieben war. Das erzählte er Rosalie zumindest jedes Mal, wenn er sich sein erstes Glas einschenkte.

Ein Schrein der Erinnerung, das war der Baum in der Tat. Viel von dem Schmuck, den sie an den Ästen befestigten, war noch von Rosalies Mutter. Darunter waren so bizarre Figuren wie eine fette Meerjungfrau, spindeldürre Engel, die aussahen, als wären sie Models für Dior, und ein ganzer Gemüseladen voller Zitronen, Pflaumen, Bananen und Birnen, alle über und über mit Flitter bestreut.

Zum Schluss wurden noch Rosalies Relikte aus der Kindergartenzeit hineingehängt: goldrote Stanniolpapierketten, ausgefranste Strohsterne und Weihnachtmänner aus zusammengeklebten Nudeln, wobei der Bart aus einer einzelnen Feder bestand, die Rosalie damals aus ihrem Kopfkissen gezupft hatte.

Gekrönt wurde das Kunstwerk von einem Stern, der vollständig mit Swarovskisteinen bedeckt war, im Licht der Kerzen aber so funkelte, als wären es abertausende Brillanten. Obwohl Rosalie wusste, dass es nur geschliffene Kristalle waren, ahnte sie, dass ihr Vater eine ganz schöne Summe dafür hingelegt haben musste – damals, als er das Weihnachtsfest noch allein mit seiner Frau gefeiert hatte.

Maurice Claireveaux war nach dem Glühwein und der Flasche Bordeaux reif fürs Bett. Rosalie tat es ihm gleich, nachdem sie noch eine Weile mit einer großen Tasse Kakao auf dem Sofa gesessen hatte. Eine heitere, fast beschwingte Stimmung hatte sie ergriffen. Zum ersten Mal seit Jahren freute sie sich auf das Weihnachtsfest, auch wenn ihre Großmutter es vorgezogen hatte, gemeinsam mit Madame Laverdure zu feiern. Rosalie war erleichtert, dass Fleur die Bronchitis überwunden hatte. Sie war zwar noch immer nicht das blühende Leben, aber längst nicht mehr so schwach wie noch vor einigen Tagen.

Nein, es war die Aussicht, Weihnachten mit Ambrose zu feiern, die ihre Laune hob. Zum ersten Mal würde sie die Tage nicht alleine mit ihrem Vater verbringen.

Sie mochte Ambrose wirklich gerne, denn er strahlte die Sicherheit aus, die ihr fehlte. Er war geradlinig, offen und hatte Humor. In seiner Gegenwart spürte sie ihre eigene innere Zerrissenheit nicht mehr. Und auch die tiefe Hoffnungslosigkeit, die von ihr Besitz ergriffen hatte, seit sie in Malports Leben geschlüpft war, trat in den Hintergrund – zumindest für wenige Stunden.

Es war am anderen Tag kurz nach Mittag, als es an der Tür klingelte. Rosalie hatte gerade die Hände voller Teig, den sie für ihre selbst gemachten Nudeln geknetet hatte.

„Ich geh schon", sagte Maurice und schloss die Tür zum Kühlschrank, in die er gerade drei Flaschen Champagner gestellt hatte. Dann öffnete er die Wohnungstür und betätigte den Summer.

„Ja, bitte?", fragte Maurice, als er die in eine dicke Winterjacke gepackte Gestalt sah. Unter der tief in die Stirn gezogenen Mütze verbarg sich ein dunkles Gesicht.

„Hallo, Monsieur Claireveaux."

Rosalies Vater stutzte. „Sie sind Ambrose?"

„Ambrose Sidibé, ja", keuchte er. Mit zwei schweren Tüten in der Hand schloss er die Haustür hinter sich.

„Warten Sie, ich helfe Ihnen", murmelte Maurice und nahm Ambrose die Taschen ab.

„Danke. Ist Rosalie da?"

„Ja, sie ist in der Küche."

Beide betraten die Wohnung.

„Hängen Sie Ihre Jacke ruhig an die Garderobe. Ich kümmere mich derweil um die Sachen."

Ambrose nickte und entledigte sich der Stiefel.

„Dein Freund ist da." Rosalie erntete von ihrem Vater einen vielsagenden Blick. „Ich wusste gar nicht, dass er, nun … dass er …"

„Ein Afrikaner ist?" Sie zuckte mit den Schultern. „Spielt das eine Rolle?"

Maurice blies die Backen auf. „Nein, natürlich nicht."

„Tu mir einen Gefallen, und sei nett zu ihm." Mit diesen Worten ließ sie ihn stehen, um Ambrose zu begrüßen.

„Salut, Rosalie", sagte er lächelnd und schaute sich verlegen um. „Ich wusste gar nicht, dass ihr so vornehm wohnt!"

Rosalie winkte ab. „Vornehm ist übertrieben."

„Na ja, verglichen mit meinem Loch …"

„… ist alles das Waldorf-Astoria. Komm mit in die Küche."

Maurice hatte gerade eine Flasche Champagner entkorkt und füllte nun drei Gläser. „Ich hoffe, Sie trinken so etwas."

„Besten Dank", sagte Ambrose, als er sein Glas in Empfang nahm.

„Auf ein frohes Weihnachtsfest", sagte Maurice und stieß mit den beiden an.

„Ja, frohe Weihnachten", sagte Ambrose.

Rosalie musste lächeln, als sie sah, wie ihr Vater versuchte, Ambrose so unauffällig wie möglich zu taxieren.

„Ich pack mal deine Taschen aus", sagte sie.

„Auf gar keinen Fall!“, widersprach Ambrose. „Da sind ein paar Sachen drin, die ihr noch nicht sehen dürft.“

„Dann legen Sie sie doch unter den Weihnachtsbaum“, schlug Maurice vor.

„Gute Idee“, sagte Rosalie. „Komm mit.“

„Um Himmels willen, was hast du denn deinem Vater von mir erzählt?“, fragte Ambrose Rosalie leise, als er seine Geschenke ins Wohnzimmer brachte.

„Nichts“, antwortete Rosalie.

„Er hat mich angeschaut, als käme ich von einem anderen Stern. Hast du ihm nicht gesagt, dass meine Hautfarbe ein wenig dunkler als seine ist?“

„Nein, aber ich denke, das stört ihn auch nicht. Man kann meinem Vater viel vorwerfen, aber er ist nicht voreingenommen. Benimm dich einfach nicht daneben, dann wird alles gut.“

Ambrose verdrehte die Augen und seufzte. „Es ist wirklich ein Wunder, dass wir beide uns kennengelernt haben. Wir beide leben in grundverschiedenen Welten.“

Rosalie zuckte mit den Schultern. „Ist das so schlimm?“ Sie nahm ihn bei der Hand und führte ihn wieder zurück in die Küche, in der es nach den frischen Zutaten roch, die Rosalies Vater in der Zwischenzeit für die Rindfleischsuppe klein geschnitten hatte.

„Ich hoffe, mein Bœuf Bourgignon ist Ihnen nicht zu ordinär“, sagte Ambrose, als er sah, mit was für einer Hingabe Maurice das Essen vorbereitete.

Rosalies Vater schenkte noch etwas Champagner nach. „Nichts ist ordinär, wenn es mit Detailversessenheit gemacht wird. Santé.“

Ambrose prostete zurück. „Die wird auch nicht viel herausreißen. Als Koch bin ich eigentlich ein professioneller Stümper."

„Wissen Sie was? Das glaube ich Ihnen nicht."

Ambrose lachte. „Dann warten Sie es ab." Er begann die Tüte auszupacken. Neben dem Fleisch waren es hauptsächlich Konserven.

„Oha", machte Maurice. „Ich schätze, ich muss Ihnen doch recht geben."

„Sag ich doch."

„Aber das liegt weniger an Ihrem Können, das Sie bis jetzt noch nicht unter Beweis gestellt haben, sondern an dem, was Sie da angeschleppt haben. Am Fleisch gibt es nichts auszusetzen, aber Gemüse sollte man immer frisch zubereiten." Maurice ging hinüber zum Vorratsschrank. „Mal schauen, was ich noch dahabe."

Rosalie betrachtete das Spiel zwischen den beiden aus den Augenwinkeln heraus. Wie ein Vater, der seinem Sohn etwas Neues beibringt, weihte Maurice Ambrose in die Kunst des Kochens ein. Er zeigte ihm, wie die Schalotten zu schneiden waren, wie das Fleisch angebraten wurde und worauf man beim Würzen zu achten hatte. Und Ambrose spielte dieses Spiel mit, erwies sich als gelehriger Schüler und akzeptierte, zumindest vordergründig, die Rollenverteilung.

Sie waren wie eine normale Familie, die sich gemeinsam auf einen Abend freute, der sehr angenehm zu werden versprach. Der heilende Einfluss, den Ambrose auf sie hatte, wirkte offenkundig auch bei ihrem Vater. So entspannt hatte sie ihn schon lange nicht erlebt. Er fragte den Gast interessiert, aber nicht aufdringlich nach seinem Leben aus, und Ambrose antwortete bereitwillig. Man konnte förmlich sehen, wie der gegenseitige Respekt wuchs. Die beiden hatten eindeutig dieselbe Wellenlänge. Es dauerte nicht lange, und sie waren im Wohnzimmer verschwunden, wo Ambrose stolz die Büchersammlung präsentiert wurde. Leise Musik ertönte. *My Funny Valentine* von Chet Baker. Unter das schwermütige Trompetenspiel mischte sich Gelächter.

Rosalie liebte das Weihnachtsfest, auch wenn es nicht jedes Jahr so erfreulich war. In den Tagen zwischen dem vierundzwanzigsten Dezember und dem ersten Januar hielt die Welt für eine Woche den Atem an. Was immer Rosalie bedrückte, in dieser Zeit verlor es an Gewicht und Bedeutung.

Alles stand auf dem Herd und kochte vor sich hin. Sie nahm sich ihr Glas Champagner, das mittlerweile schon ein wenig abgestanden war, und gesellte sich zu den beiden ins Wohnzimmer, wo es wunderbar nach einer Mischung aus Tannenbaum und dem Kaminfeuer roch.

„Rosalie!", rief ihr Vater und klopfte neben sich auf das Sofa. „Setz dich."

„Wie ich sehe, kommt ihr bestens zurecht. Wahrscheinlich störe ich nur."

„Red doch keinen Unsinn. Ambrose, Sie haben ja gar nichts mehr zu trinken. Was darf ich Ihnen noch anbieten?"

„Wenn Sie vielleicht einen Saft hätten ..."

„Einen Saft." Maurice schaute Ambrose ein wenig mitleidig an. „Wie wäre es denn mit einem Aperitif? Das Essen ist doch bestimmt bald fertig!"

„Es dauert noch einen Moment“, sagte Rosalie und nahm neben ihrem Vater Platz.

„Also, was darf es sein? Campari? Sherry?“

„Einen Sherry vielleicht?“ Ambrose sah hilfesuchend zu Rosalie hinüber, die sich ein Schmunzeln nur schwer verkneifen konnte.

Maurice drückte sich ächzend aus dem Sofa. „Mich wundert, dass Sie Alkohol trinken. Ich dachte, Mali sei ein moslemisches Land.“

„Ist es auch, doch meine Familie ist christlich.“

Maurice goss zwei kleine Gläser voll und reichte eines Ambrose. Rosalie reichte der Champagner, um jetzt schon ein unangenehmes Pochen unter der Schädeldecke zu verspüren.

„Und Sie feiern nicht mit Ihren Leuten?“

Ambrose nahm den Sherry in Empfang, trank aber nicht sogleich, sondern stellte das Glas auf den Tisch und sah in die Flammen des Kamins.

„Nein“, sagte er.

„Verzeihen Sie, ich wollte nicht indiskret sein.“

„Ist schon in Ordnung. Ich habe es Rosalie bereits erklärt: Wir sind zwar eine große Familie, aber wir halten nicht so sehr zusammen.“

„Das tut mir leid.“

„Muss es nicht. Ich habe meine Konsequenzen daraus gezogen.“

„Clichy-sous-Bois ... Nicht gerade das, was man als eine gutbürgerliche Wohngegend bezeichnen würde.“

Ambrose lachte. „Nein, wirklich nicht. Es hat lange gedauert, bis ich diesem Vorort Adieu sagen konnte.“

„Aber Sie stehen doch schon sehr früh auf eigenen Beinen“, sagte Maurice. „Respekt.“

„Danke“, sagte Ambrose.

„Wie sieht es eigentlich mit der Bescherung aus?“, fragte Rosalie plötzlich. „Wollt ihr wirklich warten, bis wir gegessen haben, oder sollen wir das nicht schon vorher machen?“

„Jetzt gleich?“, meinte ihr Vater überrascht.

„Klar! Ich bin doch so gespannt, was ich bekomme.“

„Was ist mit Ihnen, Ambrose?“

„Mir soll es recht sein“, sagte er grinsend.

Rosalie sprang auf und rannte in ihr Zimmer, um kurz darauf mit einem Stapel von Päckchen wiederzukommen. Auch ihr Vater holte aus seinem Zimmer eine Tasche.

„Gut“, sagte er. „Dann fange ich an. Rosalie, das ist für dich.“

Rosalie hielt ihr Geschenk ans Ohr und schüttelte es. „Keine Ahnung, was das sein könnte.“

„Nachdem du dich an deinem Geburtstag so über meinen Musikgeschmack aufgeregt hast, habe ich mir nun etwas anderes einfallen lassen.“

Rosalie stieß einen leisen Pfiff aus. „Ein MP3-Player!“

„Mit Radioempfänger und Vierzig-Gigabyte-Festplatte. Darauf dürfte deine komplette Musiksammlung Platz finden.“

Rosalie fiel ihrem Vater um den Hals. „Danke.“

„Für Sie, junger Mann, war es etwas schwieriger. Rosalie hat ja so gut wie gar nichts über Sie erzählt. Und eigentlich ist es ein Geschenk für euch beide.“ Er reichte Ambrose ein Kuvert.

„Zwei Karten für ein Musical! *Les Misérables*." Ambrose bekam große Augen, als er den Preis sah, der auf die Karten aufgedruckt war. „Monsieur Claireveaux, Sie sind wahnsinnig!"

Rosalie riss Ambrose die Karten aus der Hand. „Du bist wirklich verrückt!", sagte sie, als sie ebenfalls einen Blick darauf geworfen hatte.

„Ich hab sie über einen Kollegen billiger bekommen", sagte Maurice. „Macht euch einfach einen schönen Abend, ja?"

„Da ist ja mein Geschenk richtig schäbig", sagte Rosalie.

„Was ist das?", fragte ihr Vater, als er das große, flache Paket in die Hand nahm. „Ein Bild?"

„Mach's auf", forderte ihn Rosalie auf.

Für einen kurzen Moment wurde Maurice bleich, als er das Papier aufriss und sein Ebenbild erblickte. „Ein Spiegel ...", murmelte er leise.

Ambrose warf Rosalie einen scharfen Blick zu.

„Den habe ich auf einem Flohmarkt gefunden", erklärte sie. „Ich fand den Rahmen so schön, und da der andere Spiegel noch nicht wieder aufgetaucht ist, habe ich mir gedacht, dass er vielleicht ganz gut in den Flur passen könnte."

Wenn ihr Vater wirklich geschockt war, dann überspielte er seine Fassungslosigkeit sehr gut. „Eine wunderbare Idee", sagte er und stand auf. „Wollen wir doch mal sehen, wie er sich macht."

„Rosalie, was sollte das?", zischte Ambrose sie an, als ihr Vater das Zimmer verlassen hatte.

„Ich wollte seine Reaktion sehen, das ist alles!"

„Und? War sie so, wie du es erwartet hast?“

„Rosalie, du hast einen wunderbaren Blick“, rief Maurice aus dem Flur, bevor sie antworten konnte. Freudestrahlend stand er im Türrahmen. „Ein schönes Stück, danke!“

Ambrose holte tief Luft und verdrehte missbilligend die Augen.

„Und das hier ist für dich“, sagte Rosalie unbekümmert und gab ihm eine kleine Schmuckschatulle.

Ambrose schaute Rosalie überrascht an, als er sie öffnete. „Ein Ring?“, fragte er verwundert.

„Als ich auf dem Flohmarkt den Spiegel gekauft habe, fiel er mir sofort ins Auge. Gefällt er dir nicht?“, fragte sie ängstlich.

„Doch, doch. Es ist nur … ich meine, man verschenkt Ringe nur zu besonderen Anlässen.“

„Es ist innen etwas eingraviert“, sagte Rosalie.

„*Amicus certus in re incerta cernitur*“, las Ambrose stockend. „Was heißt das?”

„In der Not erkennst du den wahren Freund“, sagte Maurice.

„Danke“, sagte Ambrose leise und zog ihn an. Er passte wie angegossen. „Ich habe auch etwas für euch.“

„Oh, das ist interessant“, sagte Maurice, als er sein Geschenk ausgepackt hatte. „*Die Manifeste des Surrealismus* von André Breton.“

„Eine Empfehlung von Monsieur Molosse. Als ich ihm erzählte, dass Sie im Hôpital Ste. Anne arbeiten, hat er mir dieses Buch ausgesucht. Ich hoffe, Sie haben es noch nicht.“

„Nein, aber ich wollte es schon immer mal lesen“, sagte Maurice, blätterte darin herum und las sich sogleich an einer Stelle fest.

„Und das hier ist für dich“, sagte Ambrose zu Rosalie und lächelte. „Es ist zwar nicht so kostbar wie der Ring, aber ich hoffe sehr, es wird dir mindestens genauso viel bedeuten.“

Rosalie riss hastig das Papier auf.

Sie runzelte die Stirn, als sie nicht sofort erkannte, was es war, denn es erinnerte mit seiner LED-Anzeige an ein Thermometer, obwohl es mit Sicherheit keines war. „Ein Kompass“, rief sie überrascht.

„Ja“, sagte Ambrose. „Damit du auf deiner Reise nie vom rechten Weg abkommst.“

Der Abend sollte noch lange dauern. Die Stimmung war heiter, sogar ausgelassen, bis Ambrose erschrocken einfiel, dass nachts um halb zwei keine Metro mehr fuhr und er auch den Nachtbus verpasst hatte. Maurice bot ihm einen Platz auf der Couch an, doch Ambrose zog es vor, im eigenen Bett zu schlafen, und bestellte ein Taxi, obwohl ihn die Fahrt wahrscheinlich seinen letzten Euro kosten würde.

Als Rosalie im Bett lag, holte sie den Kompass hervor und betrachtete ihn von allen Seiten. Es war ein modernes Digitalgerät, das wenig Ähnlichkeit mit den Richtungsfindern hatte, mit denen die Pfadfinder durch die Wälder stolperten. Das Gehäuse war aus stoßfestem gelben Plastik. Durch eine Öse war eine Schnur gezogen, die man sich um den Hals hängen konnte. Rosalie drückte einen Knopf, und das Display leuchtete auf.

Damit du auf deiner Reise nie vom rechten Weg abkommst, hatte Ambrose gesagt. Doch wohin sollte sie gehen, ihre Reise? Was war das Ziel? Bisher hatte sie nur eine Hand voll Puzzlestücke gesammelt, die zusammen noch kein schlüssiges Bild ergaben. Sie wusste nur, dass dieser Spiegel Pylart, Malport und ihren Vater auf eine geheimnisvolle Weise miteinander verband. Aber welche Rolle spielte ihre Mutter dabei? Was hatte sie immer wieder in die Katakomben gelockt? Es gab nur einen Weg, auf diese Fragen eine Antwort zu erhalten.

Mit zitternden Händen nahm sie Malports Buch in die Hand und begann zu lesen.

16

Zwei Wochen waren verstrichen, seit Pylart bei Malport ausgezogen war, und in dieser Zeit hatte der Hausmeister des Montaigne keinen Kontakt mehr mit dem unheimlichen Mann gehabt. Er merkte nur an den sich rapide verschlechternden Geschäftsbeziehungen zu seinen Kunden, dass Pylarts schmutziges Erpressungsgeschäft recht erfolgreich laufen musste.

Für Malport wurde es immer schwieriger, neue Abnehmer für seine Fotos zu finden. Man war vorsichtig, nicht nur ihm gegenüber. Auch andere Anbieter, die in einschlägigen Magazinen inserierten, beklagten sich darüber, dass ihnen der Umsatz wegbrach.

Dennoch machte Malport weiter. Er hatte keine andere Wahl, denn die Kosten liefen ihm davon. Die 10.000 Francs, die ihm nach Abzug der Kreditkartenrechnung geblieben waren, waren längst aufgebraucht, und sein Einkommen als Hausmeister reichte gerade mal aus, um das Nötigste zu bezahlen. Seine Geldsorgen waren mittlerweile so schlimm, dass er nachts nicht mehr schlafen konnte, weil ihm die Bank drohte, den Überziehungskredit zu kündigen.

Als er an diesem Tag von der Arbeit nach Hause kam, wartete Pylart schon in der Küche auf ihn. Malport wunderte sich noch nicht einmal, wie der Kerl ohne Schlüssel in seine Wohnung gekommen war.

„Wie geht es Ihnen?", fragte Pylart gut gelaunt.

„Sie haben ganze Arbeit geleistet. Keiner meiner Kunden nimmt noch meine Ware ab. Wenn ich nicht in einem Monat mein Konto ausgleiche, dreht mir die Bank den Hahn zu. Also, was wollen Sie?", kam es müde zurück.

„Ich benötige Ihre Hilfe", sagte Pylart.

„Vergessen Sie's", erwiderte Malport. Er wollte die Küche verlassen, als Pylarts Hand vorschnellte und ihn am Arm packte.

Die Wirkung war entsetzlich. An der Stelle, an der Pylart ihn festhielt, durchzuckte ihn eisige Kälte wie ein Blitz.

Er versuchte, sich dem Griff zu entwinden, doch er war wie gelähmt, wie erstarrt. Malport hatte das Gefühl, als ob alle Hoffnung aus ihm wich. Er schrumpfte, während die Welt grau wurde und bedrohliche Ausmaße annahm. Pylart hatte sich in eine dunkle Wolke verwandelt, die bald Malports gesamtes Gesichtsfeld einnahm.

„Ich sagte, ich benötige Ihre Hilfe", wisperte die Stimme in seinem Kopf.

„Lassen Sie mich ... los", keuchte Malport. „Ich werde ja tun, was Sie verlangen."

Pylart lockerte den Griff, und der Hausmeister ließ sich mit weit geöffneten Augen auf einen Stuhl fallen.

Pylart schob ihm ein Kuvert über den Tisch. „Hier ist Ihr Anteil."

Mit zitternden Händen schaute Malport hinein und schluckte. So viel Geld hatte er noch nie auf einem Haufen gesehen. Es mochten 50.000 Francs oder mehr sein. Damit waren seine Geldprobleme gelöst. Nun, zumindest für die nächste Zeit.

„Also, was wollen Sie?", fragte er.

„Führen Sie mich hinab in die Katakomben."

„Das wird nicht so einfach gehen. Man hat alle Zugänge geschlossen."

„Bitte, beleidigen Sie meine Intelligenz nicht", sagte Pylart scharf. „Ich weiß, dass Sie immer noch ihren exklusiven Eingang in der Schule haben."

„Was suchen Sie eigentlich dort unten? Hinweise auf Ihre Herkunft?"

„Ich muss wissen, was aus dem Spiegel geworden ist."

„Er ist fort, ich habe alles durchsucht. Jemand hat ihn mitgenommen."

„Davon möchte ich mich gerne selber überzeugen."

Malport zuckte mit den Schultern. „Wie Sie wollen. Wann brechen wir auf?"

„Sofort."

Sie hatten zunächst versucht, den Schacht in der Avenue du Maine zu öffnen, doch die Polizei hatte die Luke wieder zugeschweißt. Malport hatte nichts anderes erwartet. In solchen Dingen waren die Flics immer ziemlich schnell. Also fuhren sie in die Rue d'Assas, um dem Montaigne einen abendlichen Besuch abzustatten. Als Hausmeister hatte Malport einen Generalschlüssel, und so war es kein Problem, zu so später Stunde noch die Schule zu betreten.

Malport führte Pylart in seine kleine Werkstatt im Keller, wo er in einem Stahlschrank seine Overalls, die Grubenlampen und mehrere Paar Gummistiefel aufbewahrte. Er reichte einen Ausrüstungssatz Pylart, und beide zogen sich um.

Als sie die Bunkertür erreichten, wandte sich Malport an Pylart. „Von hier aus ist es ein weiter Weg zum Bereich südlich des Friedhofs von Montparnasse. Und vergessen Sie nicht, dass wir ihn auch wieder zurückgehen müssen. Wahrscheinlich werden wir die ganze Nacht unterwegs sein."

Pylart zeigte auf die rostige Tür. „Machen Sie auf."

Malport zuckte mit den Schultern. Als die Tür mit einem leisen Quietschen aufschwang, schlug ihnen feuchte, modrige Luft entgegen. Vorsichtig stiegen sie eine steile Treppe hinab.

Von den technischen Einrichtungen des Bunkers war bis auf ein paar rostige Schalttafeln und einige verrottete chemische Klos nichts mehr zu sehen. Kabelstränge waren zu bizarren rotbraunen Skulpturen zusammengebacken, farbige Markierungen zeigten den Weg zum Hinterhof, dem Boulevard Saint Michel und zu Notre-Dame Bonaparte. An den Wänden hatten sich Kataphile mit ihren Spraydosen verewigt. Manches davon hatte sogar einen gewissen künstlerischen Wert, doch das meiste waren belanglose Schmierereien.

Es war unglaublich, mit was für einer Gewandtheit sich Pylart durch die niedrigen Gänge bewegte. Malport hatte Mühe, ihm zu folgen, obwohl eigentlich er es war, der vorangehen sollte.

Sie krochen durch ein enges Loch und kamen auf die

unterirdische Rue de l'Ouest, die oberirdisch Rue d'Assas hieß, und benutzten die Transversale, um so die westliche Galerie zu erreichen, die sich über einen Kilometer nach Süden Richtung Observatorium erstreckte.

Immer wieder hielten sie inne und versteckten sich in Nischen, wenn sie Stimmen von Kataphilen hörten, die unterwegs zu einem der vielen Treffpunkte waren, an denen in der Nacht Partys stattfanden. Manchmal blieb Pylart an einer Kreuzung stehen und zögerte. Dann war es Malport, der die Richtung vorgab, um dann wieder hinter dem Mann herzuhetzen, der nur ein Ziel kannte: den unterirdischen Saal in der Nähe der Rue Lalande, in dem er vor wenigen Wochen ohne Erinnerung an sein vorangegangenes Leben aufgewacht war.

Auf der Höhe der Rue Bara bogen sie rechts ab und bewegten sich zielstrebig zum Carrefour Raspail. Pylarts Ausdauer war unglaublich. Ohne jede Rast kämpfte er sich durch die niedrigen Gänge, durchwatete zum Teil hüfthohe Tümpel und kroch durch Löcher, in denen Malport mehr als einmal hängen blieb.

Als sie die Rue Lalande erreichten, hielt Pylart inne und richtete sich auf. Irgendetwas schien seine Aufmerksamkeit zu fesseln. Er lauschte, als ob eine leise Melodie in der Luft hing, die nur er hörten konnte. Er drehte sich zu Malport um, der keuchend an der Wand lehnte, die Hände auf die Beine gestützt.

„Hören Sie das auch?“, fragte Pylart.

Malport schüttelte den Kopf und hustete. „Nein“, krächzte er. „Was soll da sein?“

Pylart schaute sich um und entdeckte einen dunklen

Durchbruch in der westlichen Wand. Er zögerte kurz, dann kletterte er hindurch.

„Das ist der Aufgang zu einem Wohnhaus“, sagte Malport. Pylart legte den Kopf in den Nacken und schaute die Wendeltreppe empor. Vorsichtig nahm er die erste Stufe. Wieder legte er den Kopf zur Seite, als würde er etwas hören, doch diesmal schien das Geräusch unangenehmer zu sein. Er verzog das Gesicht, als plagten ihn auf einmal Zahnschmerzen. Ein weiterer anstrengender Schritt. Malport beobachtete fasziniert, wie Pylart immer bleicher wurde. Die dritte Stufe konnte der Mann, von dem sonst immer eine kalte Aura der Macht ausging, nur unter größter Überwindung nehmen. Schließlich gab er es auf und kehrte wieder um.

„Die Treppe führt zur Nummer zwei in der Rue Lalande“, sagte Malport. „Das Haus wird von einer Madame Bocasse, einer Familie mit dem Namen Claireveaux und noch irgendjemandem bewohnt. Den dritten Namen habe ich aber vergessen.“

Pylart warf noch einen letzten Blick über die Schulter, so als wolle er sich die Stelle für einen späteren Besuch einprägen, dann hastete er weiter.

„Wenn wir zu dem Saal wollen, in dem der Spiegel stand, müssen wir da entlang.“ Malport zeigte den Gang hinab. „In wenigen hundert Metern geht es rechts ab in die Rue Daguerre. Von da aus ist es nicht mehr weit zu dem Saal, in dem ich Sie gefunden habe.“

Eine halbe Stunde später hatten sie das Ziel erreicht. Vor ihnen erstreckte sich ein Raum, dessen gewölbte Decke von einem halben Dutzend Säulen gestützt wurde.

Pylart drehte sich im Kreis, wobei der Strahl seiner Helmlampe wild hin und her tanzte.

„Hier ist nichts! Rein gar nichts!"

„Aber das sage ich doch die ganze Zeit", antwortete Malport erschöpft.

„Wo ist der Spiegel?", schrie Pylart frustriert.

„Irgendjemand muss ihn mitgenommen haben. Wahrscheinlich irgendwelche Kataphilen, die hier unten immer wieder herumstreichen."

Pylart packte Malport am Kragen. „Sie werden ihn finden. Hören Sie? Sie durchsuchen so lange diese unterirdischen Gänge, bis Sie diesen verdammten Spiegel gefunden haben."

Malport nickte entsetzt. „Ja. Ja, das werde ich tun", stotterte er.

Pylart ließ los, als hätte er auf einmal bemerkt, dass Malport eine ekelerregende, ansteckende Krankheit hätte. Dann drehte er sich um und eilte davon.

Diesmal machte Malport sich nicht die Mühe, ihm zu folgen. Pylart würde alleine den Weg hinausfinden.

Es war vier Uhr in der Nacht, als Malport den deutschen Bunker unter dem Montaigne erreichte. Erschöpft, durchnässt und vollkommen verdreckt verschloss er wieder das rostige Schott und begab sich zu seiner Werkstatt, um sich umzuziehen.

Pylart hatte seine schmutzigen Sachen achtlos auf den Boden geworfen. Malport hob sie auf, klopfte sie ab und hängte den Overall zusammen mit dem Helm wieder in den Schrank. Die Stiefel stellte er in die Ecke. Er wollte sie am nächsten Tag zusammen mit dem anderen Paar gründlich reinigen.

Malport vergewisserte sich, dass alle Türen verschlossen waren, dann ging er zum Auto und fuhr nach Hause. Er war todmüde, doch er konnte nicht schlafen. Immer wieder wälzte er sich in seinem Bett hin und her. Himmel, wäre er doch nie diesem Pylart begegnet. Hätte er ihn doch damals in den Katakomben verrecken lassen. Aber irgendwie bezweifelte er, dass jemand wie Pylart so einfach sterben würde. Malport glaubte nicht an gute oder böse Kräfte. Die Welt war ein Ort, an dem jeder selbst versuchen musste, irgendwie zu überleben. Doch dieser Pylart hatte eine beunruhigende Aura. Wenn man Malport fragte, wie der Teufel aussehen mochte, so würde er ihm Pylarts Gestalt geben.

Die Zeit verstrich quälend langsam. Je mehr er sich dazu zwang, endlich einzuschlafen, desto wacher wurde er. Um halb sieben ergab er sich seinem Schicksal, schlug die Decke beiseite und stand auf. Ein lausiger Tag würde auf ihn warten.

Doch das war eine starke Untertreibung. Das ahnte er, als er auf dem Weg zum Auto eine Zeitung kaufte und auf der ersten Seite das Bild von Monsieur Dubois sah. Er hatte sich gestern auf eine höchst spektakuläre Art vom Leben in den Tod befördert, indem er sich mit einem Strick um den Hals von der Pont Neuf stürzte.

Malport fluchte. Dubois war einer seiner besten Kunden gewesen, und der Selbstmord hatte garantiert etwas mit seiner geheimen Obsession zu tun.

Die ganze Fahrt über zum Montaigne ging ihm dieser Vorfall nicht aus dem Kopf. Nervös kaute Malport auf seiner Unterlippe. Wenn Dubois sich umgebracht hatte, dann gab es möglicherweise einen Abschiedsbrief, in dem er seine Gründe niedergeschrieben hatte. Bei dem Gedanken daran wurde ihm ganz schlecht.

„Sie sind aber heute früh dran, Monsieur Malport", empfing ihn Madame Gaillot. Als sie sein fahles Gesicht sah, erschrak sie. „Um Himmels willen, wie sehen Sie denn aus?"

„Ich habe heute Nacht nicht besonders gut geschlafen", sagte er. „Aber es ist nichts, was sich nicht mit einem starken Kaffee aus der Welt schaffen ließe. Wollen Sie auch einen?"

„Ich habe bereits einen aufgebrüht", sagte sie und schob ihm eine Thermoskanne hin. Mit zitternden Händen schenkte er sich einen Becher ein und trat ans Fenster. Verdammt noch mal, was sollte er tun?

Die Frage beantwortete sich in dem Moment, als er hinaus auf die Straße schaute. Auf der gegenüberliegenden Straßenseite hielten drei Autos. Zwei davon waren Streifenwagen. Mehrere Beamte stiegen aus, von denen sechs bewaffnet und in Uniform waren. Augenblicklich verteilten sie sich auf die Eingänge des Montaigne, während die Männer in Zivil das Hauptportal ansteuerten.

„Scheiße", zischte Malport und knallte den Becher auf den Tisch.

„Stimmt etwas nicht?", fragte Madame Gaillot.

„Ich habe etwas in meinem Auto vergessen", log Malport und lief zur Tür. „Ich bin gleich wieder zurück."

Ohne die Antwort seiner Sekretärin abzuwarten, rannte er los. Er musste von hier verschwinden, und zwar schnell.

Die Katakomben, fiel es ihm ein. Auch wenn die Polizei alle Ausgänge bewachte – den alten Zugang zum deutschen Bunker kannte sie bestimmt nicht.

Er hastete die Treppen hinunter und riss dabei Madame Duisenberg um, die mit einem lauten Aufschrei zwei Stufen hinabstürzte.

So schnell er konnte, lief er in seine Werkstatt. Er hatte keine Zeit mehr, Stiefel und Overall anzuziehen, also schnappte er sich seinen Grubenhelm und die Armeetasche mit den Karten. Wo sollte er hin? Nach Hause konnte er nicht, denn dort würden sie als Erstes nach ihm suchen. Seinen Wagen hatten die Polizisten mittlerweile bestimmt auch gefunden.

Pylart, kam es Malport in den Sinn. Er hat mich in diesen ganzen Mist hineingeritten, jetzt soll er sehen, wie er mich da auch wieder herausholt. Pylart musste ihm helfen, sonst würde er, Malport, ein wenig aus dem Nähkästchen plaudern. Wie hieß es doch so schön? Mitgefangen, mitgehangen.

Mit einem lauten Donnern fiel das Schott hinter ihm zu. Hastig legte Malport die Riegel um, schaltete die Lampe ein und lief weiter. Der vertraute Modergeruch der Katakomben schlug ihm entgegen. Glücklicherweise hatte er die Armeetasche mit den Karten mitgenommen. Darin hatte er die Schächte eingezeichnet, die noch nicht von der IGC zugeschweißt waren. Er war keine hundert Meter weit gegangen, als er feststellte, dass das Licht schwächer wurde und eine rötliche Färbung annahm.

Er hatte vergessen, die Akkus aufzuladen!

Malport musste sich beeilen, wenn er rechtzeitig einen Aufgang finden wollte. Es gab einen Schacht, der noch all seine Sprossen hatte, und der war bei der Pépinière de Luxembourg. Dazu musste er sich allerdings durch das Gitter zwängen, das den Bunker von der Abri de Pharmacie trennte.

Doch heute war eindeutig nicht sein Glückstag. Sosehr er auch wie ein Sträfling am Gitter ruckelte, es erwies sich als so fest im Mauerwerk verankert, dass er hier nicht weiterkam und einen Umweg in Kauf nehmen musste.

Das Licht der Lampe wurde immer schwächer. Panik stieg in ihm hoch. Wenn er hier unten im Dunkeln hockte, war er verloren.

Er faltete noch einmal seinen Plan auseinander. In der Rue d'Assas gab es einen weiteren Aufgang. Vielleicht würde der Akku noch so lange reichen.

Malport hatte gerade den *Salle de l'Apéro* erreicht, als die Lampe endgültig verlosch. Eine Dunkelheit umhüllte ihn, die so dicht und schwer war, dass sie ihn fast erdrückte. Malports Atem ging immer schneller, sein Herz raste wie wild. Er durfte jetzt keinen Fehler machen. Links, wieder links und dann rechts. Fünfzig Meter die Rue de l'Ouest nach Süden, dann erneut rechts abbiegen.

Links, links, rechts, rechts.

Links, links, rechts, rechts.

Wie ein Mantra betete er diese Worte vor sich hin. Immer wieder stolperte er über Felsbrocken, die im Weg lagen. An manchen Stellen war die Decke so niedrig, dass er sich trotz des Helms schmerzhaft den Kopf stieß.

Es hatte keinen Zweck. Er musste auf allen vieren weiterkriechen, alles andere war zu gefährlich. Der Boden war kalt und feucht. Zentimeterweise kämpfte Malport sich voran. Immer wieder stieß er gegen ein Hindernis und musste eine andere Richtung einschlagen. Es dauerte nicht lange, und er hatte komplett die Orientierung verloren. Doch er musste weiterkriechen. Irgendwo im nördlichen Teil dieser Höhle war der rettende Aufgang! Wenn er es erst einmal bis dahin geschafft hatte, konnte er dieses Labyrinth endlich verlassen, und dann würde er sich Pylart vorknöpfen.

Der Boden war übersät mit scharfkantigen Steinen, die die Hose über den Kniescheiben aufrissen und ihm an Knien und Händen blutige Wunden beibrachten. Nirgendwo war eine Wand, an der er sich hätte orientieren können. Malport wusste, dass er sich in einem gefährlichen Teil der Steinbrüche aufhielt. Erst vor kurzem hatte es hier einige Deckeneinbrüche gegeben.

Hier unten war alles trügerisch: die Stille, die Dunkelheit und vor allen Dingen die scheinbare Festigkeit der Felsengewölbe. In den letzten fünfzig Jahren hatte es glücklicherweise keine Toten hier unten gegeben, und er wollte nicht der erste sein.

Malport konzentrierte sich so sehr auf eine mögliche Gefahr von oben, dass er die Öffnung erst bemerkte, als es zu spät war. Seine Hände griffen auf einmal ins Leere, und der Oberkörper knickte weg. Er stieß einen lauten Schrei aus, der sich in der gähnenden Tiefe unter ihm verlor. Die Kante des Lochs schnitt in seinen Bauch, und die ausgestreckten Beine zappelten in der Luft, als sich der

Oberkörper wie der Arm einer Waage nach unten neigte. Verzweifelt ruderte Malport mit den Armen in der Luft, fand aber keinen Halt, sondern schien das Kippen dadurch nur noch zu beschleunigen. Er schloss die Augen, ignorierte seinen Instinkt und legte die Hände an die Oberschenkel, um so den Schwerpunkt seines Körpers nach hinten zu verlagern. Einen kurzen Moment schien es, als könne Malport sich durch einen rhythmischen Wechsel der Gewichtsverlagerung aus dieser bedrohlichen Lage schaukeln, als die Kante wegbrach und er mindestens drei Meter tief fiel.

Malport schrie nicht, als er hart aufschlug; auch nicht, als der Schmerz seine Schulter zu zersplittern drohte. Für einen kurzen Moment blieb er benommen liegen. Dann versuchten seine benebelten Sinne herauszufinden, wo oben und unten war. Ächzend rollte er sich auf die Seite. Eine warme Flüssigkeit tropfte von seiner Nase. Malport befingerte seinen Kopf, von dem der Helm gerutscht war, und ertastete den klaffenden Schnitt der Wunde, die sich quer über seine Stirn zog. Noch spürte er keinen Schmerz, doch sobald er den ersten Schock überwunden hatte, würde er sich fühlen, als hätte man jeden Knochen in seinem Körper gebrochen. Er zog sich auf die Beine und streckte die Arme aus.

Sein Gefängnis war klein. Der Durchmesser des Loches betrug vielleicht anderthalb Meter. Die Wände waren so hoch, dass er die Kante nicht ertasten konnte. Langsam kam Malports Verstand wieder zurück und mit ihm sein Urteilsvermögen. Er war von den Katakomben der Stadt verschluckt worden, und die steinernen Eingeweide würden ihn wie eine wenig gehaltvolle Mahlzeit verdauen, wenn er nicht bald einen Weg hier herausfand. Malport untersuchte mit zittrigen Händen den ihn umgebenden Fels. Das Material war so lose, dass es unter seinen Fingern zerbröselte. Fieberhaft versuchte er, mit bloßen Händen Löcher in den Kalk zu bohren. Als dies zu schmerzhaft wurde, hob er Steine vom Boden auf und benutzte sie wie einen Faustkeil. Doch schon beim ersten Schlag fielen sie auseinander.

„Verdammt!", schrie Malport. „Kann mich jemand hören? Hilfe!"

Er lauschte in die Dunkelheit. Natürlich antwortete ihm niemand. Sein Herz begann, vor Panik zu rasen. Zu allem Überfluss machte sich jetzt auch unangenehm die übervolle Blase bemerkbar. Malport stellte sich an die Wand und konnte gerade noch urinieren, bevor er sich in die Hose machte.

Sein Kopf dröhnte wie ein Walzwerk, und er spürte, wie ihm schwindelig wurde. Malport wusste, dass er nicht lange warten durfte. Schon jetzt verließen ihn die Kräfte. Er zog den Reißverschluss seiner Hose wieder hoch und fing an, herumliegende Felsbrocken einzusammeln, um sie wie eine Treppe aufeinanderzuschichten. Dann stellte er sich auf den Haufen und machte sich so lang wie möglich. Es reichte nicht. Er sprang, und die provisorische Treppe fiel mit lautem Poltern unter ihm auseinander. Malports Fuß knickte um, und er schlug mit seiner Platzwunde erneut gegen den kalten Fels.

Der Schmerz war so überwältigend, dass ihm schlecht wurde.

„Hilfe!“, schrie er aus Leibeskräften. Seine Stimme überschlug sich. „Hilfe! Hört mich denn keiner?“

Langsam wurde ihm kalt. Malport wusste, dass in den Katakomben nur eine Temperatur von vierzehn Grad herrschte. Normalerweise war das kein Problem, denn bei seinen Besuchen hatte er stets einen Pullover unter seinem Overall getragen. Die überstürzte Flucht hatte ihm hingegen keine Gelegenheit gelassen, sein dünnes Hemd gegen etwas Wärmeres einzutauschen. Malport begann am ganzen Körper zu zittern.

Er überlegte fieberhaft, wie er einen Weg aus diesem Loch herausfinden konnte. Noch hatte er die nötige Kraft dazu. Morgen würde das mit Sicherheit ganz anders aussehen.

Zentimeter für Zentimeter untersuchte er sein Gefängnis. Bald waren seine Finger so wund, dass er kaum noch ein Gefühl darin hatte. Sein Atem kam stoßweise und wimmernd.

Vielleicht würden sie ihn ja auch hier unten suchen! Lieber saß er im Gefängnis, als dass er hier unten alleine verreckte.

„Und alles nur wegen dir, Pylart! Ich verfluche den Tag, an dem ich dir das Leben gerettet habe.“ Malport schrie wie ein kleines Kind und brach heulend zusammen, um sich von der Dunkelheit verschlingen zu lassen.

Dann war es, als würde Rosalie aus dem Körper dieses geschundenen Mannes fahren, der vor ihr im Dreck kauerte, und sie stand plötzlich neben ihm. Voller Verachtung schaute sie auf ihn hinab.

„Du musst mich retten“, bettelte er.

Rosalie erschrak, als sie die Stimme laut und klar vernahm. Doch obwohl Malport den Mund geöffnet hatte, war die Stimme in ihrem Kopf.

„Warum sollte ich das tun?“, fragte Rosalie.

„Weil ich für das, was ich getan habe, tausendfach bezahlt habe“, flüsterte er.

„Was hat es mit dem Buch auf sich?“, wollte Rosalie wissen.

„Ich weiß nicht, wie er es macht, aber Pylart hat sich wie eine Made in meinem Verstand eingenistet. Man kann keine Geheimnisse vor ihm haben. Er kannte mich in- und auswendig: alles, was ich je getan habe, alles, wovon ich im Geheimen träumte. Wie eine Spinne wickelt er seine Opfer in sein Netz ein und saugt sie langsam aus, bis nur noch eine leere Hülle übrig bleibt. Er zerstört das Leben der Menschen, indem er ihre Träume stiehlt. Mit ihren dunklen verbotenen Träumen erpresst er sie. Und indem er ihnen die schönen Träume nimmt, raubt er ihnen auch alle Hoffnung, verstehst du?“

Rosalie schwieg.

„Pylart schreibt sie nieder, aber nicht mit seiner eigenen Handschrift, sondern mit der seiner Opfer“, fuhr Malport fort. „Erst wenn du mein Buch verbrennst, werde ich frei sein! Das tagelange Sterben war grausam genug. Du hast die Macht, mich endgültig gehen zu lassen“, flehte er sie an. Zitternd streckte er seine Hand aus. Die blutigen Fingerspitzen hatten keine Nägel mehr. Rosalie wich zurück.

„Bitte! Versprich mir, dass du dieses Buch vernichten

wirst“, wimmerte Malport. „Dies hier ist schlimmer als die Hölle.“

„Wer sagt, dass die Hölle ein besserer Ort ist?“, fragte sie.

„In der Hölle gibt es keine Hoffnung auf Erlösung, und mit diesem Schicksal könnte ich mich abfinden. Aber noch hoffe ich, hörst du? Noch hoffe ich, dass mich dein Mitleid retten kann. Ich will endlich Ruhe finden.“ Malports Gestalt wurde kleiner. „Bitte“, rief er ein letztes Mal.

Dann öffnete Rosalie die Augen.

Es war vorbei. Sie hatte es tatsächlich geschafft, das Buch zu Ende zu lesen, obwohl es all ihre Kraft gekostet hatte zu fühlen, was Malport gefühlt hatte. Besonders sein Tod hatte sie fast zerstört. Sechs Tage hatte sein einsames Sterben gedauert, dann war er qualvoll verdurstet.

Voller Abscheu betrachtete sie den schwarzen Einband, auf dem in ausgeblichenen goldenen Lettern Henri Malports Name eingeprägt war. Welch ein Leben, dachte sie. Welch ein sinnloses, vergeudetes Leben.

Was sollte sie jetzt tun?

Malports Buch drohte sie bis an ihr Lebensende zu verfolgen. Und das wollte sie nicht zulassen.

Sie stand von ihrem Bett auf und ging leise ins Wohnzimmer, wo im Kamin noch die Glut des Vorabends glomm. Sie nahm den Schürhaken und stocherte in den verkohlten Holzresten, bis die Funken aufflogen. Sie zögerte nur einen Moment, dann warf sie das Buch hinein.

Rosalie wusste, dass sie in diesem Moment ein wichtiges Beweisstück zerstörte. Doch ihr Seelenfrieden war ihr wichtiger. Sollte Leloup sehen, wie er Pylart festnageln konnte.

Die Glut war immer noch heiß genug, um die Kladde in Flammen aufgehen zu lassen, aber das Leder des Einbandes nahm noch nicht einmal eine andere Färbung an. Rosalie ging in die Hocke und begann, vorsichtig zu blasen. Flammen züngelten hoch, verlöschten aber im selben Moment wieder.

Das Buch wollte nicht brennen.

Rosalie stieß einen leisen Fluch aus. Mit spitzen Fingern fischte sie das Dossier wieder heraus. Erstaunlicherweise fühlte sich der unbeschädigte Einband kühl und glatt an. Sie schlug das Buch auf, um es Blatt für Blatt zu verbrennen, doch das war gar nicht so einfach. Zwar fühlten sich die Seiten wie Papier an, doch als sie sie herauszureißen versuchte, hatte sie das Gefühl, als seien sie mit dem Einband verwachsen.

Sie ließen sich nicht entfernen.

Rosalie schaute sich im Wohnzimmer um und fand die Schere schließlich in einem der Regale neben dem Brieföffner. Sie holte tief Luft und begann zu schneiden. Augenblicklich sickerte an dem Falz eine rote Flüssigkeit heraus. Mit einem Schrei ließ sie das Buch fallen und betrachtete mit weit aufgerissenen Augen ihre besudelten Hände. Angeekelt rieb sie die Finger aneinander und roch daran. Der metallische Geruch von Blut stieg ihr in die Nase. Das konnte nicht sein! Rosalie spürte, wie eine Welle der Übelkeit in ihr hochstieg, als sie die sich immer weiter ausbreitende Lache neben dem Buch bemerkte, das aufgeschlagen auf dem Parkettboden lag. Sie bückte sich und warf die herausgeschnittene Seite hastig in die Glut.

Augenblicklich erfüllte der Gestank von verbrannten Haaren den Raum. Das Blatt begann sich langsam zu verfärben und wellte sich mit einem Geräusch, das wie ein leises Schreien klang. Dann züngelten rußige Flammen empor, und nur einige Ascheflocken blieben zurück, die augenblicklich den Kamin hinaufschwebten.

Fassungslos starrte Rosalie auf den Kamin. Das Buch lebte! Ihr wurde schwindelig, als sie auf die Knie ging und mit zitternden Fingern nach der Schere tastete.

Es war wie ein Gemetzel. Das Buch blutete aus unzähligen Wunden, und nach kurzer Zeit sah es so aus, als hätte Rosalie mitten im Wohnzimmer ein Schwein geschlachtet. Wie im Wahn warf sie Seite für Seite Malports Leben ins Feuer, wobei sie sich zwang, nicht darüber nachzudenken, was sie da tat, doch der Gestank war einfach unbeschreiblich. Immer wieder musste sie würgen. Nach einer halben Stunde hatte sie ihr blutiges Werk vollbracht und warf den Einband in die Flammen.

Dann war es vorbei.

Hastig stand sie auf und rannte so schnell wie möglich ins Bad, wo sie sich übergab. Keuchend beugte sie sich über das Waschbecken und drehte das heiße Wasser auf. Sie blickte auf ihre Hände – und erstarrte.

Das Blut war fort.

Rosalie schnellte hoch und starrte in den Spiegel. Da war nichts! Das konnte nicht sein!

Sie lief zurück ins Wohnzimmer, doch außer der erkaltenden Glut wies nichts auf ihre Bücherverbrennung hin. Die stinkende dunkelrote Lache auf dem Boden war verschwunden.

Rosalies Knie wurden weich. Mit letzter Kraft schleppte sie sich zum Sofa, ließ sich in die weichen Polster fallen und betrachtete erneut ihre Hände. Alles war nur Einbildung gewesen. Aber wie konnte das sein? Der Geruch, das Blut – alles war so realistisch gewesen!

Sie durfte jetzt nicht den Verstand verlieren. Alles, nur das nicht! Die Mutter, kam es Rosalie in den Sinn. Hatte es mit ihr genauso begonnen? Hatte sie auch Dinge gesehen, die nur in der Fantasie existiert hatten?

Sie schloss die Augen und versuchte, an Dinge zu denken, die möglichst alltäglich waren.

Die Schule. Ihr Vater.

Die Katakomben.

Ambrose. Ihre Großmutter.

Die Katakomben.

Rosalie stöhnte. Es hatte keinen Zweck. Bevor sie nicht die letzte Aufgabe erledigt hatte, würde sie keine Ruhe finden. Sie musste hinab in die Katakomben steigen und sich den Schatz holen, von dem der Hausmeister gesprochen hatte.

17

Es war der erste Weihnachtsfeiertag, als sich Rosalie dazu entschloss, zu der Höhle unter der Université de Droit aufzubrechen, in der die Leiche des Hausmeisters liegen musste. Dort befanden sich auch die Karten, die Malport im Laufe all seiner Exkursionen so akribisch angefertigt hatte – wenn sie überhaupt noch dort waren. Pylart musste wissen, dass Malport sie auf seiner Flucht vor der Polizei mitgenommen hatte. Wahrscheinlich hatte er sie schon längst an sich genommen. Doch andererseits: Hatte er nicht gesagt, dass seine Sammlung besonders von den Plänen des Höhlensystems weit davon entfernt war, vollständig zu sein? In der Tat, diese Karten waren ein Schatz. Wenn Rosalie in den Besitz der Tasche gelangte, hatte sie einen Trumpf in der Hand, den sie Pylart gegenüber ausspielen konnte. Warum hatte er sie auf ihre Mutter angesprochen? Was wusste er über sie? Es konnte kein Zweifel bestehen, dass zwischen Marguerite Claireveaux und Quentin Pylart eine Verbindung bestand, und dieses Bindeglied war der Spiegel, der einen Monat zuvor auf so seltsame Weise gestohlen worden war. Konnte es sein, dass Pylart einen Dieb beauftragt hatte, ihn zu entwenden? Doch wie hatte er wissen können, dass der Spiegel in Rosalies Wohnung hing? Und welche Bedeutung hatte er für Pylart? Sie wusste, dass sie diese Informationen nur erhalten konnte, wenn sie etwas zum Tausch anzubieten hatte.

Rosalie war froh, dass es diesmal kein Trip ins Ungewisse würde, denn sie war den Weg schon einmal mit Malport gegangen. Sie konnte nur hoffen, dass sich die Gänge in den letzten sechzehn Jahren nicht grundlegend verändert hatten, aber das war eigentlich nicht zu erwarten.

Rosalie vergewisserte sich, dass alle Akkus aufgeladen waren und sie genügend Ersatzbirnen eingesteckt hatte. Um ganz auf Nummer sicher zu gehen, steckte sie ihr Feuerzeug und eine Hand voll Kerzen ein.

Ihr wichtigster Ausrüstungsgegenstand war ein langes, stabiles Seil, mit dem sie sich in das Loch hinablassen wollte. Sie wickelte es sich um ihren Bauch, damit es sie auf ihrem Weg zu Malport nicht behinderte.

Als sie alles beisammen hatte, wählte sie Ambroses Nummer, um ihn von ihrem Vorhaben zu unterrichten. Doch statt eines Klingelzeichens meldete sich nur eine weibliche Stimme, die sie im unpersönlichen Tonfall davon unterrichtete, dass der Gesprächsteilnehmer zurzeit nicht erreichbar war.

Verdammt, fluchte Rosalie. Sogar die Mailbox war ausgeschaltet. Sie schaute auf ihre Uhr. Es war kurz nach neun. Wahrscheinlich schlief Ambrose noch und wollte nicht gestört werden.

Was sollte sie tun? Rosalie konnte schlecht ihrem Vater eine Notiz hinterlassen, in der sie ihn davon unterrichtete, dass sie einen kleinen Ausflug in die Katakomben machte und somit verbotenerweise auf den Spuren ihrer Mutter wandelte.

Auf der anderen Seite: Was sollte ihr da unten schon geschehen? Sie kannte die Risiken und wusste, wie sie ihnen aus dem Weg gehen konnte. Wenn sie sich vorsah, würde ihr nichts zustoßen. Außerdem waren alle überlebenswichtigen Ausrüstungsgegenstände doppelt und dreifach vorhanden. Sogar der Proviant würde mehrere Tage reichen. Durch die sechs Liter Wasser, die sie in Plastikflaschen abgefüllt hatte, war der Rucksack zwar schwer wie Blei, doch Malports Schicksal hatte sie gewarnt. Rosalie überprüfte noch einmal, ob sie alles hatte, dann zog sie leise die Wohnungstür hinter sich zu.

Wider Erwarten kam sie nur langsam voran. Die Tragegurte schnitten ihr in die Schulter und ließen ihren Rücken vor Taubheit prickeln. Über lange Strecken konnte sie nicht aufrecht gehen, da die Galerien an manchen Stellen so niedrig waren, dass sie den Kopf einziehen musste, wodurch sich ihr Nacken schmerzhaft verkrampfte. Obwohl es hier unten gleichbleibend kühl war, klebte das verschwitzte T-Shirt schon bald nass an ihr.

Rosalie versuchte, ihre schmerzenden Muskeln zu ignorieren, und biss die Zähne zusammen. Erst als sie den Carrefour de Raspail erreichte, erlaubte sie sich eine Rast. Sie hatte zwei Kilometer zurückgelegt und für diese Strecke beinahe vier Stunden gebraucht. Vielleicht hatte sie sich doch zu viel zugemutet? Sie wischte die Zweifel weg und trank gierig das mitgebrachte Wasser. Die Erinnerung an Malport stieg wieder in ihr hoch. Bereits nach drei Tagen war sein Mund so trocken gewesen, dass die geschwollene Zunge aufriss und zu bluten begann. Sie hatte gespürt, wie der Schleim in der Lunge immer zäher geworden war und sich nicht mehr abhusten ließ. Gefolgt waren Herzrasen, bohrende Kopfschmerzen und Fieberfantasien, bis Malport schließlich qualvoll verendet war.

Bei dem Gedanken daran schauderte ihr, und sie leerte den Rest der ersten Flasche mit gierigen Schlucken. Dann stand sie auf und schleppte sich weiter. Der Rest des Weges würde einfacher sein, weil ab hier die Gänge besser ausgebaut waren.

Ihre Gedanken schweiften zurück zu ihrer Großmutter, die noch immer zu Hause in Bondy in ihrem Bett lag und die Besuche der geschwätzigen Nachbarin über sich ergehen lassen musste. Sie war nur mit knapper Not einer ausgewachsenen Lungenentzündung entgangen und noch immer zu schwach, um ihr Bett länger als eine halbe Stunde verlassen zu können.

Rosalie war in den Tagen vor dem Weihnachtsfest immer wieder zu ihr hinausgefahren und hatte sich um die täglichen Dinge des Haushalts gekümmert, auf Vorrat gekocht und jede Menge Plastikdosen mit Suppe, Fleisch und Gemüse eingefroren; auch wenn ihr der Gedanke nicht geheuer war, dass Großmutter Fleur wahrscheinlich mit nichts anderem als mit einem dünnen Nachthemd bekleidet nun jeden zweiten Tag in den Schuppen schlurfte. Fleur Crespin war eine kluge Frau, die alleine und unter widrigsten Umständen Rosalies Mutter großgezogen hatte, doch manchmal konnte sie sich wie ein unvernünftiges Kind aufführen.

Mehrmals hatte Rosalie ihr vorgeschlagen, sie am 25.

Dezember zu besuchen, doch Fleur hatte mit den Worten abgelehnt, sie wolle ihrer Enkelin nicht das Weihnachtsfest verderben. Eine mädchenhaft kichernde Madame Laverdure hatte Rosalie schließlich erzählt, dass Dr. Rivère an diesem Tag vorbeischauen wollte, und dabei etwas von spätem Glück gefaselt. Rosalie hatte nur mit den Augen gerollt, doch als sie am Abend bei Fleur angerufen hatte, war deren Stimme so lebendig wie seit Monaten nicht gewesen. Trotzdem wurde sie das Gefühl nicht los, sie hätte ihr besser doch noch einen Besuch abgestattet.

Als sie auf die Rue de l'Ouest einbog, begann ihr Herz schneller zu schlagen. In einhundertfünfzig Meter Entfernung ging es in das Höhlensystem, das Malport zum Verhängnis geworden war.

Im Gegensatz zu den glatt gehauenen Galerien war der Boden dieser Kaverne mit Schutt von herabgefallenen Gesteinsbrocken übersät. Ängstlich leuchtete Rosalie die Decke ab. Es war nicht zu ersehen, wann es den letzten Einsturz gegeben hatte, aber der Fels sah nicht besonders vertrauenerweckend aus.

Der Aufstieg, den Malport vergeblich gesucht hatte, befand sich nicht weit vom Eingang des Höhlensystems entfernt. Die ersten Sprossen waren jedoch so hoch angebracht, dass Malport auch unter günstigen Bedingungen keine Chance gehabt hätte, seinen dunklen Kerker zu verlassen. Aber das würde ihn jetzt wahrscheinlich auch nicht mehr trösten.

Schweigend arbeitete sie sich weiter voran. Der Strahl ihrer Taschenlampe wanderte hektisch über den zerklüfteten Grund und veranstaltete ein trügerisches Schattenspiel.

Erst nach einer halben Stunde fand sie das Loch am Ende eines nach Norden angelegten niedrigen Tunnels. Rosalie legte den Rucksack ab und stieß dabei gegen die Wand. Loser Schutt rieselte hinab.

Plötzlich hörte sie hinter sich ein Poltern und wirbelte herum, doch da war nichts. Ihr Herz, das ohnehin schon wild pochte, begann zu rasen, und die Angst packte sie mit kaltem Griff. War ihr jemand gefolgt? Ihre Furcht war zwar weit von der Panik entfernt, die sie im Ossarium überfallen hatte, doch das beruhigte sie nicht wirklich. Irgendetwas schlich durch die Höhlen der Katakomben und hatte sich an ihre Fersen geheftet. Nicht umsonst war die Luke im Keller durch ein schweres Schloss gesichert gewesen. Der schwere Metalldeckel hinderte nicht nur neugierige Zeitgenossen am Eindringen in die unterirdischen Steinbrüche, er war auch eine Barriere, die in die umgekehrte Richtung funktionierte. Was immer die dunklen Gänge unsicher machte, es sollte die Katakomben nicht verlassen, dessen war sie sich jetzt sicher.

Verärgert musste sie zugeben, dass es alles andere als klug gewesen war, ohne eine Nachricht aufgebrochen zu sein. Wenn sie in die Höhle kroch, lief sie Gefahr, von den herabstürzenden Gesteinsmassen begraben zu werden. Dann konnte sie Malport für den Rest der Ewigkeit hier unten Gesellschaft leisten. Aber sie schüttelte entschlossen den Kopf. Sie hatte sich nicht stundenlang durch die Finsternis gekämpft, um jetzt wenige Meter vor dem Ziel aufzugeben. Rosalie nahm allen Mut zusammen und begab sich auf alle viere, um in die dunkle Öffnung zu kriechen. Als sie den Schacht vor sich sah, hielt sie inne und schloss die Augen. Sie war sich auf einmal nicht mehr sicher, ob sie das sehen wollte, was da unten auf sie wartete. Schließlich atmete Rosalie tief durch und richtete die Taschenlampe auf die sterblichen Überreste von Malport – und stieß einen schrillen Schrei aus.

Sie hatte irgendwo einmal gelesen, dass die Verwesung eines Menschen unter normalen Umständen genauso lange dauerte wie sein Heranreifen im Mutterleib. Vorausgesetzt natürlich, der Leichnam wurde begraben oder sonst wie dem Prozess des natürlichen Verfalls ausgesetzt. Doch die Katakomben waren ein gigantischer Kühlschrank, feucht und ohne das Getier, das sich sonst von Kadavern ernährte. Auf ihren Wanderungen war ihr kein einziges Mal auch nur eine Ratte über den Weg gelaufen.

So war es gekommen, dass das Körperfett nicht abgebaut worden war, sondern sich in eine paraffinartige Substanz verwandelt hatte, die wie geschmolzenes Kerzenwachs mit dem Untergrund eine unauflösbare Verbindung eingegangen war. Der Mund war weit zu einem stummen Schrei aufgerissen, und obwohl die Proportionen des Gesichts wie in einem Spiegelkabinett verzerrt waren, erkannte Rosalie augenblicklich Malports Züge.

Rosalie schlug die Hand vor den Mund. Sie wollte den Blick von der Leiche abwenden, doch sie konnte es nicht. Das also war der Tod: weich, seifig und unappetitlich.

Was sollte sie jetzt tun? Wenn sie wirklich Malports Schatz heben wollte, musste sie zu ihm in seine Gruft hinabsteigen und ihn durchsuchen. Plötzlich fiel ihr ein, dass sie keine Gummihandschuhe dabeihatte. Bei der Vorstellung, den toten Körper mit den bloßen Händen zu berühren, revoltierte ihr Magen. Aber wenn sie jetzt umkehrte, war alles vergebens gewesen.

Über dem Loch war ein eiserner Ring in den Fels eingelassen. Er war zwar vom Rost der Jahrhunderte angefressen, doch Rosalie hoffte, dass er noch stabil genug war, ihr Gewicht zu halten. Sie zog das Seil durch ihn hindurch, sicherte es mit vier Knoten und machte sich daran, in die Grube hinabzusteigen. Sie steckte die Taschenlampe in ihre Hosentasche, sodass der Strahl zur Decke gerichtet war. Das nächste Mal würde sie sich eine Lampe besorgen, die sie am Kopf befestigen konnte. Wenn es ein nächstes Mal gab, dachte sie ängstlich.

Rosalie war keine geübte Kletterin. Ihre Hände waren feucht, das Seil glatt. Sie befürchtete, dass sie abrutschen und sich beim Aufschlag etwas brechen könnte, doch sie versuchte, den Gedanken daran zu verdrängen. Immerhin war das Loch nicht sehr tief, vielleicht fünf Meter oder weniger. Wenn sie sich nicht allzu dumm anstellte, konnte eigentlich nichts schief gehen.

Auf der anderen Seite durfte sie sich keine Zeit lassen. Sie war nicht alleine hier unten. Irgendjemand – oder irgendetwas – schlich hier herum. Die Bedrohung war nicht eindeutig auszumachen, aber sie war da.

Rosalie hockte sich an den Rand des Lochs und packte das Seil mit beiden Händen. Dann drehte sie sich umständlich um, sodass sie mit dem Gesicht zur Wand war, und suchte mit den Füßen nach Halt, fand aber keinen. Rosalie verstärkte verzweifelt den Griff, konnte jedoch nicht verhindern, dass das Seil die Haut von den Handflächen riss. Rosalie stieß einen Schrei aus, als sie die letzten zwei Meter beinahe ungebremst nach unten glitt und hart aufkam. Die Taschenlampe war aus ihrer Hosentasche gefallen und strahlte nun Malports Leichnam genau ins Gesicht. Rosalie zog scharf die Luft ein, der Schmerz war unbeschreiblich. Sie hatte natürlich auch kein Pflaster, geschweige denn einen Verband bei sich, den sie sich um die geschundenen Hände hätte wickeln können. Sie öffnete ihre Jacke und zog den Pullover aus, um das T-Shirt, das sie trug, in breite Streifen zu zerreißen. Sie betrachtete die Innenseiten ihrer Hände. Die oberste Hautschicht hing in Fetzen herab, und das darunterliegende rohe Fleisch glänzte blutig. Vorsichtig wickelte sie sich die provisorischen Verbände um und zog die Knoten mithilfe der Zähne fest. Erst jetzt hob sie die Taschenlampe auf und schaute sich genauer um.

Rosalie hatte erwartet, dass ihr ein bestialischer Geruch entgegenschlagen würde, doch die Luft war so sauber, wie sie in einem jahrhundertealten unterirdischen Steinbruch nur sein konnte. Einen kurzen Moment verharrte sie vor dem grässlich entstellten Leichnam. Niemand hatte solch ein Ende verdient. Ihr Blick fiel auf Malports Finger, an deren Spitzen die Knochen der ersten Glieder hervorschauten. Tagelang hatte er in der Dunkelheit verzweifelt versucht, sich regelrecht aus seinem Gefängnis zu kratzen, bis das Blut in seinen Adern durch den Flüssigkeitsverlust zu dick geworden war, um das Gehirn zu versorgen.

Sie ging in die Hocke, streckte die Hand nach der Tasche aus, die seine grotesk geschmolzenen Arme noch immer fest umklammerten, und zog am Griff. Es klang, als würde ein Block Nussschokolade brechen, als Malport seinen Schatz endlich freigab. Vor Schreck ließ Rosalie die Tasche fallen. Sie schloss einen Moment die Augen. Na los, schalt sie sich, worauf wartest du? Sieh nach, ob alles da ist, und dann nichts wie weg. Mit spitzen Fingern öffnete sie den Verschluss und schaute hinein.

Da waren sie, Malports Karten vom Pariser Untergrund. Rosalie zog sie heraus und stieß einen leisen Pfiff aus. Er hatte in seinem Perfektionismus nicht nur den Bereich unter Montrouge und Montparnasse erfasst, sondern auch die Gänge unter Passy und Bercy kartografiert. Hinzu kamen detaillierte Lagepläne der Gipsbergwerke unter dem Montmartre, eine überaus genaue Zeichnung des Kanalisationssystems sowie eine Liste der stillgelegten Metrostationen samt ihrer Zugänge. Vieles davon hatte Malport wohl im Tausch mit anderen Kataphilen erstanden und nicht überprüfen können. Aber dennoch konnte man mithilfe dieser Pläne ganz Paris durchqueren, ohne auch nur einmal an die Oberfläche steigen zu müssen! Hastig packte sie alles wieder zusammen und hängte sich die Tasche um die Schulter.

Rosalie warf einen letzten Blick auf die groteske Leiche. Malport hatte einen grauenvollen Tod erlitten, und sie fragte sich, ob mit seinem Sterben all die Taten gesühnt waren, die er begangen hatte. Rosalie war kein besonders religiöser Mensch. Das Konzept von Sühne und Erlösung, das die Hoffnung auf eine bessere jenseitige Welt nährte, hatte sie immer abgestoßen. Doch dieser Mann, dessen Überreste vor ihr lagen, hatte eine gewaltige Schuld auf sich geladen. Sie konnte nicht beurteilen, ob der Preis, den Malport hier unten in dem Loch bezahlt hatte, diese

Schuld aufwiegen konnte. Vielleicht würde man ja eines Tages seine Überreste finden und ihn anständig begraben.

Sie betrachtete ihre Hände. Das Blut war mittlerweile durch den Verband gesickert und hatte ihn rot gefärbt. Ihre Finger waren steif und taten bei jeder Bewegung weh, als hätte sie in Rasierklingen gegriffen. Rosalie ergriff das Seil und versuchte, es so fest wie möglich zu umklammern, aber ihre Kraft reichte nicht aus, um sich daran hochzuziehen.

Sie saß fest.

Plötzlich hörte Rosalie wieder dieses Poltern und Scharren, diesmal klang es jedoch näher. Panik stieg in Rosalie hoch. Sie saß wie die Maus in der Falle. Wenn ihr Verfolger sie hier unten fand, gab es kein Entkommen mehr.

Dann war sie ihm ausgeliefert.

Plötzlich hatte Rosalie eine Idee. Sie begann, im Abstand von zwanzig Zentimetern mit fahrigen Händen dicke Knoten in das Seil zu knüpfen, auf die sie ihre Füße stellen konnte. Als sie damit fertig war, schloss Rosalie die Augen und nahm sich vor, sich nicht von den Schmerzen beeindrucken zu lassen.

Es klappte. Zwar rutschte sie die ersten Male mit den Schuhen ab, doch dann hatte sie den Dreh heraus. Stück für Stück arbeitete sie sich nach oben und rollte sich keuchend über den Rand. Jetzt musste sie sehen, dass sie so schnell wie möglich diesen Abschnitt der Katakomben hinter sich ließ.

Ihr Blick fiel auf die Uhr. Es war bereits kurz vor fünf Uhr abends. Wahrscheinlich würde sie weitere sechs oder sieben Stunden brauchen, bis sie wieder in der Rue Lalande war. Bei dem Gedanken an den langen Rückweg taten ihr jetzt schon die Beine weh. Aber vielleicht fand sie ja in der Nähe einen Aufgang, den sie benutzen konnte. Dann würde sie sich einfach in den nächsten Bus setzen und nach Hause fahren, wo die Badewanne schon auf sie wartete. Rosalie schnappte sich ihren Rucksack und warf ihn durch den Tunnel voran. Dann ging sie in die Knie, um selbst auf die andere Seite zu kriechen.

Sie hatte die Mitte der Passage erreicht, als Dreck in ihren Nacken rieselte. Bevor sie reagieren konnte, fiel ein Stück Fels herab und traf sie am rechten Bein. Sie musste hier sofort raus! Kaum hatte sie den Gedanken zu Ende gedacht, knirschte es, und die Decke stürzte ein.

Etwas unsagbar Schweres drückte sie auf den Boden und presste alle Luft aus ihren Lungen. Blut staute sich in ihrem Kopf, in ihren Ohren dröhnte es. Es knirschte erneut, und ihr linker Arm brach. Erstaunlicherweise spürte sie keinen Schmerz, sondern dachte nur belustigt, dass es sich wohl genauso anfühlen musste, wenn man das Pech hatte, von einem Elefantenhintern zerquetscht zu werden. Dann wurde der Blick verschwommen.

18

Das Licht, das sie durch die geschlossenen Augen wahrnimmt, ist warm und hell und umgibt sie wie eine schützende Aura. Sie glaubt zu schweben. Jedes Gefühl für ihren Körper ist geschwunden. Kein Schmerz. Nichts. Nur das Gefühl von Ruhe und Zufriedenheit erfüllt sie. Einen Moment lang fragt sie sich, ob sie tot ist, doch dann stellt sie fest, dass sie noch atmet.

„Wo bin ich?“, fragt sie.

„Es wird alles gut“, antwortet eine Stimme.

Sie öffnet die Augen und blickt in ein schmutziges Gesicht. Grüne Augen schauen sie an. Ein seltsamer Geruch hängt in der Luft. Nicht unangenehm. Nein, ganz und gar nicht unangenehm. Wie Flieder und Jasmin. Sie versucht, sich zu bewegen, doch es gelingt ihr nicht.

„Wie heißt du, kleines Mädchen?“, fragt die Stimme.

Sie denkt einen Moment nach, dann fällt ihr der Name ein.

„Rosalie“, sagt sie, und eine warme Welle durchflutet ihren Körper.

„Versuch zu schlafen, Rosalie.“

„Schlaf oder Tod, wo ist der Unterschied“, hört sie sich sagen. Es sind nicht ihre Worte. Doch wo hat sie sie schon einmal gehört?

„Der Unterschied liegt in den Träumen“, antwortet die Stimme. „Manchmal ist man in ihnen gefangen, ohne den Weg hinaus zu finden.“

„Wo bin ich?“, wiederholt Rosalie ihre Frage, doch bevor sie eine Antwort erhält, muss sie wieder die Augen schließen. So müde. So unendlich müde. Stunden verstreichen wie Sekunden, Tage wie Minuten.

Rosalie weiß, dass sie lebt. Man gibt ihr zu essen. Man gibt ihr zu trinken. Sie atmet. Aber sie kann sich nicht bewegen.

Dann wird das Licht dunkler, und sie spürt die Kälte wieder.

„Was geschieht mit mir?“, fragt sie.

„Du musst gehen“, sagt die Stimme. „Ich kann dir nicht mehr helfen. Du wirst sterben, wenn du bleibst.“

„Ich will nicht fort“, fleht sie.

„Wir sehen uns wieder. Dann wird alles gut.“

„Nein …“, wispert sie müde und wirft den Kopf hin und her. „Nein …“

„Rosalie?“

Die Stimme drang wie aus weiter Ferne zu ihr. Sie war ihr vertraut, doch im ersten Moment wusste sie nicht, wo sie sie einordnen sollte.

„Rosalie?“

Sie öffnete die Augen.

„Ambrose?“, flüsterte sie.

Ein dunkles Gesicht schob sich in ihren verschwommenen Blick.

„Gott sei Dank bist du wach!“

Sie spürte, wie ihre Hand gedrückt wurde. Alles war weiß. Das Licht, das Zimmer und sogar das Bett, in dem sie lag, strahlten so hell und sauber wie frisch gefallener Schnee. Rosalie drehte den Kopf zur Seite und sah ihren Arm, der in einem komplizierten Geflecht stählerner Streben fixiert war. Auch in ihr rechtes Bein waren blank polierte Stahlstifte geschraubt worden. Die Zehen, die aus einem dicken Verband hervorschauten, leuchteten orange, als hätte man sie mit Rostgrundierung angepinselt.

Rosalie sah nach rechts und erblickte eine Reihe von Tropfbeuteln und piepsenden Instrumenten, die über ein Gewirr von Kabeln und Schläuchen mit ihr verbunden waren. Sie versuchte, sich aufzurichten, aber sie war zu schwach. Ein widerlicher Geschmack lag auf ihrer pelzigen Zunge.

Erschöpft schloss sie die Augen und ließ sich in ihr Kissen zurückfallen. Ambrose beugte sich über sie und strich ihr über die Wange.

„Wo bin ich hier?“, wisperte sie.

„Auf der Intensivstation des Hôpital St. Vincent de Paul.“

„Was ist mit mir geschehen?“, fragte sie matt.

„Wie fühlst du dich?“

Rosalie stöhnte. „Als wäre ich von einem Lkw überfahren worden.“

„Kein Wunder. Du hast eine Reihe von Knochenbrüchen erlitten. Aber dazu kann dir Dr. Garnier mehr erzählen.“ Ambrose zwinkerte ihr freundlich zu und verließ den Raum, um kurz darauf mit einem Mann im blütenweißen Kittel zurückzukehren, der wie die Karikatur eines Chefarztes aussah. Das grau melierte Haar war kurz geschnitten, und auf der Nasenspitze saß eine randlose Lesebrille. Sein kantiges Gesicht war gebräunt, als wäre er gerade von einem langen Urlaub aus der Karibik zurückgekehrt, wo er sein Golfhandicap verbessert hatte. Um seinen Hals hing als Insignium seines Berufsstandes ein Stethoskop. Rosalies Vater hatte ihr einmal erklärt, dass man an der Zahl der Kugelschreiber erkennen konnte, welchen Platz jemand in der Krankenhaushierarchie einnahm. Je mehr von ihnen in der Brusttasche steckten, desto niedriger war der Rang. Dr. Garnier musste demnach ganz oben stehen, denn er besaß nur ein einziges Schreibgerät, und das schien auch noch aus Gold zu sein.

„Junge Frau, Sie haben uns ganz schön Sorgen bereitet“, sagte er und zog einen kleinen Schemel heran, um sich zu setzen.

„Wie bin ich hierher gekommen?“, fragte sie.

„Wir wissen nicht, was mit dir geschehen ist, aber als man dich hier einlieferte, warst du dem Tod näher als dem Leben“, sagte Ambrose.

„Hätte man sich nicht vorher so gut um Ihre Verletzungen gekümmert, würden Sie jetzt wahrscheinlich auf einer Wolke die Harfe spielen.“ Dr. Garnier nahm ein Klemmbrett vom Nachtschrank und schlug das Deckblatt um. „Die Operationen, die wir an Ihnen vornehmen mussten, waren jedenfalls nicht ohne. Trümmerbruch des rechten Unterschenkels und des linken Arms, dazu eine Fraktur der Hüfte und etliche Quetschungen am Rücken. Bei einer Niere wussten wir nicht, ob sie zu retten war. Sie sind ganz schön unter die Räder gekommen, wenn ich mich mal so ausdrücken darf."

„Wo ist mein Vater? Weiß er Bescheid?"

„Das war das nächste Problem", sagte Dr. Garnier. „Sie hatten leider keine Ausweispapiere bei sich. Erst als wir Ihren Fall der Polizei meldeten, konnten wir Ihre Identität klären. Dr. Claireveaux ist auf dem Weg hierher. Wir haben ihn vorhin angerufen."

Es klopfte an der Tür. Ambrose öffnete sie einen Spalt und flüsterte etwas.

Dr. Garnier drehte sich um. „Kommen Sie, Inspektor", rief er.

Ein Mann trat ein, den Rosalie nur zu gut kannte. „Monsieur Leloup."

„Hallo Rosalie. Wie geht es Ihnen?", sagte der Polizist und lächelte.

„Beschissen", sagte sie leise und versuchte, das Lächeln zu erwidern.

Ambrose brachte noch einen zweiten Stuhl, auf dem Monsieur Leloup Platz nahm.

„Sie können mit ihr reden, aber machen Sie es so kurz wie möglich", sagte Dr. Garnier.

Der Inspektor nickte.

„Haben Sie eine Erklärung, wie Sie sich die Verletzungen zugezogen haben?"

Rosalie sah den Beamten überrascht an. „Das müssten Sie doch eigentlich am besten wissen. Immerhin haben mich die Leute der ERIC aus den Katakomben geholt."

„Nein", sagte Monsieur Leloup. „Die Polizei hatte nichts damit zu tun. Man hat Sie im öffentlichen Teil der

Katakomben gefunden, und zwar unterhalb der Rue Sophie Germain, am Place Denfert Rochereau."

„Aber dort bin ich nie gewesen!", rief Rosalie verwirrt.

„Wir vermuten auch, dass man Sie dort abgelegt hat", sagte Monsieur Leloup. „Jemand muss notdürftig Ihre Verletzungen versorgt haben, bis Sie einigermaßen transportfähig waren. Wer immer Sie dort hingebracht hatte, er wollte, dass man Sie entdeckt. Ohne diesen unbekannten Freund wären Sie jetzt tot. Woran können Sie sich erinnern?"

Rosalie dachte nach. Da war etwas, das ihr plötzlich wieder einfiel. „Grüne Augen", murmelte sie.

Es piepste. Dr. Garnier holte einen Pager aus der Tasche und schaute auf das Display. „Ich muss leider weiter", sagte er und stand auf. „Mademoiselle Claireveaux ist zwar stabil, aber sie bekommt ein starkes Schmerzmittel. Sie versprechen mir, dass Sie nicht allzu lange bleiben?"

„Zehn Minuten?", fragte der Inspektor.

Dr. Garnier nickte und verließ den Raum.

„Soll ich ebenfalls gehen?", fragte Ambrose.

Der Inspektor wollte etwas sagen, doch Rosalie kam ihm zuvor. „Nein, er soll bleiben."

Leloup zuckte mit den Schultern. „Wie Sie wollen."

„Warum bist du erneut in die Katakomben hinabgestiegen?", wollte Ambrose wissen.

„Eine sehr gute Frage", sagte der Inspektor. „Sie steht auch bei mir ganz oben auf der Liste."

Rosalie kniff die Lippen zusammen. „Sagt Ihnen der Name Henri Malport etwas?", fragte sie schließlich.

Leloup nickte. „Er war am Montaigne angestellt und ist

vor sechzehn Jahren verschwunden, als man ihn wegen Kinderpornografie verhaften wollte."

„Damals floh er durch die Katakomben und hat sich dabei verirrt. Sie werden seine Leiche unter der Université de Droit finden."

Leloup hatte einen Block hervorgeholt und machte sich nun eifrig Notizen. „Wissen Sie, dass es eine Verbindung zwischen ihm und Pylart gab?", fuhr Rosalie fort.

„Wir vermuten es."

„Es ging um Erpressung", sagte Rosalie.

Leloup hielt mit dem Schreiben inne. Jetzt war er wirklich überrascht. „Woher wissen Sie davon?"

„Ich habe es in einem Buch gelesen."

„Wovon sprechen Sie?"

„Einem Dossier, das ich bei Pylart gefunden habe", sagte Rosalie.

„Wie ist es in Ihren Besitz gekommen?" fragte er, doch sie schwieg. „Haben Sie es noch?"

Rosalie schüttelte den Kopf und spürte wieder das seltsam dumpfe Pochen. „Nein. Ich habe es verbrannt."

„Sie haben *was?*", rief Leloup. Plötzlich war alle Farbe aus seinem Gesicht gewichen.

„Es verbrannt", wiederholte Rosalie leise.

„Seit Jahren versuchen wir, diesen Pylart festzunageln, und Sie vernichten so ein wichtiges Beweisstück?", fragte der Inspektor entsetzt. „Hatten Sie denn keine Ahnung, was Sie da in Händen gehalten haben?"

„Der Gedanke, dass Malport mich für den Rest meines Lebens verfolgt, war unerträglich", rief Rosalie verzweifelt.

Leloup schaute Rosalie verdutzt an. „Malport ist seit sechzehn Jahren tot! Wie kann er da mit Ihnen ..." Plötzlich schien er zu verstehen. Resigniert ließ er die Schultern sinken und klappte sein kleines Notizbuch wieder zu. „Vielleicht war es ein Fehler, so früh zu Ihnen zu kommen." Er stand auf.

„Sie halten mich für verrückt, nicht wahr?", sagte Rosalie, und mit einem Mal stiegen ihr Tränen in die Augen. „Sie glauben, ich bilde mir das alles nur ein!"

Leloup antwortete nicht.

„So hören Sie mir doch zu!", sagte Rosalie. „Pylart ... er ist im Besitz von weiteren, ähnlichen Büchern. Alles Dossiers über wichtige Leute. Es geht hinauf bis in die Regierung. Er stiehlt die dunklen Träume der Menschen und erpresst sie damit!"

Leloup verzog keine Miene, doch es war ihm anzusehen, dass er ihr kein Wort glaubte. Er warf Ambrose einen vielsagenden Blick zu.

„Ich bin nicht verrückt!", schrie ihn Rosalie verzweifelt an und fasste sich sofort mit ihrem gesunden Arm an den Kopf, den ein dumpfer Schmerz durchzuckte.

„Niemand behauptet das", versuchte der Inspektor, sie zu beschwichtigen. „Ich sage nur, dass wir warten sollten, bis man die Schmerzmittel abgesetzt hat. Ruhen Sie sich aus. Ich werde mich in einigen Tagen noch mal bei Ihnen melden."

Er hatte die Türklinke schon in der Hand, als Rosalie noch etwas einfiel.

„Warten Sie!"

„Ja?"

„Was ist mit meinen Sachen?“

„Die wurden hier im Krankenhaus abgegeben.“

„Ein Rucksack und eine Tasche?“

Leloup drehte sich zu ihr um. „Was für eine Tasche?“

„Eine Armeetasche, olivgrün, aus Leinen.“

Er musterte sie einen Moment und schüttelte dann den Kopf. „Nein, da war nur Ihr Rucksack. Was war denn in dieser anderen Tasche?“

„Nichts Besonderes“, antwortete sie.

Leloup nickte, als hätte er verstanden. „Gute Besserung“, sagte er schließlich.

„Rosalie, warum hast du mir keine Nachricht hinterlassen“, fragte Ambrose, als der Inspektor die Tür hinter sich geschlossen hatte. Der Vorwurf in seiner Stimme war nicht zu überhören. „Habe ich versucht“, sagte sie entschuldigend. „Aber du hattest dein Handy ausgeschaltet.“

„Dann hättest du es später noch einmal probieren können“, sagte er ernst. „Verdammt noch mal, du wärst beinahe da unten gestorben! Was hast du dort eigentlich schon wieder gesucht?“

„Ich habe Malports Buch zu Ende gelesen und wollte seinen Schatz bergen“, antwortete sie leise.

„Du meinst die Tasche, von der du eben gesprochen hast.“

„Malport hatte ein umfassendes Kartenwerk vom Pariser Untergrund erstellt. Nicht nur von den Steinbrüchen, sondern auch von der Kanalisation und den aufgegebenen Metro-Stationen.“

„Und dafür hast du dein Leben aufs Spiel gesetzt?“, fragte Ambrose verständnislos.

„Ja, verdammt noch mal“, entgegnete sie ihm wütend. „Als ich die Tasche mit den Karten an mich gebracht hatte, wollte ich wieder zurückkriechen. Dabei ist ein kleiner Verbindungstunnel zusammengebrochen. Das ist das Letzte, woran ich mich erinnern kann.“

„Aber irgendjemand muss dich dort unten befreit haben“, sagte Ambrose.

„Da war ein Mann“, sagte sie nachdenklich. „Ich kann mich nicht mehr an sein Gesicht erinnern. Nur seine Augen ... seine Augen gehen mir nicht mehr aus dem Sinn.“ Ihre Wangen fühlten sich plötzlich warm und taub an. Für einen kurzen Moment fiel es ihr schwer, den Blick zu fokussieren.

„Dann war es wohl dieser Fremde, der dich zum Place Denfert Rochereau gebracht hat“, stellte Ambrose fest.

Rosalie ergriff seine Hand. „Malport wird mich nicht mehr weiter verfolgen. Glaub mir, es wird alles wieder gut.“

Ambroses Blick hellte sich bei diesen Worten nicht auf, sondern verdüsterte sich noch mehr. „Das bezweifle ich“, sagte er ernst.

„Warum? Was ist geschehen?“, fragte Rosalie und zog die Hand wieder zurück.

Ambrose wollte etwas sagen, als die Tür aufgerissen wurde und Rosalies Vater das Krankenzimmer betrat. Rosalie erschrak, als sie in das fahle, übermüdete Gesicht schaute, in dem Erleichterung und Wut einen Kampf auszufechten schienen.

„Hallo Paps“, sagte sie leise.

„Hallo“, kam die Antwort zurück. Maurice Claireveaux zögerte einen Moment, dann beugte er sich zu seiner Tochter hinab und drückte sie vorsichtig. Tränen liefen über seine Wangen. „Ich hatte solche Angst um dich."

Er holte tief Luft.

„Warum hast du mir nicht erzählt, dass du hinab in die Katakomben gegangen bist?"

„Weil du es mir dann bestimmt verboten hättest", sagte sie.

„Oh ja, das hätte ich allerdings. Diese Höhlen sind ein gefährlicher Ort. Schau dich an: Du kannst froh sein, dass du noch ein paar Knochen im Leib hast, die nicht gebrochen sind."

Rosalie spürte, wie ihr auf einmal kalt wurde.

„Wie lange …" Sie schluckte. „Wie lange war ich bewusstlos?"

„Sechs Wochen", sagte ihr Vater. Jetzt verstand sie seine Sorge. Er musste durch die Hölle gegangen sein, als er befürchtete, dass seine Tochter dasselbe Schicksal wie seine Frau ereilt hatte.

„Oh mein Gott", flüsterte sie. „Anderthalb Monate …"

„Ambrose und ich, wir waren jeden Tag bei dir und haben an deinem Bett abwechselnd Wache gehalten", sagte ihr Vater.

„Es ... es tut mir so leid", sagte sie und brach in Tränen aus. „Es tut mir so unendlich leid."

„Rosalie, da gibt es noch etwas, das ich dir sagen muss." Erst jetzt fiel ihr auf, dass ihr Vater einen schwarzen Anzug trug, und obwohl sie ahnte, was jetzt kam, wollte sie es nicht hören.

„Deine Großmutter ist vor einer Woche gestorben.

Heute war die Beerdigung."

Die Worte drangen nur langsam in ihren benebelten Verstand. Dann entlud sich die Verzweiflung in einem einzigen nicht enden wollenden Schrei. Die Welt um sie herum versank in einem Meer von Schmerz, das jeden klaren Gedanken ertränkte.

Sie sah und hörte nichts mehr. Weder ihren Vater noch Ambrose und schon gar nicht die Krankenschwester, die herbeigeeilt war und eine Flüssigkeit in einen der Infusionsschläuche spritzte.

Das Bett, auf dem sie lag, wurde immer weicher. Sie spürte, wie die Dunkelheit sie wie ein warmer, weicher Mantel umhüllte.

Rosalie fiel in einen tiefen Schlaf.

Und träumte von grünen Augen.

ENDE DES ERSTEN BANDES

Meinen aufrichtigen Dank an Roland Würth, ohne den dieses Buch niemals entstanden wäre. Ein gehöriger Teil der Ideen stammt von ihm. In endlosen Sitzungen haben wir die Geschichte rund geschliffen und auf den Punkt gebracht. Er war das Korrektiv, von dem jeder Autor träumt (das hervorragende Lektorat natürlich einmal ausgenommen).

Pong.